知否知否
应是绿肥红瘦
2

关心则乱 著

江苏凤凰文艺出版社
JIANGSU PHOENIX LITERATURE AND
ART PUBLISHING

图书在版编目（CIP）数据

知否知否应是绿肥红瘦.2 / 关心则乱著. —— 南京：
江苏凤凰文艺出版社, 2024.5
ISBN 978-7-5594-8281-5

Ⅰ.①知… Ⅱ.①关… Ⅲ.①长篇小说 – 中国 – 当代
Ⅳ.① I247.5

中国国家版本馆 CIP 数据核字 (2024) 第 008297 号

知否知否应是绿肥红瘦．2

关心则乱 著

责任编辑	周颖若
特约编辑	文 茵 曹 岩
封面设计	普遍善良
出版发行	江苏凤凰文艺出版社
	南京市中央路 165 号，邮编：210009
网　　址	http://www.jswenyi.com
印　　刷	河北鹏润印刷有限公司
开　　本	700mm×980mm　1/16
印　　张	21
字　　数	349 千字
版　　次	2024 年 5 月第 1 版
印　　次	2024 年 5 月第 1 次印刷
书　　号	ISBN 978-7-5594-8281-5
定　　价	48.00 元

江苏凤凰文艺版图书凡印刷、装订错误，可向出版社调换，联系电话 025-83280257

目录

目录

每日，无论多忙，她都要抽出时间来休憩，
赏花、读书、下棋、画画，
面对晴空如洗的湖光山色一遍又一遍地默诵佛经，
那些妩媚旖旎的诗词，那些海阔天空的《山河志》，
愉快得像吹过山谷的清风，
有着奇异的抚慰力量。

关心则乱　作品

第十四回 · 乔迁之喜

一

来的时候两艘船，回的时候六艘船，如果是当官的这把架势，那御史立刻可以挽袖子磨墨写参本了，幸好明兰和祖母只是走亲戚。京城来信，说盛纮这回考绩依然是个优，已补了工部郎中，主经营缮清吏司，品级未变，不过好歹算京官了。

既然要在京城安家，索性把老宅的东西搬过去装点，再加上盛维和二牛姑父送的吃穿用物，光是各色绸缎皮绒就好几十箱子，辎重甚浩，祖孙俩挥别亲族，登舟而去。

其实明兰蛮奇怪的，自家老爹从年前就开始托关系走门路，加上他政绩也不错，还以为他能混进六部之首的吏部，退一步说也得是户部、刑部这样的热门单位。当今皇帝在位二十余年，宫殿、太庙什么的该建设的早建设完了，这会儿的工部，太平空闲得好像养老院，盛纮怎么会去那里？明兰这样问盛老太太，老太太回问一句："明丫儿自己觉着呢？"

明兰翻着白眼。盛老太太是互动启发教学的提倡者，她很少告诉明兰为什么或该怎么做，凡事总要明兰自个儿琢磨。明兰想了想，道："圣上渐渐年老，储位不明，如今京城正是风起云涌，若真去了那些抢破头的地儿，没准会惹上是非，爹爹真聪明。"

盛老太太微笑着抚摩孙女的头发，轻轻点头赞许。江波顺缓，船舶平稳，只微微一晃一晃的，摇得人很舒服。这段日子在宥阳，明兰日日与品兰玩在一处，祖孙俩都没怎么好好说话，一上了船后，才又说上话。

"傻孩子，官场上哪个不聪明了？尤其是京城，水浑着呢，不过是有些人存了贪念，自以为聪明，想着趁机押一把注在皇位上，可宫闱之事何其诡幻，还是你爹这般守拙些好。"盛老太太靠在一张铺着绒毯的卧榻上，闲适地与明兰说话，"适才你与品兰道别时，都说了些什么？翠微说你昨儿个晚上一夜没睡好。"

明兰思量了下还是老实说了："我叫品兰以后莫要对泰生表兄随意呼喝了，多少文静稳重些，姑姑会不喜的。"

盛老太太瞥了眼明兰，悠悠道："你多心了，绘儿最喜欢女孩子家爽利泼辣，怎会不喜？"

明兰叹气道："做侄女，自然喜欢；若是做媳妇，就难说了。"世界上没有一个婆婆喜欢看见自己的儿子成老婆奴的。

盛老太太嗔了一句："什么媳妇？你一个姑娘家，休得胡说。"

明兰抓紧机会，连忙道："我与祖母什么不能说？又不会去外头说，品兰和泰生表哥是天生的一对，有眼睛的都瞧得出。"

盛老太太听了这句话，似乎有些兴味，慢慢坐了起来，盯着明兰微笑道："真论起来，泰哥儿真是个好孩子，家里有钱财、铺子，又没有兄弟来争，宥阳地面儿上看上他的人家可不少。这几日，你姑姑着实疼你，好些压箱底的宝贝连品兰都舍不得给的，怕都落你口袋了吧。"

明兰看着祖母的眼睛，认真地一字一句道："姑姑待我好，多半是托了祖母您的福气，孙女再傻也不至于这般自大，品兰和泰生表哥自小一道长大，那个……呃，青梅竹马。"

盛老太太微感意外，只见明兰双目澄净明亮，神情丝毫没有犹豫，老太太便笑道："你也瞧出来了？倒也不笨。"

明兰很惭愧，若不是那天偷听了一耳朵，她这几日老和品兰吃吃玩玩，哪想得出来。

盛老太太半身正坐起来，明兰忙拿过一个大迎枕塞到祖母背后，自己也很自觉地缩进祖母的褥子里。老太太搂着孙女小小的肩膀道："这个把月在你大伯父家里，你瞧了不少，听了不少，也算见了别样世面，有什么了悟的吗？"

明兰枕着祖母软软的肚皮，躺得很舒服，懒懒道："一开始有些想不明白，现在好像明白了。在家时就听说三房家的十分不济，不仅要大伯父家处处周济，还有些不知好歹，后来孙女亲见后，也有些瞧不起三房的作为。可奇怪的是，大伯家好像总忍让着，不但时时贴补，还逢年过节请吃酒，开筵席，总也不忘了请他们出来。那时我就想了，明明大伯母也不怎么待见他们，为何不远着些？"

盛老太太拍着明兰的小手，道："现在明白了？"

"嗯。"明兰蹭着祖母的肚皮，很适意，道，"待己以严，待人以宽，全宥阳都知道大伯父家的好，都晓得三房的不是，不论有个什么，人人都会以为是三房的错。"

盛老太太满意地点点头，拧了孙女的小脸一把，笑道："你自小懒散，厌恶人际往来，我本担心你性子疏高了不好，如今见你也懂俗务了，我很是高兴。明丫儿，记住了，三房再不济，可三老太爷还在，说起来是两代以内的亲戚，若真全然不管不问，只顾自己富贵却不接济，岂不被人说嘴是嫌贫爱富？商贾人家多有不义之名，你大伯父却是满县城夸上的，不过费些许银子，也不白供着三房的大鱼大肉，能博个美名，与子孙后代岂不更好？"

明兰知道老太太是在教她，认真地听了，插口道："当日淑兰姐姐和离时，我和品兰都气得半死，孙家母子如此可恶，为何还要留一半陪嫁与他们。后来想想，若真把陪嫁都要过来，孙家人索性鱼死网破，定不肯和离，要写休书怎么办？这也是破财消灾的道理。"

盛老太太轻轻捋着明兰柔软的鬓发，缓缓道："是呀，谁不气那家人！可没法子呀，光脚的不怕穿鞋的，和离谈何容易，总得有个说法，男人无德，婆婆无行，这可都拿不上台面来说呀。我那老嫂子手段了得，动之以情，晓之以理，诱之以钱财，逼之以利害，这种事要的就是快刀斩乱麻，一日了断，然后即刻送淑兰出门，待闲言闲语散了，也就好了。"

明兰连连点头，忽然一骨碌爬起来，嘟着嘴道："可孙家人如此可恶，直叫人牙痒痒，就这么算了不成？"

"小丫头好大的气性！"盛老太太笑吟吟道，"你大伯母也不是吃素的，不过短日头里且不能如何，明面上也不能现恶，还得与孙氏其他族人交好，只待日后吧。不过我瞧着孙氏母子都是糊涂贪婪的，兴许不用别人动手，他们也落不着好的去了。"

明兰兴头道："品兰应承我了，那孙秀才一有故事立刻写信与我的，到时候我读给祖母听。"

盛老太太骂道："淘气的小丫头，这般喜欢吵架生事，也是个厉害的！这回你可和品兰玩够了，我丝毫不曾拘着你，待回了家，你要收敛些了。"

明兰抱着祖母的胳膊诚恳保证："祖母，您放心，我这回见了世面，知道了好些人情世故，待回去了，一定好好儿的，不让您操心。"

盛老太太爱怜地搂着小孙女，悠悠道："有个可操心的人，日子倒也好打发。"

到了京津渡口，下船乘车，一路沿着官道直奔京城。刚到京城门口，便有盛家仆妇等着，换过府中车舆后，再往前行。

话说京城这种地方，百官云集，权贵满地，房产的价格不比姚依依那会儿的首都便宜，而且古代除了钱还要身份，尤其那些靠近皇城的黄金地段，职业不高尚的、来历不干净的，有钱都不让住。例如某高利贷主或肉联厂小老板，哪怕拿"泰坦尼克号"装钱来都不行。

盛家是商贾出身，本来没戏，不过几十年前，盛老太公趁祖坟冒青烟，儿子考上探花那会儿，挟着名望和银票买下泰安门外一处四五进的大宅，地段中等偏上，右靠读书人聚居的临清坊，左临半拉子权贵住宅区，又趁着儿子迎娶侯爷千金的机会，顺带买下宅邸后的一处园子，打通后连成一片。

盛纮的同年或同僚里面，不少是家境平常靠科举出仕的，便只能在京城外围或偏角的胡同置宅，而盛纮成了同级别官员中少数拥有花园住宅的官员之一。

明兰再一次感叹投胎很重要。

"当年老侯爷知道老太爷有这么一处宅子，觉着也不是没家底、没根基的贫寒人家，才勉强答应婚事的。"房妈妈对明兰咬耳朵。

明兰仰天长叹：男人要结婚，果然得有房子啊！

二

离家近两个月，明兰忽觉有些眼眶发热，这才发觉不知何时起，自己竟将这户人家当自己的家了。

盛纮颌下多出了三缕短须，呈短长短的分布态势，据说这是如今京城最流行的文官胡须式样。王氏为筹备长柏的婚事累出了一嘴的水疱，倦容脂粉也盖不住。

"老太太，您再不回来，媳妇儿可要跳河了，这里里外外一大摊子的！"王氏挽着盛老太太的胳膊，前所未有的亲热。

这次海家老爷谋了个外放，为怕将来远方送嫁不容易，索性就赶在年前把婚事办了。王氏一边要安顿刚来京的全家老小，一边要备婚，忙得头昏脑涨。

身为两代帝师的海老太爷虽已致仕，但在清流中的威望犹在，这回海家嫁女，几乎半个北方士林的头面人物都要来，他们的家眷未必个个富贵，但个个都能转两句文。

"贵府真乃文雅之所，瞧这幅林安之的《抚琴图》，迁想妙得，以形写神，尽得顾痴绝之风。"某翰林夫人文绉绉地评论墙上的画。

"画是好画，就是这题字略显凝重，压住了飘逸之气，若能以探微先生笔法，方全了'顾陆'之美。盛夫人，您说呢？"某学士夫人说完，然后两个一齐看向王氏。

王氏呵呵笑了几声，赶紧转换话题，拉扯开去。

谁能告诉她，她们刚才说的是啥？

连累王氏的罪魁长柏还是一副老样子，拉过明兰往自己身上比了比身高，面无表情道："两寸差六分。"

——你卖布呢。

长枫这回秋闱又落榜了，却在京城交上了几个诗文朋友，最近刚博了一个"嘉松公子"的美名，大冷天摇着把扇子也不嫌嗉瑟。

长栋变化最大，宛如刚抽出来的新芽，一口气长了许多。"六姐姐，你的东西我都看着呢，连箱子皮儿都没蹭着。"长栋连忙道。

"栋哥儿真能干，回头去我那儿取东西，我给香姨娘预留了。"明兰凑过去咬耳朵。

九岁的长栋小脸儿红扑扑的，似乎羞赧："又让姐姐破费了，姨娘叫不用了，老太太都按份例送了的。"

明兰俯身轻声道："是咱姑姑送来的好料子，你正长个儿，叫姨娘给你做两身鲜亮的，回头上学堂也体面，这是京里头呢。"

长栋心中感激，低着头轻声道谢。

明兰心里清楚，若单靠月例过日子，墨兰和长枫哪能穿戴得那么好，大家都知道，不过盛纮是个大老爷，从不注意罢了。

"六妹妹，你总算回来了，再晚些，你那些箱笼可保不住要开喽。"如兰禀性难移，一开口就戗，把墨兰气住了。

明兰连忙搭过如兰的肩膀，笑嘻嘻地凑着说："我有五姐在，便是丢了东西也知道在哪儿！这回呀，我给五姐留了好几瓶子桂花油呢！"

如兰眼睛一亮："是苍乡的？"

"可不是？"明兰笑得眉毛弯弯，十分可爱，"苍乡桂花虽比不得西云山的好，可也是进贡用的，每年多少瓶都是有数的，姑姑好不容易从官坊里匀出来，我硬是要了些，一瓶不留都给姐姐抹头发！"

如兰也十分高兴，搂过明兰的腰，笑道："那敢情好，我正用得上。好妹妹，亏你记着我。"她自小就头发枯黄稀疏，养了许多年也只略略好些，明兰送的东西正合她意。

墨兰噘噘嘴，冷冷道："妹妹回了趟老家，可学了不少眉眼高低呀，这马屁拍的，瞧把五妹乐的！"

明兰也不生气，笑眯眯地转过身来："是呀，四姐的马屁我可也没忘。喏，这是南边来的醇香墨，说是里头掺了上等香料，写出来的字都带着香气，极是风雅，我这个只识俩字的笨丫头就不糟蹋好东西了，给姐姐吧。"

墨兰接过一个小巧的螺钿黑漆木匣子，打开便是一股子清雅的墨香，再看那几条墨锭，色泽隐隐透着青紫，锭身光滑细润，没有一丝裂纹，显是上品，不由得暗自喜欢，脸上却淡淡的："那便谢过妹妹了，回头我把见海家夫人时得的南珠分你一半。"

明兰也不客气，拍手笑道："那可太好了！欸，五姐姐，你呢？"挑着大眼睛，伸着小手，一副讨要的模样。

如兰瞪了她一眼，骂道："你个没出息的，少不了你的！给你留了一对儿老坑水色的玉环呢。"

明兰拉着两个姐姐，满足地叹了口气："到底是有姐姐好，便是来得晚了，也有好东西得的，我可真有福气！"大约是明兰欢喜的情绪感染了她们，如兰和墨兰也都笑着摇头，气氛颇也和睦。

晚上盛纮回府，母子父女又是一番高兴，王氏索性开了大桌，一家人坐一块儿用晚饭。席上明兰给盛纮敬了杯酒，朗声道："贺爹爹仕途顺遂，没有爹爹的辛劳，便没有女儿们这般享福，愿爹爹身体康泰，多福多寿！"

盛纮见明兰语气真诚，举止磊落，心里颇为感动，一口喝下杯中酒，连声夸道："我家明儿可懂事了！"一众儿女见状，也都纷纷举杯，向盛纮祝酒。

盛纮心里极是高兴，道："好好好，你们争气，比叫爹爹升官还高兴！"

男孩们都一口干尽。盛老太太小声吩咐，只让女孩们抿了一小口。

今日一家人都十分开怀，便不禁席间说话，只听明兰兴高采烈地述说回乡之旅的见闻。

"到的时候，正是金秋九、十月份，哇，满山的桂花好似铺了金子一般，漫山遍野，香气四溢，光是在桂林里走一圈，人都染香了！

"咱们摘桂花的时候，叫人把绳子拴在枝丫上，然后下头的人攥着绳子一头用力摇晃，一摇便是满身的桂花！品兰手真臭，人家摇花儿吧，她却摇下来几条毛虫！她还在树下张大了嘴看。我的老天，有一条虫子险些喂进她嘴里！

"田边的水牛脾气可好了，我拿绳子轻轻赶着，它就慢慢走着。品兰笨，用力大了，惹恼了那牛，险些被炕起的后蹶子给踢了，吓死我了！"

明兰声音清脆，表情生动，挑着有趣的故事娓娓道来，说糗事时抑扬顿挫，说风景时文雅舒畅，那山间野趣、田园风光，仿佛历历在目，说得众人一阵阵地向往发笑。盛家儿女都是大宅里长大的，自小在锦绣堆里，何尝有过这般乐趣。

"咱们老家可是好地方呀！人杰地灵，风光旖旎。"盛纮都被勾起了思乡之情，赞叹道。

长枫忍不住道："宥阳真有这么好玩吗？我也去过呀。"

墨兰见明兰今日大出风头，心里有些酸溜溜的："哥哥是读书人，哪能和小丫头野性子比？"

盛纮皱眉道："你妹妹年纪小，好玩是常理，况且有下人们看着，也野不到哪里去！你大伯父大伯母写信来，直夸明丫儿性子好又懂事，都把品兰带老实了许多。"

墨兰低头不语，心中不满。

如兰见墨兰受责，比夸自己还开心，乐呵呵地又啃了个鸡腿。

明兰不好意思地小声道："我与祖母说好了，叫我与品兰玩一阵，然后回了京便要老老实实的。"

盛纮笑道："与亲戚要好也是正理，不好端着架子的，回来后收敛性子便是了。"

明兰暗道：亲戚当然好，这回上京，盛维唯恐京城米珠薪桂，盛纮又要安家又要办喜事，担心银钱不够用，便又送了不知多少钱来。

不过官商官商，何尝不是你帮我，我帮你？双赢罢了。

三

没有海洋性气候调节，京城地气偏寒，房妈妈打午饭后就烧起了地龙，晚上明兰和祖母一同窝在暖阁里睡，暖和是够暖和了，就是燥得很。明兰不习惯，一晚上起来喝了好几口茶，依旧口干舌燥，第二日醒来后，晕晕乎乎地听房妈妈说话。

京城乃首善之地，地方小、皇帝近，且御史言官耳聪目明，唾液系统发达。盛纮十分警觉，把府中最好的一排屋子给了盛老太太住，还叫寿安堂，然后是自己与王氏住的正屋，林姨娘的林栖阁依旧靠西，旁边挨着长枫的小院，长柏独自一个院，预备做新房。

京城盛府没有登州那么宽敞，三个兰没法子住开，便另辟一处空阔的大院子，将三排厢房略略用篱笆和影壁隔开了，然后各自前后再造上罩房和抱厦供丫鬟婆子们使，便也是不错的半独立小院了。当初的葳蕤轩暗含了华兰的名字，墨兰和如兰早不喜欢这个名字了，这回赶紧给自己的小院另起了名字，墨兰的叫山月居，如兰的叫陶然馆，明兰照旧。

明兰听得稀里糊涂，翠微和丹橘倒都记住了，一个打点着把行李从寿安堂搬进暮苍斋，一个指挥着小丫鬟和粗使婆子搬搬抬抬、洗洗涮涮，足足弄了一上午才好。盛老太太不放心，便拉着明兰亲去看了一圈。王氏陪在一旁，心里有些忐忑，见老太太点头才松了口气。

京城版的暮苍斋只三间大屋，中间正房，左右两梢间，明兰喜欢有私密空间，特意把卧室隔断了，然后拿百宝格和帘子把右梢间隔成一个书房。丹橘和小桃亲自把箱笼一一打开，把里头的书籍和摆设都一件件抹干净了，按着明兰的意思摆放好。

还没等明兰收拾完屋子，如兰就来串门子。初来京城，依着如兰的性子，哪里能这么快交上朋友？整日与墨兰大小眼地斗嘴早腻了，她积攒了一肚子的话要与明兰讲。待丹橘沏上一碗热腾腾的毛尖，如兰就迫不及待地拉着明兰进里屋去了。

"六妹妹，你觉不觉得这回四姐姐挺不高兴的？"还没寒暄两句，如兰就迫不及待地点出中心思想。

明兰定了定神，略思忖了下，犹豫道："还好吧，我觉着四姐姐就是有些心事重，晌午的时候，她来我屋里看了一圈，话都没说几句就走了。"这很奇怪，墨兰是个面子货，不论肚子里怎么想，脸上总是和和气气的，没事也要凑几句的。

如兰一副"果然如我所料"的表情，神秘地压低声音道："你不在这阵子，四姐姐在平宁郡主那儿触了个大霉头。"

理论上来说，除了储君和太小的皇子，其余的王爷一律是要就藩的，受宠些的去富庶点儿的地方，冷落些的去偏僻边区，可如今情况诡异，储君迟迟未定，三、四两位王爷在皇帝的默许下都留下了，而这位六王爷的位分不高不低，封了个郡王，藩地在大梁。

去年皇帝过六十整寿时，六王爷来贺寿时带上了一溜儿整齐的三个崽，叫生不出儿子的三王爷几乎看红了眼，尤其是那个小的才四五岁，滴溜白胖，憨态可爱，三王爷越看越喜欢。六王爷兄弟情深，六王妃善解人意，便时时带着小崽上门给三哥看。

"哦，我明白了，我在金陵时就听说三王爷意欲过继一个侄子，莫非就是六王爷家的这个？"明兰恍然大悟，随即又糊涂了，"欸，可这和四姐姐有什么干系？这是皇家的事儿呀，咱们哪插得上嘴。"

如兰得意地晃着脑袋："六王爷家还有一位正当年的县主娘娘，最近圣上寿诞在即，六王妃带着这一儿一女来京了。"

明兰开动脑筋想了一会儿，试探着问："莫非他们与平宁郡主交情颇深？"

如兰拍着明兰的肩膀，笑道："六妹妹真聪明……那日平宁郡主宴客，母亲带着我们俩去了，四姐姐对郡主可殷勤了，又是讨好又是卖乖，奉承得也忒露骨了。谁知郡主干撂着她，都没怎么理睬，只一个劲儿地和六王妃母女说话，回来后太太告诉了老爷，她叫老爷好一顿数落，还被罚禁足了半个月呢，呵呵……"

"这……这也忒丢人了些呀。"明兰可以想象那场景，也觉得难堪。难怪这次回来，盛纮似乎对墨兰颇为严厉的样子。

如今老皇帝日渐衰老，三王爷就差一个儿子便名正言顺了，六王爷这一支立刻炙手可热起来。平宁郡主想烧热灶，看上了这位嘉成县主做儿媳妇，仔细想想，墨兰和人家县主的家世还真没有可比性。

如兰很乐，本想找个人一起乐，没想到明兰不捧场，还一脸忧愁状，不免皱眉道："你怎么了？别说你替四姐姐难过哦！"

明兰苦笑道："五姐姐，我难过的是我们。虽然这会子丢人的是四姐姐，可咱们姐妹也逃不了呀，外头说起来，总是盛家女儿的教养不好。"

如兰心头一震，心里过了两遍，暗道没错，难怪这段日子来开茶会诗会，那些官宦小姐都不怎么搭理她，言语间还隐隐讥讽。她本以为是冲着墨兰一个去的，没想到……敢情她是被连累了！如兰顿时怒不可遏："这个……这个小——"

想骂的不能骂，如兰被生生憋红了脸。明兰赶忙去劝："小声些，别说有的没的，这会儿我们可住得近了，小心被听见！"

如兰用力拍了下桌子，吐出一句："无妨，她适才往林栖阁那儿去了。哼！她再与那边的来往下去，怕是再现眼的事儿也做得出来！"

明兰心疼地看着震翻掉落地上碎掉的盖碗，那是一整套的呀。

林栖阁，炕几上燃着一个云蝠纹镏金熏炉，林姨娘看着面前闷闷不乐的女儿，拢了拢灰鼠皮手笼，皱眉道："不过被老爷训了一回，你做什么摆出这副面孔来？！"

墨兰摆弄着一个福禄寿的锦纹香囊，瞥了一眼林姨娘："头一回这般受罚，丢也丢死人了！要不是这回老太太她们回来，我怕是还不能出来呢。"

林姨娘叹气道："没出息的东西！自己没本事，只会哭丧着脸却不知道算计，罢罢罢，各人有各命，你没这个能耐，回头与你寻个平常人家便是了！"

墨兰粉面飞红，心有不甘道："那县主，论人品、长相不过是中等，可怜了元若哥哥。"

林姨娘也沉闷了半天，才道："人家命生得比你好，这比什么都强！你少惦记那齐衡吧，我叫你三哥哥去外头打听了，平宁郡主也是个势利眼，瞧着六王爷家得势了，赶着巴结呢！算了，不说了……嘿，我叫你去看看明兰那丫头，你看了吗？"

墨兰蔫蔫地抬起头来："摆设倒还素净，布置得蛮精致的，贵重物件嘛，不过那么几件，里里外外抬进抬出许多箱笼，我也瞧不出什么来。娘，老太太疼爱明兰，咱们再怎么争都是没用的，何必呢！"

林姨娘一掌拍在炕几上，瞪眼骂道："说你没出息，你还真没出息！不该现眼的，你偏要去现，该你争的，你反倒不理会了！这趟明兰回宥阳老家，也不知怎么讨好卖巧了，你大伯一家子都喜欢她。你也是，当初叫你哄哄品兰，你偏嫌她粗俗不文，这下可好，看明兰大包小包地回来，你就不气？你与她一般出身，说起来，她娘不过是个村姑，你娘是官家来的，你还有亲哥撑腰，应当比她强十倍才是，如今反不如了！"

墨兰猛地转头，赌气般哼哼道："老太太是个犟脾气的，她不喜欢我，我有什么法子！"

林姨娘气过后便静下来，对着缭绕的香烟缓缓道："瞧老太太的样子，怕是连明兰的婚事都有着落了。如兰，太太是早有打算的，待王家舅老爷打外任上回京，怕就要说起来了，我的儿，只有你，还浮在半当呢。"

墨兰闻言，不禁忧心起来，惴惴地瞧着母亲。林姨娘回头朝她笑了笑，道："若只找个寻常的进士举子或官宦子弟，不计老爷还是你兄长都识得不少，可要人品才具，还要富贵双全的人家，可就难了！也不知老太太给明兰寻的是什么人家。"

明兰看着面前痛哭流涕的老妇人，一脸蒙，呆呆地去看房妈妈。那老妇人仆妇打扮，暗红色细纹绸夹袄外头罩着一件黑绒比甲，她拉着明兰的手哭哭啼啼："姑娘，卫姨娘去得早，老婆子不中用，那时忽地病倒了，没能顾上姑娘……"

明兰实在跟不上状况，只能发呆。

房妈妈咳嗽了一声，道："崔妈妈年岁大了，她儿子媳妇要接老人家回去养老，姑娘身边没个妈妈不好，太太便从庄子里把尤妈妈找来了，本就是姑娘的奶母，想也好照看些。"

明兰点点头。其实她对这个尤妈妈全无印象，只记得当初装傻时听丫鬟们的壁角，依稀记得她们说，卫姨娘懦弱老实，身边只一个叫蝶儿的还算忠心，其余都是贪心欺主的，一出了事，都各寻出路跑得不见踪影，那这位尤妈妈……

待屏退了众人，房妈妈才老实说了："本来老太太打算自己挑个信得过的，可是太太都送来了，也不好打太太的脸。"

明兰想了想，忽问了句："她既已在庄子里了，走了什么门路进到内宅来？"

小姐的奶母可是个美差，月钱丰厚不说，上可以和管事嬷嬷平起平坐，下可以呼喝小丫鬟们，当初，她估计是怕被卫姨娘的死牵连，才脚底抹油的，如今倒又来了。

房妈妈见明兰能问出这句话来，心里先放下了一半，低声道："姑娘有心了。听闻她早几年便想着要上来，可那时姑娘身边已有了崔妈妈，这次听闻是使了银子与太太跟前人的。"

明兰再问："没有后头人？"

房妈妈摇摇头："若是有，老太太是绝不许的。因她原就是姑娘的奶母，如今顶上来也是顺理成章的。我仔细打探过了，也就是荐人的婆子收了些好处，怕只怕因是奶姑娘的妈妈，若有个懒散惹事的，姑娘不好下脸子去压制她。"

明兰嘴角微微挑了挑，笑道："妈妈放心，我都这般大了，总不好一辈子叫老太太护着。"说着又笑了笑，无奈道，"若是真抵挡不住了，再来搬救兵吧。"

待房妈妈走后，明兰独自坐在正房的湘妃榻上，低头沉思了片刻，忽道："请尤妈妈。"

小桃应声而去。尤妈妈一进来，立刻又是老泪纵横，絮絮叨叨地诉说当初离开有多么无奈，在庄子里又是多么想念明兰。明兰微笑着听着，还示意小桃给端把杌子来。

尤妈妈年岁不大，也就一中年妇女，菱形脸，大阔嘴，看着倒是精明爽利。她离开时，明兰只有五岁，这会儿明兰快十三了。她不住地提起明兰小时的趣事和她的辛苦喂养，明兰静静听着，待她告一段落，才悠悠道："我怕是不大记得了。"

尤妈妈大吃一惊，回忆牌可是她手中仅有的大牌，赶紧抹干眼泪，忙道："姑娘那时虽小，可聪明伶俐极了，什么东西都一教就会的，如何都忘了？"

明兰接过丹橘递过来的茶碗，轻轻拨动碗盖，低声道："我娘过世后，我生了一场大病，昏迷了许多天，醒来后便许多事都糊涂了，可惜那会儿妈妈不在，不然我也能好快些。"

尤妈妈脸上略有尴尬神色，干笑道："都是老婆子不争气，竟那会儿病倒了。"她很想说两句卫姨娘的事，可是管事婆子早提醒过了，便不敢说。

明兰轻轻叹息，流露出浅浅的忧伤："那段日子可真不好过，日日吃药，缠绵病榻，偏又没个贴心人照料，只这个笨笨的小桃在身边，好几回大夫都说怕是不好了，幸得太太悉心照料，老太太垂怜，我才捡回这条小命。"

尤妈妈脸色青红转换，捏紧了手中的帕子，讪讪地说了几句场面话，连自己也觉得苍白无力得很。

明兰合上盖碗，嫣然而笑道："现下可好了，我屋里这几个大丫头都是老太太和太太一手调教的，最是懂事能干，如今加上妈妈，我这小院可妥帖了。"

尤妈妈心头一惊，忍不住抬头，只见明兰隽长柔美的眼线，柔和含蓄的下颌弧度酷似多年前那位早逝的年轻姨娘，神情却截然不同，不论说什么、听什么，那对微翘的长长睫毛都纹丝未动，宛如静谧不动的蝶翅，秀美的面庞笑得静好如水。

面前这个素雅的女孩身上，透着一种镇定，一种居高位者的悠然，尤妈妈有些失神，觉得和记忆中那个跟在自己身后的怯弱胆小的女孩印象合不起来，一阵无名的敬畏慢慢爬上她的脊梁。

明兰定定地看着尤妈妈：如果她够聪明，该不会给自己惹麻烦，领一份薪水，拿整套福利，少贪心妄想，尽好本分，大家便好聚好散。

第十五回·襄阳侯府

一

　　明兰冷眼旁观，见尤妈妈多少还知道好歹，这几天里只热心照料自己的饮食起居，并不曾插手箱笼细软等财帛。不过……不知是在外头庄子里待久了还是原来卫姨娘缺乏管束，尤妈妈行止有些跋扈，三天两头就打人骂狗，逮着错处就骂骂咧咧，除了翠微是老太太给的她不敢，其余自丹橘以下全都被她训过，若眉和绿枝脾气冲，好几次险些要打起来。

　　明兰也不说话，只暗暗记下。这一日，院里的小丫头偷懒，不曾按着规制值勤，便被尤妈妈揪着耳朵在院中骂了半天，一边骂还一边打，撵得小丫头满院子乱跑。明兰坐在里屋看书，并不言语，一旁的翠微看不下去，要去制止，被明兰一个眼神拦在当地。

　　明兰翻过三页书，等尤妈妈骂痛快了才叫小桃去叫人。尤妈妈掀帘进屋，明兰正端坐炕上，翠微坐在炕角做绣活儿，丹橘在书案上收拾。尤妈妈见明兰神色淡然，心里多少有些不安。这几日服侍下来，她知道这位六姑娘是个有主意的，不好拿捏，便先笑了笑。明兰不待她开口，先转头道："小桃，给妈妈沏碗热茶来。妈妈请坐。"

　　尤妈妈自己拉了把杌子，只坐了个边角，然后笑问："姑娘唤我何事？"

　　明兰和煦地笑了笑，道："妈妈来我这儿几天了，做事管教无不尽心，但有一处我觉着不妥，我当妈妈是自己人，便直说了，妈妈可莫要恼了。"

　　尤妈妈心头一沉，扯了扯嘴角："姑娘请说。"

　　明兰放下书卷，细白柔嫩的十指交叠而握，语气缓和，神态悠然，道："妈妈瞧着小丫头淘气，指点管教一二是好的，可妈妈回回发作都闹得满院子鸡飞狗跳，弄得尽人皆知，就不好了。"

尤妈妈心中不服，直起身子反驳道："姑娘年轻心软，不知道其中的厉害，这群小蹄子整日躲懒耍滑，好言好语不顶事，非得给点儿厉害瞧瞧！"

明兰挑了挑眉，目光一闪，直接回击："妈妈此言差矣。我虽年轻，可也知道'家丑不可外扬'这六个字，虽说都是一家人，可也都分管着自己的一亩三分田，哪个院子里的小丫头不淘气的？可人家都是拉进屋里去慢慢调教的，哪个像妈妈您，恨不能敲锣打鼓绕世界都知道。知道的，是妈妈您有能耐；不知道的，还以为我这小院多不太平呢！"

尤妈妈心头一惊，知道明兰说得在理，可当着三个大丫鬟的面挨了明兰的训，脸子也放不下，便不服气地嘟囔道："人家只有妈妈说姑娘的，哪有反过来让姑娘教训妈妈的，老婆子我倒好，进来没几日便惹了姑娘的嫌。"

明兰耳朵尖听见了，轻笑一声，道："是了，我原是不该说妈妈的，这样吧，我这就回了老太太和房妈妈，让她们与妈妈好好说道说道。"说着作势欲起身。

尤妈妈立刻丢下茶碗，慌忙把明兰按住，赔出一脸勉强的笑容，道："姑娘别价，是老婆子糊涂了，姑娘有话尽管说，何必嚷到老太太跟前去扰了她的清净。"

在外头庄子里时，尤妈妈就听说这位六姑娘是在老太太怀里捂大的，她知道自己是走王氏的门路进来的，原就未必得老太太中意，如今进来才几天便闹到跟前，到底不好，便立刻服软了。

明兰见尤妈妈如此上道，倒也不穷追猛打，重新窝进炕褥里舒适地坐好，捧过珐琅掐丝的铜胎手炉来取暖，柔声道："妈妈管教小的们，用心原是好的，可也有好心办坏事的。小丫头们犯了错，妈妈自可记下，待回头慢慢教训，该骂就骂，该打的我这儿有戒尺，该罚月钱的叫九儿知会刘妈妈一声便是，妈妈一把年纪了，做什么和小孩子脸红脖子粗的，没得显得自己不尊重不是？今日我与妈妈说话，可也没有吆喝得满院子都知道。"

其实大部分情况下，奶母对自己抚养的哥儿、姐儿还是忠心的，她们都是由太太选出来的，家人前程都在太太手里，儿子将来可能成为少爷的小厮，女儿将来可能成为小姐的丫鬟，利益都绑在一块儿了，例如墨兰的奶母就是林姨娘的嬷嬷，如兰的奶母就是王氏的陪房，只有自己……这个尤妈妈是半路来的，她的家庭背景明兰只知道个大概，这忠诚度便大打折扣了。唉，也罢，人小长栋的奶母还是临时工呢，喂完了奶便被辞退了，想想自己也不错了。

尤妈妈脸色一阵青一阵红，心道：这六姑娘好生厉害，拿住一点错处便训得条理分明，偏偏她态度柔和，一派端庄斯文，叫人一句嘴都还不出来。尤妈妈强笑着应声："姑娘说得是，我晓得了，都改了便是。"说着又讪讪地打了几句圆场。

明兰嫣然而笑，随意跟着说了几句，很给面子地让尤妈妈就坡下驴，说着说着，忽道："听说妈妈昨日添了个孙子，真是可喜可贺。"

尤妈妈呆了下，旋即笑道："说不上什么喜的，不过是多张吃饭的嘴罢了。"

明兰看着尤妈妈笑了笑，转头道："丹橘，取五两银子封个红包给妈妈，多少添些喜气，说起来也是妈妈头个孙子。"

尤妈妈接过红包，嘴里千恩万谢，心里却一阵乱跳，不是她没见过钱，而是她终于知道明兰不是当年的卫姨娘，她绝不是个可以随人揉搓的面团。

小桃送尤妈妈出门后，丹橘终于从假装忙碌中抬起头来，笑道："姑娘说得真好，总算镇住妈妈了。"明兰白了她一眼，端起热茶喝了一口，道："她到底是妈妈，顾虑的、知道的终归多些、周全些，你们还是得敬重一二，更何况她也没全训斥错。"

丹橘知道明兰的意思，低下头讪讪不语。

明兰想起自己院子不免头痛，叹着气放下茶碗，对着丹橘道："说起来你也有不是，一味和气老实，都叫她们爬到头上了。我知你与燕草几个是一块儿长大的，不好说重话，以前崔妈妈在还好，可我不过出了趟门，她们便越发懒散。前日屋里燃着烛火炭炉，她们居然跑得一个都不剩，这般大的过错你也笑笑过去了，还是翠微出来震吓了几句。可是你也想想，翠微还能在我们这儿待几天？待出了年她便要嫁人了。"

窝在炕上做绣活儿的翠微忍不住嗔道："姑娘说便说，做什么又扯上我？"

明兰转过脸，一本正经道："你放心，你那份嫁妆老太太早已给你备下了，你陪我这几年，我也不会叫你白来一趟，我另外给你预备了一份儿，不过我忘性大，回头你要出去了，得提醒我下，免得我忘了。"

翠微这几年早被打趣得脸皮厚了，都懒得害羞，只冲明兰皱了皱鼻子，还低头往绣花绷子上扎花。

倒是丹橘被说得不好意思，低头难为情，只嗫嚅着说："我说过她们几句，她们便说我攀高枝儿了，瞧不起小姐妹们了。"

明兰回过头来，继续教育工作："我这屋子里，除了小桃，便是你跟我日子最久，不说翠微拿着双份的，其余一干的月钱和老太太的器重，哪个越得过你去？你若不想她们叫妈妈罚，便得规制她们，没事还好，若有个好歹，惊动了太太和老太太，谁能跑得了？咱们院自有章法，你照着条理，拿住了规矩有一说一，谁又能说你什么？"

其实明兰的思路很简单，工作应该和职位薪水相对称，身为大丫鬟，领高薪、受尊重，除了照顾小姐，还要管制其余丫鬟，前者丹橘完成得很好，后者明显不合格。

丹橘脸上一白，呆呆站着。翠微叹口气，她也是家生子，自知道丹橘家事，她老子早逝，娘改嫁后又生了许多孩子，后爹不待见她，亲娘也不护着，五六岁之前便如同野孩子般无人照看，总算她姑姑心有不忍，托了门路把她从庄子里送进内宅，才过上些安稳日子。

翠微放下绣绷子，把丹橘拉到炕前，柔声道："妹子，我知道你是个老实的，可你也替姑娘想想，姑娘渐渐大了，不好一有风吹草动就去老太太那儿搬救兵，回回都这样，岂不叫人笑话咱们姑娘？如今那两位——"

翠微指了指山月居和陶然馆方向，轻声道："住得近，可都盯着瞧呢。姑娘刚回来那会儿，给小丫头们带东西的，明明都写了签子分好的，偏她们没规矩，胡抢乱闹一气。这也便罢了，以后若是有个什么失窃走水的该如何？是叫姑娘亲自来断官司，还是叫管事妈妈来处置姐妹们？那才是真伤了和气。如今又来个不好惹的妈妈，更得小心些。你可得拿出些威势来，不然老太太头一个换了你，姑娘不是非你不可。这些年要不是姑娘中意你，老太太早从那几个翠里头挑好使的给姑娘了。"

明兰崇拜地看着翠微，觉得房妈妈真是太会培训人才了。翠微这一番话说得前后周到，既点出了利害关系，又指明了后果。果然，丹橘脸上渐渐显出奋发来，严肃地连连点头，听着翠微指点，神情异常郑重肃穆。

有好几次明兰都想冲出去吼一顿，但还是生生忍住了，吼人不是她的工作，只有下决断定仲裁时才需要她出面。

"姑娘，姑娘。"小桃连跑带跳地从外头进来，来到明兰跟前喘着气道，"大小姐，哦不，大姑奶奶来了，老太太叫姑娘们都过去呢。"

明兰才反应过来，惊喜道："大姐姐来了，这可太好了，老太太可盼着呢。"

丹橘手脚比嘴皮子快，立刻从里头找出一双隔雪的洋红掐金羊皮小靴来，蹲下服侍明兰穿上；翠微忙下炕，从里屋的螺钿漆木大柜里找出一件浅红羽纱银灰鼠皮子里的鹤氅；小桃打开手炉往里头添些炭火，拨旺了火苗子。三个丫鬟忙碌着把明兰上下打点好，最后，翠微在雪帽和大金钗之间犹豫了一会儿，还是选了雪帽给明兰戴上。翠微留下看家，明兰带着小桃和丹橘直往寿安堂去了。

其实，盛老太太回府的第二日华兰就要来的，可不巧她婆婆，就是忠勤伯夫人病倒了，做儿媳妇的不好紧着走娘家，便拖到了今天。

一路匆匆，刚进正堂，明兰便看见一个丽装女子伏在老太太膝上低低哭泣，老太太也一脸爱怜，轻轻抚着女子的背。祖孙俩有六七年未见，甫一见面就抱头痛哭。王氏拎着帕子按在脸上凑情绪，心里却有些酸溜溜的。两个月前，母女俩久别重逢，华兰都没哭得这么伤心。

墨兰和如兰站在一旁，围着一个三四岁的女孩逗着说话。

听到掀帘的丫鬟传报，屋里众人抬头过来看。那女子脸上泪痕犹未干，便站起来笑道："这不是六妹妹吗？快，过来我看看。"

丹橘帮明兰摘了雪帽和鹤氅，明兰立刻上前几步，让华兰挽住自己，脆声道："大姐姐。"

华兰细细打量明兰，目光中隐然浮现惊艳之色，又看明兰举止大方得体，想起她小时候乖巧，心里多喜欢几分，回头笑道："到底是老祖宗会养人，我走那会儿，明丫儿还只是一把骨头的小病猫，这会儿都成了个小美人了。"

明兰也偷眼去瞧多年未见的大姐，只见她身着一件镂金丝钮牡丹花纹蜀锦对襟褙子，下头一条浅色直纹长裙，一身华贵高雅，容貌娇艳依旧，带着一股子成熟女子的风韵，不过眉宇间却有几分舒展不开。

华兰从身边丫鬟手中拿过一个绣袋塞到明兰手里，又随手拔下鬓边的一支赤金花钿式宝钗，给明兰素净的发髻插上，嘴里笑道："多年未见，姐姐聊表心意，妹妹莫要嫌弃。"

明兰眼睛一花，都没看清那钗长啥模样，只觉得脑袋沉了沉，想来那金子分量不小，又掂了掂手上的锦袋，摸着似乎是个玉佩，便福身谢过，抬头笑道："谢大姐姐，怪道四姐姐、五姐姐老盼着大姐姐来。"

众人都笑起来。王氏拉过明兰，指着那个小女孩道："这是你外甥女儿，叫庄姐儿。"

明兰看去，只见那小女孩白胖可爱，眉眼酷似华兰，不过神态举止却迥然不同，胆怯害羞地躲在嬷嬷身后不肯出来，听王氏吩咐才钻出来半个头，细声细气地叫了声："六姨。"

声音细软，可爱得像只刚断奶的小动物，明兰立刻被萌翻了，蹲下与庄姐儿平视，笑眯眯道："庄姐儿真乖，六姨给你备了东西哦。"

说着，从丹橘手中接过一个扁方盒子，塞到庄姐儿手中。庄姐儿呆呆地双手抱着盒子，大眼睛忽闪忽闪地好奇着。华兰走上几步蹲下，替女儿打开盒子。

只见盒子里整齐摆放着好几件物事：一只锃亮精致的黄铜九连环；一个织锦红茱萸的拨浪鼓；一只白玉雕琢的掌心大小的胖兔子，用红绳穿着；一对梅花状的翠玉平安扣，玉质莹然，显是价值不菲。庄姐儿一只手拿过那个拨浪鼓，咚咚摇晃起来，另一只手抓起那只白玉胖兔子，白嫩的小脸蛋喜笑颜开，看着明兰的目光便亲近了不少。

华兰见女儿喜欢，心里也十分高兴，笑着对明兰道："妹妹费心了，怕是早备下的吧？你外甥女可算有福的了，就是让妹妹破费了。"

明兰亮了亮手中的锦袋，又摸着头上的钗子，正色道："还好，还好，本以为是亏了的，没承想还能赚，大姐姐回头再生一个大胖外甥给我们几个做姨的，才真能捞回本钱。"

华兰一双杏眼盈满笑意，拧着明兰的耳朵，笑骂道："小丫头片子，敢打趣你姐姐，活腻味了吧？瞧我收拾你！"明兰被拧疼了，连忙钻空子躲到老太太身后去。屋里众人大笑。王氏尤其笑得厉害，指着明兰笑道："还不拧她的嘴！"

华兰拧了明兰两下，转眼看过去时看见小桃，便顽皮道："你不是原先跟在明兰身边的那个吗？你家姑娘这会儿可还踢毽子？"

小桃兴冲冲地上前福了福，当年她曾奉命监督明兰踢毽子，得了华兰不少赏，心里对这位大小姐很有好感，便憨憨地笑道："大姑奶奶安！自打您出了门子，六姑娘便不肯老实踢毽子了，赖一日拖两日的呢！"

众人都知道明兰的习性，哈哈大笑。还有个落井下石的如兰，她一见此情状，连忙大声道："大姐姐，你可不知道，六妹妹平日里除了请安，有三不出的，下雨天不出门，下雪天不出门，日头大了也不出门！"

屋里哄堂大笑，个个都打趣起明兰来。明兰红着脸，一副老实模样，任她们取笑，心道：可惜这里没有温度计，否则28摄氏度以上15摄氏度以下她也不出门！

大伙儿乐开了，便围坐在老太太身边，嘻嘻哈哈拉起家常来。这几年下来，华兰似乎健谈许多，说起京城的见闻趣事眉飞色舞，逗得众人笑个不停，便是对墨兰也客客气气的，不曾冷落了她。可明兰隐隐觉得华兰有些过了，似乎在掩饰着什么，不过，她一个庶妹也不好说什么，只能在一旁凑趣儿说上两句。

华兰谈笑间，不动声色地细细观察三个妹妹。墨兰如郁竹般皎然清雅，斯文娇弱，就是带了几分孤芳自赏的味道；明兰眉目如画，尤其秀丽出众，年纪虽小，却一派温婉可爱，说话举止很有分寸，既亲近孺慕长姐，却没有越过如兰的意思，很招人喜欢，华兰暗暗点头。

最后看自己同胞妹妹，华兰暗暗叹气，如兰长相多似王氏，姿色平平，不过好在肤白眼亮，气派富贵，举止从容，一副嫡女做派，不过……华兰骗不了自己，如兰到底张扬了些，不够稳重端庄。

说了好一会子话，盛老太太微微示意王氏，又看了看华兰。王氏心里明白，便拉着裹得严严实实的庄姐儿先出去了，三个兰跟上，一众丫鬟婆子便如潮水般依次序慢慢退出寿安堂。

待众人都散去后，房妈妈和翠屏将门窗掩上，小心守在门口。华兰见盛老太太这般做法，心里有些惴惴，犹自笑道："老祖宗有话与我说吧，何必如此？"

盛老太太没有接话，只拉过华兰，细细看她气色神情，直把华兰看得不安起来，才缓缓道："大丫头，这几年你信里都说事事顺心，祖母今日问你一句，你不可隐瞒，你这日子究竟过得如何？"

华兰脸上笑容有些挂不住了，强笑道："祖母说的什么话，自然是好的。"

老太太合了合眼，长叹一声，把华兰搂到身边，叹声道："你连祖母也要瞒着吗？"

华兰终忍不住心头一股惶惑，低头颤声道："我也不知道我这日子过得好是不好。"

二

华兰出了寿安堂便往王氏屋里去了，王氏早在里屋烧热了地龙等着，见女儿进来忙叫丫鬟沏茶捧手炉。华兰见屋里只有王氏一人，问道："庄姐儿呢？"

王氏拉着女儿坐到炕上，笑道："和你妹妹们玩去了。她们屋内的桌椅搬开，辟出一块空地，几个女孩儿闹着玩'瞎子摸人'呢，旁边妈妈陪着，你放心。"

华兰接过彩环递来的手炉，转向王氏笑道："我有什么不放心的，这怕又是六丫头的点子吧，上回来如兰、墨兰便不耐烦哄小孩儿。"

"六丫头自个儿也是小孩儿，正贪玩儿呢，正好与庄姐儿一块儿。"王氏看了看门口，便挥手叫屋里的丫鬟都出去，最后一个彩环把帘子放下，守住门口。

王氏走到华兰身边坐下，细细打量女儿，见她面上妆容似新上的，睫毛上还有几分湿润，便低声道："你都与老太太说了？"

华兰疲惫地挨着王氏，半闭着眼睛道："祖母火眼金睛，我如何瞒得过去？索性都说了。"

王氏见女儿虽然神色无力，但精神反而舒展了些，便知此番谈话不错，问道："老太太与你说了什么？"

华兰睁开眼睛，微笑道："到底是祖母见过世面，听了我婆家那摊子破事，只教了我两件事，一是先赶紧把管家的活儿丢出去。"

王氏一听急了，连忙截口道："老太太是糊涂了，你好容易能管上家，这些年费了多少力气，怎能说放手就放手？"

华兰叹气道："我也舍不得，可祖母说得也对，忠勤伯府将来到底不是你女婿的，管得再好也是为他人作嫁衣，没得累了自己又费了银子，况且我当务之急是生个儿子。"

王氏听了便轻哼一声："废话，我也知道你得生儿子，老太太这话说了跟没说一样。"

华兰白了母亲一眼，赌气道："娘，你才是说了跟没说一样。祖母不但说了，还给我支了招，说她认识白石潭贺家的老夫人，贺老夫人的娘家是三代御医院正的张家，那位老夫人自幼在娘家学医，别的不说，于妇人内症最是了得，不过她是闺阁女子，不如男儿家可行医济世，也不好张扬，嫁人后更无多少人知道了，这回祖母便为我托她去。"

王氏一听，喜上眉梢道："真的？这我可真不知了，幸亏老太太知道底细。如今虽说你身边有个庶出的，可到底没有亲生的好，往日里你为着面子，不好大张旗鼓请大夫，且那些都是男子，如何瞧得仔细？真可怜我儿了。"

华兰目光中闪出希冀之色，喜悦道："祖母还说这事儿不必声张，只请了贺老夫人来家里做客时我回趟娘家便是了，所以才要甩了管家的差事，好方便脱身，并慢慢调理。"

王氏双手合十，连声念佛："阿弥陀佛，这下子我儿可有望了！老太太这人说话最实在，她若说那贺老夫人行，便没有十分也有八九分了。"生儿子的任务当前，王氏便觉得管家也没什么重要了。

华兰懒懒地靠到王氏肩上，娇声道："娘，你们来了京城真好，我算是有撑腰的了。"

王氏揽着女儿的身子，心里万分爱惜，嘴里却轻骂道："都是你性子要强，不肯在信里说实话。你那婆婆竟如此偏心，你嫂子生不出儿子来便好吃好喝供着，休养了多少年才生出个儿子来，你掉了孩子不过才几年，便急急忙忙给塞了个丫头，总算你还有脑子，早一步给陪房丫头开了脸，生了个儿子才堵住你婆婆的嘴。"

华兰心头不快，恨声道："嫂子是婆婆外甥女，自然比我亲，如今她娘家早无人为官了，还摆架子。"

王氏拍着女儿的背，笑道："你知道就好，你嫁的人能干，将来你们分了家便有好日子过的，如今且别和她们置气了，先生个儿子要紧。"

华兰也很是期待，轻轻道："但愿如此。"

王氏搂着女儿腻歪了会儿，思绪远了开去，道："如今你兄弟是定下了，待你妹妹也寻得个好人家，娘便无所求了。"

华兰抬起头，轻声嗤笑了下，拉长声音道："娘，你还是老老实实地将如兰许给表弟吧，趁如今外祖母还硬朗，舅母不好啰唆，你若变卦，舅母定会笑破肚皮。"

王氏恼羞成怒，作势欲打华兰，骂道："你个没心肝的，你嫁入了伯爵府，就不兴你妹妹也攀个好亲吗？你舅舅虽好，可如今到底没你外祖父时风光了，且我那侄子老实木讷，我怕你妹妹嫌窝囊。"

华兰笑着躲闪王氏的巴掌，拦着胳膊道："舅舅纵使官位不高，但外祖家多少年家底还是在的，表弟老实才好呢，动不了花花肠子。"说着忽而伤感，"娘，你当我在婆家日子好过吗？说起来忠勤伯府还是冷落了的，这要是风光的爵位人家，还不定怎么显摆。你老说我脾气不好，可如兰她还不如我呢，且她生得又平平，在那高门大院里如何活得下去？"

王氏看女儿一脸倦色，知道她过得不易，便也轻轻叹气。静默了一会儿，华兰展颜一笑："不过，我真没料到六丫头倒是出落得这般好了，举止谈吐也招人喜欢，待过了年，我将她带出去见见人，倒没准能寻个好亲事，祖母定然高兴。"

王氏见长女埋汰自己妹妹，却抬举明兰，当即瞪眼道："你别多事了，明丫头的亲事老太太早有主意了，就是那个白石潭贺家的孙子，哦，好像还有你姑姑家的表弟和大伯母娘家的哥儿，为着这个，老太太特意回了趟老家，把明兰记到我名下了。"

华兰听王氏一口气爆出三个候选人来，有些愣，随即笑道："老太太这是怎么了？她早年不是只看读书人顺眼吗？姑姑和大伯母娘家可都是商贾人家呀！那贺家倒是不错，虽族中为官之人不多，官位又不高，但到底是大家族，不过，他们能瞧上明兰？"

王氏也笑了，眉开眼笑道："谁说不是，当初给那贱人说亲时老太太也没多上心，如今轮到明兰了，她却全想开了，到底是偏心，不肯六丫头吃苦！哦，对了，那贺家孙子是偏支。"

华兰柳眉一扬，嗔道："娘，你这些年与林姨娘斗气，也糊涂了？她如何与我六妹比，她不过是老太太好心收来养着，没钱没势，无亲无故，纵算想挑个富贵人家，人家也未必瞧得上。六妹妹可是咱家亲骨肉，老太太正经的孙女，头上有祖母和父兄，下边有太太和姊妹，便不能与我和如兰比肩，也是不差的了。"

王氏冷着脸道："你这般热络做什么？她又不是与你一个娘胎里出来的！"

华兰摊摊手，神色一派调侃："没法子，与我一个娘胎里出来的那个不出挑呀。"说完，便淘气地躲开了。

谁知这回王氏倒没生气，反叹息道："唉……你们父女俩一个口气，你老子也是这般说，过几日襄阳侯七十大寿宴客，他还叮嘱我定把墨兰、明兰带上呢。"

华兰吃了些惊，随即了然："爹爹这样想也有理，能多攀个好亲事于家里总是一番助力，只是……若墨丫头嫁得好，那贱人岂不更得意了？"

母女对视一眼，心中都是一样的意思，其实王氏何尝不想动手脚，可如兰还未出嫁，投鼠忌器，不能坏了盛家女儿的名声。

这天晚上，袁文绍结了差事便来盛府，给盛老太太磕头请安，然后与岳丈和三个大小舅子谈笑起来。袁文绍是聪明人，作为袭荫家族的武官，本来难与清流文官搭上关系，可盛纮给儿女联姻是脚踩文武两道，正好左右逢源。

王氏见家中热闹，索性把自家姐姐姐夫，即康氏夫妇，一道请了来聚聚，一同来的还有长梧小夫妇俩，如此盛家便开了两大席。

外席上，男人们觥筹交错，说着官场上的往来人情，热闹酣畅，隔壁里屋便设了女席。明兰细细听着外头的说话声，心中有所感悟。古代果然是家族社会，便是以读书科举上位的清流，也十分讲究师生同年交错繁杂的人情关系，不过……现代何尝不是如此。

虽然外头那一桌官位都不高，但联合起来，家族力量却也不小了。

阖家团聚，王氏十分高兴，多喝了几杯，脸蛋红扑扑的，倒有几分姿色，一旁的康姨妈却有些憔悴。比起自己妹妹，她却是多有不如，不过瞧着允儿脸色红润，新婚后更增几分娇艳，多少宽慰些，总算这桩婚事是不错的，便连连敬了老太太好几杯。老太太居然也痛快地喝下了，然后便叫房妈妈扶着回去休息了。

庄姐儿的小脸像擦了胭脂般绯红绯红的，她和明兰你追我躲地玩耍了一下午，整个人都活泛了，吃饭时也和明兰挨着坐。华兰见女儿开朗爱说话，便愈加高兴起来。

明兰精疲力竭，她深深明白一个道理，不论看起来多害羞的小东西，疯闹起来也是高耗能型的，如今，她拼命想甩脱这个小包袱。

晚上散席，盛老太太怕明兰吃酒吹风后，小丫鬟们照料不妥，便着房妈妈亲自把明兰接到寿安堂睡。灌了一碗醒酒茶再一碗姜汤后，明兰舒服许多，便稀里糊涂地让人梳洗脱衣，最后挺着吃撑的肚皮，搂着祖母的胳膊晕晕地睡下了。躺了一会儿后，不知为何，并未立刻睡着，反有些精神，祖孙俩索性聊上了。

"我第一次瞧见康姨父呢，怎么……和听到的不大一样呀，与爹爹差远了。"明兰想起适才问安磕头时的情景。康姨父年轻时应该和盛纮一样,是个翩翩俊秀少年,可如今盛纮还是个仪表堂堂的中年人形象,康姨父却一副酒色过度的模样,还态度倨傲。

老太太叹气道:"你爹小时候经过人情冷暖,知道如今的日子来之不易,便多了几分戒慎之意,可你姨父是家中独子,是康老太太宠溺着长大的……"没有说下去。

明兰暗暗补上:慈母多败儿。

"康姨妈生得真好,和太太不大像呢。"明兰想起那憔悴的中年美妇,忽然心头一动,撑着圆滚滚的肚皮趴在老太太身边,"当初,您为什么不向她提亲呢?"

盛老太太就着地上微亮的炭火,拧了把明兰温热的小脸,骂道:"你个小东西,外头装得老实,到我这儿什么都敢说,这话是你问的吗?"

明兰撒娇地拿脑袋往祖母怀里蹭,只蹭得老太太痒得笑起来。

"当年我只是上门求亲,并没说准了求哪个,是王老太爷的意思,也是你康姨妈隔着帘子瞧了,然后自个儿挑的。"老太太淡淡道,"王老太爷和康老太爷都是先帝的股肱重臣,两家门当户对,那时你康姨父刚中了进士,也是意气风发;而咱们家,你祖父早逝,于官场上并没有什么根基,她也不算挑错。"

明兰跟着点头,忽又觉得不对,脑中一道亮光闪过,心里有个念头,凑过去轻声道:"祖母,莫非……你一开始就没想过要康姨妈?"

康、王两家交好,且早有口头婚约,不过也没定是哪个姑娘,不过大家都知道王家最出挑的是长女,而不是自小养在叔父家的次女,所以没意外的话,王家会把大女儿嫁给康家,然后二女儿嫁给根基较浅的盛家。

昏暗中看不清盛老太太的表情,不过她伸手拍了拍明兰的头,似乎嘉许:"又想门第高,又想姑娘十全十美,哪轮得到你?且我也打听过的,你母亲虽性子鲁直,脾气又冲,可究竟心地不坏,且会理家管事,真正阴毒狠辣的事儿她也做不出来,这便很好了。若没有……喀,咱们家也算和睦了。"

明兰轻轻点头。王氏度量狭小,斤斤计较,待人也不宽厚,但也不能算个坏人,什么下药、打胎、诬陷、挑拨,这种有档次的坏主意她也操作不来……所以当初才会被林姨娘算计。

"你那康姨妈,瞧着慈眉善目,手段却厉害,这些年你姨父屋里的,不知出了多少人命,发卖了多少妾室。"老太太又道。

明兰这次没急着接口，沉默了会儿才缓缓道："若不厉害，如今康家怕更不如了。康姨妈算是官逼民反，难免背上'妒恶'之名，那些屋里的算是殃及池鱼，也不免被指狐媚活该，可真正有过错的那个，世人却不见得多责怪他。"

这是个男权社会，谁不愿意当珍珠？谁又愿意变成鱼眼珠？可在生活的逼迫下，有几颗幸运的珍珠能始终保持光泽明丽？

"呵呵，看来我的明丫儿长大了。"老太太似乎在笑，"既然你明白，那是最好不过的。你要知道，再要强出挑的女儿，若摊上个赖汉也废了。嫁人，便是女人的第二次投胎呀。"

明兰靠到老太太颈窝边，只觉得一股子温暖柔和的檀香，心里说不出的亲近，便低低道："可是，识几个字容易，识一个人却难，好些赖汉都披着画皮呢。"

这句话把老太太逗乐了，把小孙女搂到怀里，呵呵笑了一阵，才道："小丫头，怎么你说话的口气与静安皇后有些像呢？她也极少责问后宫嫔妃，只把账算在先帝爷头上。"

明兰心头一动，还没来得及说话，盛老太太又开口了，这次口气前所未有地冷漠肃穆："可是呀，明丫儿，你要记住，真到了那个境地，便是你死我活，你若一味怜惜别人，死的便是你自己！当年，静安皇后便是叫个所谓的好姐妹给害了，才会死得那么早！"

明兰心头一震。

她知道老太太其实说的也是她自己。当年，她的亲生骨肉就是折在一个楚楚可怜的女人手里，夫妻才最终反目。

女人战争，狭路相逢，最忌心软。

明兰心里哀声低叫：可她不想当鱼眼珠呀！

三

盛老太太回府，盛、海两家开始过六礼。海家乃东阳名门，盛纮决意遵行全套古礼。明兰去请安时，就看见王氏正房堂桌上放了一只捆得结结实实的大肥雁，便好奇地拿手指戳了戳。那可怜的雁儿被扎住了嘴，只翻了个很有性格的白眼给明兰。

"是活的？"明兰轻呼，"现在不都用漆雕的吗？"

如兰也撇撇嘴："世代书香嘛，就是讲究，前几日就捉来了，跟伺候祖宗似的养着呢。"

盛纮特意请了自己的好友，大理寺的柳大人前去海家纳彩求亲。因海大人即将离京赴任，时间有限，当日便带回了海家小姐的八字庚帖，然后盛纮装模作样地请官媒核对问卜早就知道的八字，再放到先祖牌位前供了两天。当然，得出的一定是吉兆。

如此这般，才能文定下聘。婚事定于下个月，腊月十八，大吉大利。

年底喜事多，今年平宁郡主的父亲襄阳侯七十大寿，大开筵席，因王氏娘家算是齐家远亲，长柏又与齐衡多年同窗，便一道请了。

这天一清早，翠微就把明兰捉起来细细打扮，上着浅银红遍地散金缂丝对襟长绸袄，下配肉桂粉百褶妆花裙，丰厚的头发绾成个温婉的弯月鬟，用点翠嵌宝赤金大发钗定住，鬟边再戴一支小巧的累丝含珠金雀钗，钗形双翅平展，微颤抖动，十分灵俏。

这一身都是在宥阳时新做的，待去了太太屋里，见另两个兰也是一身新装。墨兰着浅蓝遍地缠枝玉兰花夹绸长袄和暗银刺绣的莲青月华裙，纤腰盈盈，清丽斯文；如兰是大红百蝶穿花的对襟褙子，倒也有一派富华气息。

王氏坐在堂上对着三个女孩训导了几句"要守规矩，多听少说"之类的。明兰知道这是在说墨兰，偷眼瞧去，谁知墨兰竟没半分异色。

在挂着厚棉帘的马车里晃了有一个多时辰才到了襄阳侯府，侯府大门敞开，双挂一对洒金红联，还高高吊起密密麻麻的大红鞭炮。因王氏一行人是女客，便从偏门进入，下了自家马车，换上侯府内巷的软轿，又行了一会儿才到二门，女客们才下了轿子。

门口早有丫鬟婆子等候着接人，王氏等人这才有机会细细看，只觉得眼前倏然开朗，府内高阔平和，远望还有小桥流水和山丘树林。一个中年婆子引着王氏等人一路走进去，穿过一个蛮子门，沿着抄手游廊慢慢走去，王氏和女孩们都不动声色地打量四边环境，只见处处雕梁画栋，着实气派富贵，便是那门窗廊柱都是描金绘彩的。

王氏暗暗吃惊，怪道平宁郡主眼珠子生在头顶，转眼看三个女孩——墨兰心里艳羡，神色还算镇定，只是脸上的微笑有些僵硬；如兰就直白多了，眼中不加掩饰地流露出喜羡之色。王氏再去看明兰——顿时一愣，只见明兰若无其事，神色如常，态度自然流畅，也不像装的，倒似真的不把眼前的富贵放在眼里一般。王氏不由得刮目相看。

不是明兰眼界高，而是她去过故宫，走过王府，溜达过沈园，攀爬过天坛，也算见过世面的，只在 3D 屏幕前看到《指环王 1》里那座地下王宫时，明兰倒是"哇"了好几下。

指派来引路的管事婆子是个口齿伶俐的，一边走，一边还指点着各处景致略略解说。

王氏随口笑道："天下富贵宅邸多了，难得的是贵府格局雅致，真是好山好水好兆头。"

如兰附到明兰耳边，轻声一句："六妹妹，这里可比大姐夫家强多了。"明兰点点头。她没去过忠勤伯府，没有发言权，只规矩地走路。

古代上层社会，清流和权贵虽有通婚，但界限分明。权贵子弟大多靠着荫袭或皇帝赏识，在军中或卫戍禁军里谋职，再不然就在某部门挂个虚衔。而读书人走的是文官科举路线，童生、秀才、进士，成绩好的进翰林院，成绩一般的在六部熬资历或外放，如此累积品级，或做高官，或回家赋闲做个乡绅。

当然，许多士绅之家的子弟，本就不紧着做官，考功名不过是为家族减免些税役，或添把保护伞而已，真正关键的是那些看着品级低的翰林学士，尤其是里面的庶吉士。

自前朝起，朝廷便形成惯例：非进士不入翰林院，非翰林不入内阁。因此，庶吉士又被称为"储相"，换言之，长柏将来有可能平步青云，直入内阁掌权。

明兰昨晚睡觉时，就觉得像襄阳侯这样的热门权贵做寿，实在没有必要请自家的，后来细细度量了一番才明白，这不过是瞧在长柏和海家的面上罢了。若将来长柏真有发迹的机会，早一点做感情投资总是不错的，何况投资数额又不大。

正想着，便到了正堂，因王氏一行人来得早，客人都还未到，郡主索性请王氏带着女孩儿们来给寿星翁磕头请安，刚到门口，就听见里头传出来阵阵说话声和大笑声。

明兰低头进去，只觉得脚下一软，原来屋里铺着厚厚的"吉祥福寿"纹样的猩红驼绒毡毯。屋内很大，似乎是几间屋子打通了的，只竖了几面多宝格，格子里闪烁着许多精美华贵的瓷器古董做摆设。

屋内一片喧哗声，或坐或站了许多男男女女，正热闹地说着话，不过平宁郡主的娇笑还是最有穿透力，直传入明兰耳里。

"王家姐姐，你来了。"平宁郡主缓步走来，对着王氏笑道，态度亲热。

王氏此人，说好听点是脚踏实地，说难听点是目光短浅。自打断了与齐衡结亲的念头后，她便觉得于郡主无所求了，所以来往之间十分自然，并无多少诌媚奉承之意，与郡主反倒能结交起来了。

王氏与平宁郡主寒暄后，立刻恭敬地给上首坐着的一位老人家行礼，堆起满面笑容，嘴里贺寿道："给老侯爷道喜了，祝老侯爷福如东海，寿比南山！"

"好好好，起来，起来。"顾老侯爷满头白发，形容清癯，一身赭红色寿纹锦缎直缀，身材高大，精神饱满，看起来不过六十来岁。

他冲着王氏笑道："先帝爷时，我与你父亲在甘陕总督麾下共过事，那会儿他整日捧着账册算计粮草，我就带着大头兵日日去找他要东西，好不好便是一番斗嘴。前几日我见了你家大哥儿，活脱脱你老子的做派，唉……岁月催人老哟，一转眼就剩下我这老东西喽。"

提起亡父，王氏眼角略有湿润。平宁郡主摇晃着老侯爷，笑道："哎哟，王家姐姐是来拜寿的，您没事说这干吗？"老侯爷似乎很疼爱这个女儿，连声道："好好，我不说了。还不快看座，还有后头几个小丫头，是你家闺女吧？"

王氏忙让三个兰上前磕头。女孩们忙上前跪下，恭恭敬敬地磕了三个头，照着事先演练好的，一齐脆声道："祝老侯爷松柏常青，多福多寿！"

顾老侯爷受了礼，平宁郡主忙让丫鬟捧着托盘送上三个绣囊，算是老侯爷的见面礼。明兰接过绣囊，微微抬眼，总算是有机会抬头看了，只见老侯爷后头呼啦啦站了好些个青年，小的不过七八岁，大的也不过才二十出头，面貌相似，估计都是顾氏本家人。

平宁郡主指着他们，笑道："这都是我本家兄弟子侄们，因瞧着前头客还没到，便先来给爹磕头拜寿来的。咱们都是自家人，便不必学那道学先生避嫌了。"古代大家族的规矩，还没成亲的都算未成年，本家女眷不必严格避讳。

老侯爷另一边站着许多媳妇姑娘，个个珠翠环绕，妆容端庄。平宁郡主又介绍道："这都是家中的嫂嫂弟妹，这些是我侄女儿，大家伙儿都来认识认识吧。"

女人们走上前来，又是一番寒暄说笑。可苦了三姐妹，她们稀里糊涂地给许多太太行了礼，然后又叔叔、哥哥、弟弟的，叫了一屋子。明兰磕头磕得晕头转向，站起来天旋地转，没想到体格健壮的如兰脚步不稳，把自己体重都压到明兰身上，害明兰差点摔个狗啃泥，多亏她人品好，好歹面带微笑地死命撑住了。

　　明兰手里又被塞进许多个锦袋，她习惯性地掂了掂，分量轻重不等，然后偷瞄了眼自己的两个姐姐。如兰明显还没从头晕中缓过来；墨兰低着头，神情肃穆地嘴里念念有词。明兰轻轻侧过去听了，嘴角一翘，哦，原来她在默记这些夫人的来历姓名。不过最可怜的是王氏，今天她可破财了。

　　到底是男女不便，说了几句后，平宁郡主便带头将一干女眷统统引到另一处院子里。在一间宽敞的大堂屋里，摆好了许多锦杌高椅，然后女眷们各自坐下，丫鬟再奉上茶点果子，大家这才松快地聊起天，一边闲聊一边等着客人陆续到来。

　　明兰乖乖地坐在一角，端着茶碗细看上头的粉彩，暗叹真是精品；旁边的墨兰和顾家的一个女孩聊着天，似乎是早就相识的。

　　“怎么齐国公府的人没来？哦，没早来？”如兰脸对着明兰，眼神却往顾家女孩那儿瞟。

　　明兰不知道她在问谁，而那顾家姑娘显然没领会。明兰叹口气，随口道：“大约和我们一样，冬日里头，想多睡会子吧。”

　　那边的顾家姑娘听见了，扑哧一声笑出来。她生得娇俏可人，一派天真，笑着对墨兰道：“你这妹妹真好玩。”

　　墨兰皮笑肉不笑地扯了扯嘴角，然后故作不在意地问：“这么一说，呃？连姐儿，适才怎么也不见老侯爷的外孙呀？”

　　连姐儿是平宁郡主的侄女，不过这屋里的顾家姑娘大多是十岁以下的小孩儿，只有她们几个年龄相仿，便过来说话了。

　　“我那堂哥昨夜就来了，今儿一早就拜过寿了，这会儿不知哪儿帮忙去了。”连姐儿故意装出一副老气横秋的样子，三个女孩便都笑了。

　　这一笑，她们四个便坐到一块儿说起话来，连姐儿很健谈，一个人叽叽呱呱说了半天京城里当红的戏班、发钗华胜的流行式样、京里头闺秀的诗会……墨兰微和她一搭一唱，十分融洽的样子。其实如兰和墨兰是同时认识连姐儿的，不过显然墨兰更会交际。明兰也不多搭话，只在旁边微笑听着。

说着说着，连姐儿看了看明兰，一眼又一眼，似乎有话要问又犹豫的样子，终于忍不住开口道："我听你姐姐说，你在登州时，与余阁老的大孙女最是要好？"

　　明兰瞥了一眼墨兰。墨兰被明兰目光一扫，不安地动了动坐姿。明兰转过头，斟酌着语气，道："说不上最要好，不过投缘多说两句罢了。"

　　连姐儿是个心里藏不住话的人，立刻道："那她为何不肯嫁我二堂叔？"

　　明兰云里雾里，完全糊涂了，反问道："你二堂叔是谁？"

　　连姐儿见明兰一脸懵懂，急了，低吼道："就是宁远侯府的二公子！刚才就站在老侯爷身边的呀！"

　　明兰瞬间明白了，宛如被打了一闷棍般向后仰了下，心里大骂自己是猪，刚才磕头磕糊涂了，竟然忘了这茬子事儿。

　　最初代的襄阳侯与宁远侯是一对兄弟，不过第二代襄阳侯无嗣，也不知怎么搞的，他没从自家兄弟那里过继侄子，反而从老家的顾氏族人里挑了个远房孩子来做嗣子，从那时起，襄阳侯与宁远侯便断了往来，连子孙的名字排辈都不一样。

　　不过如今，襄阳老侯爷独子早逝，只有平宁郡主一个女儿，他努力到五六十岁，终知道自己生不出儿子来了，只好考虑过继。所以，刚才老侯爷身边才会聚集了那么一大帮子顾家子弟，怕都是冲着这爵位来的，连姐儿的父亲便是老侯爷的一个侄子。

　　刚才站的人里有嫣然的前未婚夫？该死的，居然没注意看！

　　明兰使劲儿回忆适才的情景，好像……似乎……她拜过的一群表叔中，是有两个獐头鼠目的，不过到底是哪个獐头、哪个鼠目呢？明兰恨不得抓自己的脑袋，怎么也想不起来。

　　"我们两家从不往来的，这回是我大伯爷特意去请的，想请宁远侯爷帮着挑个嗣子。我也是第一回瞧见那家的人，他家大爷身子不好没来，来的是二爷和三爷。"连姐儿抬着头，嘟着嘴道，然后继续追问明兰，"你说呀，为什么余家大小姐不肯嫁过去呀？是不是听说了什么不好的传言？"连姐儿的话虽说得像是担心自家人，可表情出卖了她，分明是一脸兴奋地只想知道八卦罢了。

　　明兰有余家编好的第一手借口，一副不在乎的样子，淡淡道："不是的。不过当年余阁老与大理段家有过口头婚约，后来两家人天南地北分隔开了，大家也忘了。谁知年初时，段家来信提起这桩婚事，余阁老是守信之人，便二话不说应下了亲事。"

连姐儿难掩失望之色:"就是这样吗?"

"是呀,还能怎样?"明兰尽量让口气真诚些,"其实余阁老挺中意宁远侯家的婚事的,这不,又将二小姐许了过去,亲事定了吧?什么时候?"

听不到猛料,连姐儿很失望,甩甩袖子,随意道:"定了,就在正月底。"然后又岔开话题和墨兰、如兰聊起天来。明兰这才松了口气,学王氏的样子在袖子底下双手合十,暗念道:阿弥陀佛,幸亏余家的善后工作做得好,没漏出一点儿风声,不然恐怕她也要折进去。太上老君做证,以后她再也不冲动了。

四

女客渐渐到来,一群服饰华贵的太太奶奶三人一丛、四人一堆地坐在一起吃茶说话,正当妙龄的小姐们也多起来,有认识要好的便凑在一起说话。在座的女眷们不是来自公卿门第,便是高品大员之家,至少也是出自官宦世家。

墨兰似乎是见到了什么人,笑着起身而去,走过去拉着两三个华服少女说起话来。

连姐儿转头对明兰笑道:"你姐姐可真好人缘。"

如兰看着在人群中说笑的墨兰,不悦地撇撇嘴,道:"这种自来熟的本事可不是人人都会的。"

明兰看去,发觉墨兰在那群贵女中满脸堆笑,见缝插针地凑趣两句,颇有巴结讨好之意,不由得暗暗摇头——不是同一个圈子的,再巴结难道能巴结出真友谊来?

连姐儿的这一房属偏支小辈,她也认识不了几个权贵,又懒得敷衍,便依旧和两个兰坐在一块儿。

"可惜如今天冷,地上都结了薄冰,不然咱们可出去逛逛。过世的老侯爷夫人来自江南大族,因此这园子仿的也是江南园林,春暖花开的时候,可好看了。"连姐儿惋惜地看向窗外,似乎十分想出去的样子。

明兰看着外头白茫茫的一片,畏寒地缩了缩脚趾,对着连姐儿笑道:"你是本家人,什么时候不能来?待天儿暖些吧。"

连姐儿摇摇头,苦着小脸道:"郡主姑姑规矩大,我们这些分了家的亲戚来一趟也不容易，何况最近她常请些贵客来，寻常不叫我们进园子的。"

正在生闷气的如兰听到这句话，终于回过神来，问道："莫非是嘉成县主？外头都说郡主和六王妃交好呢。"

连姐儿故作一脸神秘道："我可没说哟……哎呀，说曹操，曹操到。"

说话间，外头婆子来传，六王妃并嘉成县主到了。

平宁郡主率先出去迎接，所有坐着的女客立刻都站了起来，或跟着出去，或规矩地站在原地等。坐在角落的两个兰和连姐儿不引人注目，三个女孩悠闲地缩在一旁看着。

过不一会儿，呼啦啦进来一群锦缎珠光的女眷，当头一个中年美妇正和平宁郡主亲热地说话，后头跟了一个被众人前呼后拥的少女，明兰知道，这便是六王妃母女了。

六王妃生得白净富态，一身大红金团压花妆花褙子，瞧着蛮和气的，她身边聚拢了许多女客问安。明兰再去看嘉成县主，只见她身姿曼妙，气度华贵，一张妩媚俏丽的瓜子脸脂粉薄施。明兰忍不住笑了笑，轻声道："县主和郡主倒有几分相似。"

连姐儿拍着明兰的肩膀，轻呼知己："你说得太好了，我也这么觉着，只老也说不出来！"

嘉成县主如今十五六岁，正是含苞欲放的旖旎年华，被七八个贵女围着说话，便如众星拱月一般，一忽儿娇笑，一忽儿戏谑，长袖善舞的模样，竟与平宁郡主有六七分相似。

再看平宁郡主，她如今把一腔热情都用在六王妃身上，热络得几乎跟亲姐妹一般，其余人便不怎么搭理了。如兰阴沉地瞪着，忽低低道："马屁精！"

明兰吓了一跳，赶紧去看四周，好在人声嘈杂，也没人听见。明兰连忙把如兰再拉开人群中心一些，到墙角找了个杌子坐，连姐儿也跟着过去。

明兰挑了话头，扯着如兰一道说泉州时的南方风光，连姐儿还没离开过京城，十分好奇，明兰那会儿病得一脑门子糨糊，自也不知道。在两个女孩的连连追问之下，如兰终也起了兴致，端着架子细细说起来。三个女孩嘻嘻哈哈，倒也投缘。

堪堪讲到泉州著名小吃——萝卜丝菜包子，如兰讲得津津有味，几乎把连姐儿的口水都引出来。

这时，忽听平宁郡主高声道："戏台子的点景都搭好了，咱们这就过去吧。"

郡主首先挽着六王妃的胳膊，带头出去了，后头一干太太小姐都说笑着鱼贯跟出去，留下丫鬟婆子慢慢收拾桌椅茶碟。

连姐儿轻快地跳起来，一手去拉一个兰，笑道："走，咱们看戏去，这回姑姑请的是最红的双喜班，他们的《玄女拜寿》和《醉打金枝》两出戏在京城可火了！"

明兰听着也颇感兴趣，刚要从杌子上起来，一只手放下茶碗的时候，忽然旁边一个正收拾的小丫鬟手一歪，将一盅没剩多少的蜜枣泥倒在了明兰手背上。

明兰轻轻"啊"了一声。连姐儿忍不住骂道："笨丫头！你怎么弄的？！"

那小丫鬟才十一二岁，见闯了祸，立刻赔礼下跪，连声道不是。

明兰无奈道："算了，还好只是手上，若是衣服上就麻烦了。"说着甩甩手，只觉得手指缝黏糊糊的，有些温热。

那小丫鬟十分乖觉，连忙道："请姑娘去后头净下手吧，洗了手便好了。"

如兰皱眉道："那戏怎么办？晚了可要开锣了。"

连姐儿是戏迷，也是心急难耐，她仰慕双喜班已久。

明兰见她们的模样，便笑道："你们先去，我净过手再来寻你们。"

连姐儿大喜，又叮嘱了那丫鬟几句，然后拉着如兰先走了。

明兰一边暗叫倒霉，一边跟着那小丫鬟从后头出去，到一间里屋坐下。那小丫鬟很快捧出一盆温水，帮明兰卷起袖子，卸下指环、手镯，细细洗净了，然后用干净布帕给明兰抹干手，再帮明兰戴好首饰，一会儿工夫便全好了。

明兰看她动作如此利落，有些意外，一边给自己将平袖子，一边打趣道："瞧你手脚利落的，倒似常给人洗手，莫非你常把枣泥倒人手上？"

那小丫鬟十分伶俐，甜笑道："瞧姑娘说的，奴婢哪有那个胆子。"说着，她还不住地偷眼打量明兰，还赞了一句，"姑娘真好看，人也和气，跟个仙女似的。"

明兰暗叹：到底是侯府，瞧这丫鬟的素质，手上、嘴上都来得了。

然后这小丫鬟便自告奋勇地给明兰带路："姑娘走好，我来扶您吧。这路上滑，从这儿走去戏台子更近。"

明兰是路痴，只有老实跟着，穿出了垂花门，只见丫鬟婆子穿梭来往，明兰忽心头一跳，觉得有些不对。今日出来服侍的丫鬟婆子都外罩着统一的青蓝色束腰比甲，怎么这个小丫鬟没穿？不过人家府里的事，她不好多问。

小丫鬟扶着明兰迅速地走着，东一拐，西一绕，越走越偏僻。明兰心里开始打鼓了，连连质问，每回那小丫鬟都说："快到了。"

明兰心慌，越看这小丫鬟越像人贩子，奈何自己不识路，只好再忍一忍，直把两整段的抄手游廊都走完了，还要往前走。来到一处冷僻的花厅园子后，明兰终于忍不住一把甩开小丫鬟，瞪眼道："你到底要带我去哪儿？"

小丫鬟往前方一处指去，轻声道："姑娘您瞧，咱们到了。"

明兰微怒，厉声道："到什么到！你家戏台子搭在半个人都没有的地方？"

忽听一声轻笑，有人道："难道我不是人吗？"明兰吓了一大跳，赶紧抬头去瞧，只见一个锦衣金冠的翩翩美少年，扶廊而笑，不是齐衡又是谁？

小丫鬟见任务完成，冲齐衡福了福，一溜烟跑得不见踪影。

明兰都来不及叫住，不由得气急：你练过神行百步呀！

齐衡嘴角含笑，走到明兰身边，装模作样地拱手道："六妹妹，许久不见。"

明兰心里生气，又怕被人瞧见，不去理他，转头就要走。

齐衡急了，连忙拦在明兰身前，道："这儿僻静得很，不会有人来的，且春儿是我的丫鬟，妹妹大可放心。"

明兰一听，怎么觉得这话这么暧昧，于是冷着脸道："齐公子自重。"

齐衡立刻乐了，伸手便要去拍明兰的头："小丫头又和我掉书袋。前几日我去你家，大家都在，偏你不出来，怎么回事？"

明兰急急地甩开脑袋，尽力严肃道："旅途劳顿，偶感不适，卧床歇息。"

齐衡板着脸骂道："你个小骗子！从小就爱骗我，我早问过你三哥了，他说你好得很，我来前两时辰还活泛着呢。"说着要去揪明兰的耳朵。

一天之内被那两兄妹各出卖了一次，明兰也火了，用力推开齐衡的胳膊，叫道："你是天王老子不成？你一来，我们全家都得出来接驾！少我一个，你就不痛快了？"

明兰用了些力气，急得小脸儿红扑扑的，瓷白的肌肤嫩得几乎可以掐出水来。

齐衡顿时心中一荡，一把拉住明兰的胳膊，凑过去低声道："我只想见你，你知道的。"

语气温柔，心意缠绵。

明兰几乎吐血。从小到大，她明明从来没给过他好脸色看，好话都没说过几句，可他偏偏就爱来闹她，也不知他什么时候自己脑补出这么一段来。眼看着齐衡抓着自己的胳膊越靠越近，几乎可闻男子气息，明兰急了，心一横，低头看准，抬脚用足力气就是一下。

齐衡疼得连连后退，蹲下去摸自己的脚。明兰这才松了口气，正色道："你好好说话，不许动手动脚！"

齐衡瞧着明兰孩子气般跺着脚，噘起来的小嘴精致嫣红，不免有些痴迷，理直气壮道："若你肯与我好好说话，我何必出此下策！"

明兰冷笑道："齐公子果然长进了，若是将这份心思用到读书上，没准能捞个状元、榜眼的。"

齐衡脸色唰地变了，慢慢站起来，向明兰走近几步，又站住，低声道："你不必如此刺我，我知道你生气了，大半年未见你，我不过想瞧瞧你如何了。"

明兰听出他话中的委屈之意，心里软了下，知道不可意气用事，就算要和他保持距离，也不能得罪人，便缓和了声音，道："我就在这里，你瞧吧。"

齐衡上下细细地看了看明兰，不过几个月没见，明兰浑似变了一圈，面如水映韶光，目如月皎清辉，他微微有些失神，笑道："你长高了，也……好看了。"

明兰想了想，走到齐衡跟前，认真道："元若哥哥，你见过嘉成县主吗？"

齐衡呆了呆，道："见过，怎么？"

明兰重重叹了口气，决定索性把话说开了："元若哥哥是聪明人，难道全京城都知道的事儿，你会不知道？郡主的心意，你做儿子的早该领会了。"

齐衡嚅动了下嘴唇，脸色变了几变，然后神色从慌乱渐渐转成坚决，忽抬头道："可我不愿意，她……她……我不喜欢。"

明兰深感无力，柔声劝道："喜不喜欢她另说，可你不该再来寻我了。我知道你从小就与我家兄妹好，可如今我们渐渐大了，你如何能不避忌着些？若有个三言两语，我家姊妹便全毁了。"

齐衡也不知想通了什么，居然展眉而笑，笑得丽色如花，带了几分天真，温柔道："我不是那孟浪之人，定不会如此了。我也知道好歹，只是你大哥进了翰林院，我以后怕不好来你家了。"说着放低声音，轻轻道，"我只想见一见你，想得厉害。"

纵使明兰在法庭里已经百炼成钢，这等缠绵悱恻的情话往自己身上招呼，她也忍不住红了脸，但是铁一样的现实摆在面前，明兰努力硬起心肠："齐公子，请有分寸些，我人微家薄，当不起你的厚意。"

齐衡神色迷茫，呆呆道："我只是喜欢妹妹。"

明兰心头微微酸苦，强逼着自己去直视他的眼睛，恳切道："算我求求你，人前人后莫要提起我半句，但有半丝闲话，别说郡主，便是六王爷，我家哪个又惹得起？即便不是嘉成县主，也轮不到我一个小小庶女，齐公子，你自小眼见耳闻，难道会不知道？"

齐衡知道她说的是事实，脸色灰白，神色委顿下来。

明兰狠狠心，再添一把火："以后不要再来寻我，便是碰上了也不许与我说话，非得说话也请以礼相待！这世上，女儿家活得何等艰难，若有个风言风语，我便只有死路一条！你可得记住了！"明兰直直地看着齐衡，用目光强烈地恳求着他。齐衡木木地点点头。

明兰无奈地叹了口气，低着头，转身离去。齐衡只呆呆地瞧着明兰的背影，渐渐在那长廊尽头处不见了。

五

蜿蜿蜒蜒的曲径回廊一段接着一段，似乎永远也走不完，明兰心里闷得难受，索性跨出回廊，沿着零星散雪的石子路大步迈开，却始终甩不掉心里的郁气。

快到中午了，日头渐高，晴雪初好，或近或远地种了许多梅树，梅花淡如浮烟的香气伴着冰雪的冷缓缓沁入明兰的鼻端。明兰深吸了一口气，冰凉清香溢满胸腔，觉得心里畅快了些，才慢慢放缓脚步。

明兰低着头走路，忽闻一阵脚步声，然后头顶响起一个极低沉的男声："盛……六小姐？"

明兰吓了一跳，猛然抬头，只见一棵粗老的梅树后转过一个男子，身着暗红色流云蝙蝠暗纹直裰，边角以两指宽暗金色锦绒绲边，外头罩着一件酱色缎貂皮袍。他朝着她走前几步，高大颀长的身材背光遮出整片巨大的阴影，明兰生生被罩在里头。

明兰侧开几步，终于看清他的面孔：二十来岁，挺直的鼻在白皙的脸颊上遮出一小块暗影，眼睛眯成一条线，线条格外秀长，却透着几分不耐和阴戾。

明兰心头一动，她终于想起来了，试探道："二……表叔？"盛家姊妹适才行礼时，是按着平宁郡主那一边来叫的。

那男子点点头，沉声道："你与余阁老家大小姐相熟！"表情带着几分不悦和愤懑，目光犹如钉子般。这句话语尾虽上扬，却不是问句。

明兰心脏跳得厉害，强自按捺下不安，恭敬地福了福，道："余老夫人与我祖母常一同礼佛，余大小姐也常来我家。"她可什么都没说。

男子短促地冷笑两声："余阁老好大的架子，既与大理段氏有婚约在先，何不早去信询问，非得等人家找上门来才'记起'这婚事？"语气中充满了压抑的不平和愤怒。

明兰低着头，飞快地思考。她知道与嫣然说亲的是宁远侯二公子顾廷烨，他虽声名狼藉，但在求娶嫣然之时倒实实在在地规矩了一阵子，还上门诚恳表态过，结果努力了半天，还是没能娶成嫡长女，只给了个继室所出的次女。

他本不是个好性子的，一口气活活憋到现在，估计怎么也想不明白，刚有些松动口气了，一觉睡醒人家就变卦了，还以迅雷不及掩耳之势嫁去了云南。

"看来余阁老果是个重信之人！只是为何不早些说明，要知道顾某人也不是非她不可！"顾廷烨语带讽刺，一拳捶在梅花树上，粗壮的老枝干纷摇下一地花瓣。

明兰后退几步，感受到他强自隐忍却将将迸发的怒气，心惊胆战地看着他青筋暴起的拳头，忽然很无厘头地想起中学课本里面《鲁提辖拳打镇关西》里的情景，小心肝颤了颤，心里盘算了下，知道在这个男人面前用糊弄连姐儿那些话是过不了关的。

她沉默了一会儿，才抬起头来，简短道："今年九月初，一女子，名曼娘，携一双稚龄儿女去过余府，余阁老吐血病倒，随后传出来与大理段氏的婚约。"

其实没那么严重，余阁老吐出瘀血后更活泛了。余家把这件事捂得十分严实，但后来余大人执意要结这门亲事，把次女许过去之前，余阁老是去过信的，但余大人置之不理，显然也没有抖出去，平白丢人现眼。

顾廷烨面色骤变，声音陡然拔高了几阶："当真？！"

明兰点点头，又忍不住退了几步，这哥们儿的气势委实有些吓人，想着他肯定会回去问，要是曼娘嘴皮子功夫了得，没准也能挽回，便又添上两句："听说，那位段家的公子似有腿疾，若不是……余阁老也不致如此。"

明兰胆战心惊，希望没有人知道她曾经在曼娘面前威风过一把。

那顾廷烨低着头，脸色阴郁，似乎陷入沉思。明兰一看他如此，赶紧福了福，恭敬道："二表叔，我这就过去了，您……慢慢赏梅吧。"

说完，不待那人开口，明兰拔腿就走，又不敢跑步，只能轻提着裙子，尽量高频率地迈动自己的小短腿。刚才连姐儿怎么说的来着？戏台子搭在侯府的西边，明兰看了看日头，虽然她是路痴，但不是方向痴，赶紧往西边去了。

大约惊险之下，人类的潜力就出来了，明兰一路上居然没被弯弯绕绕的林木回廊给迷惑，只一路往西，看见人群渐多，她抓着一个丫鬟问路，然后被安安全全地带去了戏台。

只听得胡琴咿呀，旦角儿婉转吟唱，显然戏已开场，明兰立刻往戏棚子里走去。

说是戏棚子，其实便如一个大开着门窗的大堂，里面人头攒动，珠光宝气盈满一室，女客们早已入座，正中自然是平宁郡主和六王妃，然后两边开去，再一排排往下，摆放着许多长凳高椅，十几张海棠雕漆的如意方桌在其中，七八个着青蓝色束腰比甲的丫鬟穿插，给女客们续茶或添上瓜果点心。

明兰目光往人群中一转，只见王氏坐在右边第四桌，和一个着粉紫色妆花宽袖褙子的妇人挨着说话；墨兰与一群女孩子坐在一块儿；再往回看，看见连姐儿和如兰坐在左边第一排角落，那里最靠近戏台，却最远离正座中心，两个女孩一个捧着茶碗，一个捏着一把瓜子，正津津有味地看着戏台，一边看一边还说上几句。

明兰轻手轻脚地挪过去，坐到她们俩旁边，故作无羞道："哎呀，还是来迟了，这都开锣好一会儿了吧。"

连姐儿正看得入神，头也不回道："无妨，无妨，才刚刚唱了个头，正角儿还没出来呢。"

如兰回头皱眉道："洗个手怎么这般久？你洗到哪里去了？"

明兰勉强笑道："若我自己洗早洗好了，侯府规矩大，小丫鬟端水拿香胰子找干帕子，来回个没完，才耽搁了。"

如兰冷哼了下，低声道："就你事儿多，现在开始好好待着，不要乱跑，免得丢人……"

话还没说完，忽听一声响亮的长长娇笑，越过整个大堂传过来，铁杆戏迷的连姐儿被打断了，不悦地回头道："谁笑得这么大声？扈老板最后一句我都没听清！"

大家纷纷转头，只见正座上，平宁郡主紧挨着嘉成县主，亲亲热热地说着话，好似一对母女。嘉成县主高高抬着下巴，顾盼间神色骄傲，宛如一只五彩凤凰，说笑无忌。

连姐儿皱了皱眉，转回头继续看戏。

如兰噘噘嘴，凑到明兰耳边道："我瞧这县主也忒没规矩了，若是孔嬷嬷在，定是一番教训，这还皇家的呢！欸，听说六王妃是外戚家族出来的，原本她家是屠户……"

明兰心里微笑，本朝明令，外戚子弟不得领实差，若入朝堂则不能超过四品，而尚公主的驸马，则只能封爵赏虚衔，所以一般公主都嫁入功勋享爵之家，或者世袭武将，反正这些人家的子弟也不紧着考科举，而真正的清流文官重臣则刚好相反，他们对公主避之唯恐不及，因为一旦娶了公主，就等于宣告他们政治生涯的结束。

听盛老太太说，五十年前有两位公主，一个瞧上了那科的榜眼，一个瞧上了当朝首辅之子。那两个后生不但风度翩翩，且都家世清贵，连太后都动心了。可那两家人听到风声，不约而同地迅速动手，一家立刻冒出一个"指腹为婚"的亲家，一家立刻传出儿子八字克妻，这婚事只得作罢，可明眼人谁瞧不出来？

可见公主是一种华而不实的高级消费品，看着漂亮，其实没什么用。皇家亲情淡薄，有几个皇帝会顾念自家姐妹，若不是同一母妃的话，搞不好连面都没怎么见过。那些勋贵之家娶了公主，不过是锦上添花，驸马不能纳妾，睡个通房也要战战兢兢，家中翁婆、妯娌、姑嫂还得看着脸色，客气地端着，累煞人也。

这位嘉成县主最妙的地方就在于，作为六王爷唯一的女儿，如果一切顺遂的话，她弟弟小宗入继大宗后，她不必承担公主的种种忌讳，却可以享受到公主所有实在好处；她的丈夫依然可以为官做宰，大权在握，即便言官御史也没法子从礼法上明目张胆地攻击。

难怪平宁郡主这般热情了。

"啊！"如兰忽然轻呼道，拉着明兰，指向郡主那里，"元……齐家哥哥来了！"

明兰看了眼连姐儿，见她没有注意，自顾着看戏，便向如兰做了个噤声的动作，然后才看去。只见齐衡正在给六王妃见礼，六王妃十分亲热地拉着齐衡左看右看，上下打量，满脸堆笑着和平宁郡主说了几句话。

明兰几乎可以给她们配音了，必然是在夸齐衡多么俊秀出挑。

平宁郡主生性要强，因没有亲兄弟撑腰，便总要在妯娌叔伯之间争个高低，从小将齐衡管教得极严，似他这般的王孙公子，早就走马观灯、斗鸡养鸟了，可齐衡老老实实地坐在书斋里，无论是京城还是登州，一日来回地去读书，冬夏不改。

齐衡自小俊秀，老实孝顺，各家走动时不免有女眷探问。平宁郡主怕儿子迷花了眼，寻常连亲戚家的女孩子都不让他多接触，尤其谆谆教导儿子要谨防那些殷勤的姑娘。至于房里的丫鬟，郡主更是防贼一般，但有半分轻狂的，轻则打罚一顿，重则撵卖出去。在登州时，齐衡就半玩笑道："六妹妹怕是我说过话最多的女孩儿了。"

如兰看着那边，轻轻咬着牙，讽刺道："你瞧，嘉成县主可够热络的，和咱们家那个倒是一般。咦？不过，齐家哥哥怎么……似乎身子不适？"

明兰抬眼看去，不知平宁郡主说了什么，只见县主娇羞地挨着她不住巧笑，一双大眼睛却毫不闪避地看着齐衡，流露出思慕之色。

可齐衡一副恹恹的样子，有一搭没一搭地答话，脸色苍白，神情忧郁。顶棚装点的花朵隔着日光洒下斑驳，一朵朵淡暗的阴影落在他秀美如玉的面庞上，绚丽精致如同少女的花钿。

明兰微微出神。

小时候，他最喜欢捏她的小鬓，大些了，又喜欢揪她的耳朵；明兰躲在寿安堂，他就早早晚晚去给盛老太太请安，趁人没瞧见就随手欺负她一把；明兰搬进了暮苍斋，他就拖着长柏遍寻了借口去找她；她贪生怕死，怕招惹麻烦，气他骗他讥讽他，可他还是回回来。

她喜欢什么，但凡在长柏面前露过口风，过不几日他便会借着长柏的名义送过来，她一件件都退了回去，他还接着送，后来，连长柏也不帮他了……

明兰随意瞥了过去，只见那边厢的他正微微抬眼，虚无的目光不知在看什么。隔着喧嚣人群，忽然对上了她的眼。明兰立刻躲开目光，不动声色地转头盯着戏台。

齐衡只能看见明兰的侧影，小小的下颌柔和隽秀。他不敢停留目光，立刻转开头去，却觉得一股子热血直冲上头顶。那嘉成县主正和他说着什么，他一句都没听见，苍白的面孔倏地绯红，忽然站起身来，重重地给自己母亲和六王妃行了个礼，然后转身离去。

嘉成县主似乎有些讪讪的，平宁郡主也有些尴尬，六王妃倒还镇定。郡主一边和六王妃说笑，一边赶忙吩咐人跟上去："这几日为着寿宴，这傻小子定是累了。快，上去跟着，叫他好好歇息！"这句话声音格外响亮，似乎有意解释给在场所有偷偷窥视的女客听。

　　齐衡还没走几步，便是呼啦啦一大群人围拢上去，嘘寒问暖的。六王妃还特意把自己身边通医术的嬷嬷派了过去，让叫瞧瞧是不是妥当。

　　明兰低头而坐，手心一片冰凉。

　　——他在人群中央，众星拱月；而她在冷僻角落，独自芬芳。

　　大路朝天，各走一边吧。

第十六回・女子不易

一

　　"大好的日子，你做什么发这么大脾气！衡儿也大了，你动不动把他屋里的人打上一顿，他面子上也不好过。"齐大人换过便服，歪在炕头与妻子说话。

　　平宁郡主披着一件豆绿掐丝云锦褙子，端着一个玲珑汤茶盅碗喝着参汤，闻言沉下一张面孔："这不长脸的东西，他外祖父做寿，他不帮着协理庶务，也可借着机缘多识得几个叔伯长辈。可他倒好，挖空了心思想这等鬼祟伎俩，哼，见人家不肯搭理他，便失魂落魄了一整天。适才送客时，他那脸色难看的，还道是讨债的呢！"

　　齐大人也叹息道："你也别气了，你已把春儿打发了远远的，这事也没旁的人知道。唉……到底是读书人家，人家姑娘多有分寸，这事儿便过了吧。"

　　平宁郡主奇道："那你叹什么气？"

　　齐大人抬眼看着顶梁上的雕花云纹，幽幽道："你我只此一子，他自小懂事听话，读书上进。他七八岁时，跟着令国公家的小公子出去斗蛐蛐，回来叫你捆起来狠打一顿，晚上我去瞧他，他却撑着身子在写先生给的功课。"

　　平宁郡主沉默不语。齐大人又道："衡儿自小不曾让我们操心，也从没要过什么，只此一次，他不曾遂你的心意。说起来，几年前我就瞧出他对盛兄的小闺女十分上心，我那时也不点破，只想着他没见过什么姑娘，长些小孩儿的痴心思也是有的，过几年就好了。唉，可如今，我瞧着他是真喜欢那姑娘……"

　　平宁郡主脸色变了几变，扯动嘴角笑道："都说严父慈母，咱家倒是掉了个个儿，我是狠心的娘，你是慈悲的爹，可你愿意叫儿子讨个五品官的庶女做儿媳？"

　　齐大人不言语了。平宁郡主侧眼窥下丈夫的脸色，见他垂着眼睑，便又缓缓道："你那侄子虽说病弱，可如今到底还是好端端的，我也不能为了自己儿子能继爵位便咒着他早死，可这样一来，咱们就得为衡哥儿将来着想。我早去宫里探过口风了，圣上还是意属三王爷，独忧愁三王无嗣。如今六王妃的举动也是宫里看着的，圣上什么也没说，这不就是默许了吗？那嘉成县主我瞧着模样、脾气都还不错，这般好的亲事哪里去找？"

齐大人再次叹气，论口才，他从来不是这郡主老婆的对手，道："只盼衡儿也能转过弯儿来。"

平宁郡主看着丈夫慈善的面容，想起适才儿子跪在自己跟前哭着苦苦哀求的模样，也有些心软。夫妻俩对坐一会儿，只闻得平宁郡主用汤匙搅动盅碗清脆的瓷器碰撞声。过了一会儿，平宁郡主面色松动，缓和下口气道："我也心疼儿子，若……他真喜欢，不如待县主过门后，咱们去求了来给衡哥儿做个偏房吧，不过是个庶女，也当得……"

话还没说完，齐大人似是被口水呛着了，咳嗽起来。他连连摆手道："别别别，你切莫动这个心思！盛兄自己不说，他家大哥儿眼瞅着是有前程的，才在圣上面前奏对两次，却已叫圣上褒奖了一回。盛兄有心计，你瞧瞧他为一儿一女结的亲事，他岂肯随意将女儿许人做妾？以后在官场上还见我不见？且他便与我提过，他家小闺女自小是养在老太太身边的，他家老太太是个什么样的人，你比我更清楚。"

平宁郡主犹自不服气："不过是个庶女，有什么了不得？"

齐大人白了妻子一眼："我再说一句吧，你这几日别被人捧了几句就飘飘然了。若盛兄真打算叫女儿与人做妾，又何必非衡哥儿不可？京城里，藩地上，有多少王公贵胄？他若真能舍下老脸送出女儿，没准还能混个侧妃！"

平宁郡主想起今日见到明兰时的情景，连自己也忍不住多看两眼，这般品貌，混个侧妃怕也不难，想着想着忽然轻笑了一声。齐大人奇道："怎么了？"

平宁郡主轻轻放下碗盅，笑道："我笑你们父子俩一个样。适才衡儿求到我跟前来，好话赌咒说了一箩筐，我被他夹缠不过，当时也说不如纳明兰为妾，他当时就慌了手脚，连连说不可，说明兰是个刚烈性子，当着一地的碎瓷片差点就要跪下来。"

齐大人鼻子里哼了一声："那是自然，盛家老太太当年何等决绝。"

郡主也叹道："说起来她家三姊妹里，倒是那孩子最上眼，乖巧懂事，品貌出众，瞧着她乖乖顺顺孝顺祖母、嫡母的模样，我也喜欢，可惜了，没缘分。"

又过了会儿，齐大人忽想起一事，转头问妻子："如此，你便属意六王爷那边了？那小荣妃打算怎么办？她长兄可来探过好几次口风了。"

提起这事，平宁郡主直气得身子发抖，腕子上一对嵌宝石的凤纹金镯碰在一起叮咚作响："呸！祖宗八代都是泥瓦匠的狗奴才，不过仗着年纪轻、颜色好，哄得圣上开心，那一家子何等粗俗不堪，也敢来妄想咱家！做她的春秋大梦去！如今圣上渐老了，她又没生出个一男半女，她的好日子掰着手指也数得出来！"

齐大人沉吟一会儿，截声道："如此也好，不过你不可回得太绝，索性将这事儿推到六王妃那儿去，你故做为难之状，叫那两家自己争去。这样既不得罪人，也可叫六王妃知道，咱们不是上赶着的，好歹拿些架子出来，没得将来衡儿在县主面前抬不起头来。衡儿与盛家闺女的事儿，你且捂严实了。"

平宁郡主笑道："都听您的。"

那日从襄阳侯府回家后，明兰当夜便睡在了寿安堂，把齐衡的事原原本本说了一遍，顺带表明心迹。盛老太太搂着小孙女什么都没说，只长长地叹气。祖孙俩睁着眼躺着睡了。夜深人静，明兰半睡半醒之间，忽听老太太轻轻道："你是个聪明的孩子，知道前头是死胡同，便不会再走下去了。"

困倦、疲惫一下子涌上来，明兰觉得眼角湿湿的，把头挨在祖母胳膊上，让衣料吸走所有的软弱和犹豫。她对自己说，等这一觉醒过来，她要依旧好好生活，开开心心的。

腊月初二，王氏便请了天衣阁的师傅来给儿女们量身段。长柏眼皮子也没抬一下地挑了几个乌漆麻黑的颜色；长枫照例挑出最贵、最飘逸的几块料子；长栋只敢拣着那不起眼的。待裁衣师傅到了三姐妹处……

"这都什么时候了，连丫鬟小厮都穿上新冬衣了，咱们这会儿才做新衣裳。"墨兰随意地翻捡着衣料，语意若有所指。

如兰警觉性奇强，立刻道："你又不是一年只做一回新衣裳，四季常服什么时候少了的？刚搬来京城，母亲忙了些才耽搁的。"

墨兰捂嘴轻笑道："哟，我又没说什么，妹妹急什么……不过呀，照我说，母亲这般劳累，何不请人协理家务，她自己轻省，又不耽误事儿，岂不更好？"

这阵子王氏忙得脚不沾地，应酬拜会、筹备婚事，家务不免有所疏漏，林姨娘趁机向盛纮要求分担些，盛纮觉得可行，但王氏死活不肯。

如兰知道墨兰的打算，冷笑道："你还是少算计些吧，安生地做你的小姐，太太平平的，母亲便谢天谢地了。"

墨兰一脸担忧状："妹妹此言差矣，我不过是担忧太太身子罢了，做儿女的忧心家事，何谓'算计'？六妹妹，你说呢？"

枪口一转，又绕回明兰身上了。如兰也瞪大一双眼睛看向明兰。明兰头疼至极，"三国演义"就是这个点不好，无论那两个发生什么，总少不了她。

明兰按着太阳穴，微笑着："天衣阁货好，针线精致，是全京城首屈一指的，因生意红火，每年年底做新衣裳的都在九、十月份便订下了。咱们来京城晚，如今能做上，已是万幸。丫鬟小厮的新衣都是针线上赶出来的，也是太太心细，想着大哥哥成亲，叫咱们好在新嫂嫂面前鲜亮些，这才不肯屈就寻常针线铺子吧。"

墨兰立刻沉下一张脸："又不只这一件事，难不成事事都这般匆忙？六妹妹怎么不想想以后？"

明兰微笑道："以后？以后便有新嫂嫂了呗。"

墨兰暗咬银牙，全府都夸六姑娘是个和气的，极少与人置气，可她若认真起来，自己却从来拿不住她一句话柄。

如兰早听得眉开眼笑，拉着明兰的手："妹妹说得对，来来来，我这边料子多，你来挑！"

婚期将近，海家的嫁妆流水似的抬进盛府，家具包括床桌椅屏，一色泛着好看的红光，衣料足足有几十大箱子，还有各式摆设装点，还有陪嫁过来的几百亩田地和不知多少家店铺，明兰只看得目瞪口呆。

"古人说的十里红妆，便是把姑娘一辈子要用的银钱、衣裳都备齐了，什么恭桶脸盆，便是那寿衣都是有的，老太太当年便是如此。"房妈妈红光满面，说得与有荣焉。

明兰结巴道："要这么多嫁妆呀？有这个必要吗？"

房妈妈猛力点头："姑娘做了媳妇便要矮三寸，若嫁妆丰厚，便可挺直了腰杆，因她的吃喝嚼用都是自家的，可不是仰仗夫家养活的。"

明兰掰着指头算了下，自言自语道："这些东西别说养活一个嫂嫂，便是大哥哥外加几个妾也能一道养活了。都说海家是清流，嗯，如此看来，清流的

'清'和清贫的'清'不是同一个意思呀。"

房妈妈脸皮抽搐了几下。

婚礼这种事未婚姑娘没什么可参与的，一不能替新郎顶酒，二不能起哄闹洞房，直到第二日，三个兰才清楚瞧见新嫂嫂海氏——给老太太磕头之后，便去了正房给公婆见礼。

海氏身着大红锦缎金团压花的褙子，下头着流云蝙蝠纹的挑线裙子，头上一支展翅欲飞的累丝攒珠金凤钗。她对着盛纮、王氏盈盈下拜时，腕子上九节金蟠套镯一声都没有响。

明兰暗叹一声：好技术！

待她微微抬头时，明兰细细看她，只见她容长面孔，细长眉眼，不如华兰娇艳，也不如允儿漂亮，不过胜在一身高华气度，用文绉绉的说法是"腹有诗书气自华"。明兰看小夫妻俩行动间，长柏对新妇颇有维护，便知哥哥对嫂嫂是满意的。

不过各花入各眼，王氏就有些不满，觉得自家儿子这般品貌，即便不配个月里嫦娥，也起码得是王嫱、西施之流。接过儿媳妇敬上来的茶，王氏用很高贵的神情给了她一封红包，见盛纮目光扫来，她又褪下一只羊脂白玉镯给海氏套上，寓意团圆美满。

盛纮清了清嗓子，嘉勉了儿子儿媳几句"举案齐眉，开枝散叶"的话。明兰记得当初盛家大伯这么对长梧和允儿说时，允儿直羞得抬不起头来，可如今这位海家嫂嫂却大大方方，只是脸上飞起两团淡淡的红晕，连一旁陪侍的丫鬟妈妈也都端庄规矩。

明兰微有怜意地瞥了眼王氏，忽有一种预感：这位嫂嫂不是省油的灯。

给父母行过礼后，便是三个妹妹、两个弟弟给兄嫂见礼。海氏早准备好了五个精致的缂丝厚锦荷包：两个葫芦形的，石青和靛蓝；三个荷花形的，银红、藕荷以及玫紫。按着齿序，明兰是倒数第二个下拜的，便没什么好挑的。

没过几天，明兰的预感变成了现实。

海氏闺训十分成功，恭恭敬敬地服侍王氏，晨昏定省不说，从早上睁开眼到晚上盛纮、长柏回府，一直跟在王氏身边伺候，王氏吃饭她就站着布菜，王氏喝茶她就先试冷热，王氏洗手净脸她就端盆绞帕，且始终面带微笑，丝毫没有劳苦疲累之意，非但没有半句抱怨，反而言笑晏晏，仿佛伺候王氏是件多么愉快开心的事。

墨兰很想挑刺几句，寻头寻脑找不出来；如兰想摆摆小姑子的架子，被三下两下哄了回来；明兰看得心惊胆战："做人儿媳妇的，都要这样吗？大姐姐在婆家也这样吗？"

墨兰、如兰立刻想到了自己，不由得唏嘘了下。

便是一开始存心要给媳妇下马威的王氏，也全然挑不出一丝毛病来，有时候没事找碴儿说两句，海氏也诚心诚意地受下，还一脸感激地谢过王氏指点，表情之真诚，态度之柔顺，要么就是全然发自内心，要么就是影后呀影后。

"傻孩子，哪有人喜欢吃苦受罪的，不过她能做到这个份儿上，也是可以了。"盛老太太搂着小孙女窝在炕上笑呵呵地说话。

其实王氏很快就知道厉害了。几天福气受下来，盛纮便忍不住酸了几句，虽没直说，但意思是，当年你伺候我老娘是如何如何的，如今自己当婆婆受媳妇伺候倒心安理得之类的。不只盛纮如此，连府里上了年纪的妈妈婆子瞧了，都在赞叹大少奶奶之余，忍不住暗暗讥了王氏两句。风言风语多了，王氏如何不知道。

其实王氏也很心虚，她在叔叔婶婶处长到十几岁，在亲娘身边没待两年就嫁人了，叔婶自己没女儿，心肝肉般待她；亲娘对她有愧，也不曾严厉约束她；待她嫁进盛家之后，老太太更没怎么摆婆婆架子，她便这么横冲直撞地活到现在。

如今有个活生生的对照典范在身边，她着实是浑身难受。终于在大年三十那晚，盛家人齐聚吃年夜饭，老太太瞧着轱辘般忙碌的海氏，对着王氏微笑着，缓缓道了一句："你比我有福气，是个有儿媳妇命的。"

这话深意厉害，王氏立刻冷汗就下来了。

一出了年，王氏就暗示海氏不要再随身服侍了，海氏先装不明白；王氏又挨了几天，变暗示为明示，海氏抵死不从，说这样不合规矩，她不敢不孝。王氏几乎吐血，加之林姨娘推波助澜，盛纮最近来王氏处，几乎开口就拿婆媳对比做序言，还越比越愉快。

最后王氏发了狠，执意不许海氏老陪着她，叫她去寿安堂服侍，海氏便分出一半孝顺力度给老太太，王氏这才算松了口气。

老太太自然不会苛待孙媳，常叫海氏自去歇息，或者陪着明兰下棋读书，或者凑上房妈妈或如兰四人抹牌。连赢了海氏好几贯钱之后，明兰立刻觉得新嫂嫂又和气又大方。海氏虽然自小饱读诗书，却没有半点儿酸气，待小叔子、小姑子都随和豁达，明理友爱。

长栋还偷偷告诉明兰，说自打海氏接手了些许家务后，香姨娘和他的日子好过了许多，月例再没拖延，衣裳、点心也都挑上乘的来。

"嫂嫂，你刚来时那么孝顺太太，不累得慌吗？还是新媳妇都得这样？"明兰装着小孩子不懂事的样子，试探着问海氏。

"是你大哥哥叫我那么着的。"海氏低声道。与明兰处了快两个月，知她温顺可爱，不是个搬弄是非的人，且不是王氏肚皮里出来的，说话便比如兰、墨兰都随意些，姑嫂颇为和睦。

"他说呀，累不了半个月，我就能过关了。"海氏淘气地眨眨眼。

二

刚过了年，庄子上便递了话给寿安堂，说翠微的老子眼瞅着不行了，指着女儿能尽早成亲，好冲冲喜，求老太太给个恩典。翠微是家中的老来女，兄姐俱已成家，父母只是放心不下她。老太太便点了头，吩咐房妈妈拨了三十两银子给她家置办嫁妆。

明兰得了信儿，立刻从自己房中翻出二十两银子给翠微添妆。翠微推手不要："好姑娘，这可使不得，你前儿已经给了两副金银头面首饰并五匹缎子，这已够厚的了。想着当初太太房里的彩簪出嫁时，太太也不过给了二十两银子，因我算是老太太房里的，这才又厚了些，姑娘你若再给，一来太太那边不好看，二来回头院里的姊妹再有出嫁的，你如何置办？"

明兰十分感动，知道她在替自己着想，有些讪讪的，道："我知道姐姐的好意，可……若不是你放心不下我，去年便要嫁了的。"

翠微瞧着左右无人，便轻悄悄地掩上了门窗，放下梢间的门帘，才道："有句话我早想问姑娘了，这回我去了，姑娘便得提拔一个上来，小的们早眼睁睁地看着了，姑娘心里可有主意？"

明兰早想过这个问题了，先问："你怎么看？"

翠微不假思索道："若论资历，当是燕草；若论爽利能干，当是九儿；若论模样性情，当是若眉。"陪嫁丫头大都是要给姑爷做通房的，翠微想起若眉便犹豫了下。

明兰沉吟片刻，沉声道："我想提绿枝。"

翠微吃惊道："绿枝嘴皮子不饶人，姑娘怎会想到她？"

明兰微笑不语，反问："若提了一个，下头便要再进一个小丫头，尤妈妈这阵子可没少跟我荐她家闺女，你怎么瞧？"

翠微想了想，摇头道："尤妈妈不是个省心的，全靠姑娘压制着，如今弄个她家的来，岂不又生是非？还不如直向老太太、太太或大奶奶要人，一来显得您敬重长辈，二来有过那年的事儿，想她们也不会送来些不着调的。"

明兰点点头，正色道："好姐姐，你说得句句在理。"说着，把桌上那二十两银子的盒子还推了过去，沉声道，"这几年姐姐为了我，劳累不说，还得罪了不少人，这银子你非收不可，若怕招眼，便不要声张，压在箱子底拿去吧。"

翠微有些哽咽。自来主子赏赐下人，为博个好名声，都恨不能四处说的，这六姑娘心地厚道，也不枉自己一番尽力，忽想到房妈妈那日的暗示，说将来六姑娘嫁了人，便让她家做陪房过去，翠微心里很是一动。

翠微是房妈妈嫡系培养的，消息传递得快，第二天老太太就找了明兰去，似笑非笑地问道："你要提绿枝那丫头？怎么想的？"

明兰老实坦白："九儿不会长久跟我，刘妈妈定要留下女儿的，便提了也没用；燕草和丹橘都是一副性子，威势不足；若眉太傲气了些，便是如今她还瞧不起这个，看不上那个，若真提了大丫头，恐会生事；最后，孙女觉得还是绿枝好，虽嘴皮子利了些，但少了几分傲气，颇有些疾恶如仇，好好调教，未尝不可……起初我是这么想的。"

老太太饶有兴味道："起初，那如今呢？"

明兰一副大人模样摇头晃脑："后来我想了想，没得白叫她们小姊妹生了怨怼，还是论资历提燕草吧，她周全厚道，留她在身边安稳。"

——效益不是重点，稳定压倒一切呀。

老太太听了，微微点头道："我本也觉得不妥，如今你这么想很好，唉……有些事还是无为而治的好……到底大了。"语气颇有些感慨，看着明兰白皙秀丽的面庞，想起当年娇嫩的小胖娃娃，如今也能拿主意管事细细思忖了，心中既安慰又感慨。

堪堪过了正月，海氏的父亲海大人便要离京了，临走前海夫人特意来了趟盛府，拉着女儿嘱咐了许多，又与王氏说了好一会子话，语气间尽是谦和温文。而明兰几个出去拜见后便回房了，三个兰照例在明兰屋里聚会吃茶。

"海夫人可真和气，说话这般有礼得体。"墨兰十分羡慕那清贵的气度，"听说海大人这回任的是从三品的布政使司参政呢。"

如兰笑道："那自然了，亲家嘛。"

墨兰瞥了如兰一眼，吹着茶碗，道："那可不见得，上回咱们去忠勤伯府，大姐姐的婆婆可没这般好说话，坐了半天才上点心茶水。"

如兰又要瞪眼发作。

你们一天不斗嘴会死呀！明兰叹着气岔开话题，故做好奇状："欸，嫂嫂家里真的不许纳妾吗？那嫂嫂的嫂嫂们岂不十分舒心？"

如兰被绕开去了，得意道："人家可是世代书香，家里不知出了多少个进士、举人，规矩严着呢。不过也因此，想嫁进海家的有权有势的多了去了，人家挑儿媳妇比圣上点状元还仔细，要人品、才貌、家世，样样俱全，还非嫡出不论婚嫁！"最后一句拖得长长的，故意说给另两个兰听。

明兰脸皮厚，倒没什么，心知自己不过是个半吊子的山寨嫡女，只"哦"了一声。墨兰却一股气涌上来，冷笑道："什么了不起的家规！是不能纳妾，可通房也不老少呀，还有在外头置了宅子的，哼，不过是沽名钓誉，阳奉阴违罢了。"

"真的？"明兰后知后觉，深感自己的情报系统太落后了。

如兰强辩道："林子大了什么鸟都有，那些海门的旁支人口繁杂，怎么管得过来？"

明兰心惊胆战地看着墨兰把自己心爱的杯子在桌上重重一顿。好险，没碎。

只听墨兰讥笑道："我也没说什么呀，不过是觉得盛名之下其实难副，既守不住，又摆那么大名头做甚呢？"

如兰气得半死，明兰倒觉得没什么。在古代官宦人家寻找一夫一妻制定然艰难，既然做了古代女人，就得看开些，不要为难自己。

又过了几日，翠微辞别老太太和明兰，叫家人接回去了。燕草受了提拔，姊妹们一同道贺，又从寿安堂来了个叫翠袖的小丫头补缺，才十一二岁，聪明伶俐，很快与暮苍斋的女孩们混熟了。明兰见大家高兴，索性叫丹橘拿铜剪子铰了二两银子送给厨房的妈妈们，让她们简单地置办一桌，然后早些给院门上了闩，让女孩子们稍微喝两杯，也高兴高兴。

"姑娘也忒好心了，纵得这帮小蹄子乐的，一个个都醉得七倒八歪，亏得尤妈妈不在，不然不定说什么闲话呢，如今都撺上了炕，我才放下心。"丹橘只敬了一杯酒，便出来看着屋子，"燕草也罢了，可气的是小桃那没心眼儿的，也不来守着炉火，还是若眉有眼色，没喝几杯，现提着灯笼查屋子呢。"

明兰适才也喝了几杯，头晕乎乎的，看着忙忙碌碌给自己铺床叠被的丹橘，悠悠道："这回过年这般忙，她们也没好好乐乐，都是贪玩的年纪，怪可怜的，便当作喝了翠微的喜酒吧。唉，也不知翠微怎么样了，新郎官对她可好？有没有欺负她？"

丹橘回头笑道："那亲事是房妈妈看过的，不会差。"说着有些伤感，"做丫头能如翠微姐姐这般体面，已是造化了，咱们能摊上姑娘这个主子已是福气，若是那些不理不顾的，还不定怎么被人糟践呢。"

"可儿怎么样了？"明兰忽问道。

丹橘铺平了床褥，又张着一条毯子放在熏笼上烤着，低低叹息道："林姨娘真狠心，趁老太太去了宥阳，太太忙着搬家来京城，竟把那样一个娇花般的女孩儿配了前门口成婆子的腌臜儿子，那人酗酒赌博，偷鸡摸狗，多少不堪！可儿被捆着手脚堵了嘴押过去的，她男人动不动就对她拳脚相向，可怜她没两个月就去了。"

"三哥哥也没说什么吗？"

丹橘温厚的面容也显出些不屑来："三爷倒是狠哭了一场，过后三五日，也撂开手了，如今他最喜欢的，是个叫柔儿的。"

明兰心里有些难过，轻道："还是老太太说得对，女儿家最怕贪心。"低落了一会儿后，她回过神来，正色道，"明日起，你与燕草、小桃便要好好约束大家伙儿的言行，不许她们随意与外头小厮说笑，要森严门户。"

丹橘望着明兰肃穆的神情，认真应了。

明兰正趴在梢间的炕上替老太太抄一份字大些的经书，盛老太太坐在外头正堂的罗汉床上，下首的王氏和华兰母女一个劲儿地伸脖子往外瞧，说话也牛头不对马嘴。原本悠闲的老太太看不下去了，便道："安生些吧。贺家住在回春胡同，便是天不亮出门也没这么快，这会儿知道心急了，早先怎么瞒得点滴不漏？"

华兰不好意思地笑："祖母，孙女……孙女……不是不想麻烦您嘛。"

老太太白了她一眼，骂道："早些知道厉害，便不会拖了这许多年了！"

三个人语焉不详，不过里头的明兰也猜到是怎么回事了。

正说着话，外头丫鬟传报：客人来了。

老太太一边忙道："快把里头的明丫儿叫出来。"一边忙不迭地请人进来。

一阵人声传来，明兰掀了帘子出去，便看见许久未见的贺老夫人，旁边还立了一个修长身段的少年郎。盛老太太罕见亲热道："可算把你盼来了，快请坐。"

贺老夫人还是老样子，红润圆胖的脸蛋，漆黑的头发整齐地绾了个髻儿，用一根白玉吉祥四钱的扁方簪住。双方一阵寒暄过后，便叫晚辈见礼。华兰和明兰先给贺老夫人磕头，然后贺弘文给盛老太太和王氏行礼。

王氏拉着贺弘文左看右看，啧啧称赞："果然是个一表人才的哥儿，怪道老太太打回京城便赞不绝口呢。"说着，又温和地问了贺弘文年岁，读了什么书，喜欢吃什么。

老太太忍不住打断，笑道："好了！快让孩子坐下，你这是问人呢，还是逼债呢！"

屋内众人都笑了。华兰上前拉住王氏，回头笑道："贺老太太可莫见怪，我娘这是喜欢的。"

贺老夫人摇摇头，转眼瞧见明兰，便笑了："过了个年，明丫儿可是长高了。"

老太太笑道："这孩子只长个儿不长心眼儿，就知道淘气。"

华兰面色发亮，嗔笑道："祖母瞧您，便是要谦逊些，也不能这么埋汰六妹妹呀，我这妹子可孝顺懂事了。"

王氏也凑趣道："这倒是实话，我这几个女儿里头，也就数六丫头最可心了。"

这么大力度的夸奖，明兰有些傻眼，心里泛起一阵诡异。她看看对面端坐的贺弘文，只见他脸色绯红，眼神躲躲闪闪的，自己看过去，他便小兔子般挪开眼睛。

明兰心头警钟大响。她看着在座的四个老中小女人，暗忖：有什么她们知道但自己不知道的吗？

大伙儿又说了会子话，盛老太太指着华兰，笑道："我这大孙女带了几匹上用的厚绒料子，我瞧着好，正想给你送些去，不如你进屋来瞧瞧，看喜欢哪个？"

贺老夫人布满皱纹的眼睛笑成了一朵花，泛着几分淘气，装模作样道："既是你大孙女送来的，不如叫她陪我瞧吧。"

"一起去，一起去。"盛老太太满面笑容。

华兰似有脸红，但也飞快地站了起来，随着两位老太太往里屋走去了。一旁跟来的贺府丫鬟抱着个胖胖的箱子也跟进去了。

这几句话说得宛如暗号一般，明兰心里暗道：至于吗？不就是不孕不育专家门诊吗？

这一看就出不来了，留下心不在焉的王氏有一搭没一搭地和贺弘文说话。过了一盏茶的工夫，王氏已经第三遍问贺弘文"令堂可好"后，她实在忍不住了，不自然地笑道："我也去里头瞧瞧。"

然后只剩下明兰和贺弘文了。他们俩面对面坐着，一个捧着茶碗仔细端详上头花纹，一个两眼朝地，仿佛地上长出了一朵海棠花。他们本是认识的，前几回见也是说笑无忌的，可这次明兰明显感觉出气氛异样，所以她坚决不先开口。

室内一片寂静，只听见当中的七层莲花台黄铜暖炉中的炭火发出哔剥之声，还是贺弘文先忍不住了，轻轻咳嗽了两声，道："这料子怎么还没看完？"

明兰也装模作样地回答："定是料子太多了。"

"再多的料子，也该看完了。"贺弘文有些不安。

"定是料子太好了。"明兰很淡定。

静默了一会儿，两人互相看了一眼，扑哧一声都笑了出来。贺弘文一双俊朗的眼睛漫出春日湖畔般的明媚，看得人暖融融的。他重重叹气道："做大夫不容易呀。"

"何必呢？大大方方瞧了不成吗？"明兰也呼出一口气。

贺弘文嘴角含笑："自来就有讳疾忌医的，何况于女子。'恶疾'二字最是伤人，你大姐姐也是无奈。"

明兰静静地看着他，道："你也觉得女子不易？"

贺弘文眉眼温厚，宛如一泓温泉般纯然，认真道："若祖母生而为男儿身，她这一身医术定然天下皆知，可叹她只能在闺中操持家务，老来教教我这个不成器的孙子。"

明兰笑了："没有呀，哪能不成器呢？我听说你已开堂坐诊了，不过既然是医馆药铺，我就不祝你生意兴隆，恭喜发财了。"

贺弘文心里好笑，瞥了一眼明兰晕红得有些异常的双颊，心里计上来，便板起面孔道："既然蒙谬赞在下成器，在下便要说一句了。"

"请说。"明兰不在意。

"不要喝冷酒，尤其睡前。"

"呃——"明兰反射性地捂住嘴，有种被当场戳穿的恼怒，含糊道，"你——"正想抵赖，看见贺弘文笑意盈盈地望着自己，一副笃定的样子，便认了屄，愤愤道，"这你也瞧得出来呀？"

贺弘文故做叹息状："没法子，谁叫我这么成器呢？"

明兰捧着袖子轻轻闷声，几乎笑弯了腰。

弘文看着对面的明兰，弯着嘴角，露出两颗可爱的小白牙齿，又不好意思又恼羞的模样，翠眉映在白皙得几乎透明的皮肤上，便如孔雀锦屏般的好颜色。

他心头一热，便低下头去，不敢再看了。

三

二月初，春寒料峭，枝叶抽出了嫩嫩的新绿。明兰心情大好，决心写两幅大字欢迎春天，便铺开了闲置一冬的桌案，叫丹橘细细地磨了一砚浓墨，刚提笔写了一句"竹外桃花三两枝"，墨兰来串门了。

明兰忙搁下笔，笑着迎进门来。

寒暄过后，墨兰一抬眼便瞧见黄花梨木雕海棠嵌大理石的桌案上铺了一层雪白的宣纸，墨迹未干，便笑道："打搅妹妹用功了。"

明兰笑笑："不过是写着玩罢了，哪算用功。"

墨兰走到案前拈起纸张来看，挑剔道："就你这般的也敢写斗笔？半分力道也无，笔力不开，字便如团在一起的！"

明兰劈头就被批了一顿，讪讪道："我就小楷还能见人，还是抄经书练出来的。"拜托，课余练习出来的，能和真正日夜苦练的艺术追求者一样吗？

墨兰轻蔑地看了明兰一眼，二话不说提起笔来唰唰几下，续写了一句"春江水暖鸭先知"，果然饱满圆润，比明兰那几个字强多了，不过……明兰虽不会写，但也看得出，这几个字比起老太太还是差的。

当然，明兰还是大声叫好，卖力夸奖。墨兰看着自己的这几个字也颇为得意，便又接着往下写起来，刚刚写完最后一个字，给"时"字点上浓浓的一点，如兰也来了。她一见墨兰也在，便皱了皱眉，道："怎么你也在？"

明兰来不及赞扬墨兰的最后一笔，便上前把如兰迎进屋来。那边掀帘子的燕草早已习惯了，不等吩咐便去泡茶了。墨兰放下笔，从桌案后转出来，笑道："你来得，我就来不得？"明兰连忙打圆场，自我调侃道："主要是我这儿忒好了，茶好，点心好，主家尤其好。"

墨兰、如兰齐齐啐了她一口。

不知何时起，三姐妹常齐聚暮苍斋，其实真说起来，如兰的陶然馆最舒适豪华，不过墨兰每每进去，都要调笑一番"庸俗土气"，而墨兰的山月居最是清雅宜人，遍地堆满笔墨纸砚，如兰进去又要挑衅一番"假学究"，如此常常没说上两句，便要爆发战争，只有明兰脸皮扛得住，能耸耸肩过去。

如兰绕到桌案后也去看那大字，她虽评不出字的好坏，但也要说上几句："怎么不用燕子笺？这回过年我舅舅不是送来许多吗？"

明兰笼着手，小声道："那多贵呀，寻常练字就不用了吧。"

墨兰冷哼一声："写字瞧的是笔法，便是王羲之的《兰亭集序》也不过写在寻常纸上，却也流传千古，为的难道是那纸？"

明兰赶忙插嘴进去："两位姐姐说得都没错，不过我这样的笔法，也就配得上这寻常宣纸了。回头姐姐们要来我这儿写字，请自带上好的纸笺哦。"

她并不怕她们吵架，但最好战场不要是暮苍斋。上回她俩置气，墨兰随手砸了一个掐丝珐琅的香盒，如兰一挥摔掉了三个粉彩豆绿釉的西施杯，又不好去索赔，明兰好生心疼。

燕草端着茶盘上来了，后头跟着端点心提篮盒子的丹橘。明兰连忙把她们俩拉到桌边坐，笑道："这是昨儿房妈妈新做的豆沙点心，我从老太太那儿顺来的，姐姐们尝尝。"

墨兰如常又品评了茶水几句，如兰照例也挑剔了点心几句，这才平和了气氛。

几句过后，便说到了昨日的访客，如兰道："母亲说了，那贺老夫人颇通医术，来与老太太叙旧，没说几句便给老太太把了脉，瞧起身子来，便不叫我们去拜见了。"

墨兰斯文地拨动着茶碗盖，笑道："听闻一同来的那位贺家公子也是学医的。唉……行医好是好，可惜便是进了太医院，熬上了院使、院判，最多也不过五六品。"

如兰"哼"了一声："有本事你一辈子别瞧大夫！"

墨兰不去理如兰，只瞥了明兰一眼，意有所指地笑了笑："不过……好在门风清白，人口简单。"

明兰低头喝茶，并不接口。

如兰不知内情，自顾自地掉转话题："后日去广济寺，六妹妹可想好穿戴什么了？我要把大姐姐给的那副累丝嵌珠大凤钗戴上，上头的宝虾形缠头一抖一抖的，可好玩儿了。"

明兰笑道："我嘛，就戴那副嵌翠玉的莲花银缠丝头面去。"

如兰皱了皱鼻子，嫌弃道："太寒酸了，你就不能给咱家长长脸吗？若没好的，我借你就是！"气势凌人。

明兰倒不在意，放下茶碗，一脸正经道："咱们是去进香祈福，你戴那么多金晃晃的去，小心耀花了菩萨的眼睛，便听不进你求什么了！长脸？小心被打劫的瞧中了，那可真长脸了！"

如兰瞪眼道："天子脚下，谁敢打劫？闷了这许多天，我可要好好玩玩，我还要戴上太太那支宝石攒花的金簪和珍珠挂链呢。"炫耀之意溢于言表。

"我的天呀，您这一身便可开个首饰铺子了！五姐姐，行行好，饶了您那可怜的脖子吧！"明兰吐槽。

如兰伸手来拧她的脸，明兰忙躲。

墨兰见她们俩笑闹成一团，觉得有些受冷落，便冷言冷语道："往年都是正月里去上香，偏今年拖到了如今才去，有什么趣儿？你们还这般高兴。"

如兰立刻回头，反驳道："老太太说了，京城鱼龙混杂，若赶在正月里人多时去上香，便不能妥帖照看，到时候别引出些故事来。你以为在登州呀，能把寺里寺外的闲杂人驱赶开，若被登徒浪子瞧见了怎么办？"

墨兰轻笑道："妹妹戏文看多了吧，也忒多虑了，正月里多是名门豪族去的，便是我们看不严实，他们也会严密提防，有什么好怕的？老太太也小心过了，到底年纪大了。"

明兰听了很不舒服，眉头一皱道："难道名门豪族里便没有登徒浪子？姐姐这般花容月貌，人见人爱，还是少为爹爹兄长惹些麻烦吧。"声音中不自觉带了几分冷意。

墨兰生生一噎，咬牙怒道："妹妹什么意思？！"

明兰反唇："姐姐说呢？"

墨兰愤恨地瞪过去，明兰毫不退让。

如兰十分兴奋。可惜两人只对视了一会儿，明兰便撇开眼神，温和地笑了笑，道："妹妹的意思是，长辈总比咱们想得周全些，咱们做小辈的听话便是。"

墨兰愤愤坐下。如兰还嫌不过瘾，正要添上两把柴，忽然帘子掀开，一个伶俐清秀的小丫头钻进来，正是如兰身边的丫鬟小喜鹊。她朝几个女孩恭敬地福了福，然后向着如兰笑着禀道："五姑娘，太太叫你去呢。"

如兰惊拍了一下自己的脸，轻呼道："呀，我又忘了！太太叫我帮着她看些账本。"还故意看着两个兰，不无得意，"四姐姐，六妹妹，我先走了。"说着便急急忙忙地离去了。

待人走远后，墨兰才重重拍了下桌子，恨声道："瞧她那张狂样儿！太太也忒偏心了！"

明兰又端起茶碗，轻轻吹着，道："林姨娘教四姐姐诗词歌赋，太太教五姐姐管家立账，我跟着房妈妈学些女红，这不挺好的嘛。"

墨兰看着明兰，只觉一拳头打在棉花上，肚子里憋着气，便又阴阳怪气道："听说那贺家公子的祖父已致仕，家中只一个大伯父在南边当知府，也不知会不会看顾侄子。"

明兰一句也不说，只默默听她说完，才放下茶碗，微微侧身正对着墨兰坐好，正色道："姐姐可还记得登州的美韵姐姐？"

墨兰没想到明兰忽然提起这个来，怔了怔，才道："记得，怎么了？"

明兰缓缓道："美韵姐姐是刘知府家的庶女，刘夫人也算得上和气仁慈了，去年她嫁了一位清贫的当地举子。"见墨兰不明所以，明兰继续说，"不单是她，咱们在登州这么多年，姐姐认得那许多闺中姊妹，那些庶女都嫁得如何？"

墨兰渐渐明白她的意思，脸色十分难看，秀气的眉毛耸成一个尖锐的斗角。明兰接着道："说起来，她们中运气最好的云珠姐姐，也不过是嫁了同僚嫡子，那还是她家太太自己没有女儿，把云珠姐姐当亲生的。其他呢？金娥姐姐嫁了一个年过半百的人做填房，好在前头没儿子；瑞春姐姐嫁了镇上的一个员外。最可怜的是顺娘姊妹俩，钱知县只顾自己贪财好色，从不管庶出子女的死活，她们便任由太太揉搓，一个被送给了山东按察使做妾，一个嫁了乡下老财主做填房，换回许多礼钱……"

墨兰想起那些曾经认识的女孩子，那般水灵娇美，一转眼却都风吹人散，心里也沉沉的。明兰低声叹气道："能出来闺中交际的，还算是有头脸的，那些被太太拘在家中的庶女，还不知怎么样呢。大姐姐是嫁入伯爵府，姐姐交好的那些京城闺秀也都十分体面，可咱们能和她们比吗？"

嫡女比庶女好的不仅仅是出身和教养，嫡女是个可攻可守的位置，混好了攀龙附凤都有可能。可庶女就不一样了，高不成，低不就，和嫡出的姊妹生活在一个圈子里，见一样的人，过一样的生活，可最后婚嫁了，吧唧，差了个十万八千里，这种比较产生的失落感十分可怕。

墨兰铿声道："咱们不一样，爹爹为官得力，兄长年少有为。"顿了一顿，低声道，"别说什么嫡的庶的，论才学、品貌，我哪一样输人了？不就是没托生在太太肚子里吗？哪个下人不捧高踩低？我若不多长个心眼儿，便被踩到泥里去了。凭什么我一辈子都要屈居人下？"

明兰忽觉气闷，起身去开窗，轻轻道："但愿姐姐心想事成。"

——如何区别上进和不安分？登高跌重，若不成怎么办？姐妹一场，能劝的都劝了，她若继续执迷不悟，也与人无尤了，明兰又不是拜圣母教的。

四

这天便是盛家进香还愿的日子，一大早内宅便动了起来，二门口备下三辆桐木漆的平头大马车，老太太、王氏、海氏一辆，三个兰一辆，几个丫鬟婆子一辆，王氏另点了八九个粗壮婆子和一打护院上路。

因都是一早起身，墨兰和如兰也倦倦的，没兴致斗嘴，只和明兰一般瞌睡模样，靠着软垫随着车轿晃动昏昏假寐。如兰厌恶墨兰，便只一个劲儿地往明兰身上靠，直压得明兰迷糊中痛苦辗转，好半天挨不过去才醒来，又听见外头隐约的禅唱钟声，便知快到了。

明兰拿出当年搓醒室友上早自习的功夫，很熟练地捏住两个兰的鼻子。她们在憋闷中不一会儿便醒了，齐齐向明兰怒目，只见明兰笑眯眯道："两位姐姐，广济寺快到了。"

墨兰闻言，赶紧低头整理自己的妆容，如兰慢了一拍，也伸手去扶正鬓边一支灿烁的金厢倒垂莲小双钗。三个兰在车内闻得外头人声渐大，多为妇人声音，间杂着些许孩童稚音，似乎不少人家来进香，淡淡的檀香余味漫进车来。

听着外头热闹，三个女孩你看看我，我看看你，心里都好似一只肥猫在挠，彼此面面相觑，各自屏住了劲儿，大瞪着眼睛，谁都不肯先去掀开一点儿帘子来看。

明兰低头叹息：三个和尚的理论真经典。

车内气氛低落，忽然马车猛地一震，三个女孩一个没坐稳，齐齐往前一冲，险些扑倒，车外随即传来一阵呵斥的大骂声，明兰心里一阵激动，难道古代的马车也追尾？

身手最敏捷的如兰第一个摸着脑袋爬起来，饶是车内铺陈厚厚的绒垫，她还是撞得脑门生疼，当即吼道："怎么回事？"

——当然不会有人回答她。

墨兰爬起来后，很机警地靠到边上，掀开一线帘子去看；如兰顾不得讥讽她，也俯身过去看；最后爬起来的明兰随大溜地凑过脑袋去瞧。好在盛府车夫将车马赶在路边一棵大树后，颇有些遮蔽，三个兰偷掀帘子也不曾被人瞧见。

这一看顿时吓了一跳，老太太她们的那辆马车正停在前头，外头一片混乱，哭爹喊娘地吵成一片，马车遂无法过去。只见不远处，几个锦衣玉饰的公子骑着高头大马在当中笑骂，明兰略略听了听，才知道他们适才纵马飞驰而过，将原本摆放在路口的几处小贩摊子尽皆踢翻，因去势太急，连带踩倒了许多行人，一时妇孺哭泣，人仰马翻，阻住了去路。

墨兰轻骂："纨绔！"

如兰低叫："败类！"

明兰："……"

只听其中一个大红锦衣的男子扬着马鞭，破口大骂道："狗奴才，瞎了你的狗眼，敢挡着爷的路！爷便一气踩死了你，便如踩死一只蚂蚱！"

下边一汉子扶着被撞得满头鲜血已奄奄一息的老母，怒道："你们……你们，没有王法了吗？如此伤天害理，草菅人命！"

那红衣男子一鞭子打下去，那汉子便一脸血痕，低头抱住自己的老母。红衣男子一脸横肉抖动着，撩开后槽牙吐了一口痰下去："王法？爷就是王法！还不躲开？！"那汉子似被激出了倔劲儿，上前一把抱住红衣男子的大腿死活不松手。红衣男子只一鞭一鞭地抽下去，那汉子也死活不松手。

旁边几个骑在马上的贵胄青年便都纷纷笑道："荣显，你的鞭子可不够劲儿呀！"

"莫不是昨夜叫小翠仙掏腾空了身子？哈哈哈……"

"我说兄弟呀，你可悠着点儿抽，别闪着腰了，你若有个好歹，天仙阁可倒了一半儿的买卖！"周围一干鲜衣怒马的公子哥儿嬉笑连连。

那荣显更是恼怒，加力抽动鞭子，发了狠一般把那汉子抽得皮开肉绽。旁边正调笑着，忽闻一道冷冷的男声道："想抽人回去寻个奴才抽个痛快，便抽死了也无人管你，在这儿现什么眼！今日杨阁老的公子在后山梅林设了诗会，一会儿人可都要上山了！"

明兰本已经收回脑袋不看了，忽觉这个声音似曾相识，便又偷眼去看，只见当中有个穿宝蓝色圆领直缀的男子，便是骑在马上也显肩宽背挺，十分高大，不是那顾廷烨又是谁？

此时停在路口的马车渐渐多了起来，俱是车马华丽，人丁壮健，已有几户人家遣家丁上前询问了。那群锦衣公子一瞧不对，便撒下一大把银钱，策马疾驰，扬长而去，只留下一地哭喊的平头老百姓，平白被踢伤踩伤，却还赶紧捡钱。

明兰摇着头退回车里，看来传言不假，嫣然好险。

一众马车里的女眷大都出自高门大户，见一地哭号，便立刻解囊相助，散了好些银钱给伤者，外头众人才渐渐散开了，余下马车便又继续前行，往山上赶去。

广济寺坐落于城西玉梅山顶左，乃京城三大名寺之一，因本朝开国时太祖爷曾亲笔题词"普度众生"四个字而扬名。寺庙并不特别宏大华丽，只前后三座大殿，分别供奉着如来佛祖、观音大士和弥勒佛，两侧再各一个钟楼，香火并不如另两座大寺鼎盛，因此盛老太太为图个清净，才选了来这里进香。

烧香拜佛明兰是做熟了的。一行人便随着知客僧进了大殿，才见到住持妙善亲来迎接。双方一阵寒暄，盛老太太捐了一大笔香油钱，王氏和海氏也都随后捐了些，然后女眷们从正殿开始，由左至右依着佛像一处处燃香磕头，暗自祝祷心愿，烧了许多纸。

因求神拜佛的大都是妇孺，于是寺内往来忙碌的不是掉了半嘴牙的老和尚，就是刚换了乳牙的小沙弥，一眼看过去，竟无半个青壮年僧侣。明兰暗叹一声：瞧这职业素质！

拜到第三座大殿最后一处的杨枝观音时，明兰想到姚爸姚妈和姚哥，便诚心诚意地多磕了几个头，万望他们一切都好，待抬起头来的时候，正瞧见王氏拉着海氏往后方一角的送子观音那儿去了。海氏脸色泛红，羞羞答答地拜了又拜。

盛老太太则站在一旁，仰头看着观音像静默不语。明兰回过头来，只见墨兰正呆呆地望着香案上的一个签筒，目光中跃跃欲试。瞧见明兰在看自己，她掩袖轻笑道："妹妹要否试试？"

还没等明兰开口，如兰一把拿下签筒，然后跪下，念念有词地摇了起来。墨兰咬了咬嘴唇，因在外头不好发作，便看着如兰摇出了一支签，还没看清是什么，如兰便抓在手里，然后瞧着她们道："你们可要求签？求完了一起去解签吧。"

墨兰被如兰拔了头筹，便不再耽搁，立刻拿过签筒跪下，连磕三下头，才小心翼翼地摇了起来，然后也掉出一支来，依旧没被看清就抓在手里，然后去看明兰。

明兰摇头道："我不用了，姐姐们去解签吧。"

如兰不依，扯着明兰压到蒲团上，道："不成，不成，我们俩都求了，你可不能落下。"墨兰也轻飘飘道："妹妹还是求了吧，要是叫祖母知道了，还不定怪我这做姐姐的不看顾你呢。"

明兰苦笑着跪在菩萨面前，一边摇晃签筒，一边忽想起那日贺弘文走后，盛老太太对她说的一番话，不由得脸上微微发红。其实她不是没有想过自己的未来，但是在这个闭塞的世界，她能认识多少人？信任值得信任的人不是更好？

老太太半生伤痛之后，觉得功名利禄皆是浮云，日子过得去便可，要紧的是人要温厚，一开始她考虑的是泰生表哥，胡家虽为商贾，但胡姑父父子再厚道不过了，而盛纭姑姑欠了老太太人情，明兰若嫁进去，定能一生顺遂，喜乐安康。

谁知路上杀出两个程咬金，先是遇上了贺家祖孙，贺老太太见了明兰很是喜欢，就流露出结亲之意，然后又识得李家舅太太，也对明兰颇有聘娶之心。入住盛家祖宅之后，盛老太太又细细观察，发觉大老太太和李氏暗暗表露出希望品兰和泰生结亲的意思，老太太不愿亲戚为难，便对泰生淡了意思。

如此，明兰的婚配人选便剩下两个——贺弘文和李郁。

虽然李家更有钱，但到底是商贾出身，且在世家中没有根基（明兰语：若又有钱又有世家根基干吗要娶个庶女）；贺弘文人品儒雅，生得清俊温文，盛老太太倒颇为喜欢，就是担心他年幼丧父无有依靠，且寡母病弱，以后儿媳不免辛苦。

那日贺老太太来给华兰诊完脉后，便对盛老太太透了底，首先他们老夫妇俩最疼爱这小孙子，当初他父亲一过世，他们老两口担心孩子的将来，便早早地分了家，将三房那一份产业银两早划了出来，现由贺老太太代为掌管，等老两口过世，再三房平分祖业，贺弘文自己又能行医治病，还有为官的大伯和其他族人可倚靠，便生活无忧了。

后来多说了几句，心直口快的贺老太太还透露，贺弘文的寡母早已病入膏肓，不过是靠着婆母调养，撑着身子想看着儿子成家立业，熬不过三五年了——想到这里，明兰深深忏悔，觉得自己心太坏了，当时居然心里有一丝窃喜不用应付婆婆。

墨兰和如兰老嘲笑她没志气，其实明兰觉得她们俩是见识了京城繁华后，心气太高了，在京城里有多少皇亲贵戚、达官贵人，那是全国级的，可是如盛纮这样在京城不怎么起眼的，在宥阳却是大人物了。

且让贺弘文在京城里多学些东西，在太医院里镀层金，找个山清水秀的小县城，开个医馆药铺便能悠哉度日了，说起来贺家的老家就在宥阳附近的一个县城。

根据贺老太太的反馈，贺弘文也挺喜欢她的，对照几次见面的情景，相信他们成亲后，也能做到举案齐眉，到时候，她要好好打理家业，争取当个县城首富，然后养上一二三四条护花犬，横着在街上走，岂不美哉！

不过盛老太太也说了，不急，再瞧瞧，万一有更合适的呢？总之，她要再观察观察贺弘文，再考虑考虑李郁，说不定还有其他的程咬金杀进来呢。

墨兰和如兰看着明兰在那里一个劲儿地摇签筒，脸上露出呆呆的傻笑，如兰不耐烦地推了她一把，然后稀里糊涂地摇出一支签来。明兰站起身，三姊妹擎着签子比对，由大到小依次是：上中、中上、下下。

墨兰和如兰都颇有得色，然后似做怜悯状看着明兰手中那支可怜的下下签，纷纷劝慰道："不过一支破签罢了，妹妹别往心里去。"

明兰很淡定：这支签很真实地反映了她的遭遇。

殿门口便是解签处，三五个老僧坐在那里，三个兰禀过了老太太和王氏，便由丫鬟婆子陪着过去解签，刚走到近处，便见那一群仆妇簇拥着一个锦衣华服的妙龄少女。她背对而坐，看不清容貌，只听她对面的老僧道："……秦琼卖马时，柳暗花明处。姑娘目前虽稍有不顺，但只消顺势而行，总会拨得云开见月明……"

明兰失笑了。所有的签文都是万金油，哪里都可用。

墨兰和如兰也兴兴头头地各找了一个老僧解签，明兰在后头略略一站，听了会儿，大约总结了一下：前途是光明的，道路是曲折的，只要努力奋斗。婚姻、事业、健康，皆适用。

明兰觉得自己不可太与众不同，便也去寻人解签，只见边上坐了一个奇异丑陋的老僧，面容比风干的橘子皮还要皱巴，神情狰狞可怖。他独自一人坐在冷落处，无人找他解签。明兰不耐烦排队，便径直过去坐下，双手把签递过去。那老僧略略一看，正要开口，忽见明兰面相，他眉头一皱，似是十分吃惊，便把那签随手一丢，挥手赶苍蝇般让明兰离开："这支签不是你的，你以后也不用再求签了，求了也没用。"

明兰大吃一惊，心想，莫非遇到高人了？正要开口问，那老僧一脸不耐烦地喝骂道："去去去，多说多错，免得泄露天机！走走走，莫来害我！"

明兰似懂非懂，还想说点什么，那边如兰和墨兰已经解完签，一个婆子来叫她们三个回去。明兰被尤妈妈拖着走了几步，回头一看，只见那老僧忙不迭地跑开了，活似后头有老虎在追赶。明兰心里大怒：谁说世外高人都爱助人为乐的？

三个女孩先被带入一间耳房里去吃茶，只见那里除了盛老太太、王氏、海氏、住持，还坐了几个华衣贵妇。一群女人说个不停，有些成人话题姑娘在不好说，王氏便打发三个兰到一旁的厢房里歇息。

小沙弥寻了一间清静淡雅的空厢房，请三位姑娘进去。谁知如兰一脚踏进去，便瞧见里头已有一个女孩坐在圆桌旁吃茶，看衣裳正是适才解签的那女孩。她看起来十六七岁，生得柳眉杏眼，容色艳丽，眉目间很是娇媚。

五

内有佳人，三个兰迟疑不前。墨兰看了看如兰，如兰一昂首，便跨了进去，墨兰、明兰跟上。三姐妹往临窗下的一张罗汉长椅上坐了，然后丫鬟婆子们流水价地进来，拿出随车带来的茶果、点心，一一摆放在案几上，又去外头要了热水泡茶奉上。

那女孩眼见这一众仆妇服侍，只自顾自地拨弄碗盖。明兰细细看她，只见她一身桃红杭缎面子的缂丝掐腰斜襟长袄，领口和袖口笼了一圈灰鼠毛皮，边底绣了金色缠枝花卉，下头露着月白挑线裙子；胸前挂着一枚硕大的吉祥如意六福赤金锁，金光灿灿，耀眼生辉；头上插着一对镶珠宝镏金碧玉簪。那女孩低头间也打量三个兰，只见她们各色衣着华贵，胸前的赤金璎珞圈上坠着三枚玉锁，玉色上乘，三姐妹举止也都斯文大方。

墨兰呷了几口茶后，便上前与那女孩攀谈起来，两句便交代了自家来历。那女孩矜持道："我姓荣，小字飞燕，家父富昌侯。"

墨兰顿了顿，笑道："原来姐姐是小荣妃娘娘的侄女。"

如兰和明兰神色各异。这户人家听着很精神，其实很悲催，泥瓦匠家里飞出个金凤凰，一朝选在君王侧，便荫封家人。

众所周知，除非能生下儿子或立储或封王，否则这种原因封了爵位的大都不会世袭罔替，好些的承袭三五代，差些的一代即止，或降等袭位直至庶民，所以，这样的家庭一般都会抓紧时间到处联姻或培养人才，以延续家族富贵。

小荣妃宠冠后宫，可惜老皇帝有心无力，迄今为止或者永远生不出儿子来，为这户人家的联姻之路打上了问号。

荣飞燕笑笑，道："我哥哥嫂嫂带我来的，那屋里人太多，吵得我脑仁儿疼，便寻了这个屋子想清净下，倒是叨扰了几位妹妹了。"

话虽说得客气，但神色间明显带着高高在上之意。如兰生平最恨比她强的，便自顾自地吃茶歇息，不去搭话；明兰则想起了早上骑马打人的那个荣显，原来就是她哥哥，心中厌恶，也不大想说话；剩下一个墨兰在那里殷勤应酬。她一味小心逢迎，便渐渐挑起了荣飞燕的话兴，说着说着便绕到盛家在登州的生活。

"你们与齐家有亲？"荣飞燕眼光发亮，顷刻发觉自己有些过了，便敛容一些，然后谨慎地轻问，"你们可见过他家二公子？"

墨兰笑道："怎么不识？在登州时，他与我家大哥哥一同读书，年前襄阳侯寿宴，我们姐妹也去了……还见了六王妃和嘉成县主呢。"

荣飞燕"哼"了一声，似有不悦道："藩王家眷不好好待在藩地，老往京城跑是怎么回事？一个两个都这样，不是坏了祖制吗？"

墨兰神态和煦，看似宽慰道："姐姐快别这么说了，六王如今炙手可热，将来还有大造化也未可定呢！"

荣飞燕面色不佳，握掌为拳头捶在桌上，镶着金刚石的赤金石榴花戒指和桌面相撞发出刺耳的声音，冷笑道："大造化？别是成了大笑话吧。"

墨兰笑得十分讨好。只有明兰这样一起相处了好几年的，才看得出她其实也很讨厌荣飞燕，然后墨兰挑些京城闺秀时新的话题与荣飞燕接着聊天。

六王爷家和荣家正是一体两面的典型，一个是现在冷清将来可能热门，一个是现在有权但容易过期作废。明兰低头拨弄盘子里炸得酥脆的松仁奶油卷，不经意地瞥了墨兰一眼。

京城就这么点儿大，聚集了一帮看似庄严其实骨子里很八卦的高门女眷。荣家属意齐衡的事早不新鲜了，奈何荣家几次流露结亲之意，都碰了齐家的软钉子，如今又来了个嘉成县主，恰似一根肉骨头两家抢，好不热闹。

又说了几句，荣家一个丫鬟进屋来请荣飞燕回去。王氏身边的一个妈妈也来叫三个兰回去用素斋。这一上午下来，三个兰早饿了，便是食性文雅的墨兰也吃了满满一碗饭，明兰一个人便干掉了半盘白灼芥蓝，如兰霸着一道春笋油焖花菇不肯让人。饭后，众人捧上广济寺自炒的清茶慢慢喝着，明兰只觉得腹内暖暖的，十分舒适。

这会儿本该走的，但海氏心细，发觉盛老太太神情倦怠，便轻轻道："这会儿刚吃了饭便去车上颠簸不好，不如歇息片刻再上路，老太太和太太觉得可好？"

王氏也累了，觉得甚好，盛老太太也点了点头。明兰见大人们都同意了，便立刻去找尤妈妈要被毯枕褥，想小憩一下。

谁知墨兰走到老太太和王氏跟前，笑道："祖母，太太，嫂嫂，孙女久闻广济禅寺后院的滴露亭是前朝古迹，柱子上还留有当年高大学士的题诗，还有那九龙照壁更是天下一绝，十分雅致，今日既来了，孙女想去瞧一瞧，也好见见世面。"

如兰本就不愿老实待着，一听也来了兴致，跑到王氏身边摇着胳膊撒娇道："母亲，你说京城里头规矩大，平日拘着我们一丝都不松，如今难得出来一回，便让我们逛逛吧。"

王氏被如兰一求，便心动了，转头去看盛老太太。只见老太太靠在一张罗汉床背上，半合着眼睛道："叫几个妈妈同去，看得严实些。"王氏知她是同意了，便回过头来对如兰板着脸道："只许去一个时辰，看完了立刻回来！"

如兰大喜，对着王氏和老太太跳猴般地福了福，一转身便来拖明兰。明兰正怏怏的，赖在尤妈妈身边道："我就不去了，叫我躺会儿，姐姐们自去吧。"

如兰一瞪眼睛："你刚吃了饭不去走走，待会儿坐车又得呕了！"然后弯下脖子，附到明兰耳边，低吼，"我可不与她一道逛，你不去也得去！"手指用力，狠捏了明兰胳膊一把。

明兰无奈，只得跟她们一道去了。

广济寺第三座大殿后头，便是一片敞阔的石砖地，可做佛事之用，当中设有一清凌水池，水池后头便是一面极长的墙壁，墙壁呈拱形，一边延伸向滴露亭，一边则通向后山梅林，院内十分清静，几个稚龄小沙弥在轻扫落叶。

因是初春，日头照在人身上并不晒，反而十分和煦舒适，三姊妹伴着几个丫鬟婆子慢慢走着，顺着鹅卵小径先看见的就是九龙壁的中央，一条狰狞雄浑的巨龙盘旋其间，便如要脱墙而出一般，那龙身上的彩釉历经风雨打磨依旧十分鲜艳。

墨兰仿佛忽然对民间浮雕艺术产生了极大的兴趣，一边看一边赞，从每条龙的龙鳞一直夸到龙鳞上脱落的釉彩。

如兰不愿受拘束，生生把一众丫鬟婆子留在院子里，这会儿便轻快地蹦跳着，嘻嘻哈哈地说笑。

明兰懒懒地随着一起走，极力忍住打哈欠，走着走着，忽觉鼻端一股梅香隐约，抬头一看，见周遭梅树渐多，她神色一敛，立刻止住了脚步，道："四姐姐，便到这儿吧，咱们该往另一头去了，滴露亭还没瞧呢。"

墨兰正兴致勃勃地往前走，闻言回头道："这一边我还没瞧完呢，再往前走走吧。"

明兰见她一脸轻笑，仿若无伪，便也笑道："这九龙壁是两边对称的，咱们瞧了那一边，便如同瞧完了这一边，岂不既省些时辰又省力气？"

不论明兰如何说，墨兰只是不允，非要把剩下的看完。如兰一开始不明白，但见墨兰神色柔媚，又回想起适才出来时她刻意整理装束头发的情形，也瞧出些端倪来了，便大声道："再往前走，可是梅林了，这会儿那里当有一群人在办诗会呢，叫人瞧见了不好吧。"

墨兰柔柔一笑："咱们自管看石壁，与旁人有何相干？便是瞧见了也无妨。"说得光明磊落至极，说完，还把头高高一扬，以示心中清白。

如兰冷笑道："你素来说得最好听，你当我不知道你心里打量着什么？我告诉你，趁早死了心！瞧你那副妖娆轻浮的模样，别把咱家的脸面丢到外头去了！"

墨兰一张俏脸唰地红了，立刻反唇道："妹妹的话我听不懂，自家姐妹何必把话说那么难听，如此我还非要往前走下去了，便瞧瞧会出什么事儿！妹妹有本事便大声叫人，来把我捉回去吧！"说着转身便走。

如兰被气了个绝倒。此地已接近梅林，她也不敢高声叫人，只恨恨地跺脚。

明兰轻走几步，堵在墨兰去路上，面沉如水。

墨兰恨声道："你也要与我作对？平白无故污我清名，便为了这口气，我还非往前不可！"

明兰一抬胳膊便拉住了墨兰，淡淡道："你当真不回去？"

墨兰发了狠，怒道："不回去！"

"好！"

说着，明兰手上不知何物一扬，直往墨兰身上去了。墨兰一声尖叫，只见她那雨过天青蓝的苏绣裙摆上好大一块污泥！

"这是什么？"墨兰涨红了脸，尖声道。

只见明兰轻轻展开手上一方帕子，里头一团烂泥。原来，明兰适才趁如兰说话当口，用帕子裹了一团泥巴在手里。

"你、你、你……"墨兰气得浑身发抖，直指着明兰，一旁的如兰也惊呆了。

明兰淡淡道："有本事你就这般去见那些王孙公子吧，你若还去，我便扔到你的脸上。"

"你竟敢如此对我！"墨兰终于缓过一口气来。

明兰冷笑道："我本想一巴掌扇醒你，不过瞧在姐妹一场便算了。我只送你一句话，你不要脸，我们还要呢！爹爹一生谨慎，老太太和太太小心持家，怎可让你败坏了去！"

说实话，她想揍她很久了。

墨兰一扬胳膊，想去打明兰，却被明兰机灵地闪开，然后如兰从后头一把捉住了墨兰。墨兰两眼一红，哭喊道："我要去告诉爹爹，你们两个合起来欺负我！"

这下如兰乐了，笑道："你去告呀！我就不信了，爹爹听得你要去抛头露面，还会拍手称是，他不打你一顿便是好的了。"想了想，又加上半句，"六妹妹素来老实温厚，爹爹便是不信我，也定会信她的。"

墨兰不服气地咬着嘴唇，怒火熊熊地瞪着明兰和如兰。明兰丝毫不惧，转头对如兰道："适才看九龙壁时，四姐姐不慎跌了一跤，弄脏了裙子，咱们俩把她扶回去吧，瞧着时辰，老太太该要回府了。"

如兰拍手笑道："四姐姐，你还不回去？"

墨兰恨恨一跺脚，转身就走。

如兰赶忙追上，大喊道："四姐姐，我来扶你！"这会儿，她恨不得人人都瞧见墨兰一身污秽的模样。

明兰在后头暗笑，心里十分畅快，一上午的疲劳似乎都不见了。这些年来，每当墨兰可气时，照明兰原本的性子，定要上去教训一顿，却被盛老太太劝住了。她说：女人家束缚多，除非拿住了对方的把柄，一击即中，否则便不可轻启事端，免得在旁人面前留下泼辣厉害的印象，以后反倒不好行事。

墨兰和林姨娘一个德行，平日里没少搬弄是非，可一到盛纮面前，偏一脸楚楚可怜，仿佛全府都在欺负她们母女俩，便是上回墨兰在平宁郡主面前出丑，盛纮虽罚了她，但一转头便被林姨娘的眼泪给说糊涂了，还以为是王氏故意在外头人前叫墨兰出丑。

如此偏心，原因无他，不过是王氏和如兰早给盛纮留下了跋扈嚣张的坏印象，一对宛如狮子般凶悍厉害的母女 vs 一对如同绵羊般可怜孱弱的母女，这个时候，男人通常会脑筋短路，雄性荷尔蒙自动做出昏聩的判断。

所以，她平时从不与墨兰争执，尤其当着盛纮的面，更是一派姊妹和睦。

明兰抖了抖帕子，然后拧成一团收入袖中，正要离开时，忽闻后头一声轻笑，明兰浑身一紧，立刻回头，因是低着头，先瞧见一双粉底黑缎面的云靴，并一角暗绣银纹的宝蓝色袍裾，再抬头，一个高大的阴影直盖在她头顶。

明兰立刻退后两步，眯眼去看。此刻日头正好，映在男人半边身子宝蓝色的直缀上，色泽纯粹鲜亮，而他另半边身子却被石壁的阴影遮成了昏暗的墨蓝色，袍子上的纹路便如暗刻上去的琅琅点翠般映丽。

"二表叔。"明兰恭恭敬敬地福下去。

顾廷烨一歪嘴角，讥讽道："如此待自家姊妹，不好吧？"

明兰低着头，依旧是恭敬的语调："清官难断家务事，若侄女做错了，自有爹爹来罚。"言下之意是，要你狗拿耗子多管闲事！

顾廷烨双眉斜飞，只神色一顿："你既叫我一声表叔，我便得教导你一二。"

明兰抬起头来，淘气地笑了笑，忽道："还没恭喜二表叔新婚呢。"然后捧着一对白胖爪子，轻巧讨喜地又福了福，"祝二表叔与表婶花开并蒂，白头偕老！"

顾廷烨脸色立刻沉下去，目光阴鸷。明兰有些后悔，忍不住退了一步。

上月底，顾廷烨迎娶了嫣然的妹子，这位二少奶奶自小娇生惯养，性格十分泼辣，一成亲便力于改造京城著名的浪荡公子哥儿。

进门第五天便把顾二的两个通房卖了；第十天就逼着顾二读书习武，不许出去胡混；第十五天，她把上门来找顾二看戏的友人赶跑了；第二十天，也不知哪里得来的消息，竟带着一大帮子婆子家丁，找到了顾二外室的宅子，上去便是一通乱打乱砸，好在顾二及时赶到，不然曼娘母子三人便要被捆了卖掉。

顾二本不是好脾气，便嚷着要休妻，宁远侯爷自然不肯，然后便是鸡飞狗跳父子一通争吵，险些又闹进宗人府去。连番精彩好戏，为京城枯燥乏味的日子增添了许多茶余饭后的材料。

眼见顾廷烨神色危险，明兰脑袋自动产生预警机制，立刻摆出一脸歉色，低着头轻声道："表叔莫要恼怒，都是明兰说错了。"顾廷烨怒气稍减，看了看明兰低垂的小脑袋，心道，与个孩子置什么气，便铿声道："曼娘何辜！"

明兰立刻赞同道："二表叔说得极是！表婶……也急了些。"还十分狗腿地用力点头。

顾廷烨一听这话，无端又被挑起怒气。他神色倨傲地睨着明兰，冷笑道："你少装蒜，你们都是一般，狗眼看人低！曼娘吃的苦头谁知道！"

明兰泄气，她发现很难糊弄这人，便叹气道："二表叔，旁人怎么想不要紧，曼娘……的好处只要您自己明白就成了，对于余家人来说，一个孤身女子，带着一双稚童，安然无恙地从京城到登州，还有胆子上余府去闹，是个人都会觉得这女子不简单的。"

顾廷烨冷哼一声，睥睨着明兰，道："她自小讨生活不易，素有智谋，自不如你们这些闺秀娇气！"

得！又一个盛纮，又一个林姨娘！林姨娘什么都对，杀了人、放了火，也都是别人的错！

明兰心生反感，抬头直视对方，努力抚平心中气愤，尽量心平气和道："二表叔，明兰有一问，不知二表叔可否解惑？"

顾廷烨怔了怔，道："说。"

明兰吸了口气，朗声道："余家大姐姐随余阁老在京城一直待到一十三岁，闺门之间素有贤淑慧静之美名，想必二表叔是听说这个才几次诚恳上门求亲的吧。那么，若那曼娘真只想进门为妾，只消等着余大姐姐进门，依着她那温柔和气的性子，便是老侯爷夫妇一时不允，也迟早能被劝通，到时候曼娘岂不是能得偿所愿？何必还巴巴地跑去登州闹呢？惹得余阁老气急，岂不是鸡飞蛋打，反而坏事？"

顾廷烨嘴唇动了动，他才说过曼娘素有智谋，这会儿当然不能说曼娘"没料到"之类的。

明兰心里冷笑，有些事她早就想过了。

曼娘去登州叩门哭求，根本不是想要嫣然接纳她，而是相反，她怕嫣然贤良淑德、品貌过人，会抢走顾廷烨的欢心。曼娘真正希望的是，顾廷烨能娶个悍妻、恶妻，然后夫妻不和，反目争吵，她这个外室才能当得逍遥自在，稳若泰山！

明兰看着顾廷烨面色阴晴不定，赶紧放柔了声音，一脸真诚道："表叔，您是磊落之人，便当明兰是小人之心吧，都因明兰与余家大姐姐自小要好，为她不平罢了。兴许那曼娘真有难言之隐，也未可言说呢。"

说到底，明兰敢如此放肆，也不过是多少看出这顾二的性子。他这人嚣张跋扈，无法无天，肆意妄为，虽然被很多人当纨绔浪荡子了，但他种人，便是个坏人，也是个真坏蛋，不是伪君子，更不是龌龊猥琐的赖汉，多拍两记马屁总是没错的。

顾廷烨正心里一团乱麻，听了明兰这番言不由衷的言语，更是恼怒，低声咆哮道："还不快滚！"

明兰如闻天籁，提起裙边拔腿就跑，一溜烟不见了。

六

回去之后，明兰立即跟老太太坦白了泥巴事件，老太太侧卧在罗汉床上，并不发一言。明兰有些惴惴的，道："祖母可是觉着孙女做错了？"

老太太摇摇头，摸摸明兰柔软的头发，缓缓道："你并没有做错，四丫头也不会敲锣打鼓去告状，不过……"明兰提了一口气，等着老太太继续道，"只怕明枪易躲，暗箭难防。"

明兰略略一忖，便明白了，抬头道："后天爹爹休沐，我便把新做的矮跻鞋送去，这件事老祖宗只作不知道吧。"

老太太点点头。

这一日，盛纮休沐，早上教育长枫、长栋好好读书后，便穿了一身常服，在内宅书房里写几笔字、吟几句诗，表示自己做官这许多年还未忘记文人根本。

这时，明兰堆着满脸可爱的笑容来了。盛纮眉头一皱，脸色有些冷淡，明兰却似毫不知晓，拿出自己新做好的鞋递到父亲面前，叫丫鬟服侍盛纮穿上，然后站在一旁笑嘻嘻地等着夸奖。

盛纮一穿上这厚绒鞋子，只觉得脚掌触觉柔软舒适，伸展妥帖，不由得心头一暖，想起明兰自稚龄起便年年为自己做这做那，甚是孝顺，便道："我儿甚是乖巧。"

小明兰乐颠颠地跑过去，扯着盛纮的袖子说这说那，叽叽呱呱地挑了些小女儿的趣事说了些许。明兰口才本就不错，说到有趣处，盛纮也忍不住哈哈大笑。

明兰苦着脸道："这绣花针可不比笔好伺候，女儿好好捏着它，它左右不听话，若是后头顶上个硬气的顶针，它便老实了！哼，女儿总算知道了，它也是个欺软怕硬的！"

然后摊开一双白胖的小手给盛纮看，只见几个手指之上有不少针眼。

盛纮又好气又好笑，心里有些感动，指着明兰说笑了几句，明兰撒娇卖乖很是讨人喜欢。看着小女儿乖顺可爱的模样，盛纮嘴唇动了几动，终忍不住道："前日你们去广济寺，你为何拿泥巴丢你四姐姐？"

明兰心头一沉：来了！

然后睁大一双懵懂的眸子，看着盛纮呆呆道："这是……四姐姐说的？"

盛纮一时无语。那晚他去林姨娘处歇息，墨兰便来哭着告状，林姨娘也伤心地哭了一场。盛纮很是生气，便要去训斥明兰，却被林姨娘苦苦劝住："老爷，六姑娘是老太太的心头肉，今日若为了墨丫头老爷去罚了她，以后墨儿便更不受老太太待见了！叫我们娘儿俩的日子怎么过？老爷，只要您知道咱们的委屈，妾身便知足了，这事便不要说了。"

说着，还连连磕头，恳求盛纮不要提起这件事了，还不住地说明兰仗着老太太宠爱，如何瞧不起墨兰，等等，上足了眼药。当时盛纮生着气答应了，心里对明兰十分不满，只一口气憋着，越想越气，可今日瞧着明兰天真孝顺的样子，又心里喜欢，忍不住便倒了出来。

"别管是谁说的，你只说有没有？"盛纮好生劝道，"不过是姊妹间闹口角，若是你错了，与你四姐姐道个歉便是了。"

谁知明兰也不言语，只豆大的泪珠一颗一颗地往下掉，咬着嘴唇却不出声，濡湿着一对大大的眼睛，只哽咽道："爹爹真觉着女儿是那般无理之人？"

盛纮想起这几年明兰的言谈举止着实稳妥可心，也迟疑道："莫非有别情？"

明兰就怕墨兰告黑状，叫自己死都不知道怎么死的，如今都摊开了，她反倒松了口气。

她抬起头，一脸孺慕地看着盛纮，道："父亲，请去把四姐姐唤来吧，不计是怎样的，总要她在女儿才好说话。"

盛纮想了想，便挥手叫丫鬟去请墨兰。不一会儿墨兰来了，她正在山月居写字，听到盛纮唤她，便挑了几幅自己得意的字拿着，打算叫父亲瞧瞧，谁知一进书房便瞧见两眼通红的明兰和不住劝慰她的盛纮。

盛纮看明兰哭得可怜，心里早已不气她了，只当她是小孩子不懂事，一时淘气，还劝道："傻孩子哭什么，一块泥巴罢了，便是错了，你姐姐也会见谅的……"

墨兰一听，心头猛地一冷。

不论盛纮如何劝说，明兰却不言语，只低低哭泣。她一见墨兰来了，立刻站起身来，含着泪，张口就问："爹爹说，前日我扔了泥巴在姐姐身上，可是姐姐说的？"

墨兰立刻抬眼去看盛纮，似乎在说"父亲为何食言"。盛纮老脸一窘，便摆出老子的派头道："今日你们俩都在，有什么话便说清楚吧！省得姊妹间生了嫌隙。"

明兰上前扯住墨兰的袖子，柔弱无力地轻轻摇晃，边哭边道："你说呀，你说呀，有什么过不去，你是姐姐，便来训妹妹好了，为何去找爹爹告状，这会儿却又不说了？"

墨兰被盛纮的目光逼迫，便咬牙道："没错，是你扔的，难道不是？"

明兰轻轻抹去泪水，问："那好，姐姐倒是说说，咱们究竟招了什么口角，我才如此蛮横，竟拿泥巴扔在姐姐身上？"

墨兰脸上一红，含糊道："不过一些小口角。"问及究竟什么口角，她又说不出来。

明兰转头去看盛纮，委屈道："我与四姐姐这些年，从未吵过嘴，便是有些什么，第二日也好了，爹爹想想，有什么要紧的事，女儿非得在外头给姐姐难堪？"

盛纮见墨兰如此忸怩，已心中起疑，想起墨兰、如兰三天两头的争吵，便瞪向墨兰喝道："莫非你污蔑你妹妹？"

墨兰被父亲一吼，心中更加虚了，便急着抹眼睛，却什么也不说，打算用眼泪换时间。谁知明兰反道："不是的，父亲，女儿的的确确拿泥巴扔了姐姐，可女儿问心无愧。"

盛纮一听便糊涂了。明兰一脸镇定淡然，三言两语便把那日的情景说明了，言语清楚，语音清脆，墨兰越听越脸红，盛纮却越听越气，忍不住一拍案儿，骂道："你个不知规矩的东西！那梅林里聚了多少男子，你也敢往里头冲？如此不知廉耻，是何道理？！"

墨兰膝盖一软，立刻跪下了，嘤嘤哭了起来，声声道："女儿怎敢？不过是瞧着那九龙壁雅致，便想一气瞧完，妹妹们说话又冲，话赶话的，女儿生气，便顶着气非要走下去不可。"

明兰看着墨兰哭得梨花带雨，赶紧也在一旁跪下，拉着墨兰的袖子，一脸的难过委屈，道："姐姐真糊涂了，不论那九龙壁多好看，难不成比爹爹的名声还要紧？爹爹为官做人，何等谨慎，咱们做女儿的，不能为父亲分忧，难道还要给家里抹黑吗？那梅林里大多是京里有头脸的公子、少爷，姐姐若被他们瞧见了，那……那……"

明兰说不下去了，声音哽咽难言，转头掩面而哭。

盛纮气极，一掌打翻了一个茶碗，粉碎的瓷片四溅在地上。他脸色铁青，手腕发抖，冲着墨兰呵斥道："哭什么哭！白长了这几岁，还不如你妹妹懂事！也不知哪里学来的歪心思，你当别人都是傻子吗？你这不要脸的东西，还好意思告你妹妹的状！"

墨兰头一次被盛纮骂得这么难听，哭得更起劲了。

明兰也没歇着，她膝行几步到盛纮跟前，扯着父亲的衣角，眼中泪花一片，凄凄切切道："我只当姐姐是一时糊涂，怕张扬出去，祖母会怪罪姐姐，女儿便把这件事严严实实地捂在心里，连祖母也没告诉，心想，咱们到底是亲骨肉，便是闹了不快，第二日也好了，谁知……谁知……姐姐居然还在背后告我！"

明兰一脸伤心欲绝，哭得肝肠欲断，一转头看向墨兰，哀柔地质问道："四姐姐，四姐姐，你为何要这样对我呀？"一副被至亲骨肉背叛的痛心模样。

墨兰有些傻眼，说实话，在比哭和比可怜这两个项目上，她们母女俩还未有败绩，正在盛府独孤求败之时，忽然遭到前所未有的挑战。

明兰一头哭倒在盛纮脚边，哀哀凄凄。

盛纮心里疼惜，一把扶起明兰坐到一边的椅子上，回头便指着墨兰，疾言厉色地骂道："你这孽障！为父平日里何等怜你、疼你，你竟如此下作！你妹妹为着全家脸面劝阻了你，你便记恨在心，伺机报复，小小年纪，待自家姊妹也这般心肠歹毒，我留你何用！来人呀，去请太太来！"

王氏正在教如兰看鱼鳞账，如兰没耐性，两次错过便要撂挑子，王氏急了，正要骂女儿，谁知喜讯从天而降。她急急赶去书房，只见自家老公铁青着脸，发狠地痛骂墨兰，一旁还跪着嘤嘤哭泣的林姨娘。

三言两语弄明白了前因后果，王氏喜不自胜，再看萎倒在一旁的明兰已经哭得有些气喘脱力，立刻摆出慈爱嫡母的架势，好言劝慰一番，再叫人扶明兰回去歇息。

后来的事情明兰没机会目击，因为她实在是"太伤心"了，只好等晚上如兰来爆料。如兰兴奋之至，说墨兰两手被各打了三十戒尺，手掌肿得半天高，还被罚禁足半年，然后不许再看那些诗呀，词呀的，要把《女诫》和《女则》各抄三百遍。

本来王氏想搞株连，不过墨兰还算硬气，咬死了说林姨娘也是被蒙蔽了，并不知情，所以林姨娘只被罚了五十戒尺，禁足三个月。

"这事你早知道？"好容易休息一天，盛纮被气了个半死，只躺在床上哼哼。

王氏坐在菱花镜前，小心地往脸上涂抹香蜜，轻松道："知道，如兰当日便与我说了。"

"你为何不说与我听？"盛纮怒着捶了捶床板。

王氏心情大好，特意换上一身全新的绮罗纱衣，水红的苏杭绫罗上绣着葱黄的荷叶蛐蛐，极是精致。她回头一笑，道："我哪敢说那屋里的事儿，老爷不得怨我心眼儿小，不待见四丫头？我哪敢再自寻没趣。不只我不说，连如儿我也不让说的，免得又叫老爷怪罪。"

语音拖得长长的，似在戏谑。

盛纮被噎了一口气。王氏款款起身，坐到床边，笑道："这回你该知道那四丫头不简单了吧？不是我说，若论心眼儿，十个如儿加起来也顶不上半个四丫头，可惜喽，心眼儿不用在正道上！"

盛纮心里也十分恼怒，转念间道："老太太也不知道？"

王氏嗤笑一声，道："老太太是眼里揉不进沙子的，若是知道了，早就叫了四丫头去训斥了，还能好好的到现在？啧啧，六丫头倒是个好的，为着怕四丫头面子上不好看，连老太太也瞒了。可惜呀，好心当作了驴肝肺，反被狠咬一口。"

王氏说着风凉话，心里痛快极了。

盛纮也叹气了，摇头道："这是老太太教养得好，那孩子孝顺懂事，厚道纯朴，还知道手足和睦。"说到这里，他忽然坐起身来，恨声道，"不可再叫四丫头与林氏见了，没得学了许多鬼祟伎俩。"

他不是不知道林姨娘的小动作，碍着恋爱一场，能忍的便容忍些，不能忍的便狠狠斥责一顿，不叫她逾越就是了。一个妾室在内宅扑腾几下，盛纮认为无伤大雅，但是看见自家女儿也这样，他却不乐意了，当下决定要隔开她们母女。

"你别哭了！我知道你心里不好受，都是四姐姐不好，咱们以后不理她了！"

如兰一分力气没花，白看了一场梦寐以求的戏，瞧着墨兰被打得啊啊而叫，被盛纮用嫌恶的口气大骂了一顿，开心之余便生出百分耐心，好生劝解此番大功臣。劝了半天，却见明兰还止不住地哭，她忍不住抱怨道："你怎么还哭呀？"

　　明兰低着头，不住地用湿帕子擦拭眼睛：品兰寄来的桂花油太给力了！真是不看广告看疗效。

第十七回・庚申之乱

一

　　自此之后的很长一段时间，明兰都过得很太平。盛纮很慈祥，王氏很关怀，如兰很热络，盛老太太拧着她的耳朵，笑骂道："小丫头装神弄鬼！"

　　明兰红着脸，扭着手指，不好意思道："祖母不怪我这般算计？"

　　老太太把目光转向窗外，外头满眼的新绿染遍林梢，她只缓缓道："咱们家算安生了，你还没见过真正的'算计'，便是烂泥坑的污糟也更干净些。"

　　明兰情绪有些低落道："就没有一劳永逸的法子，非要一次一次地防着？"

　　老太太布满皱纹的嘴角浮出一点笑意："当然有，端看能不能狠下心。"

　　明兰不解地抬头。老太太道："你爹爹就那么点要求，那边的都几岁了，买个懂风情、会诗文的女子来，别让那人生育，就结了。"

　　明兰默了一刻，轻叹道："太太不会肯的，这是拿刀割自己的心。"

　　老太太略带讽意地笑道："那就只能忍了，忍得一时，换得一世；忍过一世，一生平安。"

　　"要是忍不过去呢？"

　　老太太看了看面色寥落的明兰，淡淡道："我和你大祖母也都没算计，我是眼高于顶，不屑；她那会儿是心慈手软，不忍。后来，我忍不下去，她忍下去了。"

　　明兰沉默着。盛老太太一时痛快换得半生孤苦，满府姓盛的没有一个是她的骨血，大老太太却几十年血泪一朝熬出了头，如今儿孙满堂，安享天年。

　　明兰小小地叹了口气。

　　阳春三月，喜鹊站在枝头喳喳叫唤，暖意融融的日子。这几日王氏春风得意，先是华兰传出了喜讯，喜脉稳健有力，贺老夫人铁口直断说是个男丁。王氏一边喜极而泣，一边置办了一份厚厚的大礼，请盛老太太替华兰谢过贺老夫人，然后连连往道观、寺庙撒银子，被广济寺方丈知道后十分不满。他认为人类对待信仰应该专一，既信佛又信道，好比一女侍二夫，是要浸猪笼的！

王氏十分忧愁，她不知道在人生的旅途中哪个神灵出力更多些，要是选择其中一个，另一个恼了怎么办？

王氏忧愁信仰问题时，林姨娘却一路霉运直黑。因她这次的禁足令被执行得很严格，外头的产业便出了岔子，京城生意不好做，没有后台也撑不起门面来，于是她就拿银子去放了利子钱，结果逼死了人牵连上来，东窗事发。

其实古代高利贷也是个正当行业，不过于官声很不好。盛纮知道后气了个绝倒，一怒之下，索性收了所有当年给林姨娘的田地和庄子，全都交由老太太统一管理。

据说当盛纮怒气冲冲进来的时候，王氏正在敲木鱼，盛纮拍着桌子骂完林姨娘出去后，王氏当下决定选佛祖来信。

明兰窃以为，盛纮还是给墨兰和长枫留了后路，盛老太太品性高洁是出了名的，必不会贪那份产业，不过是叫林姨娘收收气焰，到底也没收去这些年来林姨娘私蓄的银子。

事后，林姨娘隔着门扇捶胸顿足，作死要活地闹了半天，盛纮也不去理她，打定主意冷她个一年半载的再说。

王氏三天两头去忠勤伯府看望怀孕的华兰，每每去都带上一大车的补品，然后带回来一肚子的王公贵胄圈子的八卦，极大地丰富了初来京城的盛府女眷的精神生活，倒也不算亏本。

按照时间顺序，先是顾廷烨终于和家里闹翻了，老爹、老妈、老婆统统不要了，只身一人离家出走，据说连那外室也没带上。宁远侯老侯爷被气倒在病床上，但为了家族体面，宁远侯府还得对外宣布：为了体会民间疾苦，生活实践去了。

明兰有些心虚：应该……和自己没关系吧。

然后是一桩闻者色变的丑闻，富昌侯家的小姐一日外出，竟被一伙强人劫持了去，只逃出一个丫鬟，幸遇上结伴前去进香的中极殿大学士赵夫人和中书省参政知事钱夫人，遂遣家丁前去搭救，到了晚上，荣家姑娘是寻回来了，可惜……

"富昌侯家小姐？莫非是飞燕姐姐？"明兰后知后觉地反应过来。

"废话！"如兰白了明兰一眼，然后斟酌着语气问道，"这么掳去……难道……她被……"她停顿得很有艺术性。

海氏叹息道："便是没有，姑娘家的名声也毁了，可惜了，荣家就这么一个闺女，富昌侯爷被气得风瘫了，小荣妃也哭得昏死过去。"

明兰心里也不好受，轻问道："抓住那伙强人没有？"

海氏很有神秘感地摇摇头，含蓄道："顺天府尹连夜搜遍全城，可全无踪迹。"

如兰奇道："莫非他们会飞天遁地不成？还是官兵忒没用了。"

海氏含蓄地笑笑，道："小荣妃的娘家出了事，官兵自然是有用的。"

明兰低下头，什么都没有说。

以京城严格的户籍管理制度，别说一伙寻常强人，就是一个西门吹雪，顺天府和五城兵马司也早得了风声的，这般也查不出来，只有一个可能——那伙所谓的强人，并不是真正的歹人！

几天后，传出消息，荣飞燕难忍羞辱，悬梁自尽。

一个月后，齐国公府与六王爷结亲，大长公主的儿媳为女媒，梁国公的世子为男媒，齐衡迎娶嘉成县主，十里红妆，半城喜庆，大宴宾客三日三夜，城外的流水席直铺出几里远。

那日，被禁足的墨兰恹恹的，只吃了两碗粥；如兰则反其道而行之，化悲愤为食量，连刨了三碗饭，还加了顿消夜；明兰关上暮苍斋的大门，屏退众人，独自把这些年来齐衡送给她的东西，一件件拿出来擦拭干净，包裹妥当，收进了箱笼，押上大锁。

初夏凉爽时节，贺弘文的母亲病情好转，贺老夫人便下帖子邀请盛家女眷来玩。海氏有了身孕，正害喜得厉害；如兰染了风寒，王氏要照料她们走不开；墨兰被禁足，便只有盛老太太带着明兰去了。

明兰初见未来婆婆，心里本惴惴的，谁知贺母虽然憔悴苍白，病骨支离，脾气却很温和，微笑时尤其和贺弘文相似，如柔柔的温泉水轻漪一般。

贺母本顾虑明兰是庶出的，会有些小家子气，委屈了儿子。谁知她见明兰温柔和气，举止落落大方，笑起来嘴角露出一对小小的梨窝，十分俏皮可爱，想着这女孩到底是养在盛老太太跟前的，人品当是信得过的，心里便喜欢了，拉着明兰的手笑着说话，略有咳嗽时又避得远远的，生怕传过一点病气给明兰。知道盛家有孕妇后，便细细叮嘱明兰回去后，拿金银花和艾草碾制的药草泡汤洗浴过后才好去见人。

至于那药草，自然由贺弘文友情提供。

"弘文哥哥的娘亲人挺和气的嘛，其实她的病又不传染人，何必这般小心呢？"明兰在回去的路上，终于松了一口气。

盛老太太和蔼地搂着孙女，笑道："且别放心得这么早，便是她将来不叫儿媳妇伺候，难道儿媳妇还能安生地歇着不成？"

明兰想了想，抬头，有些脸红，小声道："我愿意孝顺她，她一个人待着寂寞，我可以与她说话解闷的。"

盛老太太笑出满脸的欣慰，轻轻揉着明兰的头发，笑道："我家的明丫儿是好孩子呢。"

明兰埋在老太太怀里，轻轻道："我好好孝顺她，待她喜欢我了，我便可以把您接来……小住，到时候，贺老夫人她们俩，加上咱们俩，便可常抹牌玩儿了，大家就都不冷清了。"

盛老太太板起脸骂道："胡说！哪有嫁出去的闺女，叫祖母去婆家住的！"

"有的，有的！"明兰急得抬起头来，"我早打听过了，柳大人的岳母就住在他家里，便当自家母亲般奉养的，两个亲家母可要好了！"

盛老太太失笑："那是她膝下无子，老年孤独，才住到女儿家里去的，我可是儿孙满堂。"

明兰又低下头去了，小声道："所以才是'小住'嘛，常常'小住'。"

老太太听得发怔，心里暖乎乎的，眼眶似有些润，也不言语了，只搂着明兰轻轻晃着，好像在摇一个不懂事的小婴儿。

华兰的肚子一天天大起来了，明兰便张罗着要给小宝宝做小衣裳、小兜肚；如兰被王氏逼着也在明兰屋里握了两天剪刀针线，好歹送出去时可以把她的名字添上。

这般日子明兰过得十分逍遥，晚上与老太太说说话，玩儿把牌；白日里做做针线，抄几笔经书，陪着如兰在园子里踢毽子。如兰拿明兰练手，百战百胜，自然心情大好。

偶尔贺弘文会托词送些时令药草补品来，趁机偷偷和明兰见上一面，运气好的话，能说上两句；运气不好的话，只能隔着帘子看看。不过便是这样，贺弘文心里也喜滋滋的，白净清秀的面庞绯红一片，雀跃着回家，一步三回头。

墨兰颇有耳福，她禁足期满的第二天，王氏就从华兰那儿带来了新的八卦，很爽很劲爆的那种，说那齐衡与嘉成县主过得十分不睦，县主骄横，不但动辄打卖仆从（都是女性），还压得齐国公府的大房一家都抬不起头来。某次，似乎是齐衡有意收用一个小丫鬟，第二天，嘉成县主便寻了个由头，将那丫鬟生生杖毙。

齐衡大怒，收拾铺盖睡到了书房，不论县主如何哭闹撒泼，他死活不肯和她同房，这一僵持便是两个月。后来还是平宁郡主病倒了，在病床前苦苦相劝，齐衡才肯回房去。

"哼哼，这便是郡主挑来的好儿媳！"如兰传达完毕，得意扬扬地添上自己的感想。

墨兰则诗意多了，低眉轻皱，娇叹道："可怜的元若哥哥！齐国公府也是不容易。"她来向明兰道歉，并表示希望恢复亲密无间的姐妹关系。明兰当然"真诚"地同意了。

明兰淡淡道："以后都能捞回本的。"

这场婚姻不过是一场政治投资，大家各取所需，谁都不用说谁可怜。

捞回本的日子很快到来了。

大病一场的老皇帝终于下定决心，奄奄一息地下旨宗人府重新制定玉牒，叫三王爷过继六王爷家的幼子为嗣子，同时开仓放粮，以示普天同庆。这般作为，便等于宣告储君已定。

"阿弥陀佛，圣上真是圣明！"海氏开始跟着王氏礼佛了，"这事儿总算有个了结了，总这么拖着，人心也不稳。"

明兰腹诽：圣上自然圣明，不圣明能叫圣上吗？

当晚，王氏便在家中开了一桌筵席，叫家人齐聚着吃顿饭。盛纮喜上眉梢，连着喝了好几杯，大着舌头赞扬伟大的皇帝好几遍，连长柏也板着脸忍不住背了一段《太祖训》；长枫当场赋诗一首，高度评价了老皇帝的英明决策以及深远的影响。

"有这么高兴吗？"对政治极不敏感的如兰有些纳闷。

"当然，当然。"明兰喝得小脸红扑扑的，笑嘻嘻道，"百姓有了磕头的主子，官员有了效忠的方向，国家有了努力的目标，皆大欢喜嘛！"

的确是皆大欢喜，便只齐国公府一家就放掉了上万两银子的爆竹，整个京城张灯结彩，喜气洋洋，除了悲催的四王爷一家。不过人家毕竟是自家人，在德妃、淑妃的良好沟通下，兄弟俩当着老皇帝的面，哽咽着和睦如初了。

只可怜四王爷王府的右长史和四王爷的两位讲经师傅，因为得罪三王爷过甚，被充了炮灰，已被革职查办，要清算以前的老账。

明兰深深敬佩那些在高危集中的皇子之间穿梭游走而安然无恙的穿越前辈，如今江河日下，一代不如一代，瞧自己混的！

二

很久以后，明兰想起那几天来，还觉得有些模糊。

那是三王爷过继嗣子后的第五天，如兰新得了一盆云阳文竹，茂盛葱郁，请了墨兰和明兰来赏，墨兰懒得听如兰炫耀，半阴不阳地打趣起贺家的事来。

"贺老夫人与老太太多少年的交情，难得人家下一次帖子，可太太、嫂嫂和姐姐们都没法子去，自然只有老太太和我了。"明兰遮掩得滴水不漏。

如兰狡狯地捂嘴偷笑，故意拉长调子道："哦——四姐姐那会儿是没法子去的。"

墨兰目光愤愤，狠瞪了她一眼。

照老太太的意思，两家相看过一对小儿女后都很满意，这事便成了一大半。不过明兰上头的两个姐姐都还没议亲，她也不好先定，如此为了避免言语难听，有损姑娘清誉，便只知会了盛纮和王氏晓得，其余人一概瞒了下来。

盛纮很尽责地照例探查了番贺家底细，来回估量了一遍，连连点头道："虽家里单薄了些，倒是个殷实人家，哥儿也懂事能干，明儿有老太太看顾，是个有福气的。"

王氏撇撇嘴道："那哥儿父亲早亡，祖父又快致仕了，只有个大伯在外当着个同知，不过配明丫头也当够了。"

其实她在泛酸，贺弘文看起来条件平平，但各方面比例很是恰当，有财帛家底，有官方背景，基本不用伺候公婆，嫁过去就能自己当家，虽看着不怎么样，却很实惠。

王氏并不知道，这种对象在姚依依那个世界，叫作经济适用男，很畅销。

夫妻俩说完这番后，盛纮便去了工部，长柏已早一步出发去了翰林院。

那日分外阴沉，大清早便灰蒙蒙的，不见日头，到了晌午也依旧阴着。明明已是初冬，秋老虎却卷土重来，蒸得人生生闷出一身汗来，透不过气得厉害。

才到申时初刻，城中竟然响起暮鼓来，沉沉的咚咚声直敲得人心头往下沉，随即全城戒严，家家户户紧闭不出，路上但无半个行人，处处都有兵士巡逻，见着个可疑的就一刀戳死，几个时辰的工夫，路上无辜丧生者颇众。

大户人家都紧闭门户，一直等到晚上，盛纮和长柏也没回家。王氏立时慌了手脚，海氏还算镇定，只挺着肚子发怔，全家惶惶不可终日。一连三天，父子俩都没回来，生不见人，死不见尸，众女眷都齐聚寿安堂，谁都不知道发生了什么事。老太太铁青着脸，呵斥她们不许慌张，又一边吩咐家丁偷偷出去打听。

谁知外头越发严了，连寻常卖菜挑柴的都不许进出，多抗辩几句便当街杀头，什么也打听不到，只知道是禁卫军控制了京城，还有一些是从五城兵马司调过来的。老太太又偷偷遣人去问康允儿，才知道长梧也几日没回家了，允儿坚决不肯躲去娘家，只守在自家终日哭泣。

女人们都坐在一起，手足无措，神志惶恐。一室安静中，只听见墨兰轻轻的哭声；如兰伏在王氏怀里；海氏睁着双眼呆呆地看着不知何处；长枫急躁地在门口走来走去；长栋睁大一双童稚惊慌的眼睛，紧紧揪着明兰的袖子不敢说话；明兰只觉得身子发寒，从骨头里渗出一股冷意，如此闷热的天气，她却冷得想发抖。

她第一次认识到父兄于这个家庭的重要性，如果盛纮或长柏死了……明兰不敢想象。

盛纮也许不是个好儿子、好丈夫，但他于父亲一职是合格的，他一有空闲总不忘记检查儿女们的功课，指点儿子读书考试，训导女儿知礼懂事，并不一味骂人。为了儿女的前程，他仔细寻拣人家，四处打听名师，便是长栋，也是盛纮寻托门路，在京城找了个上好的学堂。

明兰忍不住要哭，她不想失去这个父亲。

第四天，人依旧没有回来，只隐约听说是三王爷谋反，已事败被赐死，如今四王爷正奉旨到处搜检一同谋逆者，三王爷府的几位讲经师傅俱已伏诛，詹事府少詹事以下八人被诛，文华殿大学士沈贞大人、内阁次辅于炎大人，还有吏部尚书以同谋论罪，白绫赐死，还有许多受牵连的官员，被捉进诏狱后不知生死。

这消息简直如雪上加霜，一时间整个京城风声鹤唳，盛府女眷更是惊慌。

"诏狱是什么地方？"如兰惶然道，"爹爹和大哥哥，是去那里了吗？"

墨兰哭得泪水涟涟："那是皇上亲下旨的牢子，都说进去的不死也脱层皮，难道……爹爹和哥哥也……"

明兰冷着脸，大声喝道："四姐姐不要胡说！爹爹、兄长谨慎，从不结党，与三王爷府并无往来，如何会牵连进去？！"

"这也未必！"一直站在后头的林姨娘忍不住道，"太太与平宁郡主常有往来，那郡主可是六王爷的亲家，六王爷与三王爷是一条绳上——"

"住口！"林姨娘话还没说完，老太太忽然发怒，把一碗滚烫的茶连碗带水一起摔在地上，热水四溅。老太太直直地站起来，立在众人面前。明兰从未觉得祖母如此威风凛凛。

"如今一切未明，不许再说丧气话！谁要再敢说半句，立刻掌嘴！"老太太杀气腾腾地扫了一遍下头。王氏含泪轻泣，林姨娘沉默地低下头去。

老太太面容果断，一字一句道："那些武将的家眷，父兄出征了，她们也好端端地过日子，难道也如你们这般没出息？"女人们略略收敛了哭泣声。老太太斩钉截铁道："生死有命，富贵在天，盛家有祖宗保佑，神明庇护，他们自能好好回来！"

也许是老太太这一声断喝，也许是紧张过了头，大家反而镇定下来。王氏抹干了眼泪，照旧打点家务，瞪起眼睛训斥那些惶恐不安的下人，把家门看起来。

当天晚上，不知哪路军队趁夜摸进京城，与城内守军发生激烈巷战，还好盛府不在黄金地段，只知道皇宫王府那一带，杀声震天，火光弥眼，血水盈道，许多平民百姓死于乱刀之下。

女眷们只缩在家中，惶惶不可终日，这般厮杀了一天两夜，第六日一早，杀声忽止，天下了一阵小雨，连续几日的闷热终被驱散，凉风吹进屋内，叫人透出一口郁气。然后，在一阵蒙蒙小雨中，盛纮和长柏终于回府了。

父子俩俱是狼狈不堪，一个满脸胡子，眼眶深陷，好似在拘留所度了个黄金周；一个面颊凹进，嘴唇发白，如同连续看了一个星期的惊悚片。

王氏又笑又哭地上去，林姨娘也想扑上去，可惜被刘昆家的巧妙地拦住了。海氏也不顾礼数了，扯着长柏的胳膊死活不放手。三个兰高兴地拉着父亲的袖子满脸是泪。一片混乱的你问我答之间，谁也没听清，还是老太太发了话，叫那爷儿俩先去收拾下。

一番生死，恍如隔世，梳洗过后，盛纮抱着老太太的膝头也忍不住泪水滚滚，长柏拉着哭泣的王氏和海氏轻轻抚慰，好半天才静下来。老太太屏退一干丫鬟婆子，叫盛纮父子说清楚前因后果。

六天前，老皇帝照旧称病不朝，由各部主事奏本于内阁，本来一切无恙，哪知风云骤变，先是禁卫军指挥使徐信于西华门外受伏击而死，然后副指挥使荣显接掌京畿卫队，并宣布皇城戒严，四王爷奉旨进宫护驾。

盛纮一听到这消息，就知道是四王爷发动兵变了。

五城兵马司副指挥使吴勇软禁了窦指挥使，领兵控制了内阁六部、都察院等要紧部门，将一干官员齐齐拘禁，然后禁卫军将皇宫和三王爷府团团围住，四王爷手持矫诏，一杯鸩酒赐死了三王爷，随即兵谏皇上，逼宫立自己为储。

明兰心头一凛，活脱脱又一个玄武门之变！

不过四王爷不是李世民，老皇帝也不是李渊，他到底给自己留了后手。盛纮父子并不知道老皇帝如何行事，只知几日后，屯于京郊的三大营反扑回来，五城兵马司下属的另几个副指挥使寻机脱逃，救出窦指挥使，然后伺机击杀吴勇，重掌卫队，而后里应外合，将三大营放进城来，一起反攻皇城。

这下形势立刻倒转，两派人马短兵相接，四王爷兵败被俘，其余一干同谋从犯或杀或俘或逃，历时七天的"庚申之乱"结束了。

盛纮忍不住叹道："还好我们尚书大人机敏，一瞧不对，赶紧领着我们进了工部的暗室，那儿储了食水，躲过几日便好了，没有什么死伤。可是其他部的同僚……有些个耿直不屈的于拘禁时便被贼兵害了，其他的在昨夜的乱兵中，不知又死伤多少。"

始终沉默的长柏，此时忽道："首辅大人逃离，次辅大人被害，那伙奸贼便威逼唐大学士拟写诏令，大学士不从，并直言斥他们为乱臣贼子，说完便一头撞死在金阶之上，那血溅在我们一众人身上，随后他们逼迫侍讲学士林大人，他拒不从命，含笑就死，而后是侍读学士孔大人，他唾痰于贼兵面上，引颈就戮。"说着，长柏也红了眼眶。海氏站在一旁默默擦泪，那几位都是她祖父当年的门生，平日十分看顾长柏。

"……窦大人再晚半日杀到，怕要轮到我这个七品小编修了。"长柏面色苍白，苦笑道，"那时，孙儿连遗书也写好了，就藏在袖子里。"

王氏明知此刻儿子活着，依旧惊吓得脸色惨白，死死揪着长柏的袖子。一旁的长枫神色惨淡，嘴唇动了几动，似在想象自己如何应对，然后还是低下了头。坐在后头的林姨娘眼神闪烁了几下，似有不甘。

屋内长久安静，点滴可闻。盛纮又叹："天家骨肉，何至于此！"

无人回答。过了好一会儿，长柏收敛情绪，静静道："若圣上早些立储就好了。"

一切的根源在于储位久空，老皇帝的犹豫使得两王长期对立，两边各自聚集了大批势力，文官互相攻讦，武将自成派系，两边势同水火，到了后来全都骑虎难下，双方已呈不死不休之势，老皇帝同意三王爷过继嗣子的那一刻，便点燃了导火索。

那时便是四王爷肯罢休，他身边的那些人为了身家前程，也是不肯退的。

"好在袁姑爷和梧哥儿都安好，咱们家也算祖宗保佑了！"老太太长叹一口气。

袁文绍是窦老西的嫡系，一起被软禁，一起被救出，然后一起反攻皇城，功过相抵，大约无事；长梧所在的中威卫一早被矫诏调离京畿，是以他并未卷入混战，还在反攻时立下些不大不小的功劳，估计能升点儿官。

惨烈厮杀，朝堂激变，多少人头落地，几多家破人亡，众人俱心力疲惫，讲的人累，听的人也累，老太太叫各自回去歇息。众人鱼贯而出，盛纮先出门，他要回书房写两份折子，长枫、长栋跟在后头，接着是女孩们。

最后轮到长柏要走时，他站起身，迟疑了片刻，忽回过身来，对老太太和身边的王氏道："还有一事……六王妃和嘉成县主过世了。"

此时三个兰已走出门外，不过此时夜深人静，她们都听见了这一句，面面相觑之余，全都止住了脚步，轻手轻脚地凑到门口听。

屋内老太太和海氏齐齐一惊。王氏连忙问道："怎么死的？"

长柏语气很艰涩："富昌侯勾结四王爷，宫里的小荣妃做了内应，发难前她们宣召了一些王爵之家的女眷进宫为质，兵变后，荣显闯宫，当着众人的面带走了六王妃和嘉成县主，直到昨日窦指挥使打进来，才于一宫室内发现六王妃母女俩的尸首，是……"

长柏顿了顿，似乎很难措辞，但想想当时看见尸体的兵丁那么多，事情也保密不了，便简短道："是凌辱致死。"

空气似乎忽然停滞了，瞬间的寒气击中了女孩们的心口。如兰和墨兰吓得脸色惨白，捂住嘴巴不敢相信；明兰看不见屋内情景，想必也是人人惊惶的。

过了片刻，只听见老太太干涩的声音响起："莫非……是为了荣家闺女？"

"是。那荣显口口声声说要为他妹子报仇。"长柏轻声道，"原来，早几个月前，他们就查出那伙劫持荣姑娘的强人，竟是六王妃的护卫和家丁假扮的，原不过是想坏了荣姑娘的名声，叫她不能在京城立足，谁知中间出了岔子，居然……没想到县主年纪轻轻，竟这般狠毒，而那荣姑娘也是个烈性子的，便……"长柏说得含糊，但听的人都明白了。

"他们可以向皇上告御状呀！"王氏急切的声音。

"即便告了，又能如何？"长柏冷静道。

——是呀，告了又能如何？难道老皇帝会杀了自己的儿媳或孙女给荣飞燕偿命吗？

小荣妃又没子嗣，老皇帝还没死，六王爷家就敢这般嚣张，若老皇帝一崩，荣家眼看着就是砧板上的肉，还不如投靠困境中的四王爷，一举两便，而荣飞燕的死便是仇恨的火种。

屋内无人说话，明兰一手拉着一个姐姐，轻轻转身走开了。走到半路，墨兰便捂着嘴，轻轻哭起来。到底是一起喝过茶、说过话的女孩，几个月前还那样鲜艳明媚的两个青春生命，如今都死于非命，死得这样惨。

如兰捂着帕子，忍不住轻泣起来："这事儿，算完了吧？"

明兰心道：怕是没完，还得一场清算，外加一个新储君。

三

早春四月，一冬的积雪早已化去，枝头的花骨朵都冒了脑袋，地上一个硕大的银镏金字双寿双耳鼎炉却还幽幽燃着银丝细炭，烘得屋里暖洋洋的，床头的莲花梨木小翘几上摆放了三四个盛汤药的碗盏，一色的浮纹美人绘粉彩石青官窑瓷，床边放着一张搭着玄色豹纹毛皮椅袱的太师椅，上头坐着一个锦衣华服的中年男子，神情温和，颔下蓄短须。

"……衡儿进去都一天一夜了，也不知他考得如何。"床内传来一女声。

齐大人道："衡儿这回是下了苦功夫的，这几个月他日夜伏案苦读，必能博个功名回来。你也莫要再忧心儿子了，好好调理身子才是要紧的。这一冬你便没断过汤药，因你病着，连年也没好好过。"

平宁郡主靠在一个金丝攒牡丹厚锦靠枕上，面色泛黄，颧骨峭立，一脸憔悴，全不见往日的神采飞扬，只病恹恹道："衡儿是在怨我。"

"你别多心了，母子俩哪有隔夜仇的。"齐大人劝慰道，"年前那场乱子，各部的死伤着实不少，翰林院和内阁院挨着宫里近，几乎空了大半，圣上这才于今年初加开了恩科，衡儿日夜苦读，想考个功名回来，也是正理。"

平宁郡主幽幽叹气道："你莫哄我了，衡儿在京里数一数二的品貌才学，到哪儿都是众人捧着的，如今成了个鳏夫不说，还平白无故被人指指点点地笑话，说起来都是我的不是！"

齐大人不语，心里想着，其实妻子也不算错，她的宝是押对了，不过运气太背。

平宁郡主红了双目，哽咽道："荣家姑娘出事时，我已隐隐觉着不对，可那时……已骑虎难下，县主过门后我也不喜，嚣张跋扈，草菅人命，实非家门之福，可我还是逼着衡儿去亲近她！可……纵然如此，我也没想她会那般惨死！"说着，平宁郡主嘤嘤哭了起来。

齐大人也无法，只轻轻拍着妻子的手。

郡主拿帕子在脸上掩着，低低道："我这几月，常梦见荣显闯宫那日的情形，那伙乱兵满脸杀气，剑尖还淌着血，宫娥们哭叫着往里头挤，六王妃和县主当着我的面被拖走……"她目光中掩饰不住惊恐之色，惶惑道，"我这才知道，这桩大好亲事后头，竟背着几条人命！"

她伏到丈夫身边，忍不住泪珠滚滚。

齐大人与郡主是少年夫妻，虽平日也有口角争执，如今见妻子这般无助也不禁心软了，好声好气地劝道："六王妃母女胆敢如此妄为，便可想六王爷在藩地的恶行，圣上恼怒，便夺了他的郡王位，只作闲散宗室。若不是瞧着三王妃孤苦无后，连那嗣子也要一并褫了的。小荣妃和淑妃自尽，四王爷被赐死后，儿女均被贬为庶人，唉……十年争斗，一朝皆成空，京里受牵连的王爵世族何其多，幸得圣上英明，对岳父和我府多有抚恤，咱们……也当看开些。"

"我并非为此伤悲。"平宁郡主轻拭泪珠，摇头道，"我是打宫里长大的，我知道那里面的门道，圣上虽依旧厚待咱们，可他那身子是过一日少一日的了。不论是非如何，咱们总是牵进去了，一朝天子一朝臣，往后……怕是不复如今圣宠了。"

说到这个，齐大人也忍不住喟叹："当真是人算不如天算！谁承想，最后会是八王爷！"

"真定下他了？"平宁郡主迟疑道。她如今再也不敢笃定了。

齐大人按着妻子到靠枕上，苦笑道："圣上已册了李淑仪为后，德妃为皇贵妃。册封德妃是为了抚恤丧子之痛，可那李淑仪，浣衣局出来的，不过生了一子才得封，圣上从未宠过，直在冷宫边上养老了。圣上如此作为，明眼人都瞧得出来，况圣上已宣了八王爷进京。"

平宁郡主久久不语，长叹一声："圣上从不待见那母子俩，如今却……唉，人如何拗得过老天爷，国赖长君，剩余的皇子都还年幼，也只有他了……我记得八王爷的藩地远在蜀边，他何时能到京？"

"蜀道艰难，少说还得个把月吧。"齐大人道，然后往妻子边上凑了凑，温和道，"所以你更得好好调养身子，若此次衡儿得中，你还得为他张罗呢。"

平宁郡主想到儿子的前程，陡然生出力气来，从靠枕上撑起身子，眼神闪了闪，忽又叹道："衡哥儿也不知随了谁，竟这般死心眼儿。"

"儿子又哪儿不如你的意了？"齐大人笑道。

平宁郡主看着雕绘着百子千孙石榴纹的檀木床顶，泄气道："年前圣上下旨开了恩科，我想起衡儿素与盛家大公子长柏交好，便叫他多去找人家说说科举文章，谁知衡儿宁可大冷天去翰林院外等着，也不肯上盛府去。"

"咦？这是为何？"齐大人不解。

平宁郡主瞋了丈夫一眼："你且想想县主杖毙的那个丫头，她那双眼睛生得像谁？"

齐大人想了想，轻轻"啊"了一声，抚额道："我就说县主给衡儿安排的丫头都既笨且俗，衡儿如何瞧上了那个谄媚的，莫非衡儿还念着盛兄的闺女？"

郡主不置可否地点头，无奈道："幸亏明兰那孩子极少于人前出来，不然若叫县主瞧见了，怕是要起疑心的……你怎么了？想什么呢？"说着，扯了扯丈夫的衣角。

齐大人正低着头，定定地瞧着地上的紫金铜炉，被扯动衣角才惊醒过来，忙道："适才我想着，盛兄倒是好福气，卢老尚书平日里瞧着耳聋糊涂，一问三不知，没承想危急关头却脑子灵光，不但携下属安然无恙地渡过劫难，且工部各类文书密图一丝未损，大乱之后，圣上嘉了工部群吏'临危不乱'四个字，老尚书自己入了阁不说，盛兄也升了正四品的左佥都御史。"

平宁郡主郁郁道："不但如此，王家姐姐最近人逢喜事精神爽，她家大公子提了典籍，侄子提了把总，女婿续任了副指挥使，喏……那是她前日送来的喜蛋，双份的，上个月她家大闺女生了个胖小子，这个月她儿媳也生了，还是个小子！"语气中掩饰不住的酸意。

大理石镶花梨木的如意纹圆桌上摆放着一盘红艳艳的喜蛋，齐大人望去，心有感触，转头朝妻子道："下月底是宁远老侯爷的一年忌，你可要去？"

平宁郡主看着那盘喜蛋，有些眼热，便道："不去了，早就出了五服的亲戚，送份祭礼也就是了，说起来廷烨媳妇过身也一年多了。"说着，重重叹了口气，不忿道，"可怜我那老叔一生小心，没承想临了，子孙会牵连进乱子里去。廷煜身子又不好，偏摊上这场大乱子，如今全家惶惶不可终日，生怕叫人参上一本，立时便是夺爵抄家。"

齐大人听着不是滋味，再看那喜蛋，便生出几分别的想头："……既然衡儿还念着盛兄的闺女，不若你去说说吧，我瞧着也是门好亲事，你觉着如何？"

平宁郡主哼哼着道："晚了，人家早有安排了。"

齐大人惊道："你已问过了？"齐家和自己儿子就够倒霉的了，若再添上求亲被拒一项，那可真是雪上加霜了。

"我怎会那般鲁莽！"平宁郡主知道丈夫的意思，忙宽慰道，"王家姐姐是个直性子，三言两语叫我套了出来，她那嫡出闺女，估计要与她娘家侄儿亲上加亲，不过也没定，且瞧着呢。明兰那丫头是老太太早给打算下了的，是白石潭贺家旁支的一个哥儿。"

齐大人掩饰不住失望，他想起儿子失落沉默的模样，犹豫道："如此……便剩下一个姑娘了，那个如何？"

"呸！"郡主斯文地轻啐一口，朝丈夫皱眉道，"衡儿再不济，也不至于将就个庶女！若不是瞧着明兰那丫头是她家老太太跟前儿养的，性子、模样都是一等的，你当我乐意？还不是为着对不住儿子了一回，想遂了他的意？"

齐大人沉默良久，才道："这回若有人家，你且多相看相看，也问问衡儿的意思吧，总得他乐意才好。"

郡主瞧丈夫心疼儿子的模样，忍不住道："听说盛家还未与贺家过明路呢，且现下盛家春风得意，没准会有变数呢。"

其实，春风得意的盛家也有坏消息。

"母亲，您再想想，您年岁也大了，不好总来回跋涉的。"盛纮连官服都还未换去，一下衙便来了寿安堂，下首已然坐着王氏和一干儿女。

盛老太太固执地摇摇头，手指来回拨动着一串沉香木念珠："我们妯娌一场，几十年的缘分了，如今她不好了，我如何能撇开不理？"

盛纮蹙起眉头，看向一旁坐立不安的泰生："大伯娘身子到底如何？"

几年未见，泰生长高了许多，原本矮墩墩的胖男孩，这会儿渐拉出少年的模子来了。他一脸歉意，站起身来，冲着盛纮躬身而鞠，低声道："舅父见谅，自打出了年，外祖母就瞧着不成了，大夫们都说怕是就这几个月了。消息出去后，三房那家子便一天到晚轮着上门来，一会儿说老太公还留了财物在外祖母处，如今要分银钱，一会儿又说，要替大舅父当家操持。三老太公也年纪大了，动不动就坐在家里不肯走，大家伙儿怕有个好歹，也不敢挪动他，实是没法子了。"

盛纮听了，长长地叹口气，转而朝盛老太太道："可若老太太身子有个好歹，叫儿子如何过意得去！"

一旁坐着的长梧满脸愧色，立刻跪到盛纮面前，抬眼诚恳道："侄儿不孝，祖母有恙，做孙子的却不能服侍身边，却要叫二老太太辛劳。这回子……这回子便由泰生表弟护送老太太过去，待到了后，我娘自会妥帖照料，请姑父放心！"

王氏满脸不愿，绷着脸嘀咕道："说得容易。"

盛纮还待再说，盛老太太放下念珠，轻轻摆了摆手，叹道："不必说了，我意已决，明日便起程。"顿了一顿，看下首坐的盛纮一脸忧心，便放缓口气道，"我知道你们的孝心，可事有轻重缓急，我这把老骨头还走得动，便走上一趟吧。唉……说起来，这回京城大乱，我们家平平安安不说，你和柏儿、梧儿还受了拔擢，这固然是你们平日里小心谨慎，可也亏得神明眷顾，祖宗保佑。如此，我等更得与人为善，多积福德，何况这回是自家人。"

盛纮与王氏互看一眼，也不好再言语了。又说了会子话，长柏便送长梧和泰生出去了。明兰瞧着事已定局，便站起来冲着盛纮打包票，只差没拍胸脯，道："父亲放心，有我呢，这一路上，女儿会妥善照料老太太的。"

谁知盛老太太摇头道："不了，这回你不去。"

明兰大吃一惊。这些年她几乎与老太太形影不离的，这一时要分开如何舍得？可没等她开口，老太太便转头对着王氏嘱托道："明丫头渐大了，不好老住在外头，更不好东奔西跑的，我且先去宥阳，若我那老嫂子……到时再叫孩子来吧。"

王氏起身，恭敬地应了。老太太又道："现下柏哥儿媳妇正坐着月子，家里这一摊子便要你多操心了。"然后又看了眼苦着小脸的明兰，忍不住道，"六丫头自小没离过我眼前，她是个没心眼儿的，我多有放心不下，你要多看着些，别要叫她淘气了。"

王氏心知肚明老太太的意思，便笑道："瞧老太太说的，我瞧着明丫头好得很，比她两个姐姐都懂事。"

盛老太太点了点头："你多费心了。"

墨兰见老太太这般，心口泛酸，娇笑道："祖母好偏的心，只有六妹妹您放心不下？五妹妹和我便是没人疼、没人怜的了。"

如兰也心有不快，但又不愿意被墨兰当枪使，便道："六妹妹最小，祖母放心不下也是有的，不过……祖母倒的确最疼六妹妹。"说着便嘟起嘴来。

盛老太太笑笑，没有说话。盛纮皱起眉头来，训道："这是谁教的规矩？老太太明日便要起程了，你们不想着老太太的身子，倒只想着自己！"

两个兰立刻低头不说话了。

夜里，明兰赖在寿安堂，哭丧着脸磨着盛老太太，车轱辘话来回地说，平常这招很管用，可这回老太太铁了心。明兰嘟囔着："孙女已经不晕马车了，坐船也惯了，路上还能与您说话解闷，大伯伯家算什么外头呀，都是自家人……"

老太太又好气又好笑，一巴掌拍在孙女的脑袋上，板着脸道："你也与你嫂子多学着些，瞧瞧她在太太手底下如何说话行事，多少稳妥，多少滴水不漏。你呢？这般黏着我，将来嫁了人可怎么好？"越想越揪心，手上的茶碗和碗盖碰得砰砰响。

明兰小嘴翘得老高，闷闷不乐道："要不您跟我一块儿嫁过去得了。"

盛老太太一个撑不住，险些一口茶水喷出来，放下茶碗去拧明兰的脸，骂道："便是我心软，小时候应狠狠多打你几板子才是！"

明兰眼见劝说无望，便掉转话题，开始叮嘱老太太注意身子，晚上不要多喝水，多起夜容易着凉，早上不要紧着出门，待太阳露脸了再去散步，拉拉杂杂说了一大堆。直到房妈妈和翠屏进来，听了都笑："真是三十年河东，三十年河西，姑娘可是大了，知道体贴老太太的身子了，以前都是老太太捉着姑娘唠叨，这会儿可掉了个儿。"

盛老太太被啰唆得耳朵发麻，逃脱不得，只无奈地叹气："泰生不是给你捎来了品兰的信吗？每回你收了品丫头的信都要乐上半天，还不赶紧拆了看去？"

明兰扭着手指，耍起无赖来，如小胖松鼠般趴在老太太身上，拿小脑袋窸窸窣窣地蹭着祖母的颈窝，直蹭得老太太痒得笑了起来，祖孙俩你扭我扯地嬉闹起来。房妈妈和翠屏瞧着有趣，却也不敢笑，默默退了出去。好一会儿祖孙俩才收住顽劲儿。

老太太被折腾得发髻都乱了，却也有些老小孩的快活，她轻轻拍打明兰的小手，斥道："不许胡闹了，听我好好说话！"

明兰这才乖乖坐直了。老太太瞧着明兰，语重心长道："唉……我本以为这辈子无有血脉，便也这么过了，没想老天爷弄了你这个小魔星与我，平白给我添了多少操心。"

明兰也不说话，只埋头抱着老太太的胳膊亲昵着。老太太心口暖暖的，目光慈爱，抱着孙女摇着，缓缓道："我自小脾气执拗，仗着父母宠爱横冲直撞，头破血流了也不知回头，现在想来，还不如小时候受些挫折好。祖母能护着你多久？将来你嫁了人，正经娘家还是得瞧太太和你嫂子的，祖母也不能一味把你放在胳肢窝底下，不经风雨也是不好。这回你便好好与她们相处，听到没？"

明兰抬起小脑袋点点头，眼眶却有些湿了，长长的睫毛上挂了几颗水珠，瓷白的皮肤几乎掐得出水来。老太太最心疼明兰这副可怜模样，爱惜道："没我在跟前，她们不会束手束脚，太太别的不说，管家理账却是一把好手；你嫂子更是生了一颗七窍玲珑心，你也好好与她们学学。欸……再过一两年，你也要及笄了。"

明兰哽咽着："我舍不得祖母。"

老太太拍着女孩，只是叹气。

第十八回·两桩婚事

一

　　泰生护送老太太起程后，明兰还沉浸在分离的悲伤中，如兰就风风火火地杀到了暮苍斋，见明兰恹恹地躺在软榻上，抱着个大迎枕发呆，便上前去拍明兰的脸蛋："喂喂，醒醒，还难过呢！得得得，就你一个是孝顺的孙女，我们都是狼心狗肺！"

　　明兰没什么力气和她斗嘴，只半死不活道："哪里哪里，姐姐们是难过在心里，妹妹的修养不够，这才难过在脸上的。"

　　如兰一拳打在棉花上，她没什么好说的，遂直奔主题道："呃，那个……品兰又寄信来了吧，快与我讲讲，那孙秀才如今怎么样了？"

　　明兰朝屋顶翻白眼。

　　品兰的系列来信基本只有两个主题，一个是"丧尽天良无德败类狠心抛弃糟糠及其家庭孙秀才的衰落记录"，另一个是"惨遭错待蕙质兰心盛淑兰女士的满血状态复活记录"，自打明兰无意中提起一次后，如兰便成了这个连载故事的忠实听众。

　　话说当年，孙志高用和离书换来半份陪嫁之后，立刻把那位出淤泥而不染的舞姬搬进了正房。而淑兰则被家人送去了桂姐儿嫁的村庄，那里物阜民丰，民风淳朴，加上桂姐儿的公公便是当地里正，倒也没什么人说闲话。

　　没了淑兰掣肘，也没了淑兰陪嫁去的管事看着，孙志高便日日花天酒地，动不动在酒楼大摆筵席，请上一帮附庸风雅的清客相公吟诗狎妓，真是好不快活。此番行径叫学政大人知道了，大怒，一次地方秀才举人开科举文章研讨会时，当着众人的面冷斥孙志高"无行无德"，乃"斯文败类"。孙志高大受羞辱而归，回去后越发肆意挥霍。

孙母耳朵根子软，拿捏着大笔银钱不知怎么花才好，决定学人家投资，一会儿是胭脂铺子，一会儿是米粮行，有时候还放印子钱，行业千差万别，但结果很一致，都是亏钱。

明兰严重怀疑盛维大伯暗中添了一把柴。

就这样，待到那青楼奇女子产下一子后，孙家已然大不如前了。不过孙志高好面子，依旧摆着阔气的场面，为了继续过着呼奴引婢的舒坦日子，只得陆续变卖家产。孙母也曾劝过儿子稍加节制，但孙志高开口闭口就是——待我高中之后如何如何。

不过那位青楼奇女子显然等不及了。一日，孙氏母子出外赴宴晚归，回来后一碗解酒汤下去，母子俩俱昏睡过去，一觉醒来，发觉家中一干财物并银票钱箱都不见了，只有那青楼奇女子和孙母侄子留下的一封"感人至深"的长信。

说是那两人是早就相识的，她生的儿子也是那侄子的。两人相爱已久，真情可感天地，奈何天公不作美，有情人不得相聚，苦苦支撑了这些日子，终于无法欺骗自己的感情，遂决定双宿双栖去了。请"好仁慈、好宽宏"的孙母和"好高贵、好伟大"的孙志高理解他们的这份感情，哦，请顺便理解他们带走财物的行为。

这事传出来后，孙氏母子立刻沦为宥阳的笑柄，那对真心鸳鸯走得匆忙，没卖掉房子，却把一干田庄土地及其他贵重摆设都卖了。这下子孙志高立刻度日艰难了，镇上酒楼饭庄再不肯与他赊欠，那些书局纸铺也纷纷来追债。看着桌上的稀粥咸菜，孙氏母子这才想起淑兰的好处来，便打听着摸去了苍乡。孙志高一开始还想摆谱，表示自己是纡尊降贵愿意娶回淑兰，谁知他们去的时候，淑兰不但嫁了人，连肚子都老大了。

淑兰夫家是邻村的大户，家中有屋又有田，新姐夫是个和气又憨厚的汉子。这回盛维和李氏仔细查看了人品，也拿足了架子，开开心心地嫁了女儿。

孙氏母子看着淑兰隆起的肚子目瞪口呆，孙志高气愤之余大约说了些难听话。不过淑兰已非当年吴下阿蒙，冷笑着把他们狠狠奚落了一番，桂姐儿更狠，直接指出孙志高的要害问题——没准是你不能生吧，好好去瞧瞧大夫，别耽误人家大好闺女……

孙志高羞愤得几欲死去。这时，彪悍实诚的乡下汉子们赶来了，他们不会废话，直接抢扁担招呼，将孙志高狠打了一顿撵了出去。

最近的消息是，淑兰生了个大胖小子，孙志高成了当铺的熟客。

如兰留下一桌子的瓜子壳儿，对这个结局很不尽兴，同时对明兰毫无激情的解说方式表示不满。明兰也乱不爽一把的，捞起老太太留给自己的账本细细看了起来。

题一：一亩中等旱地约五两银子，水田则翻倍，上等水田却可卖上二十两，如果她有一千两银子，该如何置办？

答：看情况和政策。

题二：家原有陪房十户，经主家三代，家仆滋生繁多，还倚仗辈分拿大，不堪使用，家需开支却渐大，如何削减？

答：上策，计划生育，好好管教；中策，放出去；下策，卖掉。

题三：家中人口繁多，男丁不事生产，月钱花销入不敷出，如何？

答：分家，各养各的。

题四：公婆颠顸，偏宠别房且不肯分家，妯娌贪财，叔伯好色，公中巨额亏空，男人宠妾灭妻，娘家冷漠，不管死活，上天无路，入地无门。

答：……重新投胎吧。

账目上所反映的不只是收支问题，还有复杂的人际往来，亲疏关系，最后搅和成一团糨糊。明兰看了一整天，只觉得头痛欲裂。大家庭就是折腾，各房有各房的打算，有些问题根本无解，只能慢慢耗着，等到媳妇熬成了婆，就把接力棒交给下一代，接着耗。

"姑娘，"丹橘打帘子进来，笑着禀道，"太太房里的来传姑娘，说新有了春衣和钗环，请几位姑娘去挑呢。"

明兰便下了榻，一边由着丹橘给自己整理衣裳头发，一边问道："这几日院里可好？"

丹橘略一沉吟，低声回道："自不如老太太在时好，有几个小丫头生了些闲话。"

明兰微微一笑，吩咐道："你也不必刻意训斥，只多看着些。"丹橘不解。明兰嘴角微弯："内院里的人，都是同富贵易，共患难难，咱们且瞧瞧吧。"

以前老太太为了调理明兰的身体，于吃用一项上极为精细小心。白日的点心，奶油的、酥酪的、粉蒸的，轮番换着吃；夜里的消夜，冰糖燕窝粥、金丝红枣羹，什么好上什么，直把明兰吃得皮光肉滑、白里透红，连带着小丫头也沾了光，如今可都得按公中的来。

丹橘听明白了，脸色肃然："往日姑娘待她们何等恩厚，倘若一有差落她们就生了怨怼，便是该死！姑娘，我会瞧着的。"

小桃扶着明兰来到王氏房里，只见王氏倚在湘妃榻上，和刘昆家的笑着说话，中间两张方桌拼在一起，上头摆放了折叠整齐的新色绸缎衣袄，锦绣织绘，甚是亮眼。墨兰和如兰正站在桌旁，拿眼睛打量这些东西，见明兰来了，都瞪了她一眼。

王氏知道明兰做什么都慢一拍，磕头请安慢也就罢了，每回分东西也晚来，只拿那挑剩下的，这样一来，大家倒也无话。王氏放下茶碗，拿起小翘几上的一个黑漆木螺钿小匣子，叫刘昆家的递过去，笑道："翠宝斋新出的样子，你们大姐姐年前订下的，她瞧着鲜亮，便送来了，你们姊妹们自己瞧着选吧。"

刘昆家的已把匣子打开，放在桌上的绸缎旁边，只见匣内一片光彩珠翠，金碧生辉。明兰抬眼看去，匣子里并排放了三支头饰，一支琉璃镶的鸳鸯花流苏簪子，一支蝙蝠纹镶南珠颤枝金步摇，一支蜜花色水晶发钗，的确是款式新颖，通透亮丽。

三个兰互相看着，如兰撇撇嘴道："四姐姐先挑吧，父亲常说长幼有序。"

墨兰淡淡一笑，径直上前左挑右看，最后拿了那支最耀眼的金步摇。如兰忽轻笑一声，转头对明兰道："六妹妹，你说'孔融让梨'里头，是哥哥让弟弟呢，还是弟弟让哥哥呢？"

明兰答也不是，不答也不是，只好苦笑道："五姐姐，妹妹肚里有多少墨水你还不知道吗？就别为难妹妹了。"

如兰白了她一眼，转头向着墨兰道："父亲常夸四姐姐是咱们姐妹里学问最好的，四姐姐说呢？"

墨兰俏脸红涨，神情尴尬，勉强笑道："妹妹若中意这支便直说吧，何必扯上什么典故呢？自家姐妹，难不成姐姐还会与妹妹争？"

如兰慢条斯理道："哪支钗不打紧，不过妹妹想着跟姐姐学学道理罢了。"

"那便你先挑吧！"墨兰放下那支金步摇，低垂的眼神充满愤愤。

如兰轻蔑道："姐姐都挑了，妹妹怎么好夺人所爱？回头爹爹又要训了。"

明兰见如兰这般不依不饶，微微蹙眉，抬眼去看王氏，只见她只顾着和刘昆家的说话，一眼没往这儿瞧，恍若不知。明兰低头，她明白了。

这次老皇帝开恩科，盛纮不少同僚同窗都有子弟去赴考。偏长枫连举人都没中，只能眼睁睁地看着难得的机会飞跑了，最近盛纮看着长枫眼睛不是眼睛，鼻子不是鼻子。前日开考，半个都察院的僚员都在谈论彼此家中的赴考子弟，盛纮听得很不是滋味，黑着脸回家后，径直去了长枫书房，打算好好教育儿子一番，务必明年秋闱中举，后年春闱中第。

谁知一到门口就听见里头传来男女嬉笑之声，盛纮一脚踢开门进去，只见自家的儿子嘴角含笑，风流倜傥地举着一支玉制管笔，一旁挨着个袅娜美貌的丫头，她撩着两只袖子，长枫便在她两条雪白粉嫩的内臂上写下浓艳的诗句。

盛纮眼尖，一眼看见上头写的是"冰肌玉骨透浓香，解带脱衣待尔尝"的艳词，一肚子火便噌噌噌地冒了出来，当下大发雷霆，二话不说把长枫捆严实了，然后家法伺候。一顿棍子打下来，只打得这位翩翩公子哭爹喊娘。林姨娘赶来求情，跪在地上苦苦哀求。

盛纮气极，当着满府人的面，指着他们母子大骂"烂泥扶不上墙"。

林姨娘也很委屈，她何尝不想管好儿子，可她名不正，言不顺，儿子又左耳进，右耳出，又怕管得严了，伤了母子感情，她下半辈子还得倚仗他呢。

盛纮一不做，二不休，索性把长枫的书房搜了个底朝天，一搜之下，竟然翻出十几本"春宫"和艳词集，且纸张敝旧，显然是常常"温故知新"的结果。

盛纮出离愤怒了，亲自抄起棍子又打了长枫一顿，然后把他禁了足，接着找了外账房，严令再不许长枫随意支领银钱，凡超出五两的都要上报。

林姨娘得势不过因二：她自己得宠，儿子受盛纮看重。如今她的宠爱早不如前，儿子又遭了厌弃，府里的下人都是水晶心肝，遂风头一时倒向王氏。

"那妹妹想怎样？"墨兰冷笑道，她以前何尝受过这般奚落。

"不想怎么样。"如兰轻慢地翻着一旁的衣裳，故意道，"不过姐姐既叫我先挑，岂不是违了父亲的意思？自得有个说法才行。自家姐妹，难不成谁比谁尊贵些了？"

她把语尾拉长，挑衅地看着墨兰。

墨兰咬着嘴唇，她知道如兰是想逼她说出"嫡庶有别"四个字来。早些年林姨娘一房得宠时，她没少拿"嫡庶"做文章，在盛纮面前得了多少怜惜疼爱。

虽说今时不同往日，可她到底不肯放下脸来，一眼瞥见旁边低头而站的明兰，心念一转，笑道："五妹妹说得没错，孔融让梨也是大的先让小的，既然如此，便叫六妹妹先挑吧。"

明兰看了墨兰一眼，好吧，刚刚生起来的那点儿怜悯立刻烟消云散。看见墨兰走过来拉自己过去，明兰轻巧地一个转身，闪开墨兰的手，早想好了措辞，正要说的时候，外头忽传道："老爷回来了。"

正侧眼看戏的王氏愣了愣，看了看一旁的漏壶，才申时初，还没到下衙时刻呀！

刘昆家的比较机警，立刻扶着王氏起来去迎盛纮。

只见盛纮一身官服翅帽地走进来，脸色似有不豫，几绺胡子有些散乱，他直走到正座的太师椅上坐好了。

王氏连忙吩咐上茶，走过去笑道："老爷回来了，怎么今日这般早？"

盛纮小心地摘下官帽，随口道："今日恩科收尾，连左都御史都先走了，剩下我等几个，便也回来了。"做官不好太与众不同，只要不涉及原则利害问题，还是随大溜的好。

三个兰都规矩地立好，恭敬地给盛纮行礼。

盛纮见三个女孩都在，略略颔首，又看见一桌子衣裳钗簪，便皱眉道："这些不是华儿昨日就送了来吗？你怎么今日才分给她们？"

王氏脸色一僵，掩饰道："过几日，忠勤伯府便要给华兰的哥儿做满月，我想着姑娘不好太素净了，就又添了些衣裳料子，是以今日才分的。"

盛纮点了点头，忽想起刚才进来时，眼风瞟到墨兰和明兰两个站在边上，只如兰一个站在桌边，再看桌上还摆着个打开的首饰匣子，他看了一眼王氏，心里不快，直道："怎么就如儿一个人在挑？墨儿和明丫儿都分到了吗？"

墨兰斯斯文文地走到盛纮跟前，笑道："咱们请五妹先挑。"

盛纮素知如兰和王氏的脾气，都不是宽厚的，想着王氏可能在刻薄庶女，便立刻横了如兰一眼，如兰面色苍白。

明兰一看不对，连忙上前扯着盛纮的袖子，笑道："父亲给咱们断断，适才五姐姐说长幼有序，请四姐姐先挑，可是四姐姐说要我先挑。我想呀，不计哪回，要么是四姐姐，要么是我，总也轮不着五姐姐先挑，她忒亏了，这回便请她先挑吧。父亲，您说这样好不好？"

盛纮素来喜欢明兰，见她明丽可爱，听了她一番孩子气的说法，便笑对三个兰道："好，你们知道姐妹友爱，为父甚慰。"

墨兰暗暗咬牙，又不好反驳，只能强笑着应是，如兰也松了一口气。

王氏见机立刻道："回头我把东西送过去，你们自己挑吧，你们父亲要歇歇。"

三个兰恭敬地退了出去。

盛纮看着三个女儿走出去，起身与王氏走进内室，张开手臂由王氏卸衣松带，道："全哥儿可好？儿媳可好？"

王氏想起肉墩墩的孙子，满脸堆笑："好，都好！孩子也小，不好见风，不然便抱出来叫老爷喜欢喜欢，哟，那小子，胳膊腿儿可有力了！"

盛纮也笑起来，连声道："瞧那孩子的面相，便是个有福的！有劲儿好，有劲儿好！"都说老儿子大孙子，老两口的命根子，看见孙子摆动的白胖小胳膊，盛纮心肝都酥了，不住地吩咐王氏好好照看。

"不单全哥儿，华兰的实哥儿也好看，我上回去瞧，已经会笑了，哟哟，笑起来那个甜哟，活脱脱华丫头小时候的模样！"王氏满心欢喜地叹道，"这下可好了，华兰也能挺起腰杆了，免得她老要看婆婆脸色！"

盛纮其实很是疼爱这个长女，家里这许多孩子，只有华兰小时候是他实实在在抱过睡、哄着吃的。作为一个不应该道人是非的官老爷，盛纮也忍不住道："忠勤老伯爷人倒是不错，只是亲家母……如今也好多了吧。"

王氏冷哼道："哼，若不是我上门去说，她连满月酒都想只摆两桌就算了，都是自己儿子，一个开了五十桌筵席，一个却这般，也不怕人笑话她心长偏了！女婿一味愚孝，只可怜了华丫头，也不知被算计去多少陪嫁，这回老爷和柏哥儿升了官，她才消停些。哼，也不想想当日他家门庭冷落，华兰肯嫁过去便是他家祖宗积德了。"

盛纮沉吟片刻，道："那日我与老伯爷略提了提，他会约束亲家母的。"

说到这里，盛纮忽想到一事，问道："那……墨丫头的亲事怎么说了？"

王氏折好官袍，皱眉叹气道："我不是没到处寻，可老爷不都不乐意吗？柏儿翰林院里的编修，您嫌贫寒，我托人问来的，您又嫌没根基，若是大户人家，那便只有庶出的哥儿了。老实说吧，不是没好的，可咱们物色女婿，人家也物色媳妇儿呀，墨丫头，一个庶出的，能有多大出息？怎么寻摸？"

盛纮心里不舒服，其实他也觉得那些对象就可以了，可架不住林姨娘死哭活求的。在现实面前，林姨娘不得不低头，这才发现贺弘文的条件实在不错。

"话可说在前头，过几个月墨兰便要及笄了，她再这么左挑右拣的，我也不管了。不过呀，她拖得起，如丫头和明丫头可拖不起，到时候，别怪做妹妹的不等她做姐姐的。"王氏在盛纮面前先打好预防针。

盛纮揪着眉心，头痛道："老太太与我提过，上回她去宥阳，瞧见大嫂子的娘家侄儿，叫郁哥儿的，读书上进，家底也殷实，听着倒是不错，端看他明年是否能中举吧。"

他还是很信任老太太的眼光的，当时老太太提起，曾似笑非笑地说，那哥儿和自己年少时颇为神似。想到这里，盛纮心情好多了，像自己，那么估计也是个有才有貌的有为青年！

很好，很好，如能成事，墨兰便有福了。

二

出身于科举正途官宦家庭的明兰本以为爵位是铁打的饭碗，只要不去掺和夺位结党之类的高层次犯罪，基本可以舒舒服服靠祖荫活到死。明兰曾不无羡慕地和长柏讨论过这个问题，结果换来了长柏哥哥十分鄙夷的白眼一双。

太祖开国，为恩赏能臣勇将及谋略之士，共封有五位异姓王，十九位国公，四十二位侯爵，一百一十五位伯爵，另世袭将军无计。太祖为人多疑，不过一代时间，便褫夺诛杀了三位异姓王和半数的公侯伯爵。此后，太宗继位，即先帝爷，北击鞑靼，南袭蛮荒，东西南北开疆海陆拓土无数，便又陆续封了些许爵位，但有"流"和"世"之分，并非全都世袭罔替。

太宗皇帝平定四疆之后，首封的第一谋臣张阁老率先谏言"以无上之富贵酬无边之功绩"，武将之首时任靖国大将军的英国公领头附议。太宗皇帝便顺势卸了这些军事贵族大半的朝政权，从此议政权柄向文官集团倾斜。

然，富贵有数，子孙无尽，有爵之家繁衍三四代之后，俱是人丁繁多，管不胜管，此时便要看哪家在军中宫里更有势力，哪家人才辈出。若家世倾颓，孝期放纵，穿戴逾制，侵占民财，一桩桩一条条，都是御史言官可参之本，然后要看皇帝心情了。

太祖爷子嗣众多，先帝爷即位时，汝阳王连同一干豪戚贵胄上奏"九王摄政"，太宗皇帝手腕铁血，亲率三千铁骑夜袭西山大营，一举捣破汝阳王本部，后追根究底，一气废了牵连其中的十几个王爵，其中，便有擦边球的炮灰忠勤伯府。

先帝在位时间不算长，静安皇后薨逝后没多久也跟着去了。当今皇帝仁慈，登基后几年，便起复了几个非首罪重恶的爵家，但这些人家已元气大伤，如惊弓之鸟，再也不敢蹦跶了。

明兰第一次去忠勤伯府时，就轻轻"呀"了一声。四五进的大院子，连带左右两个小园子，只略比盛府大些，论地段还不如盛府。后长柏才告诉明兰，原先的忠勤伯府被收回后，早赏了别的功勋贵戚了，如今这宅子还是老皇帝后来另赏的。

今日忠勤伯府为次孙摆满月酒，里里外外三十六桌，讨了个六六大吉的彩头，盛府作为外祖家自然是上宾。明兰等人下车就轿，进二门后步行，绕过一面富贵吉祥的照壁，才进了迎宾堂。

迎面一个身着挑金线桃红妆花褙子的女孩便迎过来，笑道："你们总算来了，我从早起便等着了，偏你们还迟了！"

墨兰首先迎上去，满脸堆笑道："早知道姐姐在等我们，便是飞也飞来了！"

如兰半笑不笑："文缨姐姐是主家，自是等客的，难不成叫客等主家？"

袁文缨的鹅蛋脸白润俏丽，和气大度，也没去理如兰，只去拉后头的明兰，笑道："明兰妹妹可是稀客，你们家自打来了京城，你两个姐姐倒是常来玩，只你，统共来过我家两回！"

明兰揉着太阳穴，还觉得头晕，便老实认了："文缨姐姐，我懒，别怪我了，我人虽没来，四季荷包扇坠子可回回托了五姐姐带来的。"说着浅浅而笑。这一笑倒把袁文缨怔住了。

不过几月未见，白皙得几乎可以掐出水来的皮肤，脸颊上有一抹似而非的嫣色，唇色淡粉，好似菡萏掐出的汁儿印在脆弱的雪白宣纸上，叫人心瓣儿都怜惜起来，端的是颜若桃花；乌黑浓密的头发松松绾了一个斜弯月髻，只用一支碧玉棱花双合长簪定了，鬓边压了一朵米珠金线穿的水晶花，一眼看去，满室的花团锦簇中，似只能看见她一人，清极艳极。

"……没多久不见，妹妹越发俊俏了。"袁文缨衷心道，"你也该多出来走走。"

墨兰脸色沉了沉，立刻恢复原样道："我这妹妹最是惫懒，只喜欢随着我家祖母念经礼佛，你就别劝她了。"

袁文缨轻笑了声，转而对明兰道："听二嫂子说，你小时候身子不好，这会儿该好些了吧。今儿天冷，不然咱们好钓鱼去。"

明兰见袁文缨这般客气，也不好再装腼腆了，也去拉她的手，道："谢过文缦姐姐惦记，我身子早好了，不过是……不过是今早没睡足。"说完，不好意思地吐吐舌头。

袁文缨扑哧笑了出来："这倒是，今儿一大早我就被捉了起来，刚还一直打哈欠呢！"

如兰被冷落多时，忍无可忍道："到底进不进去？！"

袁文缨知道如兰脾气，只挑了挑眉，便领着三个兰到了里屋，里屋已是一片说笑声。

华兰今日满脸喜气，穿着一身大红百蝶穿花的滚金线妆花褙子，头戴五凤朝阳攒珠金凤，旁边一个体态丰腴的奶妈子抱着一个大红的锦绣褓褓。三个兰连忙上去看了看，只见那婴儿白胖秀气，只闭着眼睛睡觉，花苞般粉嫩的小嘴还吐着奶泡泡，甚是讨喜。

一众贵妇纷纷恭贺道喜，还有几只戴着宝石戒指的大妈手去摸小婴儿的小脸，不一会儿实哥儿就哭了起来，华兰便叫奶妈子抱了下去。

王氏是真高兴，脸上泛着愉快的桃红色。她已坐在上首，一见如兰便招手叫过去，拉着女儿在一堆贵妇中说话。一旁的忠勤伯袁夫人却神色淡淡的，看着二儿媳妇随着娘家发迹水涨船高，她心里很不舒坦。近一年来华兰也学乖了，托病示弱，又把家事推了回来，她和大儿媳妇怎愿意拿自己私房钱贴补家计？

且，近来儿子袁文绍也不如以前听话了。

"父亲和我的俸禄全交了母亲，家中的田地庄铺也都捏在母亲手中，以前华兰当家时要家用，母亲推三阻四不肯给，这样的家有什么好当的！"袁文绍是武人，本最是孝顺，寻常也不生气，但袁夫人偏心过度惹着了他。他闷闷地甩下一句话："若想要华兰的陪嫁便说一声，若家计艰难，拼着叫外头人看不起，叫岳家白眼，儿子也一定双手奉上！也不用打什么幌子了，没得伤了身子又伤了情分！"

忠勤伯知道后，把老妻叫来狠训一顿："大户人家，能守得住什么秘密了？你打量你做得不留痕迹，外头早笑话开了！家里不是过不下去，又没什么大的出项，你算计儿媳的陪嫁，也不顾顾我的脸！大儿媳在文绍媳妇嫁来前，一天能吃五顿，这会儿她倒金贵上了，动不动躺着哼哼！她不能管，你管！若非要文绍媳妇管，你就连田铺都交出去！"

袁夫人气得半死，也无可奈何。后来华兰怀了身子，她便接二连三地往儿子屋里塞人，一个个花枝妖娆。华兰倒也忍住了，只吩咐妈妈熬好芜子汤一个个灌下去，硬是忍到生出儿子来。袁夫人一瞧不对，便又要给袁文绍纳房侧室。

华兰哭到老伯爷面前："虽说爷儿们三妻四妾是寻常事，可是母亲也当一碗水端平了。大嫂屋里母亲一个人都不给，却往我屋里放了七八个之多，说都是服侍爷的，可不是嫌弃媳妇不贤，不会服侍夫婿吗？这会儿好好的，又要给二爷纳偏房，若两位高堂真嫌弃了媳妇，媳妇这就求去了吧！"

袁文绍刚得了个白胖儿子，正喜欢得要命，也愤愤道："大哥那儿不过一妻一妾，我却满屋子小星，知道的是母亲给的，不知道的，还不定怎么议论我好色无德呢！"

忠勤老伯爷吓了一跳，一场大乱刚过，他正想着给自家子弟找找门路，怎能与盛家结怨，连忙安抚了儿子儿媳几句，转头呵斥老妻，不许她再插手儿媳屋里的事。

如此，今日袁夫人如何高兴得起来？只皮笑肉不笑地敷衍着。王氏也不去理她，只开开心心地吃茶说话。在座中人都知道，如今忠勤伯府唯二公子文绍出息，华兰又生了儿子，自是多有结交逢迎。

袁夫人越发生气，只低头与身边一个头戴富贵双喜银步摇的中年妇人说话。她们身边挨一个穿遍地缠枝银线杏色斜襟长袄的少女，容色可人，文静秀丽，墨兰见了，低声问袁文缨。文缨正与明兰说草鱼的十二种煲汤法，明兰已经实践了其中八种。

两人正说得口水分泌旺盛，听墨兰问后，文缨抬头看了眼，答道："这是大嫂子娘家的，我姨母和表妹，姓章。"说着噘了噘嘴，转头又与明兰说到一块儿去了。

墨兰对草鱼话题不感兴趣，忍着听了会儿，终不耐烦道："你们姑娘家的，怎么一天到晚谈论吃食，真真一对吃货！"

文缨回头笑道："你上回还拉着我说了半天胭脂香膏呢。"

"这如何一样？"墨兰皱眉。

明兰大摇其头："非也，非也，所谓由内而外，白里透红，药补不如食补，吃得精细周到便比擦什么粉儿啊膏儿啊的都好，自然气色、皮肤会好的。"

墨兰心头一动，看着明兰宛若凝脂般的皮肤，迟疑道："真的吗？"

话音刚落，前头一阵响动，只见屋里又进来两位华服云翠的中老年贵妇，袁夫人满脸笑容地迎着坐到上首，亲自奉茶招呼，颇有殷勤之意。文缨立刻给墨兰、明兰解释，那个笑容可掬富态的是寿山伯黄夫人，也是忠勤老伯爷的长姐，旁边一个面色淡然穿戴清贵的是永昌侯梁夫人，她不大言语，只由袁夫人自说自话。

"那不是你姑姑吗？姑姑做婆婆，文缥姐姐好福气哟。"墨兰打趣文缥，目光闪着艳羡。

文缥羞红了脸，恼着不答话。

明兰忙来解围，岔开话题："梁老夫人也与你家有亲？"

今日这满月酒并未大肆铺张，只请了几家要好的。明兰再孤陋寡闻，也知道这永昌侯非忠勤伯府和寿山伯府可比，虽无高官显贵，却人丁繁盛，姻亲广泽，颇有根基。

文缥松了口气，答道："姑姑家的三表姐嫁去了永昌侯府。"

那边，袁夫人已把章秀梅领到两位夫人面前，笑道："这是我外甥女。秀梅，见礼呀。"章秀梅端端正正地敛衽下福，温婉而笑。

袁夫人便坐在一旁，含蓄地夸起章秀梅来了，从品貌出身，到女红诗文，直夸得袁文缥皱起眉头。

明兰看出来了，悄声笑问："你姑姑家还有别的儿子吗？"

文缥看着自己母亲多有举止失当，颇感丢人，愤愤地扯着帕子："不是我姑姑，是永昌侯夫人，她有个小儿子，如今由二哥带着，快要补上五城兵马司分副指挥使了。"

墨兰耳朵一动，转头试探道："那位公子……是个怎样的人？"

文缥回忆着听来的信息："他叫梁晗，大概十七八岁吧，是梁老侯爷和梁夫人的老来子。"然后瞪了那边的章氏母女一眼，低头恨恨道，"我娘不知给寻了多少人家，姨母总挑三拣四的，要高门第、好人家！不过是梁夫人曾说过一句，自家幺儿跳脱淘气，以后娶媳，不论富贵根基，但要品貌德行好便可。姨母听了，便日日撺掇着娘去巴结永昌侯夫人，连带着姑姑面子上也不好过。哼，不是我心眼儿坏，姨父过世了，表姐想找个好人家无可厚非，可也得瞧瞧自个儿斤两！她也不打盆水照照自己，配也不配！"

文缥这番话说出来，明兰忍不住瞥了眼墨兰，只见她脸上平白发起烧来，强笑道："哟，文缥姐姐还没嫁过去呢，就心疼起婆婆来了。"

这时的寿山伯夫人的确需要心疼，她看着自家弟媳第三遍夸那章秀梅温顺娴雅，言语间隐隐带上攀嫁之意，已然有些坐不住了，再看那永昌侯夫人面色越发冷淡，寿山伯夫人心里不悦，便插嘴道："我那大侄媳妇呢？"

袁夫人愣了愣，轻叹道："她身子不适，正歇着呢。"眼角瞥了眼华兰，不咸不淡地加了句，"我便是个劳碌命，也没人帮着管个家。"

华兰神色一僵。寿山伯夫人立刻接口过去道："前日我才请了胡太医来给大侄媳妇诊脉，我都问了，没什么大不了的事，别是心里不适吧？你也别一味体恤大的，她皱个眉头你也当个大病来伺候，也疼疼小的，年前那会儿，她都七八个月的身子了，还叫她给你立规矩，有你这么做婆婆的吗？瞧她脸色煞白的，想是还没养好！"

王氏和华兰暗暗感激。

袁夫人神色尴尬，这位姑太太最好教训人，因是大姐，她又不好回嘴，只能忍着听。

其实那次她只让华兰过来站了小半个时辰，丈夫就赶过来痛斥自己一顿，前后多少婆子哭爹喊娘，当晚华兰说是动了胎气，连床都下不得了，儿子又来哭了一场。这事传出去后，周边往来的亲眷明里暗里都说她偏私心狠，只偏着娘家外甥女，不把人家闺女当人看。

袁夫人扯动嘴角笑了笑："大儿媳不如华儿能干，我便想着让她多辛苦些——"

话还没说完，寿山伯夫人便打断道："你们百年后，这爵位府邸都得大的两口子操持吧，二侄媳妇再能干，还能替大嫂子当家？大侄媳妇若真不行，不若我去物色个能干的，送到大侄子房里做小，将来也好有个助力，总不能把个伯府交到七灾八难的人手里呀！"

此言一出，袁夫人和章夫人双双煞白了脸。王氏心里熨帖得跟什么似的。华兰拼命把头低下去，好不让人看见自己翘起的嘴角。寿山伯夫人说话厉害，但口气全然一派关心娘家的意味，周围都是要好女眷，都知道这家底细，倒也见怪不怪。

这位姑太太原是家中长女，自小稳重能干，父母高看一等，弟弟忠勤伯爷也极是信赖这位长姐，在夫家也十分得脸，她当初明明能为儿子选个更好的亲事，但看在弟弟面上，还是许了文缨的婚事。袁夫人瞧见这位大姐从来都是矮上一等，偏她与华兰颇投契。

寿山伯夫人知道也不可太穷追猛打，又怕弟媳妇不着调再去纠缠永昌侯夫人，一眼瞥见王氏，便笑道："叫亲家太太瞧笑话了。"

王氏连忙摇头。这种笑话她愿意连日连夜看的。她乐呵呵地凑到寿山伯夫人跟前："您这不是心里挂着娘家嘛，都是自家人，什么话不能说？"

寿山伯夫人笑了笑，指着一旁的如兰道："亲家闺女是越长越好了。咦？还有一个呢？"

墨兰在另一边早窥伺半天了，一听这句话，立刻笑着上来，含羞半怯地行了礼，道了安。寿山伯夫人指着墨兰，朝永昌侯夫人道："这孩子诗文颇好，人也乖巧。"

永昌侯夫人点点头，道："是个清秀孩子，盛家太太好福气。"便无下话了。

墨兰立刻笑道："夫人谬赞了，墨兰岂敢。"她纵有满腹的话，见永昌侯夫人这般清冷，也不知怎么开头。

华兰目光闪了闪，掩口笑道："姑母，今日我最小的妹子也来了呢。"

寿山伯夫人矜持道："领过来我瞧瞧。"

华兰连忙把明兰和文缨从后头拉出来，文缨是早见过的，但一见明兰，寿山伯夫人和永昌侯夫人都不禁怔了怔。过了一会儿，寿山伯夫人拉过明兰的手，与华兰笑道："怪道你与我夸了一百零八遍，果然好个精致的人儿！"然后又嗔道，"你家老太太也忒小气了，这么藏着掖着，怕人抢了不成？"

然后拉着明兰坐在自己身旁，细细问生辰何时，问平日做什么消遣，又问喜欢吃什么、穿什么。明兰低头老实地一一回答了，努力装老实腼腆，一句多余的话也不多说。

寿山伯夫人见明兰大方明朗，寥寥数语颇见慧黠爽朗，很合自己的性子，倒多了几分喜欢，直把一旁的章秀梅和墨兰都冷落了。

章秀梅眼眶闪了闪泪珠，后退几步到面色难看的袁夫人身后。

墨兰很不甘心，忽想起林姨娘说过第一次见卫姨娘的情景，当真是荆钗布裙难掩绝色，倾城的相貌，尽管懦弱蠢笨，却也把盛纮迷去了小半颗心。墨兰只能暗骂这两位贵妇人不识货，只认皮相不看内涵，没有认识到自己出众的才华修养！

寿山伯夫人拉着明兰夸了半天，转头瞪了亲家一句："你倒是说话呀，锯嘴葫芦了？"

永昌侯夫人冷清的表情这才露出一丝笑意，缓缓道："我若有个这般标致的闺女，定也藏起来。"

王氏凑趣笑道："这孩子自小养在我家老太太跟前，老人家最是疼她，一时一刻也舍不得离开，是以不大出来，礼数若有不周，两位夫人请见谅。"

永昌侯夫人淡笑道："你家老太太规矩最是严整，她教出来的女孩儿怎差得了？"

王氏瞥了眼低头站在一旁的墨兰，言语上更是客气，加上华兰一边插科打诨，气氛倒也和谐。只是明兰头皮发麻，她只觉得后背快被几道熊熊怒火的目光盯穿了，真是无妄之灾，便趁着几位夫人说话时，借口有小礼物要给庄姐儿，请华兰找个丫鬟带她去。

文缨便也帮着说了几句，明兰才得以脱身。

穿过一个小小的半月门，来到庄姐儿屋里，才看见小女孩穿着一件大红羽纱遍地洒金石榴花的小短袄，正闷闷不乐地发呆，一旁站着个穿石青比甲暗红中袄的妈妈一直哄着也不见好。庄姐儿一脸寥落，见明兰来看自己，这才露出小小的笑容，软软地叫着"六姨母"。明兰从丫鬟手里接过一个小包裹，拿出自己新做的布娃娃给庄姐儿。

胖乎乎的纯棉娃娃，各色棉线绣出可爱的眼睛、鼻子和嘴巴，外头还穿着绸缎小衣裳，眉眼弯弯的模样十分讨喜。庄姐儿拿着往自己红苹果一般的小脸上蹭着，搂在怀里爱不释手，喜笑颜开起来，蹦跶着两只小脚下了炕床，拉着明兰吵着要去外头。一旁的丫鬟婆子连忙给庄姐儿外头罩了件挖云添金洋红绒小披风。

明兰知道庄姐儿心事，从独生女一下子变成了"招弟"，难免失落，便也顺着小女孩，牵着她的小嫩手，一大一小，笑呵呵地慢慢走着。

"六姨，娘是不是不喜欢我了？"庄姐儿低着头，"自打有了弟弟，娘都不大和我好了。"

明兰理解地拍拍庄姐儿的小脑袋，劝慰道："不是的，你弟弟才刚来，大家都新鲜着呢。你若得了个新娃娃，是不是也爱得很？过一阵子就好了，咱们庄姐儿又好看又聪明，是你娘的心头肉，怎么会不和庄姐儿好呢？"

小孩子很好哄，心里想开了，便乐颠颠地要拉着明兰去园子里玩，一边走还一边叽叽喳喳地说小孩子的傻笑话，见明兰脸色不豫，便问道："六姨，你怎么老皱着眉头呀？"

"六姨在想事儿。"

"什么事儿？"

明兰顿了顿，低头问道："庄姐儿呀，六姨来问你，你是喜欢天天穿新衣裳，有好玩的、好吃的，可是你爹娘还有许多弟弟妹妹要疼爱呢，还是，没什么好吃的、好穿的、好玩的，但你爹娘只疼你一个呢？"

小女孩歪着脑袋想了想，白嫩的小脸皱成个小肉包，苦思冥想了会儿，痛苦道："能不能既要好东西，爹娘又只疼我一个呢？"

明兰失笑，严肃道："人人都想这般，可是不成，只能选一样。"

庄姐儿痛苦抉择半天，犹豫道："还是爹娘只疼我好些吧。"

明兰微笑着点点头，长长嘘气道："六姨也是这么想的。"

又走了几步，庄姐儿忽停住脚，抬起头，扑闪着大眼睛，也很严肃地问道："六姨，要是既没了好东西，又有许多弟弟妹妹与我分爹娘，那可该怎么办？"

明兰一个趔趄，险些滑倒，定住身体才道："应该……不会这么背吧。"想起温若泉水般柔和的贺弘文，心里摇了摇头，天下哪有万分可靠的事，不过是危险系数高低的问题。

俩人又玩了片刻，明兰抬头瞧瞧日已当中，她记得文缨说过酒席开在偏花厅里，想着这会儿该吃酒了，她也不好老躲着，便叫丫鬟把庄姐儿领回去，自己则慢悠悠地踱步过去。

忠勤伯府她来过两次，地方不大，且文缨领着自己到处逛过，所以识得路。沿着园子边一排刚出了花苞的海棠树慢慢走过去，也不怕迷路，正悠然自得地赏花散步间，忽见前头一棵葱绿妖媚的海棠树下，站着一个修长身材的男子，隐约模糊间，似曾相识。

那男子似乎听见脚步声，回过头来，明兰堪堪看清后，心头一咯噔。

三

男人五官深邃，瞳深如夜，只静静地站在那里，几片海棠树叶打下的阴影斜斜覆在他的脸上，半掩不掩有些模糊，玄色夹暗金绸纹直缀长袍，边角隐有损旧。

明兰的上半身处于想往后转的趋势，两条腿却牢牢僵在那里，身体自己对抗了半天，最后福了下身子，苦笑着："请二表叔安，二表叔近来可好？"

顾廷烨双手负背缓缓走过来，一双眼睛黑得深不可测，睐着明兰，也不知在想什么。空气静谧得难受，明兰低着脑袋，只觉得鬓边的珠花瓣儿在细微颤抖。

过了会儿，顾廷烨才简短道："家父过世一年了。"

明兰反应敏捷，顺嘴道："二表叔节哀顺变。"

顾廷烨忍着不让嘴角抽搐，犹豫了下，又道："余家大小姐……嫁得可好？"

明兰陡然抬头，只见他神情和气，语意微歉，明兰摸不着头脑。

顾廷烨见明兰一脸糊涂，嘴角一挑，又道："我素来敬重余阁老，出了……那般事，非我所愿。"

明兰隐约有些明白了，顾廷烨搞不好是特意在这里等自己的。人家余阁老一世明公正道，临老了，两个孙女都栽在顾家，一个远嫁去了云南，一个不到半年就亡故了，虽是余大人贪心所致，但眼前这位"元凶"可能也多少有些歉意。

明兰思忖了下："云南路远，这一年多我也只收到余大姐姐三封信，她嫁得很好，公婆和气，夫婿温厚，云南虽民风未开，但天高水长，风光旖旎，余姐姐过得很好。"

她在给嫣然的信中也说了，顾廷烨前脚离家出走，后脚老婆就病了，他又急急忙忙回来，只赶上丧事，丧事刚办完，他老爹也去了，事故发作的节奏非常紧凑，之后，京城里就没怎么听说顾廷烨的消息了。

偶有风声传来，说他越发"堕落"了，与江湖上一些下九流的混在一起，吃喝嫖赌，变本加厉地放纵，好像也闯出些名堂，不过，这种"成就"在官宦权贵眼里是提不上台面的。

顾廷烨闻言，似乎松了口气，微微直起高大匀称的身体，温言道："若她有什么难处，请告知于我，顾某不才，当鼎力相助。"

明兰极力忍住瞪目，胡乱应了声，但看向顾廷烨的眼神中就微带了几分诧异，再看看顶上的日头，莫非从西边出来的？

顾廷烨举止落落大方，似全不在意明兰惊疑不定的表情，微笑道："你叫明兰吧，论起来，与齐家有亲？"

明兰用力点头，不论心里怎么想，她的表情很真诚。

顾廷烨又谦和道："前两回顾某多有得罪，请勿要见怪，曼……都是顾某识人不明。"

明兰忍不住又要抬头看太阳，到底怎么了？她之前统共见过顾廷烨两次，一次他来兴师问罪，一次他在看笑话，最后都是明兰落荒而逃。明兰清楚记得他那一身锐利锋光的戾气，句句冷笑，字字带伤，说不到三句，明兰就想抽他一嘴巴。

可如今……明兰偷眼看他英俊的侧面，浓密乌黑的鬓角带着几分风霜之色，侯门公子的白皙被江湖风尘染成了淡褐色，眉宇间一片沧桑，似这一年过得并不舒适，但看他神情舒展，言语诚恳，气度磊落，似乎忽然变成"正人君子"了。

顾廷烨沉默了片刻，沉声道："若你有急难之处，也可与我说，兴许能帮上一二。"

一个养在深闺的官宦小姐，有父兄，有家族，能有什么急难？不过听说他在外头混江湖，难道将来明兰老公出轨，能请他找人扑上麻袋揍一顿？宁远侯府如今风雨飘摇，他还敢这么跩，很好，很好，有性格！

明兰呵呵笑了几声，也没回答。

大约是瞧出了明兰的心思，顾廷烨微微一笑，淡淡道："梁晗那小子为人仗义实在，不过有些风流自赏；齐府那家子人多事杂，不过郡主护短，齐衡温文和善，有他们护着也不错。"

明兰倒吸一口凉气，瞪大了眼睛，结巴："你……"

顾廷烨走到明兰跟前，从上往下俯视女孩，威严自若道："小孩子家的，还是多听你家老太太的话，不要自作主张。"

说完后，男子扬长而去，带起一丛海棠枝叶摇曳舞动。明兰顿在那里，呆了半天，摸着脑门上的冷汗：他在江湖上开私人侦探所的吗？

没有老太太在身边的日子，明兰十分无聊，以前她写俩字就拿去祖母面前献宝，绣两片花瓣叶子就去房妈妈跟前显摆，如今……唉，莫非，小孩扮久了，她果然没了自制力，需要鼓励监督才能继续学习？

如此，闲来无事，她便常去海氏屋里哄小侄子玩儿。一丁点儿大的小东西，嫩生生的藕节般的小胳膊被殷红小绳子扎在袖子里，艰难地挥动着。全哥儿脾气很好，爱笑，不哭闹，稍微逗一逗，就露着无齿的小嘴咯咯笑个不停，笑得眼睛都看不见了。

王氏连念阿弥陀佛，总算孙子不像儿子般面瘫，她的香没白烧。海氏有子万事足，整日喜笑颜开，面色红润，出了月子后略略收拾，颜色倒比刚成亲那会儿还娇艳。

"他怎么老吐泡泡呀？"明兰用玉葱般的食指戳破婴儿嘴边第 N 个泡泡。

海氏笑道："小孩儿都这样，有时还吐奶呢。"

明兰抱着软乎乎的襁褓，忽发奇想："大哥哥抱过全哥儿吗？"

海氏掩口轻笑："他呀，抱过两下子，就跟张飞握笔似的，叫太太看见了，笑了几句，他就板起脸说什么'抱孙不抱子'的圣人训。"

明兰轻轻摇晃着襁褓，看着里面的婴儿小嘴红嘟嘟的，小脸软乎乎的，闭着眼睛呼呼地睡着了，她被萌倒了，细细数着婴儿长长的睫毛。

"姑娘，给我吧，哥儿睡了，别累着您。"一旁富态白胖的奶妈子笑道。

明兰知道自己胳膊的持久力，便小心地把孩子交过去。

屋内不好多见风，便有些闷，海氏躺在藤条编的软榻上，伸手拉过明兰坐在身旁，手拿白纨宫扇轻轻给明兰打着，笑道："咱们全哥儿好福气，有三个姑姑，一个比一个贴心细致。"

外头竹帘子轻轻掀开，羊毫端着井水洗过的果子进来，放到软榻前的小案上。明兰见鸢尾纹白瓷小碟里盛着各色鲜艳水果，上头插着几支银签子，水淋淋的，甚是好看。

"大奶奶，姑娘，且尝尝看。"羊毫手脚麻利地收拾好，然后恭敬地退了出去。

明兰目送着羊毫出去的样子，转头看着海氏欲言又止："她……不出去？"

海氏插起一片苹果，塞到明兰嘴里，不无自嘲道："我们这般人家，你大哥哥身边没个人也不好，没得又叫旁人说海家女儿善妒了。前阵子还有人在酒席上要送你大哥哥妾呢，好在有个她在，你大哥哥也拒得出去。"

明兰鼓着脸颊嚼动着，含糊道："最烦那帮送妾的人。送点儿什么不好，金银珠宝、宅邸庄铺，哪样不能表达同僚之情的？偏送妾！真真无聊，定不是什么好官。"

海氏轻笑起来，笑瞪了明兰一眼，摇头道："休得胡说。"看明兰身上那件蜜合色六合如意长袄有些皱，便伸手替她将抚平了，道，"羊毫这丫头人老实，也懂规矩，留下就留下吧。"

明兰咽下苹果，瞥了眼容色温和的海氏，心想：最重要的，恐怕是羊毫姿色平平，人也不甚机变灵巧，长柏一个月去不了一次，基本没有威胁性，否则，为何她进门后最先打发的就是鼠须和猪豪？

"欸，嫂子求你件事儿。"海氏想起一事，拉着明兰的小手，"上回你做给全哥儿的那个香囊很好，里头放了什么？味道又干净又清香的，挂在身上还避虫豸。"

明兰回忆起来，掰着手指道："桂花干、桂花油、晒干的艾草……"她背不出来，是贺弘文配的草药方子，写了份单子给她，对小孩子无害，又好闻。

海氏也不是真想知道秘方，便直接道："再给嫂子做一个，上回我表姐来了瞧见，十分喜欢，妹妹得空了，做三四个吧。"

明兰直起脖子，瞠目道："三四个？！嫂子当那是种白菜呀，一畦能收好几十棵！大姐姐要的我还没做出来呢，况香囊这种细小东西，不难做，做得好却不容易。"

海氏佯怒着，尖尖的食指点着明兰的脑门，笑骂道："坏妮子，嫂子哪回得了好茶好吃的，不是给你偷留许多？吃人嘴软听过没？既吃了我的，便得替我出力！"

明兰瞪了半天眼，泄气道："嫂子，您的债还得也忒快了，比放印子钱的还狠。"

海氏拿扇子掩嘴轻笑，似乎十分得意，还继续提要求道："还要上回那花儿，就是一只小蛐蛐儿趴在大知了背上的，旁边立着块小山石，怪逗趣儿的。"

明兰眼神怪异："你们……都喜欢？"

海氏点头道："是呀，挺新鲜的，和寻常的不一样，且彩头也好。"

"什么彩头？"明兰糊涂。

"你个傻丫头，'知趣'呀！"海氏又去戳明兰的脑袋。

明兰恍然大悟，原来是这样。

四

明兰正聚精会神地描着花样子，借着明亮的日光，把几只蛐蛐头上的触角描得栩栩如生。丹橘端着茶碗过来，瞧着明兰不敢眨眼的样子，心疼道："姑娘歇一歇吧，别熬坏了眼睛。"

明兰额头上沁出细细的汗，动也没动："就是怕熬坏了眼睛，我才忍着白日做。"描下最后一笔，才长长出了口气，搁下笔杆，"描好了，你和燕草一道把样子剪出来吧。"

丹橘试了试碗壁的热度，把茶碗放进明兰手里，才去案前看，笑道："姑娘描得真好，这指甲盖大的小蛐蛐和小知了就跟会动似的。"

在梢间整理衣物的小桃听见了，放下手中的活儿，出来抱怨道："还不若捉几只活的来轻省呢，姑娘，回头您但凡把活儿做差些，也不会揽上这事儿了，怪道外头都说，人怕出名猪怕……"她惊觉自己说错话，连忙捂住嘴。

明兰指着小桃摇头叹气，丹橘也扑哧笑了出来，随即板起脸道："都多大了，还这般胡说八道，若换了旁的主子，定揭了你的皮去！"

小桃不好意思地低下头，道："下回不敢了。"又钻回去收拾了。

这时，竹帘响动，绿枝笑着进来，却还客气地侧身扶着竹帘，让后面一个面庞发福的婆子进来。

"六姑娘好。"那婆子身着一件银红色对襟暗妆花褙子，里头一件墨绿缂丝长袄，怀里还捧着个扁长锦盒，半蹲了下身子给明兰行礼。她也是王氏的陪房，刘昆家的没来之前颇受王氏信重，如今倒退了一射之地，应是在和林姨娘的斗争中不够给力吧。

明兰笑道："钱妈妈太客气了。绿枝，还不看座上茶。"一斜脸，给丹橘打了眼色。丹橘明白，立刻进了里屋去。

钱妈妈含笑坐下，朝明兰侧着身子道："今儿我带了几个针线上的媳妇子来，给姑娘院里的丫头们量身材，好做夏秋衣裳了。"

"这种小事何劳妈妈亲来。"明兰指着面前一盘子玫瑰松子瓤蜂糕，叫绿枝送到钱妈妈跟前，"这还是房妈妈教我做的，配料麻烦，工序又多，我觉着太甜太软，可老太太偏喜欢，妈妈尝尝。"

钱妈妈拣了一小块尝，只觉得入口清甜软糯。绿枝又殷勤地递上新沏的云岚瓜片，钱妈妈再呷一口茶，更觉得齿颊留香，连声夸赞。

"妈妈若喜欢，便把这点心和茶带些回去，闲了消磨吧。"明兰温婉道。

钱妈妈心里喜欢，不怎么坚决道："这怎么好？又吃又拿的。"

绿枝嘴巴最巧，连忙轻摇着钱妈妈的胳膊撒娇道："妈妈，快别与我们姑娘客气了，若妈妈觉着不好意思呀，回头给咱们姐妹偷着多做两身衣裳就是了。"

明兰莞尔道："瞧这丫头，别是贪心鬼投的胎吧，妈妈别理她。"

这时，丹橘从里屋出来，手里捧着个小包，送到钱妈妈手里。明兰对着她，温和关切道："听闻妈妈前几日感了风寒，都说这倒春寒最是厉害，妈妈也有年纪了，平日辛苦，更要小心身子，这是上回老太太做裙子剩下的褐金丝芦花绒的边角料，拼缀出来这么一件坎肩，妈妈若不嫌弃，便拿去穿在里头吧，又暖和又透气的。"

钱妈妈忙不迭地接过来，连声道谢，还叹气道："都说六姑娘最是体恤人的，满院的丫头都养得又白又胖，唉……还是刘妈妈的九儿有福气，不似我那丫头，进不来这里。"

明兰也不接口，只笑着谦虚了几句。众人玩笑一阵，钱妈妈把身旁的那锦盒递给绿枝，道："这里头有几枝宫花，太太叫送给姑娘的。"明兰忙道："四姐姐和五姐姐可有？"钱妈妈道："已有了。"明兰释然道："这就好。"

这才打开锦盒，只见里头分别有浅粉、豆绿、雨过天青蓝、玫瑰紫和海棠红五枝宫花，绢纱为瓣，丝绒为蕊，颜色鲜亮，形状精致。

钱妈妈凑过去悄声道："这是我给姑娘预先留下的，可不是挑剩的。"

明兰赞道："这花儿真好看，谢过妈妈了。哪儿得来的？"

钱妈妈放下茶碗，笑着解释道："前几日发榜，平宁郡主的公子中了二甲头几名，昨儿齐国公府便开了几桌筵席，太太受邀去了，便得了这个，与姑娘们分了。"

明兰神色未变，也笑道："这可真是恭喜了，太太素与郡主交好，定是很高兴的，怪道今早我去请安时，太太脸上还泛着红，没准昨日吃了几杯？"

"正是。"钱妈妈拊掌笑道，"我是跟着去的，亲眼瞧见的，那郡主娘娘待我们太太可亲热了，便如姊妹一般，还在里屋说了好一会子话。"

明兰眼神微动了下，继而关切道："昨夜我听说五姐姐颇晚从太太屋里回来，怕是太太醉得厉害，别是五姐姐一人照料的吧？哎呀，我都不知道，真真不孝。"一脸忧心状。

钱妈妈忙摇手："不碍事的，太太吃了解酒汤便好多了，只是太太委实高兴，便叫五姑娘去说说话。"

明兰似松了口气，莞尔而笑："这我便放心了。"

钱妈妈离去前，又凑到明兰耳边轻道："昨日筵席之上，太太还与永昌侯夫人说了半天话，我依稀听见，似乎提及了府里的姑娘。"

明兰心头一惊。

送钱妈妈走后，过了半晌，绿枝才嘟着嘴进来，抱怨道："燕草那没用的，连几个小蹄子也镇不住，由着她们抢着量……如今钱妈妈也不得太太重用，姑娘何必这么着？"

明兰静静地看了她一眼，绿枝立刻缩回嘴巴，垂首而立。丹橘过来拧了她鼻子一把："不许胡说！姑娘自有道理，你且好好办差就是。"

"一草一木皆有用。"明兰缓缓道，"不起眼的人，也是有用的。"说着，看向绿枝，道，"燕草性子软和，可她终归比你早进府，办事又老道，你不可轻慢她。"

绿枝惶恐着应是，并脚跟握手指，不敢出大气。过了会儿，明兰又放缓了口气，道："但凡待我真心的，我总念着她的好，燕草……终归比你大几岁，你且收一收嘴巴和性子才是。"

绿枝把话在心里咀嚼了半刻，似听出了什么，眼睛一亮，抬头道："姑娘，绿枝知道了。"

待几个丫头退出去后，明兰沉思片刻，自己取出几张信笺，放在案上铺平，略略思索了下，便提笔写了起来。

当晚，盛纮在香姨娘处用了饭，因连日应酬多有疲累，本想歇下算了，谁知却被王氏硬叫了回去。到了正房，看见端正坐在炕沿上的发妻，徐娘半老，脸带红晕，眉梢还有几分喜色，盛纮决定和她谈一谈关于"雨露和茶杯"的问题。

作为一个有责任感的男人，他不能每个晚上都和她睡呀，也得照顾照顾群众情绪呀，谁知他还没开口，王氏就赶紧关上房门，噼里啪啦一顿述说，顿时把他惊呆了。

"你说什么？把如儿许配齐衡？郡主真这么说的？"盛纮呆了半晌，才惊道，"那……你娘家怎么办？你不是要与舅兄做亲的吗？只差下定了。"

王氏犹豫了下，但想起嫂子看着如兰那副不满意的神情，梗声道："这不是还没下定吗？就不兴我给闺女寻个更好的姑爷呀。"

"齐衡很好吗？"作为男人，盛纮第一个想到的就是齐府上空绿油油的颜色。

王氏压低声音，热切道："我仔细盘算了，是门好亲。不论那爵位有没有衡哥儿的份儿，他这个年纪就有了功名，将来自有前途，又有公府靠着，旱涝保收。还有，襄阳侯无嗣，他那爵位是要给嗣子的，可除了祖产之外，襄阳侯这几十年的产业有多厚呀，都已陆续给了郡主了。哦，还有齐大人，盐政那差事有多肥，老爷比我更清楚吧，他当了多少年都检使，那银子还不堆成山了？将来这些，还不都是衡哥儿的？那日子差得了？"

盛纮被王氏满眼逼人的金光给晃傻了，似乎看见无数银子在飞。

此刻，王氏的头脑忽然前所未有地清楚，说得头头是道："年前齐府出了那么件丢人的事儿，衡哥儿面子上不好过，不好立刻提亲，郡主私下与我说的。"

王氏把声音再压低些，神秘道："郡主说，皇上的身子……就在这两月了，到时候咱们这种人家都得守一年，过个一两年，谁还记得先帝时的污糟事呀！反正如兰还有一年才及笄，咱们可慢慢瞧着呢。"

盛纮慢慢恢复了精明，细细思索下，道："这回恩科发榜，圣上迟迟没有殿试，说是等八王爷进京后再行论名，明摆着是把这拨中榜的新秀留给新皇上用了，没准……衡儿真有些前途，这亲事也未尝不可……可是，舅兄那儿怎么办？"

王氏迟疑道："皇上若……兄长也是官身，也得守孝，再瞧瞧吧。"

盛纮想了想，点点头。

王氏见丈夫首肯自己的打算，越发得意，又丢了颗重磅炸弹下去："昨日吃酒，我还遇上了永昌侯夫人呢。"

盛纮"嗯"了一声，微打着哈欠靠在床头，散开外衣叫王氏给拾掇。

王氏一边收拾衣裳，一边笑嘻嘻道："梁夫人与我示意，她瞧上咱家明兰了！"

"什么？！什么时候的事？"盛纮陡然清醒，一个激灵爬起来，低吼道，"老太太才走开两个月，你就敢打明丫头主意？她不是定了贺家吗？"

"瞧你慌的，难不成我还会坑了明丫头？且听我说。"

王氏用力把丈夫按了下去，脸上笑意满盈，道："在亲家府上饮满月酒那日，梁夫人一眼就相中了明兰，也不嫌明兰是庶出的，直说这孩子讨人喜欢，品貌双全。永昌侯梁家，那是什么人家，那哥儿虽是老幺，却是嫡子，如今正要补五城兵马司分副指挥使的缺，便是补不上，也在禁卫军里有个七品营卫的差事在。怎么样？这门亲事不委屈了明丫头吧，比贺家强多了！"

盛纮很想坚持老太太的决定，可想着梁家的根基和势力，又犹豫了。

王氏瞧着丈夫动摇的脸色，又添上一把柴，道："你也想想，明丫头生得这样好颜色，配了贺家岂不委屈？若能与梁家做亲，柏哥儿几个将来也有靠呀。"

其实最要紧的是，明兰没有同胞兄弟，除了自己儿子，还能依靠谁？

盛纮被说动了，轻咬着牙，问道："那后生人品如何？若老太太不愿意，说什么也白搭。"

王氏知道事已成了一半，便放缓了语气，故作委屈道："瞧老爷说的，跟我要卖女求荣似的，明丫头这些年在我跟前也乖巧孝顺，兄妹友爱，姑嫂和睦，又疼全哥儿，我自是为了她着想。那后生叫梁晗，人品如何老爷自己去打听吧，免得回头叫人说我的不是。"说着嘟起嘴，一脸生气地不说话了。

盛纮忙好言相劝，软绵绵地说了许多好听话，直说得王氏又见了笑容。

"这样吧。"王氏把自己的盘算全部亮了出来，"老爷且慢慢打听，想好了说辞，待老太太回来好劝。老太太的脾气您是知道的，若那梁晗人品过关，想必老太太也不会咬死了贺家。"

盛纮虽心动梁家亲事，但想起要劝服盛老太太，不免觉得头痛，这些年来他几乎事事顺着老太太，再无半点违抗，这会儿又要……他忍不住道："咱们到京城这么多日子了，就没人瞧上墨兰的？"

要是梁家相中的是墨兰，那岂不是两全其美？他也不用头痛了。

王氏正羞羞答答地解着盛纮的腰带，听到这句话，立刻变了脸色，抑制不住冷哼了几声，语带讥讽："老爷！说句您不爱听的，墨丫头好的不学，偏和那位一个样儿，你们老爷儿们兴许喜欢那个调调，正头的夫人太太们可最不待见那模样的。"

盛纮这次倒没有反驳，只能叹气。想起林氏那种弱不禁风的身姿，那种楚楚可怜的风情，他自己虽很喜欢，但若要他挑儿媳妇，却也不会选这样的来做持家正室。

王氏斜看着盛纮的侧脸，心里冷笑，再宠爱的姜室，天长日久，也会爱淡情弛，只有名分和子嗣才是牢靠的，时至今日，这道理她才悟过来。

可不知为何，痛快过后，心里却一片寂寞。

第十九回・海氏手段

一

千等万等，全国人民翘首企盼的八王爷终于风尘仆仆地赶到了，几乎十五年没见面的老皇帝和八王爷，一上来就父慈子爱，没有半点隔阂。老子抖着手臂，慰问儿子在蜀边就藩的风霜辛苦，儿子热泪盈眶，连声道父亲日理万机积劳成疾才是真的辛苦，旁边站着一个手足无措、徐娘很老、完全没有进入状态的李皇后，真是吉祥的一家三口。

下头一群文武臣工也很配合气氛，个个拿袖子抹眼泪，感动皇家父子情深，难怪我朝国泰民安、风调雨顺，诸事都宜，原来是榜样功劳！父子相认完毕，老皇帝拉着儿子的手，颤巍巍地介绍群臣，来来来，这位是死里逃生的内阁首辅，那位是劳苦功高的文渊阁大学士，那边几个是五大阁僚，后头几位是……人名太多，明兰完全没有记住。

"爹，八王爷长什么样？"如兰心直口快，其实她问的也是在座女眷想知道的。

盛纮一脸忠君爱国，昂首道："殿下自然是龙睛凤瞳，文修武德，器宇不凡。"

众女眷深信不疑，国家领导人总是帅一些的好。长柏则偷瞄了老爹一眼，面无表情地保持沉默。其实八王爷长得方头大耳，眼小嘴阔，顶多算端正。

老皇帝估计是真撑不住了，于是善解人意的钦天监监正上奏本表示"近日有许多吉日"，老皇帝着即行册立储君大礼，群臣遂上贺表。

早有准备的礼部和太常寺众官员大显身手的时刻到了。当天清晨，天还没亮，盛家父子就摸着黑出了门，到奉天殿参礼，跪了又跪，站起伏倒足足一整天，最后太子接过宝册，到中宫谢过皇后，再拜谒宗庙，祭告祖宗，才算礼成，饶是如此，盛纮还说是因为年前大乱，老皇帝心力交瘁，册仪已是简化许多了。

京城百姓觉悟很高，知道喜皇家之所喜，当晚就大燃烟花，有财之家索性放焰口，广布施舍穷困百姓，以示普天同庆。小长栋也很高兴，因为册立太子大典，他们学堂放了几天假。放假当日回来时，他偷偷告诉明兰，他听见那些去领米接粥的乞丐在说"这几个月都两回了，要是天天都册立太子就好了"云云，明兰不禁莞尔。

长栋十一岁了，渐渐抽长了身子，平日里在父兄面前是毕恭毕敬，见了明兰却依旧淘气，明兰便鼓励长栋把被先生夸奖的文章拿去给盛纮看，盛纮倒也夸了几次，长栋越发刻苦勤奋读书，起早摸黑地用功，跟人说话时也目光呆滞。

明兰怕他读傻了，常开解他不要太执念："学得文武艺，货与帝王家，十个读书的，倒有九个半是为了做官，可读书好的就一定能做官吗？你的功课已然很好，讨个榜上有名总是有的，要紧的是多学些道理世情，将来与恩师同僚相处定能和睦，为官也能造福一方百姓，别把脑袋读糨掉了。"说到底，长栋并不如长柏资质好，他靠的不过是一股子执拗的刻苦。

长栋小小少年的脸上浮起苦笑："我不过是想叫姨娘过得好些罢了。"

明兰看了他一会儿，然后摸着他的脑袋轻轻叹气。

册立大典后，老皇帝本想把政事交接给太子，自己好好养病，谁知太子纯孝，一概不理会朝臣求见和各处拜会的琐事，只一心扑在老皇帝身上，白日伺候汤药，每口必先尝，夜里便在老皇帝寝殿里的卧榻上浅寝，日日不辍，朝朝不歇。不过十天工夫，新上任的太子爷已瘦去了一圈，宽大的袍服晃晃悠悠的。

老皇帝叹息道："我儿至孝，朕甚感欣慰，汝乃当朝太子，当以国事为重。"

太子垂泪道："吾众兄弟皆可为太子，然儿父只有一人。"

老皇帝老泪感泣，遂父子抱头痛哭，内外朝臣闻得，皆称赞。

五军都督府右大都督薄天胄年事已高，自年前便在家养病，也道，岂不闻子欲养而亲不待，太子果乃贤孝之人，后翌夜奉旨进宫，解兵符与太子。

明兰听着长栋打听来的消息，嘴角微微翘起，好厉害。

过得半个月，一日深夜，京城丧钟大作，云板扣响，明兰细细数着，四下，然后外头脚步惊乱纷杂，一忽儿后，丹橘进来禀道："皇上驾崩了。"

明兰不够觉悟，并不觉得多么悲伤，老皇帝的死便如楼顶的第二只靴子，大家都咬牙等待着，却一直迟迟不来，反倒心焦，为此还填了许多炮灰。

一切准备早已就绪，新皇次日便登了基，遂大赦天下。

先帝丧仪有条不紊地进行着，宫中敕谕天下，凡有爵之家和六品以上官宦人家一年不得宴饮作乐，一年不得婚嫁，百姓半年停缨，凡诰命等皆随朝按班守制。群臣也没闲着，除了定时去哭灵，还拟定了先皇谥号为"仁"。

随即新皇封典，册封李皇后为圣安皇太后，皇贵妃为圣德皇太后，其余一应后宫嫔妃按品级封赏，同时册封太子妃沈氏为后，母仪天下，然后全国百姓沉浸在一片悲痛中。

其间发生了一件小插曲，太仆寺左寺丞见新皇帝后宫寥落，佳丽无几，便揣摩着圣意，上奏本请新皇广选才淑，充裕后宫，以备皇室子孙延绵，结果被新皇帝一顿痛骂，顺便摘了他的顶戴。新皇帝义正词严地宣布：朕已有子，当为先帝守孝三年！

这谕一出，几家欢喜几家愁。京中有些权宦家族早等着要把自家闺女送进后宫，如此要等三年，许多千金小姐便要过了花期。不过也有不少放心的，明兰就大大松了口气，三年后她总该嫁了吧。

先帝丧仪足足办了大半个月，总算将棺椁送入陵寝，辞旧迎新也算是告一段落。

如兰火急火燎地脱掉穿了好些日子的素服，赶紧翻出她喜欢的艳色衣裳来打扮。

墨兰仍旧作她的"怨歌体"诗歌，时不时掉两滴眼泪出来。王氏房里的婆子暗中讽刺墨兰这副样子"不知道的还以为她死了男人呢"。

明兰则继续她的"背背山"系列绣品创作。说实话，她并不是腐女，但来到这个拘束的世界后，不这样无以排遣日益无聊的心情。

此时的齐国公府也在去孝饰，家仆们安静而利索地拿下白灯笼、白绫带等物件。二房屋内却一片狼藉，门外守着平宁郡主得力的管事婆子和丫鬟，只让这对母子说话。

"孽障！你说什么？"平宁郡主气得浑身发抖。

齐衡冷漠而讽刺地轻笑："我说，这会儿我已入了翰林院，若将来有更好的婚事，母亲是否又要改弦更张，何必这么早定下呢？"

"啪"的一声，齐衡的脸歪了开去，白皙秀美的面庞红起几个指印。郡主厉声道："你这忤逆不孝的东西，放肆！"

齐衡目中隐有水光，笑声含悲："母亲明明知道儿子心意，不过一步之遥，却这般狠心！"

平宁郡主看着自己的手掌，心里隐隐作痛，颤颤后退几步，又拼命立住，低声道："那日做筵，我们三个坐在一块儿，我本想试探着问王夫人，谁知才说了两句，永昌侯夫人便半道插进来说相中了明兰，你叫为娘如何言说？去与人相争吗？"

齐衡知道自己母亲生性高傲，若换了往常早服了软，可今日他只一股火气上冲，又冷笑道："母亲素来思辨敏捷，那时立刻就想到与永昌侯府也可结个转折亲了吧，况且您的儿媳是嫡出的，又高了人一等！"

郡主被生生噎住，她从未想过素来百依百顺的温柔儿子会这副模样，自从知道这事后，便始终一副冷面孔不搭理自己。郡主透出一口气，艰难道："我不过与王家姐姐说说，并未定下，你若真不喜欢，便算了，只是……你以后再也别想见到她了。"

这句话让齐衡怔住了，他心头起伏如潮，一阵难过，忍不住泪水盈眶。

郡主见儿子这般，不由得也泣泪道："你莫要怪为娘贪图权势，你自小到大都是众人捧着、捂着的，从不曾尝那落魄滋味，可自从'庚申之乱'后，那些势利的嘴脸你也瞧见了，还有人背地里偷偷笑话咱们……"

齐衡想起年前那光景，脸色苍白，秀致的眉峰蹙起。

郡主心疼地拉过儿子，软言道："如今种种，不都因了那'权势'二字吗？若你有亲舅舅，若你爹是世子，若咱们够能耐，你爱娶谁就娶谁，娘何尝不想遂了你的心愿，便是叫盛府送庶女过门与你为侧室也未尝不成。可是……衡儿呀，咱们如今只是瞧着风光，你外公百年之后，襄阳侯府就给旁人，你大伯母又与我们素有龃龉，咱们是两边靠不着呀！新皇登基，有道是一朝天子一朝臣，你爹爹如何还未可知，他这些年在盐务上办差，不知多少人红着眼睛盯着，只等着揪着错好踩下你爹，娘如何能不为家里多想着些！"说着，凄凄切切地哭起来。

齐衡视线模糊，恍惚中，忽然想起明兰小时候的一件事。小小的她，蹲在地上用花枝在泥土上划了两道平平的沟，说是平行线，两条线虽看着挨得很近，却永远不会碰上。

他故意逗她，便抓了条毛虫放在她裙子上，小姑娘吓得尖叫，连连跺脚甩掉毛虫，他却哈哈大笑，指着地上被脚印踩在一块儿的两条线，笑道："这不是碰上了吗？"

小姑娘瓷娃娃一般精致漂亮，显是气极了，细白的皮肤上晕染出菡萏掐出汁的明媚，叫人忍不住想伸手去触碰。他连忙作揖赔罪。

小女孩不肯轻饶，拾起一块泥巴丢向他，然后转身就跑了。

他想追过去，却被闻声而来的随身小厮拉住了。

二

明兰和墨兰无论喜恶都相去甚远，基本没有什么共同的兴趣爱好，但眼前的这个锦衣秀眉的少女成功地引起了两姐妹的共鸣，她们都讨厌她。

"如妹妹，上回你送来的白茶我吃着极好，我娘起先觉着样子怪，银白的芽头看着怪瘆人的，谁知吃着却毫香清鲜呢。"陶然馆里，几个女孩子正吃茶，康元儿拉着如兰的手说话。

如兰抿嘴而笑："表姐喜欢，我原该多送你些，奈何这白茶都是六妹妹分与我们的，你自己去问她吧。"

康元儿立刻看向明兰。明兰轻吹着茶，笑道："也不是什么好东西，都是嫣然姐姐打云南寄来的，不过是稀罕罢了，本就不多，我是个留不住的，已一股脑儿地都送了。"

康元儿秀气的瓜子脸沉下来，盯着明兰道："看来六妹妹是不拿我当自家姐妹呀，分的时候怎么没我的份儿？"眉宇间已是隐隐怒气。

墨兰娇笑道："哟，康家姐姐，我这六妹妹最是实诚，就那么点儿茶，自家姐妹还不够分呢，自然先里后外了。"

这话是火上浇油，康元儿是康姨妈的小女儿，自小仗着母亲宠爱，在家里颐指气使惯了，庶出姐妹在她跟前连气都不敢出，她何曾受过这个挤对。听了墨兰这般说，她立刻冷笑一声："送东送西，连大姐姐家的文缳都有，就是没我的份儿！敢情妹妹是瞧不起我，我倒要与姨母说道说道。"

如兰也皱眉道："你也是，怎么不匀出一点儿来给表姐？都是自家人。"

明兰放下手中滚烫的茶碗，甩甩发热的手，不紧不慢道："嫣然姐姐统共寄来两斤半的白茶，一斤我送去了宥阳老家给祖母，半斤给了太太，余下的我们姐妹四人并大嫂子和允儿姐姐分了，大姐姐自小于我多有照料，我便把自己那份儿也匀了过去，是以文缨姐姐那里也有。表姐若真喜欢，回头我写信与嫣然姐姐，请她再寄些来，不过云南路远，可得等了。"

说到底，明兰分茶的对象都是盛家人，你一个外姓的狂吠什么，她连自己都没留，全给了华兰，就是告到王氏跟前去，明兰也说得出。

康元儿找不出把柄，不悦地挑了挑嘴角，随即笑道："我不过说说，妹妹何必当真？"

她本是世家嫡女，因父亲不长进，家势多有倾颓，吃穿住行比不上华兰、如兰也就罢了，她只瞧墨兰和明兰不顺眼，时时挑拨如兰，当面笑着十分和气，背后却动不动与如兰说她在家中庶出姐妹面前如何威风。每每她来，如兰总要和墨兰、明兰置一阵子气。

康元儿眼珠一转，又笑道："常听说六妹妹心巧手活，针线上很是得赞，上回我请六妹妹为我娘做的两幅帐子，不知如何了。"

明兰轻描淡写道："早了，怕是得等。"

康元儿对自家庶姐妹发火惯了，冷哼道："给长辈做些活儿也推三阻四的，都说妹妹孝顺贤淑，便是这般推诿吗？还是瞧不起我娘？"

明兰看了眼一旁低头吃茶的墨兰，决定还是单兵作战吧，便一脸为难道："瞧表姐说这话，我又不是空着的。前阵子天热，小孩子最易热天着凉，我便紧着做了两个夹层棉绢布的软兜肚给实哥儿和全哥儿，我人笨手慢，康姨妈是长辈，总不会和小孩子争吧。"

如兰眼睛一亮："那兜肚……你做了两个？"

明兰朝她轻眨了两下眼，暗示道："是呀。"

如兰立刻低头不说话了。每次明兰给华兰做东西都是两份，一份说是如兰做的，如此在来往的亲眷中，如兰也可显得十分贤良淑德，明兰在这方面从来都很识趣。

康元儿见如兰不帮忙，更怒道："那到底什么时候能做完？别是想拖延吧，我家里的几个姐妹早做完了。"

明兰摊着两只白生生的小嫩手，无辜道："怎么能和表姐家比？五姐姐只有我一个妹子，表姐家却人手充裕，哎呀，五姐姐呀，你若是多几个妹妹就好了，又热闹，又能做活。"

如兰脸色古怪，别说庶出的，就是嫡亲的同胞姊妹她也不想要了。

墨兰扑哧一声笑了出来，随即掩嘴轻颤。

康元儿跺脚道："谁说这个了？我是说你手脚太慢！"

明兰认真道："表姐说得是，我定勤加练习，多向表姐们学着些，怎么也得赶上外头针线绣娘的那般功夫才是！"

这次连如兰也忍不住嘴角弯起来了。康姨妈嘴甜心苦，常使唤刁难一干庶出子女，娶无好娶，嫁无好嫁。康姨妈来这么多次，明兰只见过两个庶出的康家女孩，生得倒如花似玉，可惜，一个畏缩战兢，出不了大场面；一个着意讨好，逢迎嫡母嫡妹。

每次看见这种情景，明兰都感谢老天爷没让自己投胎到那种人家里，不然的话，没准她立刻掉头寻死去了。话说回来，这康元儿也是欺软怕硬，不过是瞧着自己既没生母又没胞兄，便总拣软柿子捏。

康元儿气结，却又辩驳不出什么来。明兰在字面上从来不会叫人捉住把柄。

这时，外头忽然一阵嘈杂，似有争执声，如兰皱眉，叫喜鹊去看看。

过了会儿，喜鹊回来，笑着禀道："姑娘，没什么大不了的，喜枝在屋里试新钗子，喜叶瞧见了，以为是自己短了，谁知是喜枝家里送来的，便闹了几句口角，叫我说了一通，便又和好了。"

如兰正要说话，墨兰却抢着开口，半是玩笑半是认真道："这丫头也太不知趣了，虽然都是一个府里的家生子，可喜枝老子娘都是老爷太太得力的，哥哥嫂嫂又能干，喜叶娘早没了，老子又是个酒浑虫，如何和喜枝比？便是要比，也瞧瞧自己配也不配。"

康元儿脸色铁青，如兰有些不安，却不知说什么。墨兰故意瞥了她们一眼，接着对喜鹊道："还有，虽都是姑娘院里的丫头，却各有老子娘，姓氏祖宗都不同，整日盯着别人家里的事儿，给两分颜色就开染坊，也太把自己当一回事儿了吧。"

康元儿拍案而起，青筋暴起的小手都拍红了，大怒道："你什么意思？！"

墨兰故作惊讶道："不过是教了这丫头两句，又没打又没骂的，莫非表姐觉着不妥？我可不敢僭越，若喜欢管教丫头，会去自己院里管的。"

墨兰笑吟吟地看着康元儿。她的靠山从来不是王氏，康元儿没少讽刺她的庶出身份，康姨妈更是积极劝导王氏不要给庶女找太好的亲事，免得将来压制嫡房，两边积怨已深。

康元儿气极，又说了几句话，便不欢而散。

明兰看着外头树枝上颤颤悠悠的叶子，似乎渐有飘落，转头与如兰笑道："天要冷了，父亲的膝盖受冷总要疼的，不如与父亲做对护膝吧。五姐姐，要不绒布你来揉？"

盛纮对自己女儿有几分斤两还是清楚的，不好作假，不过搭点手也能算一份，好叫盛纮稍微夸两句。如兰立刻欣欣然道："好呀，我这儿刚好有几块好料子，待会儿你来选。"其实连揉搓的工作也是丫鬟做的，她索性出些材料。

按官爵守制，对于内宅的女人们没什么，不过是别听戏别大摆筵席就是了，反正还可以串门子走亲戚，做做针线，说说八卦，日子也就打发了。

可是男人们就难受了，那些京城权宦子弟忍过了开头几个月，几户得势的人家渐渐暴露原形，有在家里聚众宴饮作乐的，有去红灯区的，还有偷着摸着纳小妾的。

新皇甫登基，众臣尚不知道皇帝的脾气，写起奏本来不免有些缩手缩脚。哪知盛纮单位里刚分配进来的一个愣头青，一本折子递上去，把京城中一干花花老少的事情抖了一番，皇帝气得脸色铁青，当场在朝会上发了火。

好容易做了皇帝，为了给老爹守孝，他不敢睡嫔妃，不敢摆酒席，连宫中的女乐都散了，过得比和尚还清苦，活得比矿泉水还纯洁，可下头那群吃着皇俸的爵权子弟居然敢百姓放火！当他这州官是死人哪！

皇帝出手很快，先是大大嘉奖了那个愣头青御史一番，夸他"刚直忠孝"，非"趋势逢迎"之辈，然后立刻升官赐赏，接着下旨，勒令顺天府尹加大打击力度，言官广开监察职能，五城兵马司准备好随时逮人。

有了榜样，都察院立刻忙起来了。盛纮已有些根基，自然不愿得罪太多权贵，只挑了些清淡的写写，可那些等着冒头的小言官却两肋生胆，几乎把全京城的"生猛海鲜"弹劾了个遍。

古代对男子的品德要求很简单，百善孝为先，新皇打着"为先帝尽孝"的名头，谁也无话可说，尤其是清流言官本就看权爵之家不顺眼。

短短半个月，皇帝一口气责罚了十几家爵禄，罚俸、降职、斥责等轻重不等。

有十几个特别显眼的皇亲国戚，不服管制，当街辱骂前来巡视的官员，皇帝立刻发了禁卫军，把他们捉进宫里打了一顿板子，伤好后拖进国子监宿舍里关起来，请了几个疾恶如仇的鸿学博士开了个培训班，集中学习礼义廉耻、忠孝节义。

皇帝亲派两位大学士定期考查，随机点背，背不出书的就不许回家，藐视师长的再打板子。还打不服你个小样的！

那些纨绔子弟平日里斗鸡走狗、欺男霸女，何其繁忙，哪有时间学习文化知识，押期一再延长。天气渐冷，他们还在里头苦哈哈地吃青菜馒头。几个特别无法无天的被打得鼻青脸肿，其中最哭爹喊娘的就是庆宁大长公主的宝贝儿子。

大长公主一头哭到宫里去求情，谁知还没见两宫皇太后的面，就被拦在了外头。

一位内侍冷冰冰地读旨："君父驾崩，举国哀恸，尔系皇胄血脉，深受皇恩，岂容放浪忤逆，如此不忠不孝之辈，留之无益。"

庆宁公主听后，惊骇万分。仁宗皇帝素来宽仁厚慈，对一干内外皇孙俱多偏袒，于京城沾亲带故的权贵也很少责罚，此时公主才意识到，皇帝换人了。

自此，再无人敢进宫求情。等到这帮纨绔出了培训班后，还得去宫里谢恩，纷纷表示自己的文化水平有了质的飞跃，以后帮着家里写些对联、请柬都不是问题了，有几个在劳改期间心灵受创，还能有感而发地作两句歪诗，平仄对仗倒也算工整。

这么一轮打击下来，朝廷内外就心里有数了，新皇帝英不英明另说，但绝对不好惹，不像以前的老皇帝那么容易左右了。

"皇上这是在立威呢。"盛纮站在案前，身着一袭圆领青袍便服，提笔写完一幅字，然后捋着颔下长须，"也对，先镇住了京里再说旁的。"

站在一旁的长柏沉吟片刻，轻道："皇上已登基，难道还有不服的？"

盛纮换过一管朱紫小毫，在字幅角落题小字："自然有。荆王乃先帝第五子，若论齿序，应是他继位，可先帝不喜他性情暴虐，早早封了藩地，逐其离京，'庚申之乱'后，先帝抢着立了当今圣上之母为后，论嫡以贵，方立了这储君，荆王如何服气。"

长柏微微点头，多有明了："如今君臣名分已定，大义在皇上这边，只望皇上宽宏大度，莫要计较荆王，太平不易呀。"

盛纮停笔，似乎对自己的这幅字颇感满意，遂搁下笔，取私章加印，对儿子道："皇家的事，不是咱们可以掺和的，还是多想想自家吧。"朱红小印盖上后，他又道，"老太太信中说，大老太太怕是就在这段日子了，那时梧哥儿要丁忧一年，可惜了，他那把总的位置还没坐满一年呢。"

长柏低声道："堂兄的事好办，他差当得极好，与上司同僚都十分相得，等九个月后咱们帮着疏通起复就是了，不过……昨日姨母又来了。"

盛纮举起字幅，就光而看，闻言眉头一皱："你姨父的事，不是我们不肯出力，只是他恃才傲物，妄言内阁是非，偏还胆大包天，狮子腿上都敢刮肉。"

长柏也不喜欢康姨父，不过到底是亲戚，姨母屡次求上门来，总不好一点儿不管，便道："不如我们帮着些表兄，我瞧着他还稳重堪用。"

盛纮放下字幅，来回走了几步，抬头道："这倒可以。"

<h2 style="text-align:center">三</h2>

秋末冬初，北风乍起，因是国丧期间，墨兰的及笄礼便十分简单，王氏只请了几位素来交好的官家夫人，做了一身新衣袄，再摆了两三桌意思一下。林姨娘觉得自己女儿委屈，可她也知道最近严打风声很紧，连权宦贵胄都挨了整，何况盛家，哪敢大肆铺张。

为此，林姨娘凄凄切切地在盛纮面前哭了半夜，一边表示理解，一边表示委屈。盛纮一心软，便提了三百两银子给墨兰置办了一副赤金头面。

京城不比登州和泉州，一入冬就干冷刺骨，府里的丫鬟婆子陆续换上臃肿的冬衣，隔着白茫茫的空气看过去都是一团团的人。这种寒冷的天气明兰是最不喜欢出门的，捧着个暖暖的手炉窝在炕上发呆多舒服，不过事与愿违。

老太太来信了，说大老太太就这几日了，墨兰眼瞅着要议亲，不便参加白事，怕冲着了，如兰"很不巧"地染了风寒，长枫要备考，海氏要照看全哥儿，盛纮举着巴掌数了一遍，于是叫明兰打点行李，和长栋先去。

看着站在跟前的幼子幼女，盛纮忽感一阵内疚，想起自己和盛维几十年兄弟情义，人家每年往自己这儿一车车地拉银子、送年货，如今人家妈要死了，自己却只派了最小的儿女去，未免……

"这般……似有不妥，还是为父的亲去一趟吧。"盛纮犹豫道。

"父亲所虑的，儿子都知道。"长柏站起来，对着父亲躬身道，"此事现还不定，且此刻新皇才登基，正是都察院大有作为之时，父亲也不宜告假，让六妹妹和四弟先过去尽尽孝心，待……儿子再去告假奔丧也不迟。"

盛纮轻轻叹气，他也知道长柏作为一个清闲的翰林院典籍偶尔告假无妨，可自己这个正四品左佥都御史却不好为了伯母病丧而告假，未免被人诟病托大。

长柏看着父亲脸色，知道他的脾气，再道："父亲不必歉疚，二堂兄已告假回乡，若大老太太真……他便要丁忧，到时父亲再多助力一二便是。"

听到这里，盛纮皱起的眉头才松开些，转头朝着明兰和长栋道："你们何时起程？"

明兰站起来，恭敬道："回父亲，长梧哥哥已雇好了车船，五日后会来接女儿和四弟的。"

盛纮点点头，肃容呵斥道："你们此去宥阳，当谨言慎行，不可淘气胡闹，不可与大伯父、大伯母添麻烦，好好照料老太太，不要叫老人家累着了，路上要听你们堂兄的话。"

明兰和长栋躬身称诺。盛纮听着他们稚嫩的声音，又叹了口气。坐在一旁的王氏和气地朝他们笑了笑，嘱咐了几句"不可擅自离车""船上不要乱跑""不要靠船舷太近""不要抛头露面"云云，最后又对明兰叮咛道："你是姐姐，路上多看着些栋哥儿。"

见王氏对庶子庶女慈蔼，盛纮侧头，满意地看了眼王氏。

回去后，明兰把屋里人叫拢了，逐一吩咐院中留守事项，然后叫了丹橘、小桃去寿安堂。守院的婆子一见是明兰都纷纷让开，明兰径自进了里屋，叫丹橘从一个等人高的黑漆木螺钿衣柜里取出一顶姜黄色貂鼠脑袋毛缀的暖帽，一件大毛黑灰鼠里的裘皮大褂子，还有一件暗褐缂丝灰鼠披风，其他各色冬衣若干，小桃帮着一起折叠打包起来。

明兰走到老太太的床后头，从裙下解了钥匙，打开几个押了重锁的大箱子，取出一大包银子和一沓银票，想想自己也要出门，这儿可不安全，索性把里头一沓房地契一股脑儿地都拿了，收进随身的小囊中。

此后几日，明兰都忙着给自己打包箱笼，小桃出手不凡，可劲儿地往箱笼里装金珠翠宝，明兰忍不住笑话她："这次是去……多带些银饰吧，这许多宝贝，要是遭了贼呢？"

小桃很严肃："好赎您。"

明兰："……"

丹橘刚收拢好两方砚台并几管笔，绿枝打帘子进来，笑道："永昌侯夫人来了，太太叫姑娘过去呢。"一边说着，一边还眨眨眼睛。

"四姐姐和五姐姐过去吗？"明兰觉得绿枝神色有些怪。

"不，太太就叫了姑娘一个，说是侯夫人今日恰好回一趟娘家，知道姑娘明儿就要出门了，顺道来看看姑娘。"绿枝一脸飞扬，与有荣焉，"姑娘快去吧。"

丹橘和小桃知道贺家的事，互看一眼，脸色有些沉。

梁夫人这大半年来虽说来盛府两回了，但每回都有旁人陪着，第一次是叫华兰陪着寿山伯夫人和自己来的，第二次是随着另几个官宦女眷来的。其实盛府和永昌侯府的关系，属于转折亲的转折亲，本没有来往必要。她这般行止，府里便隐约有了些言语，说永昌侯夫人是来挑儿媳妇的。这般便叫林姨娘起了心思，常叫墨兰上前显摆奉承。

可梁夫人为人谨慎细致，说话滴水不漏，从不在言语中露出半点心意，连王氏也拿捏不住她的心思。作为女家，王氏矜持着面子，不肯提前发问婚事如何，也装着糊涂，什么都不说，每次只叫三个兰出来走动一番就完了。

第一次来时，梁夫人对谁都是冷冰冰的，只听见王氏同旁人谈天说地地热闹，她偶尔凑趣一句，大多工夫都只静静坐着。至于墨兰的热络，她全只淡淡笑过，从不接嘴，倒叫墨兰在人前闹了好几次无人接茬的尴尬。

但第二次来时，梁夫人明显表示出对明兰的善意，坐下后便拉着明兰细细问话，神情颇为温和，对王氏的态度也愈加亲近。墨兰咬牙不已，她很想直截了当地说"明兰已许了贺家"，但她一个姑娘家要是在外客面前这般说自家妹妹的隐事，自己的名声也坏了。

好容易逮着个机会。一位夫人说起太医瞧病也不准的事，墨兰连忙插嘴道："白石潭贺家的老夫人也是杏林世家出来的呢，我家老太太与她最好，回回都叫我这六妹妹陪着。"

当时王氏的茶碗就"砰"的一声跌在桌上了，屋里也无人接话，或低头吃茶，或自顾说话。墨兰未免有些讪讪的，低下头，紧着奉承，端茶放碟，妙语如珠，引着一众太太夫人都笑得合不拢嘴，连声夸王氏好福气，连梁夫人也赞了几句。墨兰正得意，谁知梁夫人轻飘飘地说了一句："府上四姑娘已及笄了吧，该紧着许亲事了，可别耽误了。"

淡淡一句，墨兰顿时红了眼睛。

客散后三个兰回去，墨兰当着两个妹子的面冷笑："什么了不起的人家！永昌侯府那么多房，侯爷儿子又多，等分到一个个的手上，还能有几分？！"

大冬天里，如兰笑得春光明媚，道："姐姐说得是。"反正王氏暗示过，她将来的婆家很有钱。

明兰不参与。

今天，是永昌侯夫人第三次来。

丫鬟打开帘子，明兰微曲侧身，从左肩到腰到裙摆再到足尖，一条水线流过般幽静娴雅，流水静簌般姿容娟好，坐在王氏身旁的梁夫人目光中忍不住流露几分赞赏。

明兰敛衽躬身给王氏和梁夫人行礼，瞧见王氏面前放着一口箱子，里面似有些毛茸茸的东西。只听王氏口气有些惶恐，道："夫人也忒客气了，这怎么好意思？"

梁夫人缓缓道："我娘家兄弟在北边，那儿天寒地冻的，毛皮却是极好，每年都送来些，我拣了几张送来，粗陋得很，别嫌弃。"

王氏连忙摆手，笑道："哪能呢！瞧夫人说的，我这里可多谢了。啧啧，这般好的皮子我还从没见过，今儿可是托夫人的福了。回头我得与针线上的好好说说，可得小心着点儿，别糟蹋了好东西。哎……明丫头别愣着呀，快来谢过夫人呀。"

明兰腹诽，这皮子又不全是给她的，但还是恭敬地上前谢了。梁夫人身姿未动，只和气地看着明兰，语意似有怜惜："这么大冷天出门，可得当心身子，衣裳要穿暖了。"

明兰展颜而笑道："明兰谢夫人提点。太太给我做了件极好的毛皮褙子，便是多冷也不怕了。"其实那件是如兰的，针线上的人春天量的身子，谁知道，到了冬天如兰竟长高了许多，褙子便不合身了。

看着梁夫人冲着自己微笑，王氏心里很舒服，笑骂道："你这没心眼儿的孩子，夫人刚送了毛皮来，你就显摆自己的，不是叫人笑话吗？"

明兰低着头，一脸腼腆的红晕。

梁夫人走后，明兰心里沉甸甸的，总觉得有些不安，这般着意的单独见面，这样露骨的关怀，外加王氏异常热络的态度，似乎事情已经定了。明兰皱着眉，慢慢走回暮苍斋后，见到长栋竟然在，小桃正苦着脸端了一碗热茶给他。长栋一见明兰，便笑道："六姐姐，这都第三碗茶了，你总算回来了，今日起我学堂里便告假了。"

明兰板着脸道："别高兴得太早，我叫香姨娘把你的书本都收了，回头路上你还得好好读书！"随手把梁夫人给的一个银鼠皮手笼给丹橘，叫她也收进箱笼里。

长栋一张小脸笑嘻嘻的："六姐姐，你别急着给我上笼头，这回我可立了大功了，这都半年了，我总算打听到——"

话还没说完，门口的厚棉包锦的帘子唰地被打开了，只见墨兰怒气冲冲地站在那里，手握拳头，一脸铁青。明兰忍不住退了几步，在背后向长栋摇摇手，又朝小桃送了个眼色。

"好好好！"墨兰冷笑着，一步步走进来，"我竟小瞧了你，想不到你竟是个吃着碗里，瞧着锅里的！"她双目赤红，似乎要冒出火来，几个丫头要上来劝，全被她推了出去，反手闩上了门。

明兰沉声道："姐姐说话要小心！便不顾着自己，也要想想家里的名声。"她不怕打架，也未必打不过墨兰，可自家姊妹冲突到动手相向，传出去实在不好听，到时候不论谁对谁错，一概落个刻薄凶悍的恶名。

墨兰面目几近狰狞，怒喝道："你个小贱人！最惯用大帽子来扣我！我今日便给你些颜色看看！"说着上前，一呼啦，一把掀翻了当中的圆桌，长栋刚沏好的热茶便摔在地上，热茶还溅了几滴在长栋的脸上和手上。

明兰从没想到墨兰竟也有这样暴力凶悍的一面，她心疼地看着捂着脸和手背的长栋，转头微笑道："四姐姐果然能文能武，既作得诗文，也掀得桌子，不论妹妹有什么不好的，既然姐姐出了气，便算了吧。"

谁知此时墨兰一眼看见那个银鼠皮手笼，更加怒不可遏，清秀的面庞扭曲得厉害，指着明兰叫骂道："你个不要脸的小娼妇！说得好听，什么平淡日子才好，什么不争，明里瞧着好，肚里却邋邋龊龊跟贱货一样，说一套，做一套……"

长栋吓呆了，都不知道说什么。墨兰越骂越难听，言语中还渐渐带上了老太太。明兰脸色虽未变，但目中带火，口气反而越发镇定，静静道："四姐姐敢情是魔怔了，什么脏的臭的都敢说，我这就去请人来给姐姐瞧瞧。"她本想算了，看来还是得给点儿颜色看看。

说着，明兰便要出去。她慢慢数着步子，果然背后一阵脚步声。墨兰冲过来一把把明兰掼倒在地上，一巴掌扇过去。明兰咬牙忍着，侧脸迎过，还没等长栋过来劝架，只听啪的一声，墨兰也呆了呆。她不过想痛骂明兰一顿，然后把她的屋子砸烂，不过看着明兰如玉般的容貌，她邪火上来，一把抓起地上的碎瓷片，朝明兰脸上划去！

明兰见苦肉计已使出，自不肯再吃苦，双臂一撑，一把推开墨兰，顺脚把她绊倒在地上。明兰摸摸自己发烫的脸颊，她不必照镜子，也知道上面定有一个红红的掌印——自己的皮肤是那种很容易留印子的。

明兰猛身上去，一个巧妙的反手扭住墨兰的胳膊，从旁人看来，只是两姐妹在扭缠。明兰凑过去轻声道："告诉你一件事儿，你娘是潜元四年一月份喝了太太的茶进的门，你哥哥却是当年五月生出来的，都说十月怀胎，姐姐晓得这是怎么一回事吗？"

墨兰脸色涨红，拼命挣扎，嘴里骂骂咧咧的，很是难听。

这时，外头一声清脆的大喊："太太！您总算来了！"是小翠袖的声音！

明兰立刻放开墨兰，跳开她三步以外。随即传来猛烈的敲门声和叫声，长栋赶忙去开门。王氏进来，见满屋狼藉，墨兰脸上一片怒气，明兰低头站着，神色不明，脸上有一个鲜明的掌印，再看长栋，脸上、手上也有几处红红的烫伤。

王氏大怒道："你们翻了天了！"然后转头骂丫鬟，"你们都死了不成？赶紧把六姑娘扶下去歇息！彩环，去找刘昆家的，请家法！你们几个，还不把四姑娘拿住了！"

墨兰听到家法，这才神色慌张地怕了起来。

谁知此时外头一声女音："她们姊妹争吵，怎的太太问也不问一句就要打人？"

林姨娘一身月柳色的织锦妆花褙子，摇曳而来，旁边跟着墨兰身边的云裁，后头还有好几个丫鬟婆子。见生母来了，墨兰陡然生出勇气，一把甩脱来拿她的丫鬟，一溜烟站到林姨娘身旁去了。

看着她们母女俩的模样，王氏忍不住冷笑："你是什么东西！也敢爬出来叫嚣！这里也有你说话的地儿？"

林姨娘假假地笑了笑，道："在这个府里熬了快二十年了，如今事有不平，难不成妾身连话都不能说了？太太不公，莫不是怕人说？"

王氏怒气上来，指着墨兰道："你养的好闺女！放肆无礼，打骂弟妹，难道不能责罚？"

林姨娘掩口娇笑起来，银铃般："太太真说笑了，小姊妹闹口角，便有推搡几下也是有的，算什么大不了的？不过是各打五十大板的事儿罢了。"

绿枝终忍不住，大声叫道："我呸！什么各打五十大板？四姑娘把我们姑娘的脸都打肿了，四爷的手和脸都烫伤了，咱们都是有眼睛的，谁做了睁眼瞎子的瞧不见？！"

林姨娘脸色一变，骂道："多嘴的小蹄子！轮得到你说什么？！"

墨兰从背后伸出脑袋，反口道："你们都是明丫头的人，一伙儿的，你们说的怎能信！就是明丫头先动的手，我不过还了几下罢了！"

绿枝正要叉腰发作，被后头的燕草扯了一把，只好愤愤住嘴。

这时，刘昆家的赶来了，正听见王氏怒声道："我是一家主母，要管教儿女，关你什么事！你不过是我家里的一个奴才罢了，别以为生了儿女便得了势了！"

刘昆家的眉头一皱，每回都是如此，王氏火气一上来，就被挑拨得胡说一气，回头被添油加醋一番，又要吃亏。

王氏骂得痛快，林姨娘一味抵赖，王氏大怒之下便叫丫鬟婆子去抓墨兰，谁知林姨娘带来的人马也不示弱，立时便扭打在一起，配上墨兰凄惨的哭声，还有林姨娘凄厉地大叫"还不把三爷去叫来！她妹子要被打死了"，暮苍斋好不热闹。

过不多时，长枫赶来了，自要护卫林姨娘母女。众奴仆顾忌着，又是一阵混闹，最后王氏被刘昆家的半搀半扶着，只会喘气了。

明兰在里头听得直叹气，很想出去点拨一下，王氏的战斗技巧太单一了，缺乏变化，容易被对手看穿。

"住手！"一声清亮的女音响起，众人俱是回头，只见海氏站在院口，她清冷威严的目光扫射了一遍众人，并不置一词，只先转头与刘昆家的说道，"太太身子不适，请刘妈妈先扶回去歇息吧。"

刘昆家的等这句话很久了，立刻半强硬地把王氏扶了回去。海氏目送着王氏离开了，才又转头看着长枫，淡淡道："除了一家之主，从没听说过内宅的事有爷儿们插手的份儿。三弟饱读诗书，莫非此中还有大道理？还是赶紧回去读书吧，明年秋闱要紧。"

长枫面红过耳，灰溜溜地走了。

林姨娘见海氏把人一个个都支走了，伪笑道："到底是书香门第出来的，大奶奶真晓事，这般懂得好歹，妾身这里先谢过了。墨儿，还不谢谢大嫂子？咱们走吧。"

"慢着！"海氏忽然出声，对着左右丫鬟道："你们三个，去，把四姑娘扶过来，到我屋里坐着，一刻不许离开，一眼都不许眨。"

林姨娘秀眉一挑，又要说话。海氏抢在前头，先道："再过一个时辰，老爷便下衙了，我已叫人去请老爷赶紧回来，到时便请父亲做个仲裁，六妹妹脸上的掌印大伙儿已都瞧见了，可是四妹妹……这样吧，去我屋里待着，我叫丫鬟好好照应着，一根指头也不碰她的。"最后半句话，字字咬音。

林姨娘心头一震，知道碰上个厉害的，强笑道："何必呢，还是——"

海氏截断她的话，干脆道："若离了我的眼睛，四妹妹身上有个什么伤，到时候可说不清楚。姨娘，你若硬要把人带回去，便带回去吧。"

海氏身边那三个丫鬟，便过去请墨兰。墨兰这下心里害怕了，又要朝林姨娘求救。林姨娘身后的婆子丫鬟蠢蠢欲动。海氏嘴角挑起一个讽刺的弧度，冷声道："今日在这院子中的每一个也跑不了，谁要再敢拉扯扭打，我一个个记下名字。哼！旁的人尊贵，我治不了，可你们……"

她轻轻冷笑一声："要打要卖，怕我还做得了主，不能都整治了，就挑几个出头的敲打！"

语带杀气。

林姨娘呆在当地。一干丫鬟婆子面面相觑，谁也不想做出头鸟，个个缩回手脚，老实了。

明兰暗暗点头，还是长柏大哥哥有老婆命。

四

来福管事去都察院门外候盛纮的时候，盛纮正打算和新分来的几个小愣头青去小酌几杯，顺便联络感情，培养个人势力，谁知来福急急来告，盛纮只好匆匆忙忙回了府。

墨兰被拘住了，林姨娘没法子和她对口供，也不能做什么手脚，便打算等在府门口，抢先一步与盛纮哭诉。谁知海氏早有准备，叫来福管事借口路近，引着盛纮从侧门绕进来，先去了暮苍斋看明兰。

盛纮看见明兰倚在软榻上，白玉般的小脸上，赫然一个清晰的掌印，人似被吓呆了，只害怕地扯着自己的袖子发抖，吧嗒吧嗒地掉眼泪。盛纮听旁边一个口齿伶俐的丫鬟哭着说明原委，再看看屋里一片狼藉，打砸的碎杯破碗散了一地，顿时脸色沉了下来。

"人呢？"盛纮沉声道。

海氏恭敬地福了福，低声道："林姨娘情急心切，怕四妹妹吃亏，死活不肯叫太太带走，媳妇便自作主张，将四妹妹领去了自己屋，待爹爹回来再做主张。"

盛纮满意地点了点头，想起王氏和林姨娘多年的恩怨，又担心里头有什么猫腻，面色似有犹疑。

海氏侧眼瞥了他一眼，又温言道："媳妇儿是后头才赶到的，这事儿究竟如何也不清楚，爹爹且问问四妹妹，也别冤枉了她。"

盛纮想着也是，便吩咐了几个小丫头好好照料明兰，然后挥袖出去。海氏连忙跟上，又叫上了丹橘和绿枝，一行人来到了正房屋里。这时海氏早已布置好了。

只见正房之内，上坐着抚着胸口不住喘气的王氏，旁边站着刘昆家的，下头站着林姨娘母子三人、香姨娘母子。一干丫鬟婆子俱被赶了出去，只在门口站了几个心腹的仆妇。盛纮知道家丑不可外扬的道理，暗叹媳妇行事谨慎。

盛纮一言不发地走进来，林姨娘本一直在抹眼泪，见盛纮走过身边，连忙去拉，哭道："老爷……"

还没说完，海氏上前一步，走到林姨娘跟前，把她扯回来，微笑道："老爷放下要紧公事才紧着赶回来的，总得让老爷先说吧。"

林姨娘珠泪盈眶，颤声道："大奶奶，难不成妾身连话都不得说了？总不能瞧着四姑娘受冤屈，也无人说一句吧。"

海氏眉眼和善，笑道："今日请了大伙儿来，便想叫大伙儿在老爷跟前说个明白。都是一家人，骨肉至亲的情谊，有什么说不明白的？若有过错，老爷自有处置；若有误会，咱们说清楚了，依旧和和气气的好不好？不过，林姨娘，我听说，您也是在太太后才赶去的，怕也没瞧见四妹妹和六妹妹的事，您这会儿要说什么？"

林姨娘顿时语塞。海氏还什么都没说，她连叫冤的机会都没有。

盛纮走上前，在上首坐下后，先去看墨兰，只见她身上完好，不见半点伤痕，只神色有些慌乱，再看旁边的小长栋，稚嫩的左颊上起了几个水疱，似是被烫起来的，右手上缠着纱布，脸上似有痛楚之意，最后去看长枫，只见他一副缩手缩脚的模样，盛纮顿时心头冒火，一抬手，一个茶碗砸过去，碎在长枫脚边，长枫惊跳了几步。

盛纮怒骂道："你可出息了啊？！不在书房里好好读书，成日拈花惹草，如今还掺和到内宅女眷的事里头去了，你要脸不要？！圣人的书都读到狗肚子里去了？要你何用！先滚出去，回头再与你算账！"

长枫吓得脸色苍白，跟跟跄跄地出去了。

盛纮冲儿子发作完了，再去看墨兰，喝道："四丫头跪下！"

墨兰"扑通"一声，含泪跪下，连忙申辩起来："父亲明鉴，我不过和六妹妹吵了几句嘴，一时火气大了，扭打间也不知手轻脚重的，女儿不是有意的。谁知太太要叫我受家法，姨娘舍不得，这才闹起来的。女儿知错了，请父亲责罚，千万不要怪罪三哥哥和姨娘，他们……他们都是心疼女儿。"说着嘤嘤哭了起来，一片楚楚可怜。

盛纮脸色一滞，想到小孩打架的确也顾不上轻重，皱眉道："可旁人却不是这么说的。"

林姨娘掩着袖子，连忙哭声道："六姑娘院里的丫头，自然向着自家主子了。"

盛纮神色犹豫。

海氏见状，忽然轻笑一声，朝着盛纮恭敬道："爹爹，当时四弟也在，不如问问他？"

盛纮为人慎重，自任同知起便鲜少偏听，觉得儿媳妇说得有理，便立刻朝长栋问道："你来说，当时情形如何？"

林姨娘和墨兰对视一眼，都是脸色一沉。

香姨娘低着头，在袖中轻捏了长栋的胳膊一下。长栋明白，便垂首走上前来，抬起头来，脸上虽无泪，说话却带着哭音，清楚地把当时的经过讲了一遍："……就要出门了，我怕有疏漏，便去问六姐姐，去宥阳还要带些什么，小桃刚沏上一碗热茶，四姐姐便来了……"

长栋口齿并不利落，但胜在巨细靡遗，一个细节、一个动作都讲清楚了，连墨兰骂明兰的"小贱人""小娼妇"也没漏下，这般细致想也编不出来，一边打着嗝，一边断断续续地复述，反倒增加可信度。林姨娘几次想插嘴，都叫海氏挡了回去。

盛纮脸色越来越难看，等到长栋说到明兰要走，墨兰却追上去扇耳光，更是忍耐不住，一掌拍在桌子上，怒骂道："你这孽障！"

墨兰吓得发抖，已言不成声。

林姨娘一见事急，立刻也跪下，朝着长栋哭道："四少爷，全府都知道你素与六姑娘要好，冬日的棉鞋、夏日的帕子，六姑娘都与你做，你四姐姐疏漏，不曾关照与你，可你也不必如此……如此……你这不是要害了你四姐姐吗？"

小长栋再傻也听得出来，林姨娘是在指责自己徇私说谎，顿时小脸儿涨得通红，扑通朝着盛纮跪下，梗着脖子道："我说的都是真的！若是我有一句假话，叫我……叫我……"小男孩自觉问心无愧，铿声道，"叫我一辈子考不上科试！"

"胡说！"海氏连忙过去掩住长栋的嘴，轻骂道，"这话也是能浑说的？"

香姨娘也哭着跪下，朝着盛纮连连磕头："老爷，知子莫若父，您是最晓得四少爷的，他……他就是个老实疙瘩，平日里连话都说不利落的呀，如何作假？"

对于有心仕途的读书人而言，这个誓言的恶毒性不亚于"全家死光光"。盛纮虽然有些恼怒小儿子沉不住气，但心里更是笃信了，当下缓和着脸色，安慰了几句，叫人扶了香姨娘母子俩下去。走出门前，小长栋还哽咽着说了一句："……后来，四姐姐还捡了地上的碎瓷要去划六姐姐的脸呢……"

话音轻消在门口，他们出去了，可是屋里众人则齐齐脸色一变，姐妹俩打架，还属于教养问题，但要毁妹妹的容，就是品质问题了。刘昆家的眼明手快，一伸手拉起墨兰的右手，迅速一翻，灯光下，只见墨兰右手拇指、食指和中指上，赫然有浅浅的划痕，不需要宋慈出马，众人也都瞧得出，这是拿捏利片所致。

盛纮眼神冰冷，声音如同利剑般射向墨兰，低声道："四丫头，为父的最后问你一句，栋哥儿刚才说的，你认或不认？"

墨兰脸色白得吓人，摇摇欲坠，几乎晕倒，抬头看见素来疼爱自己的父亲正凶恶地瞪着自己，她颤着嘴唇，低低道："是的。"然后身子一歪，便向一边倒去。

林姨娘呼天抢地地扑过去，抱着女儿的身体。

盛纮脸色铁青，看也不看她们一眼，便要传家法。

林姨娘一边哭，一边挥舞着手臂，打开左右的婆子，厉声哭道："便是四姑娘先动的手，老爷也当问问缘由！您问问太太，她心里如何偏颇，又做了什么不公之事！"

"放屁！"王氏忍耐良久，终于破口大骂，"你自己闺女不争气，又想混赖到旁人头上，贱人生贱种，四丫头便和你一个德行！"

眼看胜利在望，王氏又受不住激将，海氏几乎要叹气。她忽然想起与明兰玩笑时，明兰说过一句"不怕狼一样的对手，就怕猪一样的队友"。她现在打心眼儿里觉得这句话真对，但又觉得这般想对婆母不恭，便忍着把这个念头压下去了。

果然，盛纮听见王氏大骂，立刻眉头一皱。

这会儿工夫，林姨娘已经跪着爬到他膝盖前，拉扯着他的袍服下摆，凄切地哭诉："老爷，我知道太太素来瞧不上我，可这都二十年了，我低头奉茶，跪着端水，老实伺候太太，无一不敢有不尽心的，我便有一千一万个不是，太太不看僧面也要看佛面呀！怎能把怨气出到四姑娘头上？她到底也是老爷的骨肉，纵比不上五姑娘，可也与六姑娘一般！四姑娘都及笄了，今日有贵客来，为什么不叫四姑娘出来见见？四姑娘可怜见的，两个妹子都有了着落，偏托生在我这个没用的肚子里，惹了太太的嫌，耽误至今，她这才窝了一肚子火去寻六姑娘的不是。虽事有不该，但情有可原呀！老爷，这满府的人都要将我们踩下去了，您可要替我们做主呀！"一边说，一边连珠串的泪水顺着清丽的面庞流下来。

林姨娘哭得梨花带雨，盛纮忍不住愣了一愣。

王氏只气得浑身发抖，晃着手指抖个不停："你、你……你竟敢这般不要脸，永昌侯夫人自己要见明兰的，与我何干？她瞧不上四丫头，难不成也是我的错？"

林姨娘一脸的委屈哀怨，哽咽道："我是出不了门的，不能到太太夫人中去，可我也知道，人家挑儿媳妇，七分是靠说的，三分才是相看的，若太太多替四姑娘美言几句，也不当如此呀！太太，您行行好，瞧在老爷的面上，便帮帮四姑娘吧，这可是她一辈子的事儿呀！您要打要骂都成，妾身这里给您磕头了！"说着，便砰砰地磕起头来，磕得额头通红。

盛纮神色松动，墨兰也悠悠醒转，扯着林姨娘嘤嘤哭泣，当真是一派凄楚可怜。

海氏自进门来，头一回见到林姨娘的本事，心里忍不住暗暗赞叹，难怪婆母叫她顶住了二十年，端的是有本事、有智谋，明明白白的一件事也能叫她颠倒黑白，明明是明兰吃了亏，被她这么一辩白，竟反过来，成了墨兰受了委屈。

想到这里，海氏朝着刘昆家的使了一个眼色。刘昆家的立刻明白，过去轻轻扶住王氏，在她背后慢慢揉着，打定主意不叫王氏再开口了。

海氏看盛纮一脸难色，敛容上前几步，躬身于盛纮面前，轻声道："爹爹，不如叫儿媳说几句。"

盛纮静了一会儿，缓缓点头。

海氏先叫丫鬟把磕头磕得半死的林姨娘扶起来，斯文道："林姨娘，我是晚辈，有件事着实不明，不知姨娘可否与我释疑？"

林姨娘怔怔地揩脸。海氏看着她，静静道："照姨娘这么说，姊妹间但凡有个不平，四姑娘就可以随意打骂妹妹，伤着幼弟，砸毁物事，忤逆嫡母了吗？"

此言一出，盛纮顿时一震，林姨娘变了脸色。

海氏转头向着盛纮，缓声道："爹爹，儿媳娘家只有一位胞姐，可也知道兄弟姊妹在一道，总有个针长线短的，别说动手打架，就是言语口角，也会叫人笑话的。太太只一回没叫四妹妹去，四妹妹便污言秽语地辱骂手足，还意欲残害妹子，今日若有个万一，六妹妹的脸可就毁了！"

盛纮怒气渐消后，头脑反倒明白了，看向墨兰的目光一片失望。

林姨娘何等机警，又想开口。

海氏赶紧抢着道："再说了，姨娘，您摸着良心说一句，自打来了京城后，太太每每出门，哪回不带着四妹妹，反倒是六妹妹没跟去几回。况且男婚女嫁之事，哪里有女方家上赶着去求的？您叫太太如何帮着四妹妹吆喝？"

海氏言语简单，却句句点到要害。林姨娘一脸不甘，凄声道："那四姑娘怎么办？难不成眼见着姐姐妹妹都飞上枝头，只她一个掉在泥里？"

海氏失声而笑，轻掩口道："姨娘说的什么话！四姑娘上有老太太、老爷、太太，下有兄弟，怎么会掉在泥里？且姻缘天注定，别人的缘法是别人前世修来的，眼红不得。"

林姨娘的话被堵在喉咙里，脸上再不复那楚楚之色，一双美目中露出凶光，哑声道："大奶奶好大的口气！便是肉不疼在你身上，不是你去嫁那些个穷秀才举人的！"

海氏微微叹气："如今朝堂上的哪位大员不是秀才举人来的？有谁一开始便是阁老首辅的？便是父亲，也是考了科举，两榜进士，然后克勤尽勉，累积资历，造福地方百姓，渐成国之栋梁。姨娘何必瞧不起秀才举人呢？"

这马屁拍得盛纮很舒服，忍不住想，若自己当时只是个秀才举人，那林姨娘……

林姨娘被刹住了言语，恶狠狠地瞪着海氏，眼见盛纮面色不满，锐利的目光扫射了过来，她心思转得极快，立刻转了口径，放下身段，软语赔罪起来："大奶奶说得是，都是妾身不明事理，妾身与太太赔罪了，回头四姑娘也会去与六姑娘赔罪的，老爷若觉着不成，便打上几板子，叫四姑娘记记疼吧，总不好禁足，她……她也得备着出阁了。"言语恳切，一副认错的样子。

海氏心里冷笑，心想着，你想这般过去算了？于是便肃了容，恭敬地朝盛纮福了福，正色道："爹爹，有句话本不当儿媳说的，可今日之事，事虽小，却是祸延家族之势；情虽轻，却会遗祸后世子孙。"

盛纮对儿媳妇颇为满意，温言道："你说。"

海氏站直了身子，依旧垂首，恭敬道："四姑娘今日会如此狂暴无理，便是情有可原，也理不能恕。四姑娘大了，在家里还能留几天？若这般嫁出去，将来在婆家也不好。三弟更是荒唐，内宅女眷有口角，他一个男子竟去插手其间，唉……不过也是，到底是林姨娘生的，总不好瞧着妹子吃亏吧，可这总是荒唐。还有，院里的丫头婆子最最可恨，无论如何，太太总是内宅之主，不论对错，岂有她们插手阻挠太太的份儿？若是再嘴松些，把事传到外头去，岂非误了爹爹的清誉？"

盛纮越想越气。海氏再添一句当头棒，她低声道："爹爹，永昌侯府未必非得与我们府结亲的，若四妹妹再闹，怕是连六妹妹的事也搅黄了，还有最要紧的……您也知道，新皇登基，最忌的就是这嫡庶不分呀！"

盛纮顿时额头滚下几滴汗来。他想起这几个月里被摘爵夺位的权贵、几位连连碰壁的阁老和大员，手心竟也湿了。

王氏总算看出门道来了，拿帕子捂着脸，轻轻哭道："老太太走前，一再托付我好好照看六丫头，说她老实厚道，叫人欺负了也不知言语的，如今明兰就要起程去宥阳了，若脸上的指印不退，叫老太太瞧见了，还不定怎么伤心呢！"

她于哭之一道并不娴熟，只干号了几声就哭不下去了，摸着干燥的面庞，遂暗叹，果然术业有专攻。

今日，众说纷纭，说到这里后，盛纮心里已一片清明，家中一切的祸源都在一处。他思虑极快，沉吟片刻，便最后宣判道："墨兰欺凌姊妹，口出恶言，毫无端方贤淑之德，从今日起，禁足于院中，好生抄习《女诫》，修养心性，不许出来。"

墨兰一开始还以为要打板子，心头一轻，林姨娘却心里惊慌，既不打板子，那就还有更重的惩罚，且没有说明禁足的时间，那岂非一直关下去吗？

盛纮转头与王氏道："墨兰已及笄，上回我与你说的那位举人文炎敬，我瞧着极好，过几日你便请文老太太过府一叙，问问生辰忌讳，若一切都好，待出了国丧，便把事儿办了吧。"

墨兰和林姨娘大惊失色，立刻尖叫着哀求盛纮。

盛纮横眼瞪去，厉声骂道："我意已决，你们不用赘言！再多说一句，我便没你这个女儿！"

墨兰委顿在当地，林姨娘不敢置信地看着盛纮，王氏低头暗喜。

盛纮威严的目光扫视一遍众人，又道："林氏教管不严，从今日起禁足，直到四姑娘出阁，若这之前，你再与墨丫头见面，我一张切结书，立刻将你赶出府去！从今以后，没有我的吩咐，你也不可与枫哥儿见面！你这般无德之人，好好的孩子也叫你教唆坏了，没得拖累了他们！"盛纮说得声色俱厉。

林姨娘掩面而哭，本想去扯盛纮的袍服，盛纮厌恶地一脚踢开她的手，理也不去理她。她只觉得万念俱灰，这次真是放声痛哭起来。

盛纮也十分疲惫，站起身来，缓缓走到林姨娘母女身边，看着墨兰，缓声道："你自小便受我宠爱，我教你诗词歌赋，没想到你却满口污言秽语；教你读书写字，是想你懂事理、明是非，没想你如此蛮横无理，动辄心生怨怼，欺侮弟妹……为父，对你十分失望。"

他厌恶地看着墨兰，冷淡中透着嫌恶。墨兰心头如坠冰窖，几乎背过气去。

然后他又对林姨娘轻声道："老太太说得是，一切缘由乃一个'贪'字，若不是我宠爱太甚，你们母女也不会有如此妄念。"说完，也不理林姨娘的拉扯哭求，径直朝外走去，走到门口又回头，看了看王氏婆媳，一字一句道："你们清理下丫鬟婆子，该发卖的发卖，该打罚的打罚，内宅总当安宁才是。"

王氏这次是真的大喜过望，刘昆家的连忙又拧了她胳膊一把，王氏艰难地低下头，拼命屏住笑容。

海氏却依旧神色不变，还宽慰道："爹爹别往心里去，不是儿媳自夸，整个京城里头，有几户人家有咱家这么太平安宁？不过一些小瑕疵，几天便好了。"

盛纮心头略略安慰些，转头便出去了。

丹橘和绿枝回来，结案了，证据也可以不用留了，丹橘赶紧寻药膏给明兰擦，绿枝口齿伶俐，又着腰利索地把适才情形讲了一遍。

"大奶奶真是了得，平日里见她斯文和气，谁知说起话来这般厉害，一句句的，都中了林姨娘要害，回都回不出来！"绿枝一脸偶像崇拜，"这下咱们可消停了，四姑娘不敢再来闹了，老爷定也厌恶了她，我听说那文举人家里很穷呢。"

明兰静静听着，摇摇头："爹爹是怕四姐姐再做出错事来，这是为了她好，只要能挨过去，若以后四姐夫得力，仕途顺遂，四姐姐依旧能过上好日子。"

小桃摇摇头，开始乌鸦嘴："天下举子何其多，三年一考，再是进士，再是仕官，有几个能拼出头的？别是回头还要老爷和大爷帮衬着才好。"

她是外头买来的，原先在村里，她也见过落魄的秀才举子，或是做了几任官，因不会经营巴结，被免了回乡的，好些的还能置些产业做士绅，差些的还得另寻门路糊口。

明兰还是不同意，基本上，盛纮的眼光还是不错的，看袁文绍，看海氏，甚至看时局，都八九不离十，能叫他看上的后生怎么也不会差的，只不过……叫墨兰过次一等的清贫日子，那直如要了她的命！好吧，也算惩罚了。

丹橘轻轻地揉着明兰青肿撞疼的肘部，抬头笑道："无论如何……林姨娘是惨了，以后就看三少爷有没有出息了，若没有，她便没了指望了。"

这次明兰同意了，想起长枫怯懦的样子，忍不住点点头。

五

当晚，明兰的便宜老爹老娘前来慰问伤员，王氏摸着明兰的小脸，慈爱的目光几乎可以滴出水来，只盯得明兰一阵阵心肝儿发颤。盛纮倒是真的很心疼，温和地说了好些关怀的话。

作为回报，明兰噙着泪水低声替墨兰的行为辩解，一来希望盛纮不要太生气，二来辩解墨兰应当不是故意的，一切都是误会云云。盛纮十分感动，觉得自己对儿女的教育也不全是失败的，抖着胡子夸了明兰好几句。

也不知海氏与王氏说了什么，第二日王氏便托病不起，一应整顿家务都交给了海氏。海氏先将当日在暮苍斋里推搡过的仆妇都拿了，每人打上二十板子，然后刘昆家的领人冲入她们屋里一阵搜索，便找出许多金银细软，海氏便以贪墨主子财物的罪名要将人送官查办。下头人慌了，急忙互相攀附推诿，拔出萝卜带着泥，一下子将林姨娘素日得力要好的管事仆妇都拖了进去。海氏按着轻重，丫鬟配人的配人，发卖的发卖，其余都撵到庄子里去。

短短一日工夫，林栖阁便上下换了一拨人，林姨娘原想哭着出来闹一番，海氏只微笑着说："原从夏显家的屋里也搜出好许不当的物件，可我想着她是姨娘身边最得力的，便没下了，没禀太太。"

一旁扶着林姨娘的雪娘立刻脸色煞白，直直地跪下了。林姨娘气得不住发抖，却也不敢再闹了。

若眉从外头打听来后，都一一禀报了明兰："林姨娘那儿只剩下夏显家的和麻贵家的，余下的都撵了出去，三爷那儿和四姑娘那儿倒还好，只撵了几个牙尖嘴利的可恶丫头。她们见我去了，都央求我帮着藏些财物，生怕大奶奶一发性，再来搜上一回，我拣着素日老实可信的两个收了些不打紧的，其余都不理了，若姑娘觉着不妥，我就还回去。"

明兰在暖炕上窝着，把胳膊支在炕几上："那倒不用，想来大嫂子不会再折腾了。"海氏的目的不过是收拢盛府大权，墨兰快嫁了，她犯不着得罪；长枫自有爹娘管束，更是轮不到她这个大嫂废话。

正说着，外头有人来报，是如兰身边的喜鹊，说是明兰翌日就要起程了，请明兰过去一叙。还没等明兰开口，若眉忍不住道："五姑娘好大的架子，给妹子送行，不自己来也就罢了，还叫我们姑娘过去，这是哪里的规矩？"

喜鹊尴尬道："我们姑娘……这不是风寒着呢嘛。"话一毕，明兰以下，若眉、丹橘、燕草都掩口而笑，小桃却呆呆的，直言道："既风寒着，怎么好叫我们姑娘去，若染上了怎么办？这路上最不好有个头疼脑热的呀。"

喜鹊甚是为难,她也算机灵,连忙凑到明兰耳边,轻声道:"这两日府里热闹,我们姑娘心里跟猫儿挠一般,可偏出不来,姑娘就当疼疼我们这些丫头,去一趟吧。"

明兰含着一口茶,抿嘴笑了笑,瞪了自己的丫头们一眼,笑着起来叫燕草整理衣裳。喜鹊这才松了口气。丹橘从里头拿了一个拇指大的白瓷小罐出来,塞到喜鹊袖子里,笑道:"姐姐莫见怪,我们姑娘宽厚,便纵得这帮小蹄子没大没小乱说话,这是蚌蛤油,大冷天擦手擦脸最好的,姐姐若不嫌弃,便拿了吧。"

喜鹊笑容满面:"都说六姑娘待丫头们最和气,我是个厚脸皮的,便不客气了。"

明兰随着喜鹊绕过山月居,走了一会儿就到了陶然馆,进屋后,只见如兰面色红润地歪在床头,脑门上还似模似样地绑着布条。她一见明兰,就大声道:"你怎么才来?还要三催四请的,不是说只打了脸嘛,难不成连腿也折了?"

明兰瞪眼板脸道:"看来五姐姐的病甚重,我还是走吧,若是病了,可走不了了。"

如兰立刻"哎"了一声,生怕明兰真走了,又拉不下脸来,只顿着涨红了脸。

喜鹊笑着把明兰推过去,连声赔罪:"好六姑娘,您好歹来了,快别与我们姑娘玩笑了。"又转头与如兰道:"姑娘您也是,适才我去暮苍斋,六姑娘那儿可忙呢,她又伤着,能来便是最好了,您还和她置气。"如兰鼓着脸颊不说话。

明兰不情不愿地坐到如兰床边,怪声怪气地道:"轻伤员比不上重病患,没法子,还是得来哟。"

如兰乐了,扭过明兰的脸来,上下左右细细看了,啧啧道:"怪道我觉着你脸色怪呢,原来是擦了粉,哟,这指印还在呢。"

明兰叹息道:"总不好顶着个巴掌印到处跑吧,只好擦粉了。"

如兰愤愤道:"大嫂子厉害是厉害,可心也太软了些,她们敢那般顶撞太太,也不发狠了治一治,还吃好喝好的,给那房的留着体面做甚?"

明兰沉思片刻,淡淡道:"大嫂子仁慈,这是好事,且……她也有顾忌。"

内宅里做事除非能一击即毙,否则打蛇不死反受其害。今日林姨娘既没被封院又没被撵出去,还是盛纮的姿室,只要盛纮去她那儿睡上一晚,没准事情又有变化。做事留有余地,林姨娘便是想告状,也说不了什么,盛纮也会认为这儿媳妇心地仁厚，不是刻薄之人。

如兰悠悠地叹了口气，皱着眉头道："真讨厌这样，喜欢就说喜欢，不喜欢就不喜欢，偏要装模作样的。"

明兰摸摸她脑门上的布条，也轻轻叹了口气。

如兰忽又欢喜起来，拉着明兰道："这回你去，再与我带些桂花油来吧，要香味淡些的那种，这一年多抹下来，你瞧我的头发，可好许多了。"

明兰瞠目结舌，指着如兰道："这回我去是为了……大伯母和姑姑伤怀操心还来不及呢，你还好意思惦记着头发？我可没脸去要。"

如兰蛮横惯了，要什么就有什么，见明兰不答应，立起眼睛不悦起来，忽又看见明兰的脸，眼珠一转道："不过几瓶油罢了，你与我要来，我告诉你一件痛快事儿，你定然高兴。"

其实明兰手里还有几瓶，只不过看不惯如兰这副只想着自己的自私脾气。明兰闻言，奇道："什么痛快事儿？"

如兰一脸神秘地凑过去，轻声道："你可知道四姐姐要嫁的那个人怎样？"明兰摇头。她怎么会知道，这里又没有人肉搜索。

如兰开始悄声爆料："听说那文举人家境贫寒，自幼亡父，老母刻薄，兄弟混账，性子还优柔寡断，唯一能说上的，不过是个'老实'，到时候，看她怎么受婆婆小叔的气！"

"不会这么差吧，爹爹看上的人，总是还可以的。"明兰并不激动惊讶。

这不废话嘛，举人离进士只一步之遥，如果家境优越，人品出众，京里那达官贵人多了去了，嫡女、庶女一大堆，轮得到一个四品官的庶女吗？别说文炎敬了，就是李郁，若真敞开了在京城寻亲家，难道找不着比盛家更好的吗？不过是李家怕寻了个不知根底的，回头架子大、派头足，娘家折腾，媳妇骄横，给家里添堵才得不偿失。

如兰见明兰不和自己共鸣，很是扫兴，拉长了脸发脾气。明兰笑着哄道："好了，你那桂花油我定帮你弄到就是了！"

第二日一大早，长梧率了六七辆大车来接人，盛纮紧着叮嘱了长梧几句。允儿已有了身孕，如今正五六个月，王氏拉着外甥女的手说了好些注意的事项，好一会儿吩咐，明兰和长栋这才拜别了父母。海氏一直送到门口，又偷着塞了一张银票在明兰手里，然后对着长梧和允儿殷殷道："我自进了门都不曾去老家拜过，这回本该我去的，可家里一摊子走不开，便辛苦了六妹和四弟，二堂兄和允儿姐姐千万别见怪，待见了大伯大伯母，定替我告罪一二。"

长梧连声称是，明兰也点头应下，孩子气地笑道："大伯伯和大伯母人最好了，就是这会儿生气了，回头见了又白又胖的二孙子气也都消了。"

周围众人都笑了，海氏直摇头，半嗔着："这孩子！"允儿羞红了脸，轻掩着帕子笑着。长梧本是愁容满面，听这话也失笑了。

一路上车马辘辘，长栋本想着和长梧一道骑马，结果被赶了回来，只好与明兰坐在马车里往外伸脖子。允儿坐在车上本有些不适，但随着明兰姐弟俩说说笑笑，也开了心思。

长梧自小离家到处奔走，于安顿行宿最是干练，一路上沿途歇息用饭都安排得妥妥当当，从不会错过宿头。允儿冷眼看去，也不见明兰怎么差遣下人，丫鬟打点床铺，生炉子暖炕，整理妆奁衣裳，婆子要热水热饭，烫过杯盏碗碟，服侍吃饭，虽没有长辈在身边，但一切俱是妥当条理。若与同来投宿的其他贵客有些许争执冲撞，明兰便温言安抚了，叫下人退让一步，多塞些银子，和气了事罢了。

一次，绿枝与同来投宿的某官眷家仆拌了几句嘴，回来气呼呼的："不过是个参政，打着什么侯的子弟名头，派头摆得什么似的，还以为是天王老子呢！"

明兰半笑半叹道："有什么法子，你们姑娘就这些能耐。一山总比一山高，只有把咱们绿枝姑娘送进宫里去，回头伺候了皇后娘娘，便要怎么派头都成！"

绿枝红了脸。这时小桃得意扬扬地从外头回来，说又来了群尚书的家眷，还与廉国公有亲，那参政家仆立刻把上房退让出来，这下子，屋里的小丫鬟们都轻笑起来。此后，明兰愈加仔细规范下人，不许惹是非，女孩儿们便出去一步，都要叫粗壮家丁跟着。

连看了几日，允儿终忍不住，夜里与丈夫道："怪道我姨母总想着要叫明兰高嫁呢，你瞧瞧她，娃娃一般的小人儿，做起事情来清清楚楚，没有半分糊涂的，且心性豁达，我自愧不如，生得那么个模样，又没有同胞兄弟，若托生在太太肚里，唉——也是命。"

长梧搂着妻子，笑道："胡说，我瞧着你就最好。"

允儿笑着捶了丈夫一下。

又行了几日，终到了河渡码头，长梧已雇好了一艘两层的红桐漆木大船，然后允儿叫明兰一道下车上船。不论身体多结实，到底是多日劳顿，一上了船允儿便躺下养胎，明兰陪着她说了会子话，见她睡着了，才轻手轻脚地离开。

船上到底比车上稳当些，允儿也能睡着了，不似前几日老也躺不踏实。此后几天，明兰一边盯着允儿服药歇息，陪她说话解闷，一边把长栋从船舷上捉回来，重新温习书本。

"当初咱们从泉州到登州，不论车上船上，大哥哥都是手不释卷的，你说说你自己，这几天你可有碰过书本？"明兰举出先进榜样做例子。

长栋再用功，到底是小孩儿心性，头一回这般自由，盛纮、王氏、香姨娘统统不在，长梧夫妇不大管着，便渐渐脱了淘性儿，叫明兰这么一说，便耷拉着脑袋又去读书了。

允儿见状，轻笑道："六妹妹好厉害，回头定能督促夫婿上进。"

明兰翻眼瞪过去："你就说吧，等你肚里这个生出来，你不紧着催他读书考状元？"

允儿佯嗔着去打明兰，心里却十分高兴，她自希望一举得男。

此后几天，浪平船稳，北风把船帆鼓足，水疾船速，陆陆续续停过了石州、济宁、商州和淮阴。长梧很高兴地告诉大伙儿，这般好风头，再三四天便可到了。

这晚风平浪静，长梧索性叫人将船停在水中，歇息一晚上，还从岸上的渔夫那儿要了些河鲜，生了河鲜火锅叫了弟弟妹妹一道吃。允儿只笑呵呵地陪着扒了些鱼肉粥，长梧兄妹三个却一口气干掉了五六篓鱼虾，什么白灼的、椒盐的、红焖的、炭烤的，满船都是鱼虾蟹的香味，尤其是明兰，似乎与那河蟹有仇似的，可着劲儿地吃，还是允儿怕她肚子受不住，硬是抢了下来，明兰这才愤愤作罢，长栋握着拆蟹八大件都看傻了。

吃蟹总要饮些黄酒来驱寒，长梧喝得微醺，便与妻子早早睡了，小丫鬟们也吃得半醉，纷纷早睡了。明兰却叫小长栋去自己屋里，一进屋，明兰忽一改面色，慎重地关上门窗。

小长栋不明所以，但也老实地随着明兰坐到最里边的凳子上，只见明兰正色道："这几日总不得空，身边有人不好说话，好在你不喜吃蟹，便也没饮酒，这会儿便把我叫你打听的事儿一一与我说来。"

长栋猛然一顿，知道明兰问的是什么，他其实憋在心里很久了，在盛府就想说，可偏偏出了墨兰那档子事，后来急急忙忙上了车，一路上却总有人在，明兰谨慎得很，从不肯在外头多说一句，便勒令长栋不要提起。

自大半年前，明兰从钱妈妈的只言片语里知道，王氏在齐国公府的筵席上与平宁郡主和永昌侯夫人谈及婚事后，就暗暗上了心，她隐约猜出王氏想与齐、梁两家联姻。

按照王氏的逻辑，有好事她绝不会便宜了墨兰，那就只有如兰和自己了。根据夫婿人选的好坏程度排行，明兰很不情愿地得出结论：王氏怕是想将自己嫁给梁晗。

明兰的一颗心被提在半空中，她之前之所以自在，那是因为信任老太太的眼光，她接触过贺弘文，觉得很可以过日子，可现在……不好意思，不是她不信任王氏，而是王氏不会考虑她的婚姻幸福。

可是婚姻大事总是父母之命的，当初余嫣然的祖父母还是亲的呢，也差点拗不过余大人，如果和梁家的亲事真的对盛府十分有利，对盛纮、长柏乃至全家都有助益，又没什么能找出来的硬毛病，那盛老太太该怎么说？

明兰第一次觉得惶惑无依，她对那个人完全不了解，于是暗中叫了丹橘借着去庄子里看家人的工夫打听下，可内宅的丫鬟，尤其是姑娘身边的，为了防止私相授受，都是看得很严的，那么一两次工夫，哪里打听得出什么来，只知道梁晗素无大过，没有打死过人，也没有绯闻，府里也没什么异常的事。

明兰还是觉得不放心，后来还是若眉提醒了她，长栋读书的那学堂，既有书香世家出来的子弟，也有京城爵宦家的孩子，要知道梁家姻亲广布，枝叶满地，虽不多显赫，但八卦是不少的，明兰便叫长栋去打听。小长栋为人老实木讷，这样的人通常不受人防范，他一日日慢慢地下功夫，绕着圈子慢慢打听，足足过了半年，终于有了个大致明确的轮廓。

梁晗性子跳脱豪爽，做事大大咧咧的，与兄弟好友最是热血，因永昌侯夫人管得严，除了三两个通房，其他倒也干净。可就在几个月前，梁府开始不安稳了，原因是永昌侯的庶长子媳妇往府里带进了一个姑娘。

"说是梁府大奶奶的表姨母的庶妹的庶女。"长栋记性很好，掰着小短手指数着关系，"叫什么春舸。"

明兰当时就忍不住笑出来，原来是"春哥"。

春舸小姐自然生得花容月貌，估计还手腕了得，在梁夫人眼皮子底下居然与梁晗有了些什么，梁府大奶奶便哭着要梁夫人给个说法。

庶子的媳妇的表姨母的庶妹的庶女，这种身份梁夫人怎么看得上，这种做派和关系在里头，便是做妾，梁夫人也不愿意。春舸小姐十分烈性，说梁府若不给个交代，她就一头撞死在永昌侯府的门口，豁出一条命，她也要叫京城人都知道梁家何等刻薄无德。

听长栋结结巴巴地讲完，明兰深吸一口气，颓然朝后倒去，靠在椅子上发呆。这才对，这才符合她的担忧。说句实话，她从不认为自己有多金贵，值得永昌侯夫人一再相看，厚礼相待，一个侯爵的嫡幺子配个四品官的庶女，那是绰绰有余。

那到底是什么缘故，叫永昌侯夫人对自己另眼相看的呢？

明兰微微侧过头，墙边上靠着一个简易的榉木妆台，上头的菱花镜打磨得十分光洁明亮，恰好照出明兰的面庞，真如明珠莹光，美玉生晕，难怪墨兰失心疯了一般想划破自己的脸。

这个答案很令人沮丧，可是在她硬件条件先天不足的情况下，这恐怕是最合理的解释了。

接下来的很好推演。

事发后，永昌侯夫人当机立断，同意春舸为妾，但要梁晗先娶一房正头太太。双方僵持许久，梁夫人等得，可春舸小姐等不得，梁晗只好同意先娶妻。

梁夫人何等精明，她知道若随意挑一位高门小姐，其实于事无补，反而会闹出乱子来。

她已有嫡长子和出身高贵的嫡长媳，并不缺好门第的儿媳妇，她很清楚自己的儿子，梁晗谈不上情深似海，不过是被一个有手段的美貌女子拿住了。而她要做的是，找一个容貌比春舸更美，做派谈吐都能压住的女子，娶进门来，要是能抢回梁晗的欢心最好，要是不成，只消在礼法上拿住了，便出不了大乱子。

春舸小姐很美，梁夫人挑来挑去，始终没有满意的，这时候，明兰出现在她面前，她眼前一亮。接下来几个月，梁夫人慢慢了解明兰，越看越满意，出身书香，父兄得力，虽然是个庶出的，但教养举止都十分合她心意，于是便……

明兰心头十分敞亮，很奇怪的是，她居然也没很生气。凭良心说，梁晗这门亲事算是她高攀了，如果不是个"春哥"在，哪轮得到她？便是贺弘文，也不是非明兰不可，不过是贺老夫人和祖母的旧情在，两家又看得顺眼。

明兰忽然竟觉得放心了，宛如一个不知前方迷雾里有多少危险的舵手，后来迷雾散了，即便是知道前方滩涂暗礁密布，也比无知时的那种感觉好许多。

其实"春哥"的问题也不是很严重，看着林姨娘的例子就知道，对于那些官宦子弟而言，什么情爱都是短暂的，只有家族、前途、子嗣才是永恒的。嫁给梁晗做媳妇，有礼法的撑腰，婆母的护航，外加些姿色心机和手段，天长日久，不怕"春哥"不倒台。

除非梁晗是"五阿哥"型的，铁了心要吊死在一只鸟上，那便只能自认倒霉，不过那种概率很低就是了。

长栋惴惴地看着明兰，他虽年纪小，但因自小不受宠爱，也早早学会了察言观色。他知道这于明兰并非好消息，见明兰呆呆地靠着椅背望着房顶出神，便不安地去拉明兰的袖子。明兰回过神来，笑着对长栋道："不要紧的，待见了老太太，一切都会好的。"

明兰掂了下自己的斤两，未必斗得过春舸小姐，还是算了，让梁夫人另请高明吧。这次长栋居功甚伟，有了这些料，估计老太太也能直着腰板拒绝了，王氏对永昌侯夫人始终瞒着贺家的事，待老太太一回去，只消说自己已定了亲，便天下太平了。

正想着，忽然远处传来"砰"的一声巨响，震得整个水面都晃动了，明兰在椅子上摇了摇才稳住，然后与扶着椅子的长栋面面相觑。

——发生什么事了？

第二十四回 · 再回祖宅

一

　　明兰连忙去开窗，抬眼望去，只见远方某处火光冲天，似是其中一艘大船着了火，其间人影闪动，隐约能看见一个个人掉下水去。顺着风声、水声，明兰隐隐听到一阵阵叫喊声和打斗声。长栋扒着窗，小脸儿惨白。这时，船舷上也响起尖锐的呼哨声，似是船夫示警。

　　不一会儿，船上的人都醒过来，明兰一边把丹橘叫醒，叫她把其他女孩叫起来，一边拉着长栋去寻长梧，一路上船夫、丫鬟、婆子都趴在船舷上张望，人人俱是神色慌张，明兰不去看他们，只一路冲到长梧舱内。

　　允儿吓得脸色苍白，捧着微隆起的肚子呆坐在那里。她一看见明兰，连忙拽着她的手道："你兄长去外头查看了，我刚叫了人去寻你们，菩萨保佑，大家没事才好！"

　　明兰不知道外头出了什么事，也只好坐到允儿身边。长栋伸头伸脑地想要出去，被明兰一巴掌拍了回去。不过一盏茶工夫，长梧气喘吁吁地回来，道："是水贼！"

　　女眷们大惊失色，叫长梧赶紧交代事情。

　　如今众人行驶的水道叫永通渠，南北向运河的淮阴段，今夜风平浪静，许多船只都停泊着歇息，除了盛家这艘，还有两艘官眷富户的大船，两艘护卫船，外加宝昌隆的商船数只，因都停泊在河中，便都在这个葫芦口的避风处靠了，前后是商船，中间是护卫船和客船。

　　待众人入睡后，一伙水贼趁夜摸上船，首先劫杀了前后几艘商船，谁知宝昌隆的其中一艘船上运的俱是桐油，纠缠打斗中，几个商行的小伙计点燃货舱，一整舱的油桶炸了开来，整艘船立刻火光熊熊，不但伙计们趁机跳水逃生，也给其他船只预了警。

明兰看允儿吓得不住哆嗦，拍着她的手安慰道："嫂子，你莫太忧心了，我瞧这水贼也不甚高明，有经验的都知道应先打劫客船，哪会先往货船上跑呀，这不打草惊……人嘛。"

此言一出，一直绷着脸的长梧忍不住莞尔，赞道："六妹说得好，正是如此！大约是群散碎蟊贼，现正被护卫船缠住了，下边已经备了舢板，你们收拾一下，到了左岸边便好了。"

众女眷顿时神情一松。

水贼人数并不多，不过胜在"偷袭"二字，且船上狭小，受袭者不便躲避，他们才能逞凶。永通渠右岸曲折，恰巧成了个避风处，众船只便停在此处，而左岸却是一片广阔的芦苇地，那密密丛丛的芦苇直有一人多高，且那里直通往最近的淮阴卫所营，若到了左岸上，会有卫所的兵营前来援手不说，来追击的水贼一分散，便也追赶不及了。

这个时代还没有救生艇的概念，原本岸上的船家早叫水贼趁夜全制住了，长梧好容易才弄来两艘小舢板，好在他到底是砍过人的把总，知道些对敌之策，于是一边叫人收拾着下了大船，一边叫人将整艘大船每个屋子都点得灯火通明，再叫人来回跑动，显得船上的人众十分慌张，而小舢板上则不许点半分火光，在夜色的掩映下，就能无声无息地上岸。

急忙之下，丫鬟们愈加手忙脚乱，长梧不断催促，允儿脸色苍白得吓人，捂着腹部，面色痛苦，想是动了胎气。明兰看了眼数十丈远的火光处，似乎厮杀正酣，便道："嫂子不适，待会儿怕是更不能动弹了，不若哥哥先护送嫂子和四弟弟过去，我一收拾完即刻赶上。"

允儿和长梧本来不肯，但眼瞧着水贼还未到，长梧咬了咬牙，便留下一半的护卫和一艘小舢板，临走前谆谆嘱咐："一些银钱没了便没了，你赶紧上来！"

明兰点头，还把燕草留在长梧身边。

其实她估量过对岸的距离，作为有为青年，明兰哪怕只剩下以前姚依依游泳技术的一半，应该也是能游过去的。剩下的，丹橘会些狗刨，小桃能带着她游，绿枝和允儿留下来的几个丫鬟也都多少会些水性。

这次长梧是回家奔丧的，待大老太太一过世他便要丁忧，是以长梧几乎将京城这几年积攒的财物都带上了，着实不少，没道理便宜了那伙技术含量不高的蟊贼。明兰指挥几个丫鬟将轻便的玉瓷古玩和金银首饰全都收入油布裹制的小囊中，正收拾着，忽听在船舷放风的绿枝一声欢呼："活该！射死他们！"

明兰连忙扑过去看，只见不远处几艘大船的船舷上，一些护卫正张弓搭箭朝水里射，一阵阵叫骂声中，还夹杂着惨叫和惊呼声。明兰心头一紧，立刻道："不好！他们的船被堵住了，便散开人手，从水里游过来了！"

女孩们都吓坏了。明兰沉吟片刻，抬眼看了下长梧的那艘小船已到了江心，她迅速做出反应，指着面前的女孩们沉声喝道："你们三个把这一层所有舱室的灯都丢进江里，不许留下半点照明物件，我带着绿枝去把下一层的灯丢了，小桃和丹橘把这些薄皮小铁箱拿绳子系了，小桃水性好，把绳子系到船底，然后把箱子都放到水里去！完事后到底舱的厨房来会合！要快！"

"姑娘，为何我们不赶紧上小船走呢？"允儿的一个大丫鬟迟疑地问道。

绿枝瞪着眼睛，怒骂道："混账！姑娘让做就做，废话什么！若不是为了你们的主子，我们姑娘早走了！你们还敢啰唆！"丹橘脾气温和，赶紧解释道："如今水里已有了贼人，我们能驶多快，若被追上了，一凿子就翻了我们的小舢板！"

那女孩立刻红着脸低下头去。

明兰也懒得生气，到底不是自己的队伍。她立刻跑去外头船舷上，把那几个护卫分成四批，分别护着四拨女孩去行动，不一会儿，整艘船立刻变得黑漆漆的。老天爷很给面子，今夜月色无光，伸手不见五指。

明兰一路奔去，赶紧叫一干仆妇杂役都躲起来，身强力壮的去船舷上迎敌，她自己则直冲厨房，从里头翻出许多菜刀、尖叉、锅铲、铁杵，待分头行动的女孩们来了，都分了些"武器"在她们手里，小桃分了个铁锅，绿枝分到把菜刀，其余女孩也都拿了。

准备完毕后，明兰叫护卫们去外头戒备，她们再去船底一个不起眼的舱室躲起来。

在黑暗中，女孩们静静等待，只隐约听见有人咽唾沫的声音。这种感觉十分漫长。明兰知道女孩们都紧张得厉害，便轻轻安慰起大家来：首先，不是所有的水贼都能游过来的，会被箭射死一些的；其次，这里共有三艘客船，想必不会全冲到自己这艘船上来，这样人又少了些；再次，这艘船共有上下两层十二间屋子，如果那伙水贼的脑子没有进水，他们应该会先去摸厢房，这样又要分散一些人手；又次，水贼是凫水过来的，身上必没有火种，船上的灯烛和厨房里的柴草全被丢进了江里，他们除非拆船板或门框来点火把，可惜船上的木材早被江水染上了潮气，并不易点燃。看不清，他们就搜索不明白；最后，这舱室后头有个舱门，直通江面，原是为了取水、倒水方便的，如若情况不妙，立刻跳水便是。

况且那伙水贼不会在船上耽搁很久，见没有什么收获，说不定就换一艘打劫了，大家躲过去便是……这样一说，女孩们安心许多。

不知过了多久，忽闻上面一阵呼喊，兵器碰撞的杀声顿起，明兰知道水贼摸上来了，暗暗握紧手中一支锋利的长簪。女孩们又呼吸急促起来，听着顶上不断传来打斗声，还有呼喊着叫救命声，然后在一阵令人窒息的混乱脚步声中，门板被"砰"的一声踢开了。

两个黑色的人影直冲进来，嘴里骂骂咧咧的。明兰早候着了，和对面的丹橘用力一拉地上的绳子，只听"扑通"一声，前头那个先倒下了。就着外头的亮光，小桃用尽吃奶的力气，一铁锅砸在那人脑袋上。那贼人哼了一声，便晕过去了。

第二个贼只踉跄了一下，见满屋子的女孩，立刻要叫人。一个丫鬟立刻举起手中的板凳，用力砸过去。那贼人闷哼一声，晃了晃。然后另一个丫鬟跳上去撞在他身上，一下把他扑倒在地上。明兰腾出手来，一个箭步上前，一脚踏在他的胸膛上，一簪子下去，直插在那蟊贼的胸口，只见血水扑腾扑腾地冒出来。那蟊贼刚要惨叫，嘴就被塞进一把灶炉的草灰，然后没头没脑地被不知什么东西乱砸了许多下在头上，眼睛一翻，便也晕过去了，只空气中弥漫着令人作呕的血腥味。

丹橘忍着恶心，把门板轻轻关上。明兰指挥女孩们拿出准备好的绳子把两个半死的蟊贼结实地捆起来，嘴都塞住了，不叫发出声音来。忙完后，屋子里带明兰在内的七个女孩面面相觑，解决了两个蟊贼后忽觉勇气大增，彼此目光中的恐惧被冲淡了不少，反有些兴奋。

顶上一阵嘈杂过后，然后一阵寂静，顺着气孔隐隐听见"这里没有！去别处寻"之类的字句，女孩们脸上露出欢喜之色。正在明兰也松了口气的当口，忽然上头传来一阵粗野的叫声，声音尤其洪亮，女孩们细细听了，竟是："……这几个婆娘开口了，快去底舱！说这家小姐还在船上。兄弟快上呀！抓住可赚大发了！还有几个细皮嫩肉的小丫头给大伙儿快活！"

明兰脸色一白，绿枝那儿已经骂起来了："她们竟敢出卖姑娘！"明兰不敢再等了，厉声对女孩们喝道："脱掉外衣，快跳水！"

时值冬初，女孩们外头都穿着厚实的锦缎棉衣，一把扯开后就往水里跳。外头一阵嘈杂的声音呼喊，脚步声重重往下而来，众女孩心慌之下，一股脑儿地都跳了下去。

明兰一入水，只觉得江水刺骨寒冷，好在不是隆冬，耳边还听见一阵叫骂声："不好，有人跳水了！快去捉！"明兰立刻划动双臂，忍着几乎沁入心脏的寒冷，卖力朝对岸游去，后头传来扑通扑通接连不断的几下入水声，然后是一阵女孩的尖叫声，想是不知哪个被捉住了。明兰沉下一口气，沉入水中，尽量不让脑袋浮出水面。

刚游了几下，忽然腰上一紧，后面伸出一条胳膊圈住自己，明兰大惊失色，立刻伸腿去踹。谁知身后那人身手灵活至极，一翻身来到明兰身侧，双手扣住明兰两条胳膊不知什么地方，明兰只觉双臂一阵酸软，然后身子叫那人团团圈住。

后背一贴上去，明兰立刻感觉到身后这个是女子！

那女子双脚连蹬了几下，两人浮出了水面。明兰迎着冰冷的江风，深吸一口气，随即下巴一紧，身后那女子扣着自己的脸扭过去一看，明兰皮肤吃痛，龇着牙轻嘶了声，然后那女子高声大喊道："找到了！就是这个！"声音中不胜喜悦。

明兰一得空，立刻双肘朝后撞去，那女子痛呼一声，越发使力。人家到底是有功夫的，拿捏住明兰的穴位，便把她牢牢地擒住，还笑道："姑娘别怕，咱们是来救你的！你是盛家六姑娘吧，说的就是嘴角有一对小窝的！欸！当家的，快来，这儿呢！"

那女子说完这句话，还未等明兰讶异，只听一阵江水拍动声，一艘张点着好几个大灯笼的小船驶了过来。那女子似乎水性极好，一个挺腰举起，就把明兰压到船边，然后一双有力的大手，一把把明兰整个提了上去。

一离开水面，一缕缕刺骨的江风如同针扎般刺在明兰身上，不过须臾之间，一条厚厚的大棉被劈头盖脸地罩了过来，把明兰上下左右全包住了。然后水中的女子也爬上船来，隔着水淋淋的头发，明兰依稀看见一个大熊般的男子在给她裹衣裳。

明兰浑身哆嗦着，迅速抬头四下看，只见小船被灯笼照得通明，船上站立了几个男子，正忙碌着把她裹成个大粽子的男子身形高大刚健，只着一身黑色的敝旧长袍，络腮大胡子覆盖了三分之二张脸，身上没有半件饰物，只一双幽深的俊目似曾相识。

明兰用力眨了眨眼睛，获救之下，心里欢喜得直欲爆棚，大声道："二表叔！"

她终于知道在小黑巷子里碰上一群不怀好意的小流氓时看见警察叔叔是怎样一种心情了，尽管这位警察叔叔曾无故罚过她的款。

顾廷烨眸子一亮，胡子脸上看不出表情来，只听见他低低道："你认得出我？"

明兰觉得很奇怪，此时江面上明明一片嘈杂，叫喊声、搏击声、哀号声、交杂成一片哄闹，可从他开口的那一刻起，她觉得每个字都清晰可闻，忙道："自然自然，认不出谁也不能认不出来救命的呀！"

明兰惦记着丹橘、小桃她们，又连忙向顾廷烨身边凑了凑，白玉般的精致小脸笑得十分讨好乖巧，呵呵恳求道："二表叔，我几个丫头还在水里呢，赶紧帮我捞上来吧，大冷天的，别泡坏了她们。"有事找人帮忙时，明兰总能表现得特别可爱。

顾廷烨幽黑的眼睛忽然沉了沉，秀长的眼线挑起几丝薄嗔，宛如影影绰绰的湖面上流动着光影，似乎想瞪明兰一眼，但又忍住了。

二

夜风冷清，明兰打了个小小的喷嚏。那个大熊般的男子正煨着一壶酒给那水性极好的女子喝。那女子见明兰瑟缩的样子，便递过一个小杯子来。顺着清冷的江风，明兰闻到一股淡淡的酒香。那女子笑道："不嫌弃的话，喝些暖暖身子。"

明兰立刻抬头去看顾廷烨——小孩子要听大人的话。顾廷烨见明兰一双黑白分明的大眼睛望过来，心里一阵舒服，便微微点头。明兰这才从棉被粽子里伸出一只小拳头，接过酒杯，一翻手腕，一仰而尽，把酒杯还回去，爽朗道："多谢。"

酒味醇厚，一股暖气立刻从身体里冒起来。

那女子和船上其余几个男子都似有略略吃惊，他们素日也见过高门大户出来的小姐，个个娇贵矜持，没想到这女孩漂亮娇嫩得像个娃娃，却一派光风霁月，没半分扭捏做作。那大熊男子首先竖起大拇指，粗着嗓门赞道："大佟女真爽快！"

那女子也微笑着自我介绍道："姑娘莫见怪，我当家的素来在江湖上混饭吃，没什么规矩。我叫车三娘。"

明兰这才仔细打量这女子，只见她十八九岁，面盘微黑，大眼大嘴，生得颇为灵动俏丽。她指着船上的人一一介绍：那大熊般的男子是她丈夫，名叫石铿，旁边一个微矮些的壮实男孩叫石锵，是他弟弟，站在船头的一个白面清秀少年叫于文龙，他们都是漕帮的。

顾廷烨身边还站了个故作潇洒的中老年文士，一直笑眯眯的，叫公孙白石；后头一个与他颇像的少年，一脸机警，叫公孙猛，二人是叔侄。

明兰努力从棉被粽子里伸出另一只小手，然后握成一对白胖小馒头来朝众人拱了拱，很客气道："虽从未听说，但久仰久仰。"

石氏兄弟性子憨，估计没听懂，还很热情地回拱手。车三娘和公孙叔侄则忍俊不禁。于文龙偷看了眼明兰，只觉得她眉目如画，明媚难言，他面上一红，低下头去。顾廷烨回过头来，没什么表情，但漫天星斗都没他的眸子亮。

这时，又一艘小船驶过来，除了石家兄弟，其余人都跳了上去，车三娘坐到明兰身边，笑道："你家的船这会儿当是干净了，咱们先回去，你好换身衣裳，他们去收拾剩下的蟊贼，帮里的兄弟们水性好得很，保准把你的丫头们都找回来。"

明兰连连谢过，尽管她心里很纳闷，什么时候漕帮变成水上治安队了？

此时江上打斗渐止，石氏兄弟一前一后护着小舟，车三娘紧紧搂着明兰，四下戒备。明兰眼看着渐渐驶向自家大船，忍不住回头去看，只见顾廷烨一脚踏在船头，手持一张大弓，弯弓搭箭，屈猿臂，挺蜂腰，嗖嗖几箭下去，江面上浮动的几处立刻冒出血水来。周围几条汉子也照样射起箭来，至于原本就在江面上的人头，更成了活动靶子。

淡淡月光下，顾廷烨面色阴鸷，高大的身子俯视着江面上浮起来的一具具尸体，但见有哀号挣扎的，一箭下去补了性命，一派鹰视狼顾，满眼杀气嗜血。明兰忍不住打了个哆嗦。

石氏兄弟操舟颇为娴熟，也不见水波如何拍动，小舟却行驶如飞，轻启缓声地朝大船去了。一路上明兰与车三娘闲来唠嗑。江湖女子十分豪迈直爽，明兰几句话下来，就问出了些信息，顿时吓了一跳——石铿竟是新上任的漕帮副帮主，适才见他对顾廷烨满口"大哥"地叫着，还以为他只是个普通的江湖汉子呢。

明兰呆呆叹了口气，轻声道："石帮主替我撑船，今日这劫遭得可不亏了。"

车三娘闪着一双火辣的大眼睛，笑道："你倒是不推辞两下。"

明兰摊着双手，很老实地回答："我又不会驾船，推辞掉了，哪个来撑篙？算了，还是把脸皮装厚些吧。"

车三娘笑得花枝乱颤，轻轻拍打了明兰两下。

盛家的大船并未受许多损毁，明兰一上去就瞧见呆小桃站在船舷上左顾右盼，旁边是急得脸色发青的丹橘。明兰瞠目，只由得这两个丫头扑到自己身上又哭又笑，待进了厢房，才急急问道："你们怎么还在船上？没有……事？"说着上下打量她们俩，只见她们纹丝未伤，大为奇怪。

小桃十分得意，道："带着丹橘姐姐怎么游得快？我带着她憋气，躲到船底下去了，隔一会儿换个气，那伙水贼忙着追别人，也没来管船底，天又黑，没人注意，本来想游过对岸去的，谁知来了一群人，把船上的水贼都打跑了，咱们索性又回来了。"

明兰看着小桃，久久不语，暗叹：这才是大智大勇啊！

丹橘服侍明兰里里外外换了一身干净衣裳，拿了干帕子给明兰揩干头发，简单绾了发。那车三娘身段比明兰大些，小桃便去找了一身允儿的衣裳给她换。随后明兰找人来清点船上人数，盛家的一众仆妇护卫大都安好，统共死了两个船夫，伤了七八个，明兰叫丹橘记下了人名，回头好抚恤。

接着两个家丁捉着三个婆子进来，一把摔在地上，丹橘看见她们就恨得咬牙切齿："姑娘，就是她们三个告了咱们的密！"

明兰端坐在上方，侧眼看着案几旁摆放着仓促找来的油灯，幽幽暗暗的照得屋里一切都有些鬼蜮。她低头抚摩着自己身上微凸的妆花丝绒褙子，凉凉滑滑的触感，上好的江南织锦。下面跪着的三个婆子头发散乱，不住地磕头痛哭，满脸都是涕泪。

明兰静静道："那会儿，是怎么个情形？"

其中一个婆子看了看旁边两个，大着胆子申辩道："姑娘明鉴，那些贼人拿住了我等，却寻摸不出财物来，恼怒之下便要砍杀我等！老婆子委实怕极了，才说了……姑娘，咱们真不是有心卖主的，姑娘！饶命啊！"

三个婆子不断哀求，连连讨饶，一旁的家丁恼怒地踢了她们几脚。丹橘想起适才的惊恐，心中也是愤怒不已，大声道："为主子送命也是值当的，不然白花花的银子供着你们这些妈妈做甚？我早去问过了，那会儿贼人不过是打杀了几下，你们只消照着姑娘说的，直指主子已带着财物乘小舟去了对岸，此船已空不就成了？不过是自己怕死，慌张之下才什么都说了的，险些累了姑娘性命！"

明兰面无表情，低着头继续抚弄衣料上的花纹，慢慢抬起头，叹息道："罢了，你们把她们三个看管起来，待回了宥阳，我请老太太发放你们吧。"

三个婆子还待求饶，明兰疲倦地挥挥手，直道："你们惊恐之下做错的事，也算情有可原，可是，你们的命是命，旁人的命也是命，我不罚你们，却也不能留你们了。"说完，便叫人把三个婆子押了出去。

这时，正好车三娘进来，瞧见这一幕，便笑道："大侄女儿实在厚道，这事儿要是出在咱们帮里，出卖兄弟，泄露机要，立时便要开堂口，在关二爷面前三刀六洞！"

丹橘本来还在愤愤的，听见这句话迟疑了下："这么……厉害？"跟在车三娘后头进来的小桃连忙接上："姐姐又心软了，适才你呛水的时候，咳得几乎断了气，那时也发狠说要厉害地惩治一番呢！敢情是好了伤疤忘了疼！"

明兰看着丹橘讪讪的样子，一本正经地对着丹橘和小桃道："所以，这件事告诉我们，不是好汉的，不要混帮派；凡是帮派里的，那都是豪杰英雄！"顺便拍马屁，不费力气。

车三娘扑哧就笑了出来，拉着明兰的手亲热道："大侄女儿真真是个妙人哟！三娘我走南闯北的，不是没见过大家出来的小姐，可没见过大侄女这般有趣的！"

明兰红着脸说了几句"哪里哪里"之类的。

过不多会儿，一阵重重的脚步声，石铿顿顿地走了进来，刚一瞧见车三娘身上靛蓝色宝相花缠枝银丝纹的缂丝褙子，就眼前一亮，笑道："三娘，你这身可真好看！显得你也不黑了，人也苗条了！"

明兰张大了嘴，这家伙也太不会说话了，回去定被老婆罚跪搓衣板。

谁知车三娘也不生气，笑呵呵道："是这衣裳好，人要衣装嘛！"

石铿扯着妻子看来看去，连连点头道："回头咱去天衣阁做衣裳！不就是银子嘛。"

车三娘笑盈盈地赞好。

明兰见他们夫妻说得差不多了，遂恭敬地站起来，正声道："今夜若非贤伉俪及帮里众好汉搭救，明兰和这些女孩怕是难说了，大恩大德，不敢言谢，请受明兰一拜！"说着敛衽下福，垂膝几乎到地，小桃和丹橘也连忙拜倒。

石氏夫妇连忙去扶她们，石铿还连声道："不当事的，不当事的，大哥的侄女儿，便是我自家侄女儿，如何能不救！"

明兰再三拜谢，这才肯起身。车三娘生怕明兰再谢，赶紧岔开话题，问道："当家的，阿弟呢？"石铿道："我叫他在外头帮忙，那些外伤他最拿手的。"

此时船上正忙，明兰叫丹橘出去，指挥仆妇们整理被翻得稀巴乱的各个厢房，小桃去找柴草来烧水煮茶，然后请了石氏夫妇坐下闲聊。

明兰说话风趣，态度爽朗，语气又谦和有礼，石氏夫妇很是放松，不一会儿便聊开了。

石铿本是江湖子弟，父执辈都是在码头上捞饭吃的，车三娘原是海边渔姑，后家乡遭了难，便随着师父出来卖解，后结识了石铿，便结为夫妇。明兰听他们说起江湖上的趣事也十分新奇，听得津津有味，待小桃端了茶水点心上来，石铿润润嗓子接着说。

大约两年前，他们认识了离家出走的顾廷烨，一见如故，便结了兄弟。石铿对顾廷烨的身手和人品赞不绝口，绘声绘色地讲述了顾廷烨如何英雄了得，如何帮助自己的叔父得了帮主之位，直说得口沫横飞。石氏夫妇粗中有细，除了些要紧的帮务，大都说得很敞亮。

"……唉，大哥的日子过得也忒苦了，他便是不当侯府公子，如今也是要银子有银子，要名声有名声了，何必还……"石铿开始叹气，"照我说呀，曼娘嫂子就不错了，大老远地跟来，肯跟着大哥吃苦，对我们一众弟兄都和气热心，处处照顾着，偏大哥从不理她，宁肯自己在外头风餐露宿的！"

车三娘皱起眉头，连忙推了丈夫一把，制止道："你别胡说！"不安地看了看明兰，似乎担心丈夫说漏了嘴。

明兰兴味道："曼娘也来了？她不是在京城吗？孩子带来了吗？"

石铿见明兰也知道，横了妻子一眼，放心道："瞧，大侄女儿也知道吧。"然后咧着大嘴对明兰道："大侄女儿，你可知晓为何大哥那般嫌恶曼娘嫂子？"

明兰低着头，沉吟片刻，轻描淡写地说了一句："她……做错了事。"

车三娘目光一闪，心里似乎了然。那石铿却不以为然，还唠叨着："可大哥风里来，雨里去的，总得有个女人照顾呀，我瞧着那曼娘嫂子挺好的，大哥就给她个名分呗，大哥他大哥说的亲就好？不也黄了……"

车三娘用力捅了丈夫一把，厉声喝道："你个浑汉子，知道什么！大哥屋里的事儿你少掺和，你上回喊了她声'嫂子'，大哥半年都没与你说话，你忘了？大哥最恨她黏着，你还跟着起哄！"石铿闻言，大熊一样的身子缩了缩，摇头不言语了。

车三娘恨铁不成钢地戳了下丈夫，轻骂道："你就是嘴上没个把门的，一兴头起来，什么都敢说！"转头对明兰笑道："大侄女儿，你可别听他瞎扯。"

明兰浅浅微笑着，好言安慰道："无妨的。二表叔说的那门亲事是不是赣南庆城的彭家？"这一年来，为了给先帝守孝，京城中禁绝了大部分娱乐活动，休闲生活异常空虚的结果是，八卦闲聊产业欣欣向荣。明兰试探着问道："亲事没说成吗？"

车三娘惴惴地看了眼明兰，见她一脸和善，便叹息着低声道："大哥的那位侯爷兄长给说的亲，咱们去打听了，彭家虽说门户不大，但那家小姐倒温顺娴雅，谁知……哼！"她冷哼了声，继续道，"那彭家也忒气人了，不愿意就不愿意，居然……居然……想弄个旁支的庶女来抵数，当咱们大哥娶不着婆姨，要他们可怜吗？"

赣南庆城的彭家原是锦乡侯的后裔，太宗武皇帝时坏了事，被褫爵抄家，全族发还原籍。先帝即位后虽没起复他家爵位，倒也给了些赏赐，家族一直卖力钻营，可后来锦乡侯的爵位还是给了新贵，他家终究起复无望，不过彭家与京中权爵到底有些老姻亲，加之家中又有子弟当着差，也没有没落。但说起权势来，还不如盛纮，下可监察百官，上可直达天听。

唉，顾廷烨的婚姻线也未免太坎坷了些吧。

明兰听了后，沉吟不语，先是点点头，然后又摇摇头。

石铿不解，大嗓门地叫起来："大侄女儿，你倒是说话呀！"

明兰本不想说，但石氏夫妇都是直肠子的人，一个劲儿地催逼。明兰又不愿意违心而言，只好斟酌着语句，慢慢道："彭家想找旁的姑娘来抵数，这确是欺人了，不过他们不答应婚事，倒也情有可原。"

石铿脸色涨得通红，粗着脖子立刻就要反驳："大侄女儿这话怎么说的？我大哥他……哎哟，你干什么？"三娘一脚踹过去，石铿痛呼着弯腰去抚小腿，却见到门口站了一个高健挺拔的身影，一脸大胡子的顾廷烨不知何时已经来了。

车三娘已惴惴地站起来，石铿呵呵干笑几声，走到顾廷烨身边嘘寒问暖道："大哥回来了，那伙蟊贼定是收拾干净了，可真快呢。"车三娘连忙接上："那是自然，有大哥出马，什么事儿成不了？"

夫妻俩一搭一唱，十分卖力地恭维着，想要掩饰适才背后说人闲话恰好被撞个正着的困窘。

明兰也觉得浑身不自在，好像做了什么亏心事，老实地站在一旁，凑趣地傻笑两声。

顾廷烨静静地扫了石氏夫妇一遍，他们俩立刻额头冒出丝丝冷汗。顾廷烨也不说话，双手负背地慢慢走进来，沉声道："外头没事了，你们赶紧起程吧，我交代两句就来。"

石氏夫妇似乎十分敬畏顾廷烨，一听见这句话就匆匆向明兰道了个别，走出了房门，然后屋里就剩下尴尬的明兰和一脸大胡子的她二表叔。

顾廷烨找了把靠门的椅子，姿态沉稳地坐下，距离那一头的明兰足有十步远，居高临下地发号施令："坐。"

明兰立刻乖乖坐好，等候领导指示。

顾廷烨语气和善，缓缓道："两件事，第一，今夜你落水的事外头不会有人知道，你自家仆妇回去后自己料理，其余见过你的人，我会办好。"

明兰猛然抬头，目中尽是欣喜，嘴角绽出隽好的淡粉色，雪白的皮肤上跳出两颗小小的梨窝，甜得像六月里的槐花糖。

顾廷烨嘴角歪了歪，不过有一把大胡子的掩饰，谁也不知道。他接着道："第二，不要与任何人提及我的事，只说是漕帮率众来搭救即可。"

明兰连连点头。不论石铿对顾廷烨在江湖上的成就多么推崇，江湖就是江湖，在庙堂朝宇上的达官贵人看来，这些于市井混饭吃的不过都是下九流，不是为权贵所驱使，看家护院，就是充当背后势力的马前卒，拼打喊杀。

侯府公子成了江湖大哥并不是什么光彩的事，红花会扛把子陈家洛在江湖上再威风赫赫，可对世代清贵显赫的海宁陈家而言，他也只是个不长进的败家子，还猪脑袋地学人家造反，提都不愿提。

"二表叔放心！"明兰立刻表决心，只差没拍胸膛，"除了在小舟上喊过您一声，之后我并未提起您半句，绝不会有人知晓。"

顾廷烨满意地点点头。

然后屋内一阵相顾无言。明兰看看坐着不动的顾廷烨，不知道说什么好，只好呆呆地去看身旁的那盏油灯。一豆灯光，微微发黄，只焰尖的簇头带着些淡青色的晕光，似一弯女孩蹙起的眉尖。这时，顾廷烨忽然开口了，十分突兀的半截话："为何情有可原？"

很奇怪的，明兰似乎早知道他会忍不住问这句话，他还是他，无论是鲜衣怒马的京城浪荡儿，还是落拓江湖的王孙公子，依旧是在襄阳侯府里那副追根究底的脾气。

明兰早准备好了一肚皮的回话，保管让人听了身心舒畅、眉开眼笑，正要开口忽悠，谁知顾廷烨抢在头，轻轻加了一句："你若还念着我的几分好处，便说实话吧，敷衍的废话我听了二十年了。"

被浓密大胡子掩盖的面庞，沉郁如深夜的江水，双目微侧，竟然隐隐透着些许惨淡。

明兰噎住了一口气，准备好的腹稿被打断，犯难地不断拨弄袖口的绣花纹路。从顾廷烨这个角度看过去，只能瞧见她一截小巧白皙的脖子，润白如嫩藕般，昏暗灯光下，近乎半透明的皮肤下，几条孱弱的青色血管柔软稚嫩。

女孩忽然开口了，声音异常清冷："二表叔，当初您几次诚恳求娶余家大姐姐，到底为何？京城里并非没有其他淑女了吧。"

顾廷烨愣了愣，没想到明兰会突然问这个，没等他回答，明兰自顾自地说下去："那是因为余家大姐姐素来温顺贤惠，谦恭俭让，事事愿以家人为重，这样一个妻子，定能容忍曼娘，善待庶子庶女吧。"

——还有就是，余夫人是继室，未必会全心护着继女。

顾廷烨一阵沉默。

明兰微微侧扬起头："女人家困在内宅的一亩三分地里，整日琢磨的就是这个，这点道理连我都能明白，何况旁人？"她轻笑，"这样一来，真心疼爱闺女的爹娘如何肯？如果不是深知二表叔的为人，却还上赶着，欢天喜地着，愿和您结亲，那般反倒要疑心人家是否别有所图了。"

明兰的话点到即止，以顾廷烨的聪明，何尝不知道，他前有浪荡的恶名在外，后有不孝不义的劣迹，还想找个能宽容外室庶子的好妻子，凭什么！真心为女儿着想的人家都不会要他，要他的不过是奔着他的身份家族。不过话说回来，他也没什么了不起的权势地位。

明兰看着顾廷烨低沉的面庞，犹豫了下，轻声道："恕明兰僭越，二表叔您为何不索性娶了曼娘呢？你们到底多年情分，又有儿女。"

顾廷烨轻哼了声，冷笑道："盛大人家教果然好，女儿这般宽和厚道。"

明兰能听出其中的讽刺之意，却正色道："不计曼娘先前做过什么，她到底对二表叔一片真心，一不图财，二不图势，为的不过是您这个人，这已比许多人好得多了。"

顾廷烨失笑了下："你变得倒快。"

明兰直言道："以前二表叔倚仗的是宁远侯府，受之以惠，自要遵从侯府的规矩来，可如今二表叔的一切都是自己挣来的，自可娶心爱的女子，又何必受人掣肘呢？"

顾廷烨神情冷峻，依旧缓缓地摇头。

明兰兴味地凝视着他，心里浮出几丝讽刺：这个男人，表面上再怎么张扬叛逆，骨子里依旧是个王孙公子，这种与生俱来的骄傲和尊贵早已刻进他的血液里，一个贱籍戏子出身的女子，他愿意宠爱，愿意包养，甚至愿意护佑一辈子，却还是不愿托付中馈。他终究还是希望娶一个门当户对的淑女，找一个淑雅娴静的妻子，能识大体，能相夫教子，能拿得出手。

明兰心里觉得有趣，凉凉道："二表叔，您虽瞧着一身反骨，满京城里最瞧不上世俗规矩，其实骨子里却是个最规矩不过的。"

——他倒是始终头脑清醒，不似别的公子哥儿，一被迷昏了头，就什么都不管不顾了。

顾廷烨抬眼，只见明兰眼中隐露的讽刺，他微微一眯眼睛，还未等明兰再度开口，便干脆地抬了抬手，制止她继续说下去，直言道："不必说了，曼娘心术已坏。"

电光石火间，明兰脑中一闪，脱口而出道："莫非余家二姑娘的死与她有关？"

话一说完，她立刻后悔了，忙不迭地掩住自己的嘴。她有个不好的习惯，总喜欢时时处处从人家话里寻找疑点和破绽，一经找到便立刻提出来，人家的隐私如何可以乱说？

顾廷烨的声音冰冷得像明兰适才泡过的江水，直冻透了四肢。他威严地逼视着明兰，一字一句道："你再这般不知死活，迟早送了小命！"

明兰低着头，闷闷道歉："对不住。"

顾廷烨起身而立，转身就要走，走到门口，忽然又停住了脚步，转回头来瞧着明兰。

"也奉送你一句，"顾廷烨语带戏谑，冷笑道，"你的一举一动虽瞧着再规矩不过，其实骨子里却嗤之以鼻，平日装得似模似样，可一有变故，立时便露了马脚。只盼着你能装一辈子，莫叫人揭穿了！"说完，大步流星，转身离去。

半敞的门，只留下一股子冰冷的穿堂风，门外，夜色渐退，天光缓缓泛青，水面尽处透着一抹微弱的浅红光泽，和灰暗的云彩交糅起来，杂成斑驳的浅彩。

明兰站在当地，久久无语。

其实她早就知道自己这个要命的毛病，天生胆小安耽，可骨子里偏又藏了一小撮热血，也想见义勇为一把，也想光明磊落地充一回英雄，所以她才会狗拿耗子地去替嫣然出头，所以才会不知死活地留在船上善后，做出种种烂尾的白痴事来。

姚爸爸曾护短地安慰女儿：不犯错误的人生不是人生，没有遗憾的回忆没多大意思，漫长的一生中，随着自己性子做些无伤大雅的傻事，其实很有意义。

明兰颓丧地低头：老爹呀，她都因公殉职了，那还算是小傻事吗？下一次再犯错还不知道怎么样呢，还是都改了吧。

三

长栖和允儿回来时，看见明兰好端端地坐在软榻上清点财物，丹橘坐在一旁，温顺地剥着橘子，然后一瓣一瓣地往她嘴里塞，小桃和绿枝对面坐着，对着账本，一个朗声念，一个挥笔勾，窗外天光水清，风景极好。

小夫妻俩看得下巴都要掉下来了。明兰很镇定地汇报经过：收拾东西，贼来了，跳水了，漕帮赶到，贼跑了，她们又回船上了。

简单扼要，明确概括，明兰觉得自己越来越有长柏哥哥的风范了。

小夫妻俩好生歉疚，遂化歉意为动力，他们知道事情利害，如不妥当处理，定会累及家族，便迅速行动起来。允儿到底是康姨妈的女儿，发落起来手起刀落，一点儿也不手软，把一干仆妇训得妥妥当当，该封口的绝不会漏出一句来。待到上岸时，一切都风平浪静。

长松早已得信，率一众家仆在码头上等候，兄弟相见分外亲热。小长栋坚决要骑马，缠着兄长死活不肯进马车，最后得逞。允儿强撑着酸软的后腰也说了几句，然后被细心的婆子扶进一顶蓝油布缀靛红尼的车轿里。明兰本也想跟着进去，却被婆子扶进了后一辆车中，一进去，只见品兰正笑吟吟地捧着一个八宝果盒等自己。

两年未见，品兰面庞秀丽许多，身段也展开了。这两年李氏拘她越发紧了，成果显著，举止已不复当年浮躁跳脱，颇有些大姑娘的样子了。

品兰早想念得很了，知道今日明兰要到，心里猫抓似的挠了半天，苦苦哀求了半日，才求得母亲和嫂子点头，叫大哥带着自己一道来接人。

小姐妹俩素来相投，一见面就搂着扯拧成一团，你扭我一把脸，我捏你一下膀子，嘻嘻哈哈闹了好一会儿。直到外头侍候的妈妈不悦地重咳了一声，她们才消停些。

"死丫头，姐姐可想死你了！"品兰贴着明兰的胳膊，满脸笑红。

明兰被扯得头发都乱了，正努力抽手出来拢头发，用力甩手道："你少咒我死！"

品兰恶狠狠地龇牙，扑上去又是一阵揉搓。明兰技不如人，举双手投降。

"大老太太怎么样了？"小姐妹俩静下来后，明兰忙问起来。

品兰脸色黯淡："上个月原本好些了的，谁知天一入寒，又不成了，这几日只昏昏沉沉的，连整话都说不出一句来，大夫说，怕是就这几天了。"

车厢内一阵沉默。明兰拍着品兰的手安慰了好一会儿，又问及自己祖母。品兰扯出笑脸来："多亏了二老太太，常说些老日子的趣事，祖母方觉着好些，有时三老太爷上门来寻事，二老太太往那儿一坐，三房的就老实了。"

"怎么个老实法？"明兰兴致勃勃地问道。

品兰清了清嗓子，装模作样地如说书先生般拍了下案儿，绘声绘色地学起来——

三老太爷：大侄子，当初老太公过世时可把五万两银子存在大房了，这会儿该分了吧。

盛维：这事儿……没听说呀。

三老太爷：你小子想赖？敢对叔叔无礼，我这儿可还留着当年老太公的手记呢！

盛老太太：哦，是有这事儿，不过那年三叔要给翠仙楼的头牌姐儿赎身，不是预支了去吗？当初经手的崔家老太爷应还留着当年的档记呢，回头我去封信取来就是了……怎么，你横眉竖眼的，还想对嫂子无礼？

三老太爷：……

盛老太太：真说起来，当初三叔缺银子，便把我们二房那一份也支了去，我这儿可还存着三叔您的借条呢，如今咱们都老了，也该说说何时还了吧。

三老太爷：今儿日头不错，大家早些回家，注意休息，天黑了别忘收衣服，那啥，我们先走了哈。

品兰和明兰笑得东倒西歪，伏在案几上直乐得发抖。

说起来，三老太爷着实是个妙人，他虽然一直不成器，但很懂得见好就收，见风使舵，以至于一直都没和大房、二房彻底翻脸，时不时地弄些银子，打些秋风就知足了。

盛维很聪明，做生意要的就是和气生财，是以他从不和长辈闹口角。更何况，三老太爷还能活多久？待他死了，盛维既是长房长子，又是族长，那时三房若还不能自己争气起来，整日闹得鸡飞狗跳，那长房可就没那么好说话了。

车行了一个多时辰，眼看就要进镇，长松叫停了车马，在村口略作歇息。车夫饮马检修辘辘轮辙，丫鬟婆子服侍奶奶姑娘们盥洗小解，明兰和品兰完事后，被快快赶回了马车。一上车，品兰就异常兴奋地扒着车窗口，掀开一线帘子来看。明兰奇道："看什么呢？"

"适才下去时，我瞧见了老熟人……啊，来了，来了，快来看！"品兰往后连连招手。明兰疑惑着也凑过去看，顺着品兰的指向，看见村口那边，一棵大槐树下站着几个人，明兰轻轻"啊"了一声。

——的确是老熟人。

一身狼狈的孙志高蹲在地上，抱着脑袋瑟瑟发抖，身上的敝旧长衫已处处脏渍，旁边站了一个身材高壮的妇人，手握着一根大棒。孙母在一旁指着叫骂："哪儿来的婆娘！这么霸道，自己男人不过去外头喝壶小酒，你竟敢打男人！瞧把我儿打的！"

那妇人高声道："打的就是他！"

孙母大怒，扑上去就要捶打那妇人。那妇人一个闪身躲开了，孙母重重摔在地上，跌了个四脚朝天。那妇人哈哈大笑。孙母索性躺在地上，大骂道："你个作死的寡妇！自打入了我家的门，三天两头气婆婆，捶男人，天下哪有你这样做媳妇的！见婆婆跌倒，也就看着？"

寡妇摔了棒子，毫不在意地笑道："婆婆，我以前是个寡妇，可如今已嫁了你儿子，您老还整日寡妇长寡妇短的，莫不是咒你儿子短命？"

旁边围观的村民都笑起来，指指点点。

寡妇脸盘阔大，门牙凸出，生得一脸彪悍，她当着一众村民，大声道："我虽是寡妇再嫁，但当日嫁时，也是带足了嫁资的。现下住的屋子，耕种的田地，哪样不是我出的？婆婆，你白吃闲饭不要紧，好歹管一管你儿子。他一个秀才，要么好好读书考功名去，要么开个私塾挣些束脩，整日东跑西蹿，一忽儿与人饮酒作乐，一忽儿领上一群狐朋狗友来胡吃一顿，凡事不理。我若不管着他些，回头又要卖屋卖地，婆婆莫非打主意待把我的嫁妆败光了后，休了我，好再去另寻个带嫁妆的儿媳来？"

周围村民都知道孙家的事，听了无不大笑，好事者还说两句风凉话。孙母见无人帮她，便躺在地上大哭大叫："大伙儿听听呀，这哪是媳妇说的话，自来媳妇都要服侍婆婆，讨婆婆欢心的，哪有这般忤逆的？还叫我干活，做这做那的，累得半死，我不活了，不活了……"

有几个村里的老大叔看不下去，忍不住插句嘴，说笑话道："这么凶的媳妇，休了不就是了？怎可这般待婆婆？"

寡妇脸色一黑，凶悍地瞪过去，尖声道："我已是第二次嫁男人了，倘若谁叫我日子不好过，我就死到他家里去，放火上吊，谁也别想好过！"

那些男人立刻闭嘴了。寡妇看着孙母，大声奚落道："婆婆，你还当自己是什么富贵老太太呀，一大家子人守着十几亩田过日子，村里哪家老太太不帮着做些活儿？我不过叫你看着后院的鸡鸭，一不动手，二不弯腰的，你这还叫累？想过好日子，别和你原先那财神媳妇和离呀！既有种和离，还觍着脸去想找人家回头，你别臊人了！"

孙母想起淑兰在时过的好日子，一口气被噎住了。

寡妇对着周围众人，又道："各位叔叔、伯伯、大妈、大婶不知道，我这婆婆最是糊涂，先头我男人娶过再好不过的媳妇，人家也是银子、宅子、田地、下人陪嫁过来的。那媳妇半夜送茶，三更捶腿的，就差没把我婆婆当王母娘娘来伺候了，谁知我婆婆还是不喜欢，整日欺负媳妇，最后还把人家赶走了！这样好的媳妇，我婆婆不喜欢，偏喜欢一个腌臜地方来的窑姐儿，叫那贱货两句话哄过，就当了亲闺女般！后来那窑姐儿给我男人戴了顶绿帽子不说，还生了个野种，末了，还跟奸夫卷了银钱跑了！我说婆婆呀，你这老毛病怎么还不改一改？自古良药苦口、忠言逆耳，瞧我不顺眼，难不成又想寻个嘴甜的窑姐儿来做媳妇？"

寡妇人虽生得粗笨高大，嘴巴却极为利落，一番话说下来，围观的村民哄然大笑，一些妇人几乎笑破了肚皮，再也没有帮孙母的。

孙母气得浑身发抖，一下子扑到孙志高身上，一边捶打儿子，一边哭叫道："你眼睁睁地瞧着老娘受媳妇欺负也不出来管一管！我白生了你啊！"

孙志高抖起胆子，指着寡妇道："百善孝为先，你怎可这般气婆母？还敢与婆母顶嘴，当初我连那般好门第的都敢休，道我不敢休了你吗？"

孙母来了精神，也怂恿道："对！休了她，咱们再找好的来！"

寡妇大笑三声，冷下脸来，高声大骂道："寻好的？你别做白日梦了！当初你们母子俩倾家荡产，无处容身，若不是我嫁过来，立时就要挨饿受冻！你儿子是个不能下崽的，一天到晚只知念酸诗，还寻花问柳，你真当你自己是甘罗、潘安哪，我若不是再嫁，鬼才跟你！连个儿子也生不出来，还得往族里过继，我还不知道下半辈子得靠谁呢！休了我可以，当初我可是在着老里正那里写清了文书的，宅子田地我都要收回来！"

孙志高气得满面通红，羞愤难当。

孙母心疼儿子，见周围的村民都嬉笑打趣，拿古怪的眼神看他们母子，又羞又恼道："你一个女人家的，好没羞没臊，这种事也是外头浑说的吗？"

寡妇昂首道："你儿子以前那些妾室一个都生不出来，好容易那窑姐儿生了一个，还是个野种！还有，你前头那媳妇改嫁后，如今一个接一个地生儿子！咱们还是先说清楚的好，让大伙儿做个见证，回头你又拿'无出'的罪名给我安上，想要休了我，我可不依！"

话说，淑兰似乎想要一雪前耻，改嫁后小宇宙爆发，当当当当，两年生了两只崽，如今正坐着月子。夫家从族中人丁单薄的家庭一跃发达，人丁兴旺，公婆俩一改当初有些不满她再嫁之身的态度，一看见媳妇就眉开眼笑的。

孙母气得发疯，提起地上的大棒子，用力朝寡妇身上打去。那寡妇侧身一闪，一把抓住孙母，夺过棒子来，一下一下地朝孙志高身上挥去，嘴里大骂道："你个窝囊废！敢出去喝酒寻花，敢乱使银子，敢乱交狐朋狗友，不给我好好在家待着！"

打得孙志高嗷嗷直叫，满地跳着躲避。寡妇神勇无敌，拧着他的耳朵，边打边骂，孙母爬起来想救儿子，却又推搡不过，三人立刻扭打成一团，周围村民乐哈哈地看着笑话。

明兰看着孙志高潦倒昏聩的样子，哪里还有半分当初趾高气扬的傲慢才子模样，孙母一身的粗布衣裳，竟叫明兰想起当初她满头金钗玉簪、全身绫罗绸缎地坐在盛家正堂上，当着李氏的面奚落淑兰的样子来。真是往事如烟，不堪回首呀。

不一会儿，马车开动，长松知道前头是孙氏母子在闹腾，怕他们又缠上来，便绕开了走另一条路。品兰扒着窗口看得依依不舍，直到看不见了才放下帘子，转过身来坐好，慢悠悠地端起茶杯喝了一口，长长呼了一口气。

明兰瞧她一副幸灾乐祸的神情，笑着吐槽道："这下心里快活了？"

品兰过瘾地晃了晃脑袋，一脸的神清气爽："止疼消病，延年益寿呀。"

四

这次回盛家祖宅，全不复两年前明兰来时的欢乐气氛，内宅进出的仆妇们都轻手轻脚，不敢有半点喧闹嬉笑。

明兰先拜见了苍白瘦削的盛维夫妇，李氏一脸憔悴。都说久病床前无孝子，可大老太太不是一般意义的母亲，她当年带着弱子幼女历尽坎坷才换来了今日盛府的繁盛光景。李氏作为长房长媳，自得鞠躬尽瘁，不然以后在族里没法混。这几个月下来已累掉半条命。

"父亲母亲服侍祖母病榻前，委实辛苦了，儿子来迟了！"长梧泣倒在盛维夫妇膝前，允儿也跪在一旁。李氏连忙扶起儿子儿媳，然后拉着允儿坐在一旁，连声道："我的儿，你有身子在，这一路已然累着了，待会儿见了老太太后便去歇息吧，家里不会见怪的。"

允儿坚辞不肯，盛维也道："听你母亲的话，这也是老太太原来交代过的。"

李氏转过身来，一手一边拉起明兰和小长栋的手，怜惜道："好孩子，你们也累着了，赶紧随我来吧。"

走进大老太太的寝房，明兰闻到一股刺鼻的中药味，屋内正中置了一个五层高的镏金八宝莲花座暖炉，里头的银丝炭一闪一闪的。外面寒冷，一进屋子骤然暖了起来，小长栋忍不住打了个寒战，明兰轻轻抚着他的背。

盛老太太坐在床头，看见自己的孙女孙子，原本肃穆的神情露出一抹笑容，微微点头，却并没有说话。长梧已经一步上前，扑倒在床前，哀戚地哭道："祖母，孙儿来了！"

明兰微微走近，只见大老太太满头白发梳理得整整齐齐，眼眶深深陷下去，鼻梁竟也有些塌了，面若金纸，双眼紧闭，听见长梧的声音也只能微启嘴唇动了动，发不出什么声音来，最后在汤药婆子的帮助下艰难地点了下头，没过多久又昏迷过去了。

一旁服侍的文氏，轻轻抹了抹眼泪，哽咽道："几日前起，祖母就说不了话了，只能咽些薄粥，今日算是好些的了。"长梧连忙躬身道："嫂子劳累了。"

因怕打扰大老太太歇息，众人便退了出来。回到正房坐下后，长梧夫妇和明兰、长栋给盛老太太见礼。盛老太太问了几句京城可好，长梧都一一答了。李氏见外头大箱小笼的一大堆，觉着奇怪，长梧支吾着："……已报了九个月……"

李氏心疼起来，儿子升任把总后，她在娘家夫家没少威风，如今她家也算要钱有钱、要官有官的，虽然伺候大老太太辛苦，但想到子孙将来也会这般孝顺自己，什么都忍下来了。

可这并不代表她愿意让儿子拿前程来孝顺。

李氏呵斥道："自作主张！在京里好好当差就是，家里有我们和你哥嫂呢！朝廷并无明令规制孙辈也要丁忧呀！"好容易得来的官儿，要是叫人顶了怎么办？

盛维看了一眼盛老太太，威严道："儿子事先与我说过的，虽说并无明令，但梧哥儿有这个孝心，总是好的，你别掺和，我心里有数！"

盛老太太正拉着明兰的小手，左一眼右一眼地巡视宝贝孙女胖瘦，闻听此言，微微一笑，冲着李氏安慰道："侄媳妇勿用担心，他叔早与中威卫上下几个正、副指挥使打好招呼了，那位置给梧哥儿留着。若一时之间家国社稷需人出力，上峰也会酌情召复的。"

盛维夫妇大喜，立刻叫长梧夫妇给盛老太太磕头。明兰很机灵，立刻上前扶起堂兄嫂二人，连声道："嫂嫂有身子了，不好乱动的，赶紧坐下吧；梧二哥哥秉性孝顺，以后不计仕途子嗣，都必能顺遂的。"

李氏听明兰说话乖觉，心里十分喜欢，从一旁的丫鬟手中取过两个早已备好的荷包，分别塞给了明兰和长栋，又从自己腕子上撸下一对翡翠镯子给明兰套上。

明兰见这镯子色泽碧翠，通透晶莹，触肌温润，通体竟无一丝杂色，端的是极罕见的上品，她立刻连声推辞。李氏不依，一脸慈爱道："好孩子，明年你就及笄了，大伯娘没法子去观礼了，这权当提前给你的贺礼，不可推辞的。"

明兰回头，见盛老太太微微点头才收下，恭敬地福身道谢，一边下福，一边心道：大伯娘，其实您不用忧心，官场上的男人都门儿精，虽说孙辈无须硬性丁忧，但武将和文官的一个很大区别就是，在太平岁月，武将在或不在区别不大，还不如丁忧九个月，博得个好名声，反正盛纮和长柏会替他看着官位的。

接下来，大人们有话要说，小孩子们就先出来了。小长栋骑了两个时辰的马，一开始还觉着好玩，后来就受罪了，大腿内侧磨破不说，肌肉还酸痛得厉害，好在长梧早就叫婆子备了药膏给他敷上。

明兰本来想跟进去照看，被小长栋绷着小脸赶了出来。明兰看着面前"砰"的一声关上的门，大为腹诽：不就有只小鸟嘛，有什么了不起的，当她没见过世面哪。

一出门，品兰正在外头等她，一见她就扯着她的袖子，一脸凶恶道："把镯子交出来！"那对镯子是李氏多年的心爱之物，品兰早惦记许久了。

明兰晦气地哼了声："最近真是倒了血霉了，前几日遇水贼，今天碰路匪！"其实李氏早给京城的三个兰备了及笄礼的。说着，明兰就褪下镯子递给品兰。

品兰兴致道："我听二嫂都说了，那水贼怎样？你见着了？"

明兰豪迈地一扬首，骄傲道："何止？我以一当十，打退了一船的蟊贼！"

品兰白了她一眼，接过镯子，笑嘻嘻地对着日头看了看，又放在自己腕子上比对了半天，然后还是还给了明兰。

明兰只收了一个，另一个塞了回去："咱们一人一个吧！"

品兰虽心里喜欢，却不好意思，犹豫道："这是母亲给你的，怎么好……"

明兰拍着她的肩，调侃道："拿着吧，见一面，分一半，不是你们道上的规矩嘛。"耍嘴皮子的结果是，又被品兰的大力金刚爪揉搓了一顿。

晚饭后，明兰随盛老太太回屋歇息，才有机会好好说话。谁知明兰刚黏上老太太的胳膊，嬉皮笑脸地还没说上一句，老太太便冷下脸来，喝道："跪下！"明兰呆了呆，老太太疾言厉色道，"还不跪下！"

明兰赶紧从老太太身上跳下来，"扑通"就跪下了，然后房妈妈板着脸从后头出来，手里捧着一把令人心惊胆战的戒尺。

"左手！"老太太持尺在手，冷冰冰道。

明兰怯生生地伸出左手。老太太高高扬起戒尺，肃穆道："可知错在哪里？"

明兰看着那明晃晃的黄铜戒尺，心想，她经常犯错，能不能给个提示先？一旁的房妈妈好心提醒道："晌午时，梧二奶奶已把路上遇水贼的事说了。"

明兰无奈地闭了闭眼睛。允儿嘴真快，这次她知道自己踩着哪处地雷了，低声承认道："孙女知错了，不该肆意妄为，将自己置于险境。"

"知道就好。"老太太铁面无私。认错只是处罚条例的第一章第一节，接下来还有挨打、训话、讲道理和罚抄书，一系列流程，如拒不认错，还有续集连播，不过看在明兰改造态度良好的分儿上，减刑处理。

"傻姑娘，老太太是心疼你才罚你的。"房妈妈在明兰的手掌心涂着一层栀子花香的药膏子，慢慢唠叨着，"这回是姑娘运气好，都是自己人，事情又出在外头，京城和宥阳都不沾边，把上下都处置好了，便没什么闲话。梧二奶奶和老太太说时，老太太吓得手都打战了，碗盖都拿不稳了。事虽了结了，可姑娘真得改一改性子了，老这么着可不成，老太太闭上眼睛都不会安生的。"

明兰心理上是个成年人，自然知道好歹，知道自己气着老年人了，也很过意不去，于是敷好了药膏子后，就眉开眼笑地溜进老太太的屋里，小土狗摇尾巴似的讨好老太太，一忽儿作揖，一忽儿鞠躬，最后钻到老太太炕上，牛皮糖一般地黏着磨蹭。

这几年下来，这全套撒娇卖乖的功夫明兰做得熟练至极，老太太素来是招架不住的，再大的气也消了，实在气不过了，扯住明兰狠狠拍打几下撒气。

房妈妈目测了下，估计那力气刚够拍晕只傻蚊子。

到底大老太太重病卧床着，不然依着品兰的性子，定然要拉明兰上树下河、捉鸟摸鱼不可，如今却只能老实待在内宅里，明兰写字抄书，品兰就在一旁记账目；明兰做绣活，品兰就打算盘，一个刺绣挥毫的身姿秀美雅致，一个数铜钱算银票的很市侩。

残酷的对比照，品兰抑郁了。明兰很真心地道："其实我更喜欢你的活儿。"

每隔几日，盛纭就会与泰生一道来瞧大老太太，盛纭在床头看着奄奄一息的老母哭天抹泪，泰生负责安慰伤心的表妹。

不是明兰。

品兰的确是大了，看见泰生知道脸红了，说话也不粗声粗气地使性子了，对着姑姑盛纭也懂得温婉可爱装贤惠了。呃，不过就明兰这种专业程度来看，品兰且得修炼。

寒风似刀，岁入隆冬，密密的雪花片覆盖了整个庭院，大老太太到底撑不住了，屋里烧着融融的炭火，气氛凝重而哀伤。大老太太从昨夜开始就完全昏迷了，只有胸口微微地跳动，表示她还活着。盛维夫妇始终陪在病床边上。

床边小几上置一银盘，内有几根细柔的羽毛，汤药婆子时不时地把羽毛放到大老太太鼻端，试试是否还有微弱的呼吸。盛纭伏在床前，低声哭泣，不断地叫着"娘亲"。周围儿孙媳妇或坐或站了一地，只有允儿，因怕她过了病气，便免了她床前伺候。

忽然，大老太太一阵急促的呼吸，短促的喘息声呼啸在静谧的屋里。盛维连忙扑过去，扶着大老太太："娘，您有什么要说的？儿子和小妹都在呢！"

大老太太眼皮子艰难地动了动，倏然睁开眼睛，枯骨般的手猛地抓住盛维和盛纭，挣扎着爬起来，蜡黄枯瘦的脸上泛着奇怪的红晕。

"娘，您怎么了？您说呀！"盛纭静静地抱着大老太太的身子，哭问道。

大老太太双目虚空，不知在看什么，嘴里喃喃了几声，忽然厉声大叫道："红儿！我的红儿！"凄厉的尖叫把一屋子的儿孙都吓呆了。

大老太太宛如魔怔了一般，哑声嘶叫着："红儿！都是娘不好！娘没能护着你！"

盛维兄妹俩已是满脸泪水。大老太太一阵猛烈的咳嗽，脱力般地向后倒去，喉咙里爆发出一阵断断续续的嘶哑："……红儿，你……你放心，娘为你报仇了！那害……害了你的贱婢，娘找到了！她以为卷了钱远走高飞，就能快活了？哈哈哈……没门儿！娘把她卖到了最下贱的窑子里去，她死后……把她挫骨扬灰……报仇了……报仇了……"

笑声比哭还要难听，明兰无法想象素来慈祥和气的大老太太，会说出这样狠毒阴森的话来，当初到底有多深的怨恨啊。

大老太太的气息微弱，渐渐喘不上气来了，犹自低低吼叫着："盛怀中！

你……你宠妾灭妻，为色所迷，枉顾儿女性命，我到阎王那儿也要告你！"言语中满腔都是恨意。

一阵尖锐的喘气之后，大老太太颤抖了几下，然后闭上双目，再无声息了。

汤药婆子拿羽毛试了试鼻息，对着众人摇了摇头。盛维和盛纭看着大老太太枯槁般的面庞，想起母亲这一生的苦难，放声大哭。一众晚辈都跟着哭起来，外头服侍的丫鬟婆子听见里头的哭声，都跟着一起哭号着。

明兰低头伏在盛老太太膝盖上，低低地哭泣着。她并未受过那种苦难，却觉得心头有种难以言喻的酸楚，一个女人的一生，就这样过去了。

一切后事都是早就预备好的，擦洗，换孝衣，设灵堂，出殡，大殓，李氏和文氏料理得妥妥当当。盛维在乡镇里素有德名，怜弱悯老，多有抚恤，每每行善不落人后，且胡家也是殷实的商户，丧事办得很是风光，请了五十一名僧众，做足了三十五天的水陆道场。

宥阳城里凡是有头有脸的人物都来吊唁，上至知府，下到小商人家，无有不来的。盛维本想等等看，兴许盛纭或长柏会告假而来，谁知待出殡之日还没等到，只好先行下葬了。

几户素来交好的人家沿途设了路祭，花里胡哨的祭棚搭了一路，抬棺队伍绕着宥阳足足绕了一圈，最后在郊外盛家祖坟里下了土。

丧礼后的第二天，外头传来消息，就藩皖西的荆王扯旗起事，直指当今天子篡诏谋位。

荆王蓄谋已久，府兵器物都储备颇丰，一时间，皖地烽火遍起，反旗直指北上京城，是以从京畿到金陵的水、陆两路俱已断了。

五

崇德元年十月，北疆羯奴五支作乱，集结草原鞑靼残部，兵锋直指京畿重地，嘉峪关总兵八百里加急奏本，五军都督府遂遣两路大军赴援。同年十一月，仁宗第五子，皖藩荆王谋反，亲领府兵及谋逆卫所兵士十万，北上"反正"。

"十万？！"李氏大惊失色。

明兰扭头道："大伯娘别慌，定是连伙夫工卒七大姑八大姨都算上了，能有五万就不错了。"曹操那百万雄师的真实成分也就二三十万。

长梧从座位上站起，点头道："说得是。我仔细打听了，其实就三万人马。"

"我记得太宗武皇帝平定'九王之乱'后便明令严旨，我朝藩王府兵不得过三百，且无封土，无臣民，无吏权，地方都司要按制督察藩王行径，定期向京畿汇报情形。怎么一会儿工夫，荆王就弄出三万兵众来？"明兰走到长梧面前，疑问道。

长梧苦笑了下，答道："妹子不知，那荆王虽惹先帝嫌恶，早早地被解往外地就藩，但先帝到底仁厚，且荆王生母嘉贵妃早逝，先帝不忍儿子在外受苦，便对荆王在外的许多不肖行径宽容些。这些年我在营卫里也常听说荆王在皖西权势滔天，地方官吏非但不敢言语，还多有帮纵。"

明兰柳眉一挑，又问："梧二哥哥可知道荆王在藩地行径如何？"

长梧呆了呆，不解其意："什么……意思？"

明兰迅速分解问题："先说说他如何点将。"

长梧想了想，答道："荆王生母原是先帝爷时奉国大将军嫡女，荆王就藩立府后，大将军送了不少能臣干将过去，府中有几个卫士长颇有能耐，不过荆王似乎更器重自家的几个小舅子，常带妃妾家的兄弟来京索要兵器银粮。"

明兰又问："那他待皖地百姓如何？"

长梧摇头道："荆王要养这许多扈从兵士，只靠藩王的俸禄如何够，便是先帝爷再宽厚多赐，也是不足的，其余的只能百姓出了。还有……皖地的许多高门大户多将家中女儿送入荆王府为妃妾，这样一来，地方豪族自和荆王绑在一块儿了。"

明兰不置可否地弯了弯嘴角，再问："那荆王平素行径厚薄如何？"

长梧被一个接一个的问题绕晕了，只觉得这个小妹妹虽语气温柔，但句句犀利。

坐在上首的盛老太太皱眉不悦，轻喝道："明丫儿！怎么说话的？一句赶一句的，这是你一个姑娘家该问的吗？"

明兰也不回嘴，只老实地低头站着。

在座的盛家人都发愣着，李氏和文氏目瞪口呆，长松张大了嘴，盛维听得入神，连忙摆摆手，道："姊姊不必责备侄女，她问得极好，我们这儿正一团糨糊呢。侄女和梧儿这么一问一答，我倒有些明白了。就是说，那荆王任人唯亲，盘剥百姓，与将士也未必一心，这么说荆王谋逆未必得逞喽？明兰，你有话就问。"这话是对着盛老太太说的。

品兰也起劲道："是呀，是呀。"

盛老太太看了一遍屋内，俱是盛维自家人，遂朝明兰点了点头。

明兰欲知的还有许多，便不客气地上前一步，对长梧又问道："二哥哥离京时，京卫指挥使司和五城兵马司是怎么个情形？兵丁是否满员？器械是否常备？各个指挥使可有调动？"

这个长梧最清楚，立刻答道："皇上登基近一年来，指挥使一级只调了两三个，不过同知、把总、都统一级的却换了不少，提拔了许多寒门子弟，我就是其中之一。上任后，我们陆续接了许多条整顿指令，不许吃空饷，不许懈怠操演什么的。"

盛维神色一松，略有些放心地看了李氏一眼。

明兰又追问道："那北疆的叛乱呢？京城出了多少人马？"

长梧估计了下，道："我们行到鲁地时，我听说，五军都督府拨调了大约三分之二的将士。"

明兰沉吟片刻，最后问了一句："那豫中和苏西……如何？"

长梧知道明兰的意思，深叹一口气："这十几年来，荆王每年回京几次，这一路上……唉，那几地的卫所和宗室藩王俱和他交好。"

明兰忍不住微笑了："那梧二哥哥还紧着要回京效力？"

长梧捶了一下身旁的案几，悔声道："那怎么办？"

文臣靠嘴皮子和案头工作来熬资历，可他们武官最好的晋升途径是打仗，上回的"庚申之乱"就让多少像长梧一样非勋贵子弟出身的低级军官上了位。

明兰看着长梧一脸懊恼神色，心里暗暗替他补上想说的话：这荆王也太猥琐了，要谋反也事先给个风声呀，若早知道有建功立业的机会，他就不会回来了，可现在……

李氏忙过去抚着长梧的肩，慈心苦劝："梧儿呀，打仗升官的机会有的是，如今外头乱成一锅粥了，你千万别出去呀，你媳妇儿还怀着身子呢，你可不能有个好歹。"

盛维虽然也希望儿子加官晋爵，但到底心疼儿子，也道："你母亲说得是，人最要紧，何况……谁也不知道……"

品兰快口接上："谁也不知道哪边赢！"

盛维一拍桌子，怒喝道："死丫头闭嘴！胡扯什么！许你在这儿听着，便已是不当的了！"

品兰缩回脖子，不敢说话。

长梧满肚子苦水，含糊道："爹娘有所不知，我们武官讲的就是富贵险中求，将士拼命哪有不冒险的！平乱虽凶险，可比起北疆、西凉那种苦寒之地，如今这阵仗已是最便宜的了。"

盛维不禁犹豫了。太平年月能在军中升官的大多是权爵子弟，像盛家这样在军中没什么根基的，如此的确是大好机会，且武官和文官不一样，文官做到七老八十背弯眼花，还可以老骥伏枥，可武官吃的是身体饭，若到六十岁还没能混上个都统，那就……

自从几日前得知荆王作乱之后，长梧立刻往金陵打探消息，知道中原腹地一带已是兵荒马乱，长梧心急难耐，要返京效力，盛维和李氏吓得魂飞魄散，长松和文氏也一道劝阻，还找了盛老太太来压阵，当然，品兰、明兰和小长栋也浑水摸鱼地溜来了。

盛维家的气氛比较温暖和睦，且规矩也没官宦人家那么重，儿女在父母面前都是有什么说什么，没有如兰扯后腿，没有墨兰说风凉话，也没有王氏的猜忌，明兰对着盛维夫妇反倒更敢说话了。

李氏还在苦劝，不愿长梧去。

长梧被母亲缠得不行，无奈道："娘，你不知道，京城繁华，凡是能在京畿重地卫戍部队里当个一官半职的，都是权爵子弟，我还是靠着叔父走动才谋得差事的，后来'庚申之乱'中侥幸立了点儿小功劳，才能升任把总，到地方卫所上，也能当个指挥佥事了。娘，你可知道，若实打实地在边关苦熬，没个十年八年的，能成吗？"

李氏结巴了，为难地看着在座的家人，最后冲着盛维大声道："他爹，你倒是说话呀！"

盛维不是不想说话，而是不知说什么，他的目光从家人的脸上一一扫过去，李氏、长松、文氏、品兰……他们的面色或有困惑，或有为难。盛维目光一转，上首端坐的是盛老太太，一旁是明兰和小长栋。

盛维朝盛老太太一拱手，恭敬道："姊姊见多识广，吃的盐比我们吃的饭还多，侄儿请姊姊指教。"

盛老太太看了眼长梧，心里也犹豫着，摆摆手，缓缓道："我一个妇道人家，如何知道军国大事，要是你兄弟和柏哥儿两个在，兴许能说出个子丑寅卯来。"

盛维忍不住瞄了明兰一眼，回头又瞧了瞧长梧。长梧知道父亲的意思，父亲不便说的话自然儿子来说，便道："明妹妹，你觉着呢？"

明兰一直低头站在盛老太太身边，听了这句话，很谦虚地回道："这般大事，大伯和哥哥们做主便是，祖母、伯父、伯母在上，我一个小女子如何知道。"

盛维温和道："侄女儿，你就说说吧，你们姐妹几个，小时候是与柏哥儿一道读书的，那庄先生的学问那般好，你也说说。"

盛维经商二十余年，于官商经济之道颇为精通，官场上的派系、世家之间的脉络，他也能说出个一二来，可于这军国大事，他真是摸不着边了。刚才要不是明兰那一连串明确犀利的问题，他还未必能明白外头局势的厉害。

这不能怪他，这时代没有初中、高中历史必修课，更没有铺天盖地的网络历史军事普及帖，信息闭塞的古代，他一个商人和几个内宅妇人哪里知道这些。

明兰见盛老太太朝自己微微颔首，便踌躇地走出来几步，想了想，才道："梧二哥哥的意思明兰知道，怕失了这为国报效的机会。可二哥哥想想，此去京城，必然途经皖、苏、豫、鲁和晋这几地，而这几处地方，如今怕是兵乱四起了，那些个蟊贼山匪自不会闲着，没准也瞅机会准备出来发一把财呢。二哥哥如今身边没有人马，了不起带上些家丁乡勇，可这未必够呀。"

李氏听了连连点头，连声道："明姐儿说得好！梧哥儿，娘就是怕这个！"

长梧试问道："若我布衣乔装，随百姓一路轻骑小路而去呢？未必会遇上祸事。"

明兰点头道："这也有可能。"

李氏脸色骤变。长梧倒有几分欣喜，谁知明兰下一句就是："可二哥哥怎么知道定能报效成功呢？"

长梧不解。

明兰朝中间的黄铜大暖炉又走近几步，好让身子暖些，微笑道："前头北疆作乱，后头荆王就举了反旗，也不知是荆王伺机而动呢，还是随机应变的，不过如今反军一意北上，靠的就是'快'字，只消皖、苏、豫、鲁和晋五地都无甚阻碍，若能趁着京畿空虚，等一举拿下皇城，改天换日，这事儿便成了一大半。"

皇帝对这个跋扈的五哥早看不顺眼了，连着削了荆王好几项特权，不能开煤矿了，不能铸钱币了，还要削减年俸，缩编府兵，荆王心存反意久矣。

再说得阴暗些，再阴谋论些，再匪夷所思些，搞不好北疆变乱就是皇帝自作的鱼饵。不过明兰觉得是自己无厘头军史小说看多了，这世上没几个脑抽风的皇帝敢拿军队造反来做阴谋诡计的。

李氏嘴唇发白，惊惧道："那……荆王能成事？"

明兰歪着脑袋，回忆道："当年庄先生与我们说史时，曾说过，自古以来王爷或藩镇造反，打的都是'清君侧'的幌子，可如今这位荆王倒好，一气指向皇帝。可当今圣上明明是先帝亲自册的储君，祭告了太庙祖宗，而后大告文武百官，大赦天下后才登的基，只这一条，荆王便名不正、言不顺了。"

一般只有农民起义才会直接攻击皇帝是坏蛋，例如张角同志著名的口号"苍天已死，黄天当立"，如果是臣属藩王造反的话，即使厉害如中断了盛唐基业的安禄山，也不敢说都是李隆基的错，只能说老杨家好坏呀好坏，荔枝老贵的，还拼命吃，劳苦大众们，咱们一道去打奸臣吧，于是安史之乱了。

"再加上梧二哥哥适才说的那些，足见那荆王也是弱点不少。"明兰补充道，"且圣上对京畿军备整顿得十分得力，京城又城墙高厚，未必攻得下，只消拖延些时日，四地的勤王军队赶来，那荆王就没什么戏好唱了。"

长梧喜上眉梢，更是着急地大声道："妹子说得对！所以我才要赶回去呀！"

明兰又轻飘飘地泼了盆冷水："那也未必准赢。当年九王的军队、物资、民力均数倍于太宗武皇帝，谁晓得不过短短一年，就叫武皇帝一举剿灭了。"

品兰急道："你到底什么意思呀？翻来覆去地说废话！"

盛维瞪了女儿一眼，也疑惑地去看明兰。

只见明兰也是一脸苦笑，摊着两只小手，为难道："我也不知道呀！这种事情谁能说明白呀。"这好比摇骰子，没开盅之前谁都不知道。

长梧黑着脸不说话了。

明兰在盛维面前站好，斟酌道："侄女的意思是，京城变数太大，能不能到京城不一定，到了京城局势怎样也不一定，但梧二哥哥又不好干坐着，不如……去金陵吧，到金陵都尉府去效力。"

长梧奇怪道："妹子弄错了吧，荆王的军队都北上了，南边没有战事呀。"

明兰摇头："是没有战事，但有流民，有匪患，甚至还有浑水摸鱼的贼兵。"

长梧轻吸一口气，沉吟起来。

明兰一字一句道："庄先生说过，哪儿有兵乱，哪儿就有流民。金陵繁华富庶，离皖地又近，这回梧二哥哥去打听，不是也说那儿军备松懈，将士空缺吗？无论如何，保家护城，安一方百姓，总是没有错的吧。"

李氏终于高兴起来，脸上有了些红晕："对，对，金陵离这儿不过一个时辰的车马，一家人在一块儿也有个照应！"宥阳在金陵以南，更安全些。

盛维也觉得可行，转头与长梧道："金陵都尉府你识得不少人，你拿着中威卫的腰牌和文书去，为父给都指挥司的刘经历写封信去。"

有盛纮那个专职告状的御史叔父在，想必金陵都指挥司也不至于贪了长梧的功劳。

此言一出，盛家人都松了一口气，个个都转头劝说长梧去金陵。长梧被说得晕头晕脑，对明兰迟疑道："真的会有流民吗？"几天前他去的时候，金陵看着还很和谐呢。

明兰掰着手指数了数日子："这个嘛……等等看吧。"

长梧瞪着小堂妹，明兰很无辜地看回去——狗头军师的确是个好职业，只负责出主意，采不采纳是别人的事，说好了有一份功劳，要是不好，那是老大没判断力，干吗随便听信谋士的话，军师说什么你听什么，他让你跳楼你跳不？

众人散去后，盛老太太抓着明兰到房里，轻声问："刚才你说的，都是你自己想出来的？"

明兰点点头，反复回想刚才所言，应该没有超出时代性、社会性吧，那点东西盛纮和长柏，或者任何一个有眼光的文官，都能说出来。

盛老太太表情很复杂，目光在明兰身上来回溜了两遍，又轻问道："金陵真的会有流民？你有几分把握？"

明兰凑过去咬耳朵："完全没有把握。"

老太太愕然。

明兰趴在老太太肩头，附在耳边慢慢道："其实我赞成大伯母，性命比升官要紧，但梧二哥哥定是不肯罢休的，索性给他找些事儿做。"

老太太愣了半晌，惊疑道："那你全是胡说八道？"

"哪有！"明兰用力压低嗓门，"前面一大半都是真的呀，就后面几句掺了水的，金陵到底是陪都，城池高厚，流民哪那么容易进来呀。"

老太太撇了撇嘴，哼哼道："小丫头挺机灵的呀。"然后朝天叹了口气，忧心道，"也不知你父亲和柏哥儿他们怎样了，千万要平安呀。"

明兰不知又想到了什么，仰着脑袋发了会儿呆，被老太太叫了两声才回过神来。

她蹙起精致的眉毛，正色道："孙女刚刚想到一件事，其实现在叛军离我们比离父亲他们近，若荆王北上途中遇到阻碍，散兵游勇便会直扑回来攻打稍弱些的金陵，或是劫掠一番补充军饷，或是攻下城池作为巢穴，所以现在……我们先担心自己，等荆王打了几场胜仗后，再来担心父亲他们吧。"

明兰顿了一下，又很好心地补了半句："这句话没掺水。"

老太太刚刚叹出去的气又被咽了回来，她盯着明兰看了半天，心潮起伏，忽然觉得自己一定能很长命。

六

岁入隆冬，春节将近，明兰打算送自己一副对联，上联书"料事如神"，下联书"铁口直断"，横批——半仙。

那日忽悠了一通后，长梧翌日就去了金陵。时局不稳的当口，多些武人来保家护院总是好的，金陵都指挥使司及周边五处卫所都只恨能打的人太少，长梧自然很受欢迎，连续五顿肥鹅大鸭子的接风宴后，长梧告假回了趟宥阳。

"妹子，你瞎扯吧！我就说南边没战事吧？我趴在金陵墙头这许多日子，啥事都没有，不过金陵城里的大户知道外头战乱，都怕得半死，这不……半个月工夫已经纳了三次护城捐了！喏，连我都分到了几百两银子。"

长梧把一个沉甸甸的绣金丝布袋丢在桌上，苦笑着。对于那些靠兵饷过日子的来说，这是一大笔钱了，可盛家子弟并不缺钱。

李氏见儿子言语之间又流露出想北上的意思，苦于无话可劝，大冬天急出一头汗来。

"二哥哥，你别急呀。"明兰悠悠然道，"你想呀，上个月才起的战事，流民用两条腿走，哪有骑马快呀，再等等吧！"

"是吗？"长梧满眼怀疑地看着明兰。

明兰用力点头，然后用先进事迹鼓励他，用说书先生的口气道："想当年，武皇帝御驾亲征兀良哈，数九寒天，滴水成冰啊，领着十万大军在奴儿干古城一等就是两个月，不骄不躁，终赚得兀良哈轻敌，几个部落精锐尽出，后武皇帝一举将其剿灭！二哥哥，你学的是百人敌千人敌，说不定将来还要万人敌，'耐心'便是第一等要紧的。"

榜样的力量是无穷的，长梧被唬得一愣一愣的，当晚就回金陵去了。晚饭时，李氏一个劲儿地往明兰碗里夹菜，允儿把原本优待孕妇的两只鸡腿都放进明兰碟里了。

"侄媳妇，你就别捧她了。"盛老太太嘴角含笑，"小丫头就一张嘴皮子会哄人。"

盛维神色凝重道："未然。我瞧着侄女的话有理，这些日子我已在乡里镇上走动了一番，请了各大户大族的耆老吃茶，请他们此次过年莫要铺张，多存些粮食柴炭，以备不时之需，到底外头乱了。"

盛维的感觉很灵敏，不过三日后，长梧托人带信回来：流民来了。

因荆王密谋篡位已久，急需巨额银粮充作军需，多年来于民间大肆盘剥，上行下效，各级官吏便于百姓敲骨吸髓。恰逢隆冬时节，天降鹅毛大雪，百姓饥寒交迫，不堪困苦，流离失所之众只得逃离皖地，遂流民大起，流窜往苏、豫、鄂、赣、浙几省而去。

崇德元年腊月底，皖地五万流民会聚金陵城下，官府开仓放粮，城中富户也大开粥棚，广施柴炭，容流民于城外民舍过冬。

长梧终于有了用武之地，因怕流民生事变乱，每开城门救难之时，都要军队护卫在旁，日夜周作不息。宥阳也于崇德二年的正月底，迎来了第一拨流民潮。

好在盛家早有准备，连同县里其他几户大族，临时搭了许多窝棚，好让流民容身，一日两次舍粥，再找出些不用的棉被棉衣给他们过冬。

明兰也随着李氏坐在车轿里出去看过，回来之后难过了好久。

在衣食无忧的现代长大的孩子无法想象那是怎样一番光景：鹅毛大雪，满地冰霜，许多老人孩子都只穿着单衣，哆嗦着挨着一小堆火取暖，皮肤冻得酱紫，小孩子满手满脸的冻疮，一双双饥饿的眼睛木然地盯着那一碗冰冷的薄粥，仿佛那是他们唯一的希望。

窝棚里没有大哭声，只有稀稀落落的抽泣声，母亲抱着滚烫发烧的孩子，奄奄一息得连哭都哭不出来，一声声微弱的呼饿，让明兰的心都揪到了一块儿。

"……我家乡那会儿，就是遭了水灾，家里的田地都淹了，没收成，没吃的，弟弟又生病，爹娘就把我卖了。"小桃回忆着模糊的过去，说得很平静，"听村里的叔太公说，本朝的日子还算是好的了，各家各户都有自己的田地，不用交租，前朝大乱的时候，百姓哪有自己的地呀，都是大户的。但凡有些天灾人祸，交不起一文钱的地租，便要卖儿卖女了。"

明兰微微点头。一个王朝越到后来，土地兼并越严重，待到农民活不下去的时候，便改朝换代，在废墟上，一切重新来过。

丫鬟秦桑的情绪也很低落，低声道："我家里原有十多亩地，风调雨顺的时候，一家人也过得去。可那年来了个贪毒的县令，见天儿地寻名目要钱，还瞧上了村里的银花姐姐做妾，银花姐姐家里不肯，他就拿了银花姐姐的爹爹、哥哥去，说他们是刁民抗粮，关在牢里用刑。银花姐姐只好进县令府，谁知她爹爹、哥哥熬不住刑，早死在牢里了，乡里人去理论，县令的管家说，清白都没了，别自讨没趣了。后来，银花姐姐一头撞死在县衙门口了。"

明兰心头惨然，真是"破家的县令，灭门的府尹"。这年头，老百姓的幸福生活宛如一张薄纸，一点天灾人祸就能捅破了。明兰忽觉得自己这胎投得不错了。

"这关你家什么事？"绿枝听了半天，没抓住重点。

"银花姐姐是我哥哥没过门的媳妇。"

——众人皆肃然。

秦桑拨了拨炉子里的炭火，火光照着她平淡柔和的面庞："哥哥气不过，要去拼命，被衙役们打得血肉模糊地撂了出来，爹爹也气得生了病，家里两个男人要瞧病，又没了劳力，哪有这许多银钱。祖母说不能卖地，等男人们好了还要种的，只好把我卖了，一起卖的，还有银花姐姐的弟弟和妹妹，也不知他们现在哪里了。"

丹橘轻轻问道："你还记得那县令叫什么吗？"

秦桑摇头，双鬓上的绒花轻轻抖动："不记得了。那时我才五六岁，只晓得我离开时，村长和里正商量着，大伙儿凑些银钱，一定要叫村里头出个秀才，以后受欺负时，也有个能说话的……后来听说，那县令叫人告了，抄家罢官，还充军发配，我高兴极了。可惜银花姐姐家已经家破人亡，屋子田地都荒芜了，再没人提起他们。"

众人心里一阵难过。沉默了许久，秦桑又快活起来，笑道："前两年，家里托人来信，说家里渐好了，大哥、二哥都讨了媳妇，弟弟在念书，我爹娘还说等光景好了就赎我出去，我说不用，我在这儿好着呢，一个月有二三钱银子，比爹爹、哥哥都挣得多，我都攒下带家去了，好让爹娘多置些田地。"

明兰一直静静听着她们说话，这时忍不住问了一句："你家里宁肯卖你都不肯卖你都不肯卖地，你……不怨他们吗？"

秦桑笑得脸微微发红："怪过一阵子，后来就想开了，有田地，有爹爹，有哥哥，便有了指望，娘也是千打听万打听了后，才寻了个厚道的人牙子卖了我的。我的命好，能进到咱们府来，老太太和太太人好，不打不骂的，还有福气服侍姑娘，这许多年来，吃好的穿好的，姐姐妹妹们又都和我好，有什么好埋怨的。"

明兰不禁怔了怔，其实秦桑在暮苍斋里不算得用，模样性情都只是平平，既没燕草周到仔细，也没绿枝爽利能干，因此月钱和赏赐都排在后头，可听她的语气，却对生活万分知足，说起家里时，更是一片眷恋留恋，这般温厚老实的人品，便是十分难得的了。

明兰第一次见识到底层老百姓的善良诚恳，他们就像脚底的泥土一样，卑微，却实在。明兰心里喜欢，便笑道："若你家里真的光景好了，不用拿银子来赎，我放你出去便是，想来你爹娘已给你说好姑爷了，到时候我再陪你一份嫁妆！"

秦桑脸红成胭脂色，跺着脚羞恼道："姑娘！这话你也能浑说的？我告诉房妈妈去！"

笑声终于吹散了阴霾。明兰禀过老太太后，把自己平时存的私房钱拿出四分之三来，小丫头们也凑了些零碎银子，全买了米粮棉被去周济那些流民。

"这些年攒的钱都没了，这下心里舒服了？难不成差你这一份，外头就不会冻死人了？"盛老太太似笑非笑地看着明兰。

明兰认真地点点头："孙女知道是杯水车薪，但尽我所能，做我能做的，也便如此了。听梧二哥哥说，待到开春后，官府会统一安排他们，愿回原籍的回去，没处可回的便去开荒垦地，落地生根，只望他们能熬过这一冬吧。"

老太太搂着小孙女，面露微笑，轻叹道："小傻瓜哟！"

崇德二年正月底，皖东、浙西、苏南及苏西几处山匪成患，常劫掠逃难的百姓，攻略防备松懈的城镇，所到之处，杀人放火无恶不作，兼之流民无处可去，遂落草为寇者甚众。

长梧和一干热血将士几次请命，希望领卫所兵营出城剿匪，俱被金陵知府和都指挥使压了回去，如今外面刀兵四起，金陵紧守城门还来不及，哪里敢开城剿匪！

长梧几次请命都被驳回，气急之下告假回家。

"跟你说了多少次了，不要与上峰横眉竖眼的，收收性子！官场不好混的！"盛维担心儿子与上司闹僵，劈头就说了儿子一顿。

"爹，我怎会如此？！兄弟们都拍桌子摔酒杯地谏言胡指挥使大人，就我没说什么！"长梧梗着脖子，脸涨得通红，"就是因为如此，我才告假回家的，不然哪有脸见兄弟们！"

明兰在一旁安慰道："二哥哥别着急，你又不是金陵直属的武官，不多劝也是对的。欸，对了，如今外头战事如何？我瞧着咱们南边还算太平，莫非荆王北上一路顺利？"

"他做梦！"长梧脸色十分不屑，"就那帮乌合之众，声势闹得倒大，不过是无能之辈，刚一入鲁地就吃了败仗，大军被对半截断，后一半退到徐州，又吃了个山谷埋伏，前一半逃窜去了庄州，估计也差不多了。"

此言一出，屋内众人都神情一松。盛维、长松父子互视一笑，总算放下心来。盛老太太数着念珠微笑，李氏双手合十直念阿弥陀佛，文氏喜滋滋地在屋内张罗茶果，品兰不屑地"切"了一声，轻声对明兰道："这荆王也太草包了！"

明兰拍拍胸口，坐在桌旁给自己倒了一杯茶，慢慢喝着。

长梧急得在屋里走了两圈，长长叹了口气，语气很绝望："明兰妹子，你算是说对了，我的确不用回京城，我瞧着荆王赶不到京城就得玩儿完。如今能立功的，都是平乱的军队，我要是早知道，一早去投军了！"

盛维见儿子一脸懊恼，便岔开话题道："不知这次平乱是哪路大军？"

长梧不走了，一屁股坐下，道："大约圣上早对南边有所戒备，这几个月来，明着防备京城治安，其实早暗调出了一半的五军营人马在京郊操练，北疆大乱后，皇上也没动这支军队，荆王举反旗后大军才暗中南下，于徐州伏击反贼。"

长梧心里好受了些，他所在的中威卫隶属三千营，就算他在京城，也轮不上他出征。

"五军营？那不是甘老将军统领的吗？到底是老将啊。"盛维和军队做过几次买卖，多少知道些军中情形。

谁知长梧摇头："不是甘老将军，是皇上新拔擢的一位将军，原也是京中权爵子弟，听说皇上为藩王之时便多有看重，此次便寻机提拔了，将来怕大有前程。"

明兰眼睛一亮，笑吟吟地又给自己添了半杯茶，道："是吗？这位将军倒有眼光。"

当年八王爷在众皇子中，可以说是冷灶中的冷灶，文不如三王，武不如四王，尊贵不如五王，会来事不如六王，受宠爱不如先帝的几个老来子，只有生母卑微的程度倒是首屈一指，居然会有人想到投资这只冷门股，简直巴菲特他把兄弟呀。

盛维也大是兴味，暗暗盘算着要和这位军队新贵拉上关系："是哪位？之前可有听说？"

长梧似乎死心了，叹气道："听说叫顾廷烨。"

屋内众人一片茫然，都没听说过这个名字。

明兰含着一口水，僵在那里，举着茶杯足足看了有半刻，才艰难地咽下，谨慎地放下茶杯，小心地问道："这个……怎么之前没听说过这位？二哥哥，就算武官不必像文官一般慢慢熬资历，难道可以从白身一步拔擢为将军的吗？"

一眨眼，老母鸡变鸭呀。三个月前还和漕帮一起行侠仗义的江湖大哥，怎么一会儿就成了平乱大将军？果然军民合作吗？

长梧精神大振，从荆王叛乱以来，自己这个有阅历的大老爷们儿就一直被小堂妹提点，还不得不承认她的确说得精辟有理，今日总算逮着一机会可以摆摆兄长的见识了。

他长长地舒了一口气，大声道："妹子，这你就不知道了。那顾将军早年原就是正七品的上十二卫营卫。"

"这不过是闲职，不少京城权爵子弟都有的呀，怎么不见他们也当大将军。"明兰几乎失笑，自己那位假定追求者梁晗公子也有这个职务。

长梧语气颇带羡慕，转述金陵的军报道："要紧的是，这位顾将军深受皇上赏识，自圣上登基后，他已领了正五品的京卫指挥使司镇抚，如今领军平叛也是事先领了皇上的暗旨。"

明兰无语了，咂吧了下嘴，呵呵干笑两声，走过去给长梧添上茶水，一脸乖巧："二哥哥，你晓得的可真多呀，难怪我爹爹常夸二哥哥有见地。"

长梧咧嘴而笑，觉得气顺多了，这小堂妹就是这点可爱，以后堂妹夫要敢怠慢她，他一定鼎力相"揍"。

第二十一回 · 墨兰婚事

一

崇德二年正月，钦封都指挥将军顾廷烨领三千步兵、一千骑兵自京郊南下，于山东阳县炉桥设伏，以骑兵穿插反军纵横三回合，以迅雷不及掩耳之势，截断三万反军于前后。反军大乱，遂荆王亲率前锋精锐疾速往北直奔庄州。

同年二月，顾廷烨分一半兵卒与庄州守军抗敌，自率轻骑继续南下，日夜兼程，抢先一步赶到溃军必经之路上，设伏于徐州以南灵岩谷，倚仗地形优势，以少围多，全歼溃逃反军一万三千多人，活捉从逆的谭王，后命越州、马隆两处卫所指挥扫平残余。

及至三月底，顾廷烨挥军北上，与沈皇后亲弟沈从兴将军合兵，于庄州城下合击荆王残兵。荆王大败，残兵溃逃。自此之后，各地卫所都司纷纷开城门扫清反军残余。

直至崇德二年四月，荆王逃至小商山上，被亲兵刺杀献首。至此，历时近半年的"荆谭之乱"结束。

至五月，春暖花开，河道清晏，各地的流寇贼匪已渐肃清，盛老太太带着明兰和长栋乘舟回京，来时惊变，去时安稳，又逢天气和暖，河岸上一路花红柳绿，澄净的天空中燕子北归，风景独好，旅途心情大是不同。

祖孙三人常坐在二层大船的厢房中，烹一炉香茶，摆几碟瓜果，开窗观景，言笑晏晏，看着两岸忙碌的河夫，还有来回不停装卸货物的船工，宛如几个月前那场变乱不曾发生过一般。

"栋哥儿，吃过这盅茶，你就回屋去读书吧，到回府为止都不要出来了，好好用功。"盛老太太坐在软榻上，脸朝着外头看景。

小长栋小脸一红。明兰帮着说项："祖母，四弟弟这阵子可不曾掉过书本，不论外头多乱，他都老实读书呢。"

"我知道。"盛老太太淡淡道，"你们父亲与我说过，待奔丧回来，今年二月份的童试原要叫栋哥儿下场去试试的，谁知生了这场变乱，便错过一次练手的机缘。"

明兰怜悯地看了小长栋一眼，才十二岁的小豆丁啊。

小长栋也老实地放下茶碗，可怜兮兮地瞅着明兰。盛老太太不理他们姐弟俩的眼色，继续道："错过今年的童试，老爷难保心里不痛快，说不准一回去便要考校栋哥儿学问，不过几天工夫就回了，临时抱佛脚也是好的。"

小长栋很知道好歹，晓得这是老太太在提醒自己，恭敬地躬身行礼后便回自己厢房读书去了。

明兰看着小长栋的背影，不无叹息道："皓首穷经，方悟读尽诗书无所用。唉——"

老太太重重地哼了一声。明兰连忙补上："黄髫始画，须知玩点笔墨有其心。"

老太太嘴角含了些笑意，道："巧言令色！敢情读了几天书就是为了卖弄嘴皮子？箱笼都收拾好了吧，别忘记在东西上都写好签子。"

明兰点点头，给老太太剥了半个橘子，一瓣一瓣塞进她的嘴里，笑道："自然，连着收拾了几夜呢！四姐姐和五姐姐的及笄礼物，还有太太和嫂嫂的，都分好了。"

盛维、盛纭兄妹是天生做生意的料子，赚钱利落，出手也大方。老太太当初给品兰带去的及笄礼是镶翠玉莲瓣银盏一对，而他们给墨兰补上的及笄礼是一支累丝衔珠赤金凤簪；三月里如兰的及笄礼是錾梅花嵌红宝纹金簪，给明兰的是一对累丝嵌宝镶玉八卦金杯，另外给王氏和海氏也多有物件相送。

值得一提的是，后来一段日子流民渐散，大户人家之间重又串起门子来。大伯母李氏的娘家舅太太更是频频上门，每回拉着明兰的手看个不停，从绣鞋上的花样一直看到耳垂上的坠子，嘴里赞个不歇，临走前，还塞给明兰一对白玉圆镯，玉色极好，隐隐透着水色。

明兰本来抵死不要。古代的姑娘家可不能随便收人东西，还是大伯母发话了，说只是长辈的见礼，明兰才收了。

"听说那李家的郁哥儿正在松山书院读书，学问是极好的，今年秋闱便要下场试试了。"盛老太太慢悠悠道，"可惜墨丫头等不及了，不然我瞧着倒不错。"

王氏摆明了不肯再留着墨兰，哪里肯等李郁考中再论婚事，也不知这会儿墨兰和那文举人的婚事谈得如何了。明兰想起自己的事，连忙凑到老太太跟前，小声道："祖母，那永昌侯府，孙女可是打死不去的。"

老太太好笑地瞪了她一眼，板脸道："人家可什么都还没说呢，你少自己抬举自己！"

明兰讪讪道："这不是未雨绸缪嘛，没有最好；若是有的话……"明兰咬了咬嘴唇，扑在老太太膝盖上，哭丧着脸道："要是太太执意要结亲，祖母，您可得顶住呀！就孙女这斤两，哪是人家对手呀，怕是一个回合就交待了。"

老太太瞪着眼睛骂道："一个姑娘家家的，开口闭口说什么呢！你的亲事长辈自有主张，老实待着去！反正不会害了你的。"

明兰讨好地蹭着老太太的脖子，呵呵傻笑。

待长栋把带去的书本翻过一遍后，明兰一行便到岸了。祖孙三人精神抖擞地下了船，见来福管家率一众家丁已等在码头，换乘马车向京城辘辘而行，行得几日便到了京城门下，出乎意料的，竟是海氏亲来迎接。

盛老太太和明兰都觉得有些奇怪，还是不动声色地换了车轿。当前一乘是平顶蓝绸坠铜灯角的平稳大马车，换乘时，几个婆子有意将小长栋和明兰迎到后头一辆马车里去。老太太看了海氏一眼，只见她脸色略黄，神情憔悴。

"让你六妹妹一道来吧，过几个月她就及笄了，该知道的都让知道吧。"老太太淡淡道。

海氏低了头，脸色微红，便又叫婆子把明兰扶到这辆马车里来。

在城门口查过路引后，盛家几辆马车缓缓朝盛府而去。

"说吧，家里怎么了？"盛老太太背靠在一个秋香色云锦大迎枕上。明兰凑过去把枕头条褥理平整些，又从一旁的小箱笼里取出些百合香丢进熏炉里。

海氏神色还算镇定，只是语气掩饰不住疲惫，略思量了下，道："这事……原想写信给老太太的，可老爷算过日子后，说老太太既已出行，就别胡乱送信了，没得叫旁人知道了。"

老太太微合的眼睛忽然睁开，单刀直入道："是不是你妹妹出事了？哪个？"

海氏微吃惊，随即眼眶一红，哽咽道："什么都瞒不过老太太，是……是……四妹妹。"

"别废话了，快说！回府之前说清楚了！"老太太是姜桂之性，老而弥辣。

海氏拿出帕子来抹抹眼睛，缓缓叙述道："四妹妹原是禁足在屋里的，平日里连请安都免了，太太看她老实，便一心为她筹办婚事，相看了那文举人，老爷和全哥儿他爹都满意的。本已约好了要见文家老太太，谁知外头出了兵乱，行路不便，这便耽搁下了，好容易等到兵乱平了，就在上个月……上个月……"

海氏眼眶里又满上眼泪，她匆匆抹了抹，继续道："因大乱平息，京城丝毫未损，城里好些男人在军中效力的人家都去寺庙庵堂里进香还愿，那一日本好好的，快入夜时，忽门房来传话，说永昌侯府派了下人把四妹妹送了回来。太太当时就蒙了，孙媳赶紧去山月居瞧，哪里有四妹妹的人影！孙媳气极了，捆了院子里的丫鬟来问，原来四妹妹一大早就跑出去了。"

海氏轻轻抽泣着，如今府里不少事都是她在管的，出了这样的事情，估计她也挨了不少责骂。明兰看海氏心力交瘁的样子，心里不忍，过去轻轻抚着她的背，给她顺顺气。

海氏感激地看了明兰一眼，抹干眼泪，接着道："……我去门口接了四妹妹回来，又好一番打听，才知道……原来四妹妹一早擅自去了西山龙华寺，当时梁晗公子也正巧陪着梁夫人去进香。也不知怎么的，四妹妹从马车上跌下来，险些滚下坡子，恰巧梁晗公子纵马在旁，便救了四妹妹，众目睽睽，四妹妹是叫人家抱着回来的！"

说到这里，海氏低下头。明兰和老太太互视一眼，眼神都很复杂，不知是喜是忧：于明兰，用不着因拒绝梁府婚事惹盛纮、王氏不高兴了；于老太太，省下她一番唇舌；不过，于盛府，这就不是什么好事了。

"能做成这番事，必有里外连通，你查出来了吗？"老太太盯着海氏，慢慢道。

海氏止住哭声，抬头道："事情一发，太太就捆了山月居上下，动了家法拷问，从顶替四妹妹在床装病的云栽，到替四妹妹准备车马的门房，没几下就问出了林姨娘。这回老爷是真发火了，把林姨娘和四妹妹狠狠打了一顿，关进了柴房三日三夜，每日只送一顿吃的。"

明兰心里咋舌，这林姨娘好生厉害，很有策划能力呀！首先要打听清楚永昌侯府的夫人、公子何时去上香、走什么路径，然后要买通里外一条龙的下人帮忙遮掩，再来要足足瞒住一整天，有决心，有手段，是个人物。

老太太也有些气了，胸口起伏了几下，再问："那没脸的东西预备怎么办？"

海氏脸色灰白，低声道："这事之后，永昌侯府便再无音信。林姨娘跪在老爷跟前日夜啼哭，口口声声道，求太太上永昌侯府提亲，不然四妹妹只有死路一条了。太太气病了。"

老太太轻嗤了一声："你这婆婆也太不中用了，这点子事情便垮了，当初的劲头哪儿去了？不就是一死嘛，她们有脸做，便得有胆子当！理她做甚！"

海氏眼神中露出难堪，轻轻道："太太不是为这事病倒的。"

"还有什么事？"老太太简短道。

海氏绞着帕子，毅然抬起脸，道："内阁首辅申老大人相中了齐国公府的二公子，便是平宁郡主的儿子齐衡，没多久便上门提亲了，国公府已一口应下了。"

老太太嘴角轻轻一歪，目光似有讽刺："那又如何？与我家有什么干系？"

海氏为难地看着老太太，结结巴巴道："老太太不知道，前些日子，平宁郡主与太太露了口风，有意思娶我家五妹妹的，太太也很是满意，虽未明说，但也心照不宣了，谁知平宁郡主说变卦就变卦，太太着人去质问，那郡主只答了一句，'贵府四姑娘的婚事如何了'。"

老太太拍着案儿，恨声骂道："没脸的东西，尽祸害家门了！"

明兰也很抑郁，这种古代家族真讨厌，一个女孩丢了人，其他姐妹就跟着一起倒霉，墨兰去外头勾搭关她们什么事呀！

海氏还在那里嗫嗫嚅嚅的。老太太不耐烦了，喝道："还有什么？一道说了吧！所幸我这把老骨头还顶得住！"

其实原本海氏也是个爽利明快的人，但这段日子来，一连串的骤变来得迅雷一般，着实叫人缓不过神来。海氏平了平气息，决心一口气说完："老爷要太太去永昌侯府提亲，太太死活不肯，就在这个僵持的当口，王家舅太太来了一封信，说是王家表弟与康家的元儿表妹已定了亲，连小定都下了……太太这一惊非同小可，着人连夜快马去奉天问了，舅太太回了封信，说太太既早有了国公府的贵婿，自家的不肖儿子便自行结亲了，来人还带回了王家老太太的话，说王老太太也生太太的气了，太太这般反复，把王家的嫡孙当什么了！老太太呀，太太和平宁郡主说亲的事儿从未在外头声张，远在奉天的王家如何知道了？太太堵住了一口气，便去找康姨妈理论，被气得昏厥回来，这才真病倒了。"

明兰倒吸了一口气，王氏之所以在墨兰的事情上这么硬气，不过是仗着如兰早与王家说好了亲事的，反正是自己娘家，也不会计较什么的，如兰出嫁既不成问题，王氏便高枕无忧了，谁知居然被她信任的姐姐截和了。

对于王家老太太而言，虽然女儿很可疼，但毕竟孙子更亲。王氏挑三拣四的行为严重伤害了王家人的自尊心，加上康姨妈的不懈努力，反正哪边的姑娘都是外孙女，如此这般，康元儿表姐的终身问题便顺利解决了。

听完了这些，老太太也不想说话了，只叹着气，看着小孙女低着头，轻轻给自己捶着腿，她忽然庆幸起来，好歹以贺老太太的人品和她们俩的交情，明兰的婚事应当不会变卦吧。

唉……可这一摊乱局，该怎生了结？

这会儿怕是王氏活吃了林姨娘母女的心都有了。

"除了这些，家里其他还好吧？"老太太语气疲惫，微微侧了侧身子。

海氏放下帕子，努力扯出一个勉强的微笑："都好的，全哥儿长牙了，如今能喊人了……哦，还有，这回过年，孙媳照着老太太吩咐，依旧往贺家送了年礼的，贺家老夫人脾气好极了，连连道谢。前不久，孙媳听说贺家在寻摸合适的屋子，说是弘哥儿的姨丈家来京了，孙媳有个表嫂，倒恰有这么一处院子，前后两进的，不是很大，不过倒也干净整齐，不用翻整，进去便能住的，想等着老太太回来了商量，是不是与贺家去说说……"

明兰手上动作停了一下，抬头看了眼老太太，只见老太太眼神也是微微闪动。

贺弘文的母亲只有一个姐姐，所以贺弘文也只有一个姨丈，早年间两家人也常来常往，这些年与贺家交往下来，盛老太太也知道贺母对曹家颇有牵挂，不知凉州水土养人否。

老太太长长吸了一口气，手指握紧了念珠，指节微微发白，事情得一件一件来，她得打起精神来。

二

从跨进盛府大门起，老太太就冰着一张面孔，她先叫小长栋自回去见香姨娘，然后去正房屋里看王氏，刚走到院门口，就听见一阵尖厉的女人叫声："……你死了心吧！我就是养着闺女一辈子，也不叫那贱人好过！"然后是盛纮的吼声："不然，你想如何了结？"

老太太侧脸看海氏，海氏脸上一红，连忙推了下身边的丫头，那丫头立刻扯起嗓子大声传报："老太太来了！"

屋里静下来，老太太一行人掀帘子进去，穿过百宝格，直进梢间里去。只见王氏躺在床上，身着一件蜜藕色中衣窝在金线锦被里头，面色蜡黄，颧骨处却泛着不正常的红晕，显是刚发过脾气。一旁站着的盛纮见老太太进来，连忙过来行礼。

老太太冷冷地瞧了他一眼，什么话也没说。王氏挣扎着要起身相迎，明兰连忙过去按住了她。老太太走过去和气道："别起来了，好好养着吧。"

明兰偷偷打量了盛纮夫妇一眼，顿时吓了一跳，盛纮鬓边陡然生出华发，似乎生生老了七八岁，王氏也面容憔悴，好似生了一场大病。明兰瞧着情形不对，便不敢多待，向盛纮和王氏恭敬地行了礼、问了安后，便躬身退了出去，直回暮苍斋去了。

王氏看了眼一旁侍立的海氏，只见海氏微微点头，知道老太太都已清楚了事情的来龙去脉，泪盈满眶道："老太太……媳妇是个不中用的，眼皮子底下出了这样没脸的事！我……我……"

老太太挥挥手，截断王氏的话头："墨丫头的事不怪你，只有千年做贼的，没有千年防贼的，何况又是老爷爱重的人，谁还不得给几分面子？自不好下死命管制了。"

这话说得夹带讽刺，盛纮脸上一红，只低头作揖，不敢答话。王氏见老太太为她说话，便拿着帕子捂在脸上，大声哭道："娘说得是！若不是瞧在老爷面儿上，谁会叫她们做成了这鬼祟伎俩！却害了我的儿……"

老太太再次打断了她的话："墨丫头的事不怪你，但如丫头的事是你的过错。你一个闺女到底想许几户人家，这山望着那山高，一忽儿朝东，一忽儿朝西，亲家母那般疼你，如今也恼了你，你还不好好思过！"

王氏想起慈母的愤怒和亲姐的背叛，心里一阵苦痛，伏在枕头上抽抽搭搭哭起来。

盛纮面带羞愧，低头道："母亲，您看这……该怎么办？"

盛老太太依旧不理他，直对王氏道："你还是好好养着吧，那些糟心事先别去想了，如兰才刚及笄，亲事可以慢慢说。"又嘱咐了海氏要好好服侍之类的，然后转头就出去了。盛纮见老太太脸色凌厉，也不敢出声，只眼睁睁地瞧着人出去了。

明兰甫一回到暮苍斋，只见若眉领着一群小丫鬟整齐地站在门口迎接，明兰笑了笑，待进到屋里，见房间收拾得窗明几净，门旁烧着滚滚的茶水，桌上放着一套明兰春日素用的白瓷底绘彩的杯盏，当中还摆了一碟新鲜果子。明兰心下颇为满意，便着实嘉奖了若眉几句。

　　一进屋里，丹橘就笑吟吟地打开一口小箱笼，取出一个浅紫色的薄绸包袱塞到若眉手里：“怪道姑娘要给你的这份特别厚，果然是个好的！”

　　若眉傲气地挑了挑眉，接过东西，淡淡道：“我嘴笨，不如姐姐们讨姑娘喜欢，不能跟着去，只好孤零零地留着看院子，多出些力气罢了。”

　　正埋头从大箱子里往外搬东西的绿枝听见了，忍不住又要爬出斗嘴，叫燕草按了下去。丹橘温和地笑了笑，也不多作答。小桃忍不住道：“若眉姐姐，我听姑娘说了，若留了别个，不一定看得住院子，你是个有定性的，靠得住，姑娘才放心叫你看门户的。”

　　若眉无可无不可地抿了抿唇，转身出去，然后小翠袖打竹帘钻了进来，甜蜜蜜地笑道：“各位姐姐辛苦了，你们屋的床褥若眉姐姐早提溜我们收拾好了，回头等姐姐们忙完了姑娘的活儿，便好歇着了，若眉姐姐就这嘴巴，其实她可惦记你们呢。”

　　听了这话，绿枝吐出一口气，继续低头干活儿，丹橘几个忍不住轻轻笑起来。

　　收拾了一下午才得空，明兰狠狠洗了个澡，才略略洗去了些疲乏，觉得身上松快了些，这才直往寿安堂蹭饭去了。

　　老太太的规矩是食不言，祖孙俩端正地坐下用饭，明兰一边扒饭，一边偷偷注意老太太的神情，似乎没有特别不悦，只是眉头深深皱起，像是十分头痛。

　　饭后一碗清茶，明兰对着老太太不知道说什么好，便上去给轻轻地揉着肩膀。

　　“……你说这档子破事，我管还是不管？”老太太悠悠地开口了，氤氲的热茶汽雾弥漫着她的面庞，一脸厌倦。刚才房妈妈已来报，林姨娘被锁在偏房，墨兰被关在自己屋里，盛纮下了死令，谁也不许见。

　　“管。”明兰脱口而出，见老太太神色不豫，立刻又补充道，“但不能轻易管。呃……起码得叫父亲来求您……嗯，三次！”白胖的手掌竖起三根嫩嫩的手指。

老太太翻了个白眼给她，哼哼道："适才一下午工夫，你老子已来求两回了。"

明兰讪讪的，腹诽盛老爹太沉不住气了，呵呵干笑道："那……起码五次。"五根白胖手指全都松开了。

老太太叹了口气，轻轻摇头道："血浓于水呀，到底是自己骨肉。也罢，这事儿总不能这么僵着吧，可是……"老太太忍不住咬牙，"又不愿遂了那没脸东西的打算！"

明兰慢慢停下手，思量了下，道："一码归一码，林姨娘的错是一回事，家里的脸面又是另一回事，该罚的要罚，该挽回的也要挽回。"

老太太闭着眼睛沉吟片刻，开口道："是这个理。"

第二日，老太太叫明兰把从宥阳带来的东西都一一分了。王氏依旧窝在床上养病。海氏见老太太回府，松了一口气后精神反倒好了许多，脸色也不那么难看了。下午明兰捧着新鲜的桂花油去陶然馆慰问受害者。

在明兰的猜度中，这会儿如兰不是正在发脾气，就是刚发完脾气，不然就是酝酿着即将发脾气。结果出乎意料，如兰并没有预想中那么愤怒，虽然提起墨兰母女时依旧刀口无德，不过却很理智，还有心情叫丫鬟描花样子。

"她自己寻死，怨不得别人，偏要累得我们倒霉。"如兰冷嘲热讽，然后又展开眉宇，"姻缘自有缘分，老天爷看着给的，没什么好啰唆的。"

看样子，她对齐衡和王家表哥都没什么意思，所以也无所谓了。

"五姐姐，你长大了哦。"明兰由衷感慨，然后额头上挨了重重一个栗暴。

这段日子盛纮也不好过，家族颜面尽失，一向彪悍的老婆还撂挑子，只得去求老太太，两天里去寻了老太太四次，回回还没开口就被一通冷言冷语堵了回来。盛纮知道老太太一直暗怪他对林姨娘太过手软，不曾好好约束，瞧吧，这会儿出事了吧，该！

第三日一大早，盛纮又摸着鼻子去求老太太。老太太双手笼在袖子里，掰着手指数完了一巴掌，便稍假辞色了些。盛纮大喜过望，忙恳求道："儿子知道错了，万请母亲管教！"

老太太静静地看着盛纮，目光森然："听说林氏把身边一个丫头给了你，如今还有了身孕？这可是在国丧期呀。"

盛纮面红过耳，"扑通"一声就跪下了，连声道："儿子糊涂！"

老太太冷哼一声："怪道她又有能耐兴风作浪，原来是讨了你喜欢的。"

王氏看盛纮如同管犯人，林姨娘善解人意，给他弄了个娇滴滴的美艳丫头，正中盛纮下怀，但事后，盛纮心中也大是后悔，他素来重官声，此次也是被撩拨得忘了形。

　　"都是儿子的错！母亲请重重责罚儿子！"盛纮低头跪在老太太面前。

　　老太太一掌拍在桌子上，冷笑道："你个糊涂虫！叫人算计了也不知道！你也不想想，墨丫头那事是一天两天策划出来的吗？怕是人家早算计上了，自然得先把你诱入彀中，让你做下亏心事，好拿捏了你。"

　　盛纮额头汗水涔涔。老太太喘了几口气才定下来，缓缓道："纮儿，你可还记得几年前，卫姨娘身亡后你我母子的一番谈话？"盛纮心头一怔，反应过来："儿子记得。"

　　老太太叹气道："那时我就要你好好管束林氏了，可你并没有听进去，今日才酿此大祸。当初我说，家宅不宁，仕途焉能顺遂？如今这情形……"

　　盛纮羞愧难当，五月底的天气渐渐暖和了，他身上却一阵一阵地冒冷汗，心里开始恨起林姨娘了，若不是她屡屡作乱，他如何会被同僚指指点点？

　　老太太正色问道："你这次真要我管？"

　　盛纮磕了一个头，朗声道："儿子无德无才，这些年来全靠母亲提点，烦请母亲再劳累些吧！"

　　老太太盯着盛纮的眼睛，一字一句道："这次我可不是说说的，事后要重重处罚的，你可舍得？"

　　盛纮听出了老太太言语中的森冷之意，想了想，咬牙道："自然！"

　　老太太紧着追问："即便我要了她的性命？"

　　盛纮想着其中的利害关系，况且这些年来，与林氏的情分早已淡了许多，遂横下一条心，大声道："那贱人死有余辜！便是要了她的命，也不过算偿了卫氏的命！"

　　老太太盯着盛纮看了半晌，面无表情地点点头，淡淡道："不会要她的命，不过……也不能再留她了。"

　　用过晚饭后，老太太便把明兰赶了回去，明兰留了个心眼儿，借故把丹橘留在寿安堂旁听，回头好给自己转播实况。

　　盛老太太和海氏的办事风格不同。海氏出身书香门第，喜欢以德服人，最好对方心口服外带佩服，老太太则是有爵之家嫡女出身，做事向来说一不二，最不耐烦和人纠缠，但只把话说清楚了，我明白不需要你明白。

盛纮和王氏坐在寿安堂的里屋，一个坐在桌旁，一个坐在窗边罗汉床上，夫妻俩都憋着气，谁也不看谁。外头，盛老太太独自端坐在正堂，叫人把林姨娘和墨兰领了过来。

　　林姨娘很知趣地跪下了，旁边一个水红衣裳的美婢扶着，老太太看了那美婢几眼，只见她杏眼桃腮，眉目含情，只是腰身有些粗了，心里忍不住冷笑了下；另一边的墨兰就倔得多了，虽然这段日子吃了不少苦头，打扮潦草，神色有些萎靡，但依旧昂着脖子站在当中。

　　老太太看着墨兰，缓缓开口："大道理我不说了，想必老爷、太太和你大嫂子也说了不少，我只问你一句，那文家你是嫁不了了，如今你预备怎么收场？"

　　墨兰一肚子气顶在胸口，哼声道："左右不过命一条，有什么了不得的！你们要我死，我便死了就是！"

　　老太太不假思索地喝道："说得好！端上来。"

　　房妈妈从一头进来，手上托着个盘子，老太太指着那盘子里的物事道："这里有白绫一条，砒霜茶一碗，你挑一个吧，也算洗干净我们盛家的名声！"

　　墨兰小脸苍白，倔强的神情再也维持不住了，看着托盘里的白绫和毒药，身子剧烈地抖了起来。

　　林姨娘惨呼一声，磕头道："老太太饶命啊！墨兰，还不快跪下给祖母赔罪！老太太千万不要，墨丫头不懂事，惹恼了老太太，老太太瞧在老爷的面上……"

　　老太太伸手一挥，"啪"的一声，一个茶碗砸在地上，指着林姨娘冷声喝道："闭上你的嘴！我这辈子最后悔之事，就是一时心软让你入了府后又进了门，这些年来，你兴风作怪多少事，我先不与你理论，你若再插一句嘴，我立时便把这砒霜给你女儿灌下去！你是知道我的，我说得出，也做得到！"

　　林姨娘喉头咕嘟一声，低下头去，一双眼睛四下寻找些什么。老太太冷笑道："你不必寻老爷了，他今日是不会来的，一切事由我处置。"

　　林姨娘委顿在地上，神情楚楚可怜，却也不敢再开口。坐在里屋的王氏讥讽地笑了笑，转头去看丈夫，却见盛纮一动不动，心里气顺了许多。

　　墨兰一瞧情状不对，赶忙跪下，连声赔罪道："祖母饶了孙女吧，我知道错了，知道错了！孙女再也不敢了，孙女……还不想死呀！"说着便哭了起来，又看了眼跪在身旁的林姨娘，忽想起之前的谋算，连忙道，"孙女不是有意的，是日日禁足在家中，着实闷得慌了，才出去进香的，想着为老太太祈福添寿，让爹爹加官晋爵，谁知遇上那事……孙女怎知道呀！不过是无心之失……"她看见老太太面带讥讽地瞧着自己，说不下去了。

里屋的王氏几乎气了个仰倒。到了如此地步，墨兰居然还想糊弄人。外头的盛老太太也啼笑皆非，心里冷笑，缓缓道："你姨娘自几个月前起就打上梁家的主意了，叫自己以前得用的奴才去与梁家的门房套近乎，打听到那日梁晗公子要陪母去进香，然后你叫身边的那个丫头云栽扮成你躺在床上，你穿着丫头衣裳偷溜出去，在外头打扮好了，叫夏显给你套的车……三顿棒子下去，他们什么都说了，你们母女俩要是不嫌丢人现眼，这就把他们提溜过来，与你们当面对质。哼哼，当着我的面，你就敢这般扯谎，嗬！果然是有本事！林姨娘这辈子就惯会颠倒是非，你倒也学会了！"

墨兰脸上再无一点血色，心知老太太是一切打听清楚的，伏在地上，抖得身子如筛糠。

里屋的王氏嘲讽地看了盛纮一眼，盛纮觉得很是难堪。

正堂里，老太太示意房妈妈把托盘放到一边去，才又开口道："如今你坏了名声，别的好人家怕难说上了，梁家又不要你，你做出这样的事情，可想过后路？"

墨兰闻言，忽然一哆嗦，大声道："太太还未去提亲，如何知道梁家不要我？"

老太太冷冷地瞧着她："原来你们母女打的是这个主意，可你想没想过，兴许人家根本瞧不上你呢？自来都是男家向女家提的亲，便是有反例，那也是两家早就通了气的。若我家去提亲，叫人回了，你叫你爹爹的脸往哪儿放？"

墨兰一边抹着脸上的泪水，一边辩解道："若梁夫人瞧得上明兰，为何会瞧不上我？我又哪点不如明兰了？说起来，我娘可比卫姨娘强多了！"语气中犹自带着愤愤不平。

老太太讪笑道："为何瞧不上你？这我就不知道了，只晓得自那日后，永昌侯府再也无半点音信，你爹爹试探着放过去些风声，也如泥牛入海。"

墨兰胸口起伏得厉害，大口大口地喘气，忽似抓住浮萍的溺水之人，跪着过去扯住老太太的衣角，大声祈求道："求祖母可怜可怜我，明兰是您孙女，我也是呀！您为她一个劲儿地筹谋，不能不管我呀！我知道我给家里丢人了，叫爹爹厌恶了，可是我也没法子的。太太恼恨我们母女俩，恨不能吃了我姨娘，如何会在我的婚事上尽心？我……我和我姨娘不过是想要一门好亲事，免得后半辈子叫人作践！"说着，她面颊上一串串泪水便滚了下来，眼珠子都红了，犹自哭泣道，"我眼红明兰处处比我讨人喜欢，祖母喜欢她，爹爹喜欢她，大哥哥大嫂子也喜欢她，如今好容易结识了个贵人，永昌侯夫人也喜欢她！我不服，我就是不服！凭什么她就能嫁得比我好？祖母，事已至此，您就成全了我吧，就当可怜可怜孙女了！"

说到后来，墨兰伏在地上呜呜哭个不停，声气哽咽。

"你要我们如何成全你？"老太太缓缓道。

墨兰连忙抬头，似乎瞧见了一线生机："请爹去求求永昌侯吧，爹爹素有官声，侯爷不会不给面子的！反正梁夫人本也打算与我家结亲的，不过是换个人罢了，不都是盛家的闺女吗？我又比明兰差什么了！请爹爹去，太太也去！我若进了梁家门，于盛家也有助益不是？只要爹爹和太太肯尽力，没有不成的！给我条活路吧！"

里屋的王氏已经无声地连连冷笑。盛纮气得拳头紧捏，脸色已成酱紫色了。他这一辈子，行走官场何其谨慎，从不平白结怨，也不无故求人，才混到今日地位，却要为了个不知礼数的庶女去丢人现眼，还不一定能结成亲家。这京城就那么点儿大，若传了出去，以后他的脸面往哪儿放！

老太太看着满脸泪痕的墨兰，看了眼那边的林姨娘，心里渐渐冷了下去，讥讽道："你的意思是，若事有不成，便是老爷和太太没有尽力，便是不给你活路？"

墨兰一惊，低头道："爹爹疼我，便该为我着想！"

屋里一片寂静，久久无声，只闻得院子外头那棵桂花树的枝叶摇曳声。里屋的盛纮直气得脸色煞白，对林氏母女凉透了心。王氏见丈夫这么难过，心里也软了下。

过了好一会儿，老太太才悠悠道："你长这么大，老爷有多疼你，全府上下没有不知道的，你一个庶女，吃穿用度处处都和五丫头一般，便是太太也不敢怠慢你，为的就是怕你爹心疼。比比康姨妈家的几个庶出姊妹，你自己摸摸良心说话，如今竟讲出这般不孝的狂言来，你爹爹一番心血都喂到狗肚子里去了？！你与明丫头的最大不同，便是她乐天知命，晓得有所为，有所不为，你说我为她筹谋，可我一般地为你筹谋，你愿意吗？你总瞧着富贵眼红，这偏偏是我不喜欢的，唉……罢了，太太不去提亲，我去！"

此言一出，里屋外堂几个人皆惊。到了这个地步，盛纮脸色一片冰冷，只觉得便是一碗毒药送了墨兰，也不算冤枉了她，王氏也惊跳起来。

墨兰不敢置信地抬头望着老太太，脸上的幽怨立刻换成惊喜一片，还没等她道谢，老太太又自顾自道："我觍着这张老脸，上梁府为你提亲，为你说好话。但丑话说在前头，谋事在人，成事在天，那梁家愿不愿意，我便不敢保证了。"

墨兰心头一跳。老太太盯着她的眼睛，异常缓慢道："梁夫人若愿意讨你做儿媳，你也不必谢我，是你自己的造化；若梁夫人怎么也不愿意……"墨兰身子发颤，老太太继续道，"你父兄还要在京里为官，盛家女儿不能去梁家做妾，你大姐夫还是梁晗的上峰，你大姐姐也丢不起这个人，我便送你回宥阳，叫你姑姑与你寻个殷实的庄户人家嫁了。"

墨兰吓得满头冷汗，背心都汗湿了一片，还想抗辩几句。

老太太一指那装着白绫和砒霜的托盘，直截了当道："你若还推三阻四的，便在那盘子和剃头剪子里挑一样吧！丧礼定会与你风光大办，进了姑子庵也会时时去看你的。"

墨兰愣住了，不敢说话。林姨娘却心头暗喜，她知道盛老太太的脾气，既然她答应了全力以赴，必然不会弄虚作假，连老太太都出马了，盛纮必然会去找永昌侯爷的。

说完这句后，老太太便不再多看墨兰一眼，转头向着林姨娘道："你呢，是不能留在盛府了，待过了今晚，明日一早，就送你到乡下庄子里去。"

这句话真如晴天霹雳，林姨娘"啊"的一声惊呼出来："老太太……"话还没说完，房妈妈早领了两个壮实的婆子等在一旁，一下便把林姨娘堵住了嘴，捆住了手脚。

母女连心，墨兰哭叫着，扯着老太太的衣角求饶。林姨娘宛如一头野兽般，疯了似的挣扎。

老太太盯着林姨娘，冷冷道："再有啰唆，便把你送京郊的铜杵庵去！"

林姨娘不敢挣扎了，墨兰也发了傻。那铜杵庵不是一般的庵堂，是大户人家犯了错的女眷送去受罚的地方，里面的尼姑动辄打骂，劳作又极辛苦，吃不饱、睡不好的，据说进去的女人都得去层皮。

老太太站起身来，瞧着地上的林姨娘，只见她赤红的眼中流露出愤恨之色，狠狠瞪着自己。老太太丝毫不惧，只淡然道："我着实后悔，当初拼着叫老爷心里不痛快，也该把枫哥儿和墨丫头从你那儿抱出来，瞧瞧这一儿一女都叫你教成什么样子了！一个自诩风流，不思进取；一个贪慕虚荣，不知廉耻。

你误了自己也还罢了，却还误了孩子们！你手上是有人命的，去庄子里清净清净，只当思过吧，待过个一二十年，你这一儿一女若是有出息，便能把你从庄子里接出来享享儿孙福，若是没出息……"

后面没说下去，林姨娘眼神中露出恐惧之色，一二十年，那会儿她都几岁了，便拼命呜呜叫着想要磕头求饶，捆她的婆子手劲大得很，她没能挣脱开。

老太太忽然面孔一转，朝着林姨娘身旁那个水红衣裳的丫头微微一笑，温和道："你叫菊芳吧。"那丫头早被老太太这一番威势吓住了，一直躲在角落里发抖，闻声后连忙磕头。

老太太神色和善："果然生得好模样，可惜了……"

菊芳听了前一句话和见到老太太的神色，还有些心喜，谁知后一句又让她心惊胆战，不解地望着老太太，只听她叹息道："你这孩子，叫人害了还不知道。"

菊芳大惊，颤声道："谁……谁害我？"

老太太面带怜悯地摇摇头："你肚子几个月了？"

菊芳粉面绯红，羞道："四个月了。"

"那便是国丧期里有的。"老太太冰冷的一句话把菊芳打入冰窟。

她心乱如麻，大惊失色，过了会儿便连声哀叫道："我不知道呀，不知道呀！是姨娘叫我服侍老爷的！"

"你主子自有深意。"老太太眼光一瞟林姨娘，"国丧期有孕，老爷如何能落下这个把柄？到时候太太一发怒，你便完了。"

里屋的王氏狠狠地瞪着盛纮，这事她完全被蒙在鼓里，平白又多出个狐狸精来，如何不气！盛纮面色赧然，转头不去看王氏，心里却暗恨林氏用心何其毒也。

菊芳吓得面无人色，哭叫道："老太太救命啊！"她心里大骂林姨娘歹毒，若诚心想成全自己，便该避过了国丧期，好好给自己安排，偏偏这样害她。

盛老太太向她招招手，菊芳一路小跑过去跪在她脚下，只听老太太缓缓道："这样吧，回头房妈妈与你抓副温缓的落胎药，你先去了这把柄，好好调理身子，然后我做主，正正经经地给你抬姨娘，如何？"

菊芳虽不忍腹中骨肉，但想起王氏的暴戾脾气，再看看林姨娘的下场，便咬咬牙应了，心里只深深恨上了林姨娘。

看见这一幕，林姨娘才真正怕起来，抑制不住地发抖。她本还想着盛纮会念旧情，过上一年半载，再有儿女时常求情，盛纮便把自己接回来，但若叫这么一个年轻貌美懂风情又深深憎恨自己的女人留在盛纮身边，日日吹着枕头风，怕盛纮想起自己只有恨意了。

林姨娘心里惊惧不已，把祈求的目光射向女儿。墨兰看见，又想开口给生母求饶，不料老太太已经起身，由翠屏扶着往里屋去了。走到一半，老太太忽然回过头来，对着墨兰道："过两天，我便去梁府，若成了事的话……"

墨兰心里咯噔一下，便先闭上嘴听老太太讲。只听老太太声音中带着疲倦，道："永昌侯府比盛家势大，你又是这般进的门，以后你得处处靠自己，讨夫婿欢心，讨公婆喜爱，若想倚仗娘家，便难了。"

墨兰闻言，心头陡然生出一股力气，先把姨娘的事放下，暗暗下定决心，要家里家外一把抓，到时候叫娘家瞧她如何威风！

三

翌日清早，明兰坐在盆架前，胸前围着细棉大巾子，燕草给她净面，丹橘从外头轻手轻脚地进来，俯身在明兰耳边低语："寅时三刻左右，林姨娘就叫捆了手脚抬出去了，听说送到老太太的一个庄子里去了。"

——若送到王氏名下的庄子里去，怕她活不过三个月。

明兰未动声色："我听着林栖阁那边吵了足一夜，怎么回事？"

丹橘小脸一红，瞥了眼一旁的燕草，小声道："昨夜散去后，听说刘妈妈端了碗东西送到菊芳……姑娘那儿……足足疼了一夜，也尖声骂了林姨娘一夜，到快天亮才……下来。"

明兰神色黯了下，不再言语。

去给老太太和王氏请安时，明兰都没见着海氏，听说她正忙着发落林栖阁的人，从管事婆子到丫头小厮，卖的卖，撵的撵。尤其是林姨娘的心腹夏昂家的，似乎墨兰能顺利地滚进梁晗的怀里，他家居功甚伟，海氏恨极了，从里到外把他们撸了个干净。

连着几日，海氏端着让人发瘆的笑容开始动手整顿，从山月居的使唤丫头到厨房采买上的人手，一个也没落下。至此，林姨娘在盛府盘踞近二十年的势力化作云烟。

长柏整日拉长个脸，长辈的过错他不好议论，便时常瞪着自己一岁多的儿子，想象将来如何教育这小子德智体美劳全面发展，脑补来过瘾。全哥儿很乖觉，一瞧见他爹绷着的死人脸，就怯怯地露出两颗米粒牙傻笑，表示自己一定会很规矩。

盛纮一天三趟跑去老太太那儿充孝子，微笑过度后通常去长枫那儿狠训一通，以缓和脸部肌肉的僵硬；王氏索性成了祥林嫂，差别是，祥林嫂的口头禅是"我可怜的阿毛"，而王氏的开头语则是"我可怜的如儿"，一天起码念叨十遍。

每回去请安，王氏都要拉着如兰的手抽搭半天，并且用悲恸欲绝的眼神久久凝视女儿。明兰旁观：参加领袖的追悼会也不过如此。

两天下来，如兰终于忍无可忍，大吼一声："我还没死呢！"甩手离去。

王氏遂转头向着明兰，捂着帕子继续哀伤："好孩子，你要时常去陪着你五姐姐，不要叫她胡思乱想……别叫她拿着针线剪子……"

明兰很殷勤地点头，但她觉得王氏真不了解自己的女儿，如果如兰真的手持利器，那她首要做的应该是提醒墨兰赶紧逃命。

王氏抹着泪，脸上的脂粉早已掩饰不住眼角的皱纹，看着明兰的样子怔怔有些出神，缓缓道："你生得真像卫姨娘，不过这鼻子像老爷……你可还记得卫姨娘？"

明兰呆了呆，老实地摇头："不记得了。"

其实她根本没见过卫姨娘，她穿来的时候，卫姨娘已咽气了。

王氏看着明兰如花娇嫩的面庞，目光闪动，然后靠倒在炕上，挨着柔软的靠垫，背脊舒服了许多，才悠悠道："你性子也像卫姨娘，老实、省心，如儿虽是做姐姐的，但这么多年来，却是你时时让着她。我的儿，为难你了！"

明兰立刻羞涩地低下头，道："自家姐妹，说什么让不让的。"她觉得王氏也不了解自己。

王氏把明兰拉到身边，轻轻拍着她的小手，叹道："你虽不是我肚里出来的，可这些年来，我也拿你当亲生的一般，本想着你这般的模样性情，定得配门高婿才是。唉……偏墨丫头不守礼数，坏了你的好姻缘。"

明兰依旧红着脸，小声道："老太太常与我说，姻缘天注定，兴许四姐姐才当得这门好姻缘，反正都是盛家的女儿，也是一样的。”这个时候和她说这个，什么意思？

王氏皱眉，不知哪里来了精神，提高了声音道：“傻孩子，你不知道，那儿回永昌侯夫人来府里，相中的是你！”

明兰头更低了，嗫嚅道：“是太太抬举明兰了，四姐姐……也是有好处的，我……我和四姐姐虽不如跟五姐姐那么好，但也瞧得出她的好处来。”她不擅演温情戏，情绪控制有些艰难，是不是该再热情些呢？不应该对墨兰表现得太姐妹情深，不然王氏会不高兴。

明兰低头站着，满脸通红，两只小手不知所措地互相绞着，时不时像小鸟一样抬眼看下王氏。王氏恨铁不成钢，再次倒回靠垫上，心里越发痛恨墨兰，若是这个老实听话的明兰进了永昌侯府，岂不妙哉？

其实明兰是真心同情王氏的，王氏并不是最好的嫡母，但也不是最坏的。她虽从没有关心过明兰什么，但也从来没有切齿痛恨并时刻想着暗害庶子庶女，在她身边长大的小长栋虽然待遇不高，但至少好好地活到现在，也没有长歪。

所以，明兰还是听了王氏的话去陶然馆，见到如兰正散着头发坐在镜奁前。梨花木的雕纹中嵌着一面打磨得异常明净的铜镜，映着少女青春俏丽的面庞。小喜鹊站在她身旁，拿抿子蘸着清香扑鼻的桂花油，细心均匀地抹在如兰的发丝上，轻轻揉着。

见明兰来了，小喜鹊回头笑道：“六姑娘快来瞧瞧，我们姑娘这阵儿头发可好了，多亏了六姑娘送来的桂花油，我们姑娘用着极好。”

如兰闻言不悦，冷冷地哼了一声：“敢情没这玩意儿，我便是一头稻草了？”

小喜鹊依旧笑吟吟的，嗔笑道：“哟，我的姑娘呀，六姑娘是客，还不兴我夸夸客人呢！姑娘要是不怕羞，以后我一准先夸姑娘！”如兰噘噘嘴。

明兰坐在一旁，看着小喜鹊一边哄着如兰，一边含蓄地恭维自己，一边还要招呼小丫头上茶，手还不能停下来。明兰不由得赞叹，刘昆家的不让自己女儿当如兰的贴身大丫鬟，而挑了这个丫头，倒是有气度、有眼光。王家老太太送来这么个人，的确很疼王氏呀，可惜如今被气得够呛，可怜天下慈母心。

打发丫鬟们出去后，如兰立刻赌气道：“你不必时时来瞧着我，我好得很！”

“五姐姐当真一点儿也不气？”明兰拈着一颗新鲜大红的鲁枣咬着，有些含糊道，“四姐姐也就罢了，元儿表姐你也不气？你这般无动于衷，太太反倒担心。”如果如兰真大发一通脾气，王氏也许会放下些心来，事有反常，自然引起王氏的不安。

如兰仰起脖子，从喉咙里哈出一声来，拢起头发坐到明兰身边，连连冷笑："你是没见过舅母，厉害得什么似的，也只有外祖母还压得住。当初在登州时，每年我都得随母亲去外祖母家，啧啧，舅舅是疼我，可能有多大用处？你看大姐姐，姐夫也算不错了，忠勤老伯爷人也好，可屋里还是叫塞了许多通房姨娘。哼！婆婆要为难媳妇，就跟猪八戒吃人参果一样容易，可媳妇要掣肘婆婆，那才是难！娘是没吃过婆婆的苦头，怎会知道？"

明兰愕然，士别三日，当刮目相看，不知不觉，当年鲁莽无脑的如兰居然变得头脑清楚了。反观自己，只长个子，不长心眼儿，着实如阿斗一般，明兰一阵惭愧。

如兰毫不客气地拿走明兰手中剥好的橘瓣，塞进自己嘴里，接着道："还有，我那表哥自小就唯唯诺诺，一味孝顺，舅母说一，他不敢言二，我本就瞧不上。姨妈还以为捡着宝了，就元儿表姐那样的性子……哼哼，等着瞧，以后有的苦头吃了！"她越说越兴奋，又放了一个橘子在明兰手中，示意她继续剥橘子皮。

明兰发怔，其实她和如兰很像，在整个盛府都乌云密布的时节，唯独她们姐妹俩有一种奇特而违和的放松感，虽然她们受到了名声的拖累，但另一个方面，她们也顺利摆脱掉了自己不中意的婚配对象。

大约想得太入神了，明兰剥好橘子后，把橘瓣放进自己嘴里，橘皮给了如兰。

又过了几日，老太太挑了个好天气的早晨，只带着房妈妈去了永昌侯府。王氏原本表示愿意一道去，老太太看了她一会儿，只淡淡地丢下一句："觍着脸也好，撕破脸也罢，总是我一人去的好，也给你留些说话的余地。"

虽说老太太应下去提亲的任务，可她到底骄傲了一辈子，一想起这事就觉着像是吞了只苍蝇，这几日看谁都板着脸，连王氏也缩着脖子不敢说话。

永昌侯府在皇城内圈，一来一回便要一个多时辰，直到未时初老太太才回来。王氏一听闻立刻飞速从正房赶来，一脚踏进寿安堂门槛时，正瞧见明兰捧着一碗温温的燕窝粥，凑在软榻旁服侍老太太吃："……我叫翠屏去摆饭了，您先用些粥垫垫肚子吧。"

老太太明显是累了，却还瞪着眼睛数落她："都什么时候了还没吃饭，成仙了啊？好容易养你这些肉，当我容易吗？"明兰被训得头皮发麻，淘气地吐吐舌头。

王氏定了定神，缓步进去，敛衽行了个礼。明兰也下地给王氏行礼，又请王氏坐下。明兰见王氏坐卧不安，一副想问又不敢问的样子，便清清嗓子，小心地问道："祖母，那个……怎么样了？"王氏正想问而不敢问，听明兰替自己问出来，十分满意地瞧了她一眼。

老太太白了明兰下，径直对王氏道："这个月二十五是个好日子，永昌侯夫人会来下定，你好好准备下……喏，这是梁家晗哥儿的庚帖，你拿去与墨丫头的合一合。"说着，从袖中取出一张大红洒金的封子，交到王氏手里，似乎又想到了什么，嘴角讽刺地一弯，"都这个时候了，便是八字不合，也无甚可说的了。"

王氏捧着庚帖，下巴几乎掉下来，吃惊地以四十五度角仰望老太太，嘴唇翕动着想要问问过程，却始终开不了口。明兰跃跃欲试地也想问，冷不防老太太朝她道："你叫她们把饭摆到右梢间去，然后到次间替我寻两丸葛曹丹来。"

这架势，明显接下来的话题少儿不宜，不好未出嫁的姑娘们在场，可次间就在隔壁，所以老太太的意思是：可以旁听，但不要让我知道。

这就是古代人说话的艺术，明兰摸摸鼻子，很听话地退了出去。

见明兰的身影消失在帘子后头，王氏才低声道："都是媳妇不中用，叫老太太辛苦了……说起来，都是媳妇没看好家。墨丫头真是愚昧，如何可以做这样的糊涂事！"说着，又掏出帕子来抹眼睛。

隔壁的明兰不同意王氏的看法。华兰出嫁后，墨兰便是家中最大的女孩，她们母女俩拿捏盛纭的是盛府的名声，拿捏王氏和老太太的则是如兰和明兰的婚事前景，逼着全家不得不为墨兰的婚事奔走。梁晗事件虽然看着冲动鲁莽，却是林姨娘和墨兰深思熟虑的，从结果来看，虽然炮灰了林姨娘，却达到了目的。

"好了，别哭哭啼啼的了。"老太太面无表情，干脆道，"我不单为了墨丫头一个，为的是盛家的脸面，还不是为着下面两个丫头？你少磨磨叽叽的，我最不耐烦瞧人哭天抹泪的！"

王氏这才收住了眼泪，转而问道："老太太说得是，都是为了盛家的前程，媳妇敢问老太太，这梁夫人怎么答应的？"

老太太冷冷地笑了几声："你这一辈子，最喜欢自作聪明，你也不想想，永昌侯府的嫡子，哪怕是老幺，哪家姑娘寻不着，非要巴巴地来聘盛家的庶女？你就这么放心地叫明丫头出去见人？天上掉下来的馅饼你也敢一口吞了，就不怕有毒？"话里话外都是讽刺。

王氏脸上一红，知道老太太这是要跟自己算老账，只敢轻轻道："媳妇听闻梁家公子人品是尚可的，便想着……既然梁夫人喜欢明兰，便……"

见老太太冷电一样的目光盯着自己，王氏不敢说下去了。

老太太冷哼道："人品尚可？不见得吧。我虽刚回京城，没工夫打听那梁晗的人品，但只听墨兰那一段，便知道他于男女之事上干净不了！便真有闺阁姑娘落了险境，他帮把手便是，捞一把就完了，做什么还抱着人家未婚女子一路走过去？婆子、仆役都做什么去了？哼哼，大庭广众之下，众目睽睽，他也是知书达理养大的，就不知道这样会坏了姑娘名节？"

这番话下来，隔壁的明兰赞叹不已，她说起旁的也许头头是道，可于这人情世故到底比不了看了一辈子世情的老人精。王氏倒不是想不到，而是压根儿没去想，只要自己女儿不是嫁给梁晗，那梁晗的人品关她什么事。

王氏脸上有些讪讪的，强笑几下，道："到底是老太太，既然拿住了道理，想那梁夫人也不敢多推托吧。"

老太太放下燕窝粥的白瓷碗，重重顿在炕几上，冷冷地讥刺道："我就不信这么一个风流倜傥的少年郎国丧期间会消停，便着人去打听了，哼！原来梁夫人庶长子的媳妇娘家来了个远房表亲，一年多前就入了那梁晗的屋，哼哼，刚出了国丧期，那表姑娘肚子却鼓了起来，未免说不清，到底是不是国丧期里有的，旁人家也就算了，他梁家可是开国辅臣，权爵之家，若张扬了出去，便是断定不了也得脱层皮！"

王氏精神大振，凑上前去，道："原来如此！梁府有这么大一个把柄在，还敢拿鼻孔瞧人，他们也配？老太太，如此一来，何愁他们不来提亲！"

老太太看着王氏喜怒形于色的模样，不免心中叹气，随即安慰自己，也罢，脑子不甚聪明的儿媳也有其好处的，便叹息道："你想得太容易了。那梁夫人原就不喜欢那表姑娘，巴不得拿捏这把柄送上一碗落胎药，是那梁晗死活不答应，还紧着要讨一房媳妇，好叫那表姑娘端茶进门，免得那孩子没名没分。说起来，永昌侯夫人也不容易，这些年来，她那庶长子在军中着实建了不少功业，人前人后都是夸的，老侯爷也很器重，如今庶长媳闹腾起来，也不好弄啊。"

王氏这次不敢轻易发表议论，想了想后，才道："媳妇明白了，这么家里家外的一闹腾，如今梁夫人是投鼠忌器，既想收拾了那表姑娘，又不愿儿子受罪，如今老太太上门去，好言相劝，又有说法，梁夫人便就坡下驴了……不过，呵呵，这般进的门，不知以后四丫头的日子是不是能够过好。"

老太太想起适才梁夫人端架子的模样，心里忍不住一股气冒上来，偏王氏还在那里幸灾乐祸，便沉声喝道："你先别急着看墨丫头的笑话，赶紧想想如丫头吧！"

想到如兰，王氏忍不住眼眶再次红了，垂泪道："原本好好的，可是现在……京城地界就这么大，官儿多富贵多，可都是不知根底的，有些索性是没有根底的，如今媳妇全然没了主意，还请老太太指点。"

"你呀……"老太太扶着软榻的扶手坐直了身子，拍拍王氏的肩膀，叹道，"如兰的事儿你是做错了，女婿应该仔细挑是不错的，可不能吃着碗里的，瞧着锅里的，这不是结亲家，倒是结仇家了！还有你那好姐姐！"老太太重重地在扶手上一拍，面露怒色，"柏哥儿他爹替康家出了多少力，她儿子求官，她女儿婚配，哪一样求到咱家来，咱们不是诚心诚意地替他们着想的？她倒好，背后挖我孙女的墙脚，当盛家是冤大头吗？允儿就罢了，如今算是盛家的媳妇了，以后……"老太太指着王氏，喝道，"以后除了逢年过节，你少和康家的来往！"

自己娘家姐姐不上道，王氏脸上也火辣辣的，老太太说得句句在理，且吃亏的还是自己女儿，王氏也跟着数落了几句康家的不是。

骂了一通，狠出了一口气，老太太也觉着气顺多了，挥挥手道："好了，如今柏哥儿媳妇帮你管着家，你也别整日病病歪歪的，赶紧养好了身子，好替如儿张罗婚事，我也去四处瞧瞧，有没有合意的人家。你不用着急，这才及笄的姑娘，不可病急乱投医了，得好好挑了，重要的是人品好！"

这个话题王氏最爱听，当下点头如捣蒜，见老太太有意下榻，赶紧蹲下身子十分孝顺地替婆婆着鞋。老太太扶着王氏的肩膀穿好了鞋。待王氏抬起头来，老太太抓住她的手腕子，盯着她的眼睛，沉声道："永昌侯府来下定之时，你与我好好照应，不许闹意气出了岔子，只有墨丫头顺顺当当进了门，之前的事儿才能一把抹了干净！你以后还会有满堂的孙子孙女，不可坏了名声，你可明白？"

王氏心里硌硬得厉害，但想着自己骨肉，便咬牙点头。老太太松了手劲儿，缓和道："嫁妆你就不用愁了，当初纮儿把给了林姨娘的产业都交了我，我对半分了给枫哥儿和墨兰两个，待墨丫头出门时，我做祖母的照例再添上一千两银子便是。"

王氏算术甚好，略略算了下，这份嫁妆说厚不厚，说薄不薄，既没有越过华兰，也不至于在永昌侯府面前丢人，自己只需费些人手酒席即可，便很乐意地应了声。

老太太看王氏一概都应了，很是满意："前几日柏哥儿媳妇发落林栖阁时，从主子到那奸仆处搜罗出许多金银细软，这回如丫头是叫墨兰连累了，便都给她添妆吧。"

王氏这点眼色还是有的，赶紧笑容满面地迎上去，嘴上抹蜜般："瞧母亲说的，如儿和明兰好得成日在一块儿，有如儿的哪能少了明丫头的，她们小姐妹俩一人一半吧。明丫头眼瞅着要及笄了，也该做几身鲜亮的新衣裳，回头我就去天衣阁下单子，还有金宝的头面首饰也不能少了……"

四

一整年的国丧甫出，京中的有爵之家便摘了自家门前的素白灯罩，因前头皇帝管制严厉，后头平叛又打了胜仗，皇帝权威日重，城中的纨绔子弟尽管心痒得厉害，到底也不敢乱来。

又过了一两个月，皇帝给几个素来老实的宗室子弟赐了婚，权宦人家才松了口气，想纳妾的纳妾，想讨媳妇的讨媳妇，想去青楼视察民情的……呃，换身衣裳，盖顶大檐帽再去。

老太太说到做到，菊芳落胎后歇息了十来天，便摆了一桌酒算是抬她做了姨娘。王氏也很给面子地赏了个红包，然后照香姨娘和萍姨娘的份例，把新上任的芳姨娘安置在自己院里。芳姨娘瞧见背着书袋上学堂的小长栋进进出出，想起自己无缘的孩儿，心里越发恨林姨娘。

因坐着小月，芳姨娘还不能侍寝，但不妨碍摸摸小手亲亲小嘴，说两句巧妙的恭维话哄盛纮抖着胡须一阵开心，顺带抹着眼泪伤痛那个孩儿，引得盛纮也厌恶极了林氏。

没过几日，永昌侯府遣媒来盛府下定，王氏如今看墨兰便如看个瘟神，恨不得第二日就把她嫁出去，反正嫁妆早就备下了，而那边的春舸小姐估计也等不住，待生出孩子再敬茶也不好看，两下一凑，便定在六月二十八来下聘，七月初八完婚。

婚事一订下，墨兰闻讯后立刻活泛起来，先是闹着要去给盛纮行礼谢过养育之恩。海氏本不肯，但墨兰摆出"孝道"的名头，海氏只好答应，谁知墨兰到了盛纮面前便开始哭起来，一会儿哭自己不孝，一会儿忏悔叫父亲受累了，然后抽抽搭搭地替林姨娘求情。

"爹爹，女儿要嫁人了，好歹瞧在侯府的面子上，叫把姨娘接回来，女儿是姨娘身上掉下来的肉，怎么也叫姨娘瞧着女儿出门呀！"墨兰跪在盛纮面前，哭得梨花带雨，十足感人的母女情深。

果然，盛纮只冷冷道："为你前后张罗婚事的是太太，为你提亲并备嫁妆的是老太太，你若真有心，便去谢她们吧！林氏犯了家法，便当以法处置，别仗着你说上了侯府的亲事，便敢来放肆。若真想念你姨娘，便报你一个'体弱有疾'免了婚事，去庄子陪她吧。"

墨兰惊呆在地上，不敢置信地瞧着盛纮。她不知道那天老太太拿她审问时盛纮就在帘后，更不知道这些日子以来，菊芳倒了多少林姨娘的坏话进盛纮的耳朵。

盛纮又训了墨兰几句"德行品性"的严厉话，便叫了海氏来带走墨兰，并令严加看管。

墨兰不信这个邪，又闹着出了一回院子，自觉得快出嫁的女儿再如何不好，家里都得忍让一二，更不能过分重罚。谁知这次王氏是下了狠心，二话不说就先捆了墨兰身边的云裁狠打了一顿，然后发卖出去。墨兰哭闹不休，扯着海氏的袖子要人。

海氏拗不过，王氏便叫人来传话："姑娘不好，都是下头的服侍不尽心，若姑娘再闹一回，便卖了露种，还不消停，便依次撵了碧桃、芙蓉、秋江……待姑娘出门子时，再与姑娘挑好的带去。"墨兰看着周围跪成一片的丫头，咬碎一口银牙，却也不敢再闹了。

其实出嫁女和娘家是互相制约的关系，娘家眼睁睁地瞧着自己女儿在外受欺侮而不加以援手，固然会被笑话无能，但出嫁女不敬娘家亲长，一样会被扣上个"不孝忤逆"之名。而墨兰的亲长名单里，没有林姨娘，倒有王氏。

王氏这一辈子都是横着走过来的，哪怕遇佛被佛拍，见神被神打，也从未改过跋扈泼辣的秉性，如今又怎会忌惮一个小小庶女的撒泼，反正永昌侯府也来提过亲了，盛家的面子算是圆了，墨兰要是再闹，哼哼，她巴不得搅了这婚事！

墨兰见识了厉害，便老实地待在了山月居备嫁。

大约六月二十八着实是个好日子，永昌侯府挑这日子来下聘不说，京里还有好几个大户人家都选了这日子办喜事，其中有户部左侍郎嫁女、都察院右都御使讨儿媳妇、福安公主的儿子要填房……还有，当朝首辅申时其与齐国公府结亲。

入夜，盛纮在顶头上司那儿喝过喜酒回来，换了一身家常的便服就去了书房，推开房门，只见长柏正坐在桌旁等待，此时已起身朝自己行礼。

盛纮颇感满意，略一领首，打趣儿子道："你倒回来得早，齐国公府喜宴上的菜不好吗？"

长柏淡淡道："菜很好，只是母亲的脸色不好看。"

盛纮微一皱眉，径直走到书桌后头，撩起衣摆坐下，道："为着如丫头的事，你母亲气得不轻，不过，她也有错。"

长柏毫无所动，走到书桌旁的案几上，从一把雕刻"岁寒三友"绘纹的紫砂陶壶里倒了一杯温温的浓茶，稳稳地端到盛纮面前，才道："子不便言母过，此事，不能怪元若贤弟。"乍听着，像是在说平宁郡主的不是，其实把王氏一起捎上了。

盛纮接过茶碗，酒后口干得很，一口就喝干了，同时点点头："齐贤侄为人不错，幸亏他前几日偷着与你通了消息，为父才没在严大人的奏本上附名，昨日去找了卢老大人后，便证实了确有其事。"

长柏手执茶壶，再为父亲的茶碗里续上茶水，低声道："父亲莫若再看看，严大人也是久经官场的，兴许另有深意。"

盛纮再次端起茶碗，轻轻啜了一口，为儿子解释道："那甘老将军这十几年来执掌军权，居功自傲，连薄老帅都解了兵符与皇上，他还敢妄自拿大。年前的北伐，皇上几乎倾尽三大营兵力，甘老将军却领着大军拖延不战，放任羯奴纵祸边城。沈国舅和顾二郎乘南下平叛之威，兴兵北上剿敌，不但分了甘老一半兵权，还连连得胜，缴获辎重牛羊无数。卢老大人念得当初在工部时的情分，昨日私下向为父透露，前几日已传来战报，皇上密旨未发，战报上说沈国舅一举掀了羯奴中军大帐，顾二郎斩杀了左谷蠡王及部将无数，你说，严大人这会儿参沈、顾二人纵兵为祸，不服军令，这不是自讨苦吃吗？"

长柏略略沉思了一会儿，问道："严大人本是极谨慎的，这次怎会轻易参奏沈、顾二人呢？"他虽天资聪颖，但到底只是日日待在翰林院苦读圣贤书，于朝堂中错综复杂的关系不甚清楚。

盛纮盖上茶碗，瓷器发出清脆的敲击声，缓缓道："我儿不知，我朝自来便是武将受文官节制，除非是皇亲国戚或权贵子弟，否则一个武将若朝中无人帮衬，甘老将军何如能在军中屹立十几年不倒？呵呵，只是不知严大人的上头又是谁了。申首辅精明溜滑，百事不沾，只怕这些人弄左了，我瞧着当今圣上可没先帝那般好说话。"

长柏默默点头，忽又问道："既然父亲昨日就知严大人的奏本怕是要坏事的，为何今日还去严府吃喜酒？"

盛纮捋着胡须微笑："柏儿记住了，官场上为人，若做不到至刚至坚，一往无前，便得和光同尘。我不肯附言与严大人，不过是政见略有不同，但上下级一场，却不可早早撇清了干系，徒惹人非议。"

长柏认真地听了，书房内静默了会儿。

盛纮又转头朝着儿子道："我瞧着齐贤侄很好，颇念着与你的同窗之谊，你可与之一交。你媳妇贤惠，知道这次要送双份的贺礼。不要怕你母亲生气，为父会去说的。还有，那文……贤侄，唉……也是好好的后生，是墨丫头没福气，论起来你是他师兄，多加安慰吧。"他叹气起来，脸上露出失望之色，"算了，看墨丫头自己的造化吧，咱们能使的力气也都使上了，可恨的是，倒把老太太气病了，好在明丫头孝顺，时时在旁看着……"

盛老太太到底年纪大了，舟车劳顿，一路颠簸，加之一回府便大战一场，自办完墨兰的事便感了风寒，卧病在床徐徐养着，至六月末天气渐热，方见好转。

明兰第一次觉着自己的身体应该是很健康的了，足足凑在病人跟前近一个月，居然没打过一个喷嚏，这是一个划时代的标志，表示这具病弱倒霉的身体，从六岁以来的病秧子称号可以彻底摘掉了！

明兰高兴之余，索性直接拿网兜从池塘里逮了两条胖鱼上来，决意给老太太煲一盅新鲜的生鱼汤来吃，交代好掌勺大娘注意火候姜料之后，便将下袖子去了老太太房里，只见老太太正眯着眼睛在瞧一封信。

"叫你不许再往池子边上凑了，怎么老也不听？！"老太太一天不训明兰，就觉着骨头发痒。

明兰装作没听见，扭过头去，顾左右而言他："今儿日头真好呀。"

老太太又好气又好笑，一巴掌拍过去，明兰应声抱头，小松鼠般钻到老太太胳肢窝下去，故意奶声奶气道："哎呀……那池子边上，满打满算也就两三尺深，小桃伸手一捞就能抓住孙女，这样的好天气，掉下去了也不会着凉的。"一边说一边在老太太身上磨蹭着，只恨没有尾巴拿出来摇一摇表示讨好。

老太太照例是没法子撑很久的，扮了半天也软了下来。明兰赶紧岔开话题："祖母，这是谁家来的信呀？"

老太太把信纸放在翘案上，摸着明兰的脑袋，缓缓道："是贺家来的信，她身子不便，专程写信来道谢的。"

明兰"哦"了一声，继续赖在老太太怀里不起来，道："大嫂子荐的那宅子他们觉着好？"

老太太点点头，微笑道："你大嫂子也是热心的，不然谁家少奶奶这么有空来做媒人？"

明兰拿起信粗粗看了眼，抬头笑道："贺老夫人说她家后院的栀子花开了，请我们后日去赏花吃茶。祖母，咱们去不去？"

老太太拍着明兰的肩，笑道："这一月我也躺得乏了，且有日子没和我那老姐姐说话了，去瞧瞧也好，只可惜，弘哥儿去采办药材还未回来……"

"在贺家哥哥眼里，花儿草儿那都是药，赏啥呀，他会拿去入药的。"

明兰大摇其头，想起有一次，贺老夫人从外地带来一盆鲜艳的素白芍药，还没等请人来赏，一个疏忽不查，叫不知情的贺弘文拔了去，制了一盒"益脾清肺丹"，巴巴地送到盛府孝敬脾胃不好的盛老太太，闹得贺老夫人哭笑不得。

五

贺氏家族原籍苏南白石潭，因贺弘文祖父贺老大人正任着太仆寺卿，这一支便于京城住下了。贺府是一座前后三进的宅子，明兰之前来过几次，知道府中住着贺家老夫妇俩、贺二老爷一家，还有贺弘文母子。

六月底的日头已颇为火辣，明兰坐在祖母的右侧，一路上都摇着把大蒲叶扇子，一人打扇两人凉快，晃了大半个时辰的马车才到。贺府的仆妇早熟识了盛家祖孙俩，一见面就笑容满面地迎了上去，扶着、搀着，打着盖伞把祖孙二人引进后园的花厅。

贺家离皇城较远些，四处林荫满栽，一走进后园便一阵阴凉。明兰吐出一口热气，拿帕子摁了摁面颊，叫丹橘看了看妆容有否乱了。丹橘低声道："您才擦了一层香膏，连粉儿都没沾，便是有些汗也不打紧的。"

小桃侧眼瞧了眼明兰几乎看不见毛孔的细腻皮肤："姑娘放心，连汗也没有。"

穿过一扇垂花门，又绕过了正房院落，抬步进了后花厅，只见厅堂内四面窗户打开，当中一张大圆桌上摆着各色鲜果点心，两边是藤编软椅，上风口的柳叶细门处的地上放了一个铜盆，里头置着一些冰块，冰融风凉，屋内一片舒爽。老太太和明兰同时精神一振。

只见贺老夫人坐在当中的上首，正笑着站起来迎客："我的老姐姐，身子可好些了吧？来，我先给你把把脉。"说着便去拉盛老太太的手腕子，却叫老太太一下打开，嗔道："哪有你这般做主家的，客来了，你一不请坐，二不上茶，反倒拉着人家要看脉！怎么，生怕人家不晓得你是名医张家的姑娘不成？"

周围站着的几个女眷一道笑了起来。一个身着鹅黄色花鸟双绘绣薄绸单袄，下着一件淡素色挑线裙子的中年妇人走过来，轻轻扶着贺老夫人，笑道："老太太不知，我这婆婆呀，在家见日地惦记您，好容易才把您盼来的。"

说着便请盛家祖孙坐下，又熟稔地唤丫鬟奉上温温的解暑汤。明兰屈身先给这位贺二太太行礼，再轻轻转身，朝着静静立在一旁的贺弘文母亲行礼，然后才在下首的藤葛椅上坐下。

待大家都坐定后，贺弘文的母亲起身，向着盛老太太躬身福了福，话音像是垂弱的风声："多亏了老太太热心肠，姐姐一家如今住着那院子极好的，我这里替我姐姐一家子谢过老太太了。"

盛老太太轻轻挥挥手，辞谢道："不打紧的，人生在世，总是要互相帮衬着才是。"

贺母体弱，又道谢了几次，脸色有些泛白，贺老夫人连忙叫丫鬟扶着她坐下了。

贺二夫人体态略微丰腴，下颌圆润，说起话来很是周到，显是多年掌理家务的干练人。她笑容殷勤道："听闻贵府上近日便要有喜事了，我这儿先道声贺了！回头老太太可不要吝惜一杯喜酒与我们哟！"

盛老太太在贺府颇为放松，打趣道："只要你备足了贺仪，但来无妨！"

贺老夫人笑骂道："你早些年可管那些金银叫阿堵物的，这会儿越老越贪财了！可怎么好？"

盛老太太故意瞪眼道："便是凭你这句话，也得出双份的！"

"你这杯喜酒也忒贵了！儿媳妇呀，咱们不去了。"贺老夫人也装作使性子道。

贺二太太站在婆婆身边，轻轻打着扇子，抿嘴笑道："母亲别急呀，儿媳妇能掐会算，知道盛府上必有一顿喜酒是落不下您的，到那会儿呀，便是要出再多银子，您也乐得很！"

话中意有所指，眼风还扫过坐在下首的明兰。贺老夫人和盛老太太均是嘴角含笑。

明兰所坐的位置正迎着风口，十分凉爽，身上刚降下去些热度，闻听此言不禁再度脸上发烧，低下头去不肯说话。对面坐着的贺母见她害臊，忍不住轻声道："二嫂。"然后走过去轻轻拍着明兰的肩，温言道："好孩子，这儿凉，换个地儿坐吧。"

明兰听话地站起来，和贺母坐到对面去，然后贺母拉着明兰的手，低声问起话来，最近身子可好，可还在做绣活，莫要熬坏了眼睛云云。明兰感觉着贺母干干凉凉的掌心，觉得十分熨帖舒服，一一柔顺地答了话。

贺母一边问话，一边细细打量明兰。只见她一身淡柳青色软葛及膝单衫，下头是雪缎云纹百褶裙，外罩一件沉绿色的薄锦妆花比甲，乌油油的头发绾了一个偏堕马的髻，半垂着头发，留着覆额的柔软刘海，只簪了一对点翠镶南珠金银绞丝花钿，髻后压了一小柄白玉缠花月牙梳，便如一棵水嫩的小翠葱，映着粉菡萏红的脸儿，可口得想叫人咬两口。贺母心中喜欢，待明兰愈加亲热和气，又低声嘱咐了几句夏日注意的要项。

盛老太太侧眼看去，见贺母与明兰这般要好投缘，心中又是放心又觉得安慰，抬眼瞧了下一旁的贺老夫人，却见她脸上虽然也笑着，眼中却带了几抹郁色，似乎有心事。

花厅外头种着两棵极高大的栀子花树，此时正是开花的好时节，叶瓣翠绿，花形润白，随着微风将阵阵清香柔柔地送进花厅。厅中众女眷品着香茗，听两位老人家说着旧话，贺二太太时不时地凑趣打诨，众人都觉心情十分舒畅。

花厅中笑声阵阵，说着说着，贺老夫人便谈到外出采办药材的贺弘文，言语中颇为自豪，刚对着盛老太太说到"弘哥儿该说亲了"的时候，一个婆子急急来报："曹府姨太太来了。"

然后，厅堂上便如忽然起了一阵冷风般，贺老夫人脸上的笑容顿止，目光扫过下首的贺母。贺母低着头，有些不安地挪动了下身子。

贺二太太看婆婆微微颔首，才道："快请。"

明兰抬眼去看盛老太太，只见她神色如常，毫不在意，便也稳稳坐住了。过不多会儿，一个婆子打开帘子，进来两个女子，当前一个妇人年约五旬，面相衰老，纵然擦着厚厚的粉，也遮掩不住黑黄粗糙的皮色，只眉眼间与贺母有几分相似；后头一个女子年十七八，低低地垂着头，弓背颔首，瘦削得厉害，一身银红锦缎的衣裳，只是领口袖口的暗金绣纹都褪色了，显然是陈旧磨损的衣物了，露在外头的一双手显得枯瘦干瘪。

贺老夫人神色不悦，一言不发地坐在那里，一点儿介绍的意思都没有。贺母只得自己站起来，讪讪地向盛老太太道："这是弘哥儿他姨母，这是他姨表妹，小字锦绣。"

曹太太赶紧拉着女儿给贺老夫人和盛老太太行礼。贺老夫人挥手请起，又叫贺二太太张罗座位茶果。一番停当后，曹太太立刻动起嘴巴来，一会儿夸这花厅风景好又亮敞，一会儿夸贺二太太会料理，解暑汤好喝，茶果也可口，更是赶着叫曹锦绣上前服侍贺老夫人，又是换茶水，又是挑鲜果。贺老夫人却淡淡的，不怎么搭理，神色间更添了几分凌厉。

贺母见了，愈加惴惴地不敢说话，连贺二太太也不怎么言语了。

那曹太太还在喋喋不休，见贺老夫人不怎么理她们母女，话渐渐少了。贺老夫人自顾自地转头与盛老太太说话："待到了九月，明丫头便及笄了，可想好了让谁来加笄？"

盛老太太含笑道："老姐妹里你最有福气，自然是你了，不知你肯不肯了。"

贺老夫人早就有此打算，闻言拊掌大乐道："这敢情好！放心，我这就去预备支宝簪，一定配得上你的宝贝孙女。"

曹太太见她们自说自话，全然不把她们母女放在眼里，不由得一阵生闷气，立刻转头朝着明兰去了。明兰躲闪不及，叫她扯住胳膊，只闻一阵咯咯笑声："哟，果然是玉石雕出来的可人儿！瞧瞧，这眉眼，这身段……"

盛老太太见她言语轻佻，又涉及明兰，不由得眉头一皱。曹太太却还在说："啧啧，真是好模样！要说我们家锦绣呀，打小也是人人夸的标致，可惜没有明姑娘的命好，小小年纪就去那鬼地方吃苦头，如今人瞧着不大精神，若能好吃好喝地调理一阵子，定不输了谁去的！"一边说，一边还去摸明兰的衣裳。

明兰胳膊暗暗使力，一弯手肘，轻巧地脱开曹太太的手掌，微微侧身，躲了开去，心中暗自奇怪，曹太太和贺母是两姐妹，怎么一个竟像粗俗的村妇；再一侧眼，只见贺母脸色尴尬得一阵红一阵白，却只能眼睁睁地看着自己的姐姐出丑。一旁的曹锦绣始终低着头，明兰仔细瞄了几眼，只见她皮色微黑，面带风霜之色，更兼消瘦支伶，容色实在不怎么样。

因是客人，贺家人也不好说什么，曹太太便越发得意起来，转头朝着盛老太太道："听我妹子说，老太太和我妹子的婆婆是顶要好的手帕交，我也不嫌臊了。我们锦儿和我外甥弘哥儿是自小青梅竹马一道儿大的，那情分哟……不是我夸口，当初我们家离京时，弘哥儿可是追在后头哭着喊锦儿的，如此情意，我们锦儿自然——"

贺老夫人脸色已变，重重地把茶碗顿在桌上，锵的一声脆响，只见碗盖已经碎在茶几上。贺二太太和贺母知道婆婆性子，无事的时候自是爽朗爱说笑，但发起怒来，却是连老太爷也敢骂的辣脾气，她们立刻吓得肃立到一旁去了。

贺老夫人心里怒极，脸上反而微笑，缓缓从自己头上拔下一支雕福寿双字的青金石如意簪，放在茶几上，指着道："姨太太，我一直想送锦儿这孩子一支簪子，今日趁大家都在，姨太太若不嫌弃，便拿去吧。"

曹太太愣了愣，随即大喜过望，小步上前，伸手就领了簪子，比画着连声夸好。贺老夫人脸上含着一种奇怪的笑容，缓缓道："既有了簪子，回头便叫锦儿把头发都盘起来吧，这穿戴也该改一改了，没得妇人家还做姑娘打扮的！"

此言一出，厅堂内便如一记无声的轰雷响在众人头上。曹锦绣猛地一抬头，眼眶中饱含泪水，恍如一根木头一样戳在地上，一动也动不了。厅堂上众人神色骤变。

"砰"的一声，曹太太惊慌失措地把那支簪子掉在地上，摔成了两截。贺老夫人转头，对着脸色苍白如死人的贺母冷笑道："看来你姐姐是瞧不上我这支簪子了！"

贺母也吓得手足乱颤，不敢置信地去看曹太太，目光中尽是惊疑。曹太太避开妹妹的眼光，暗自狠一咬牙，随即又强扭起笑脸，冲贺老夫人笑道：

"老夫人莫不是弄错了？我家锦儿还未出——"贺老夫人一挥手，截断她的话，顺手抓起身旁曹锦绣的手腕子，三根手指正扣住她的脉门，然后眼睛盯着曹太太，冷冷微笑。

曹太太忽然想起以前妹妹曾说过，贺老夫人自幼研习医术，一个女子是闺女还是妇人，便光看身形就能猜出来，若一把脉更是什么都瞒不住的，想到这里，她顿时汗水涔涔而下，不知所措地去看自家妹妹，却见她也是一副失魂落魄的样子。

见此情形，贺母心中已是透亮，自己婆婆怕一早就有疑心，但碍着自己面子并未点破，可如今当着盛家祖孙和二嫂的面说了出来，不但是向外明确表态，更是间接表示对曹家的强烈不满。贺母年少守寡，这十几年能安稳度日，抚育贺弘文成才，婆母助力极大，她自来便是很敬服贺老夫人的，如今见她显是气极了，心里也是害怕。

接下来，众人也没心思赏花了，盛老太太托言身子还未全好，便携了明兰告辞。贺老夫人拉着她的手说了好几句话。贺二太太一路送到门口，满嘴都是歉意，又把预先备下的夏日常用药草装好了箱笼带上，才恭敬地道别。

上了马车后，祖孙俩久久无言。

明兰低头思忖。初识贺老夫人之时，她只觉得这位老人家性子阔直，十分好说话，但现在想来，贺老太爷少年时风流自赏，姬妾也是不少的，可几十年下来，愣是一个庶子女都没有，如今老夫老妻了，贺老夫人更是拿住了一家老小，说分家就分家，说给贺弘文母子多少产业就多少产业，丈夫、儿子、儿媳谁都没二话，日子过得甚是自在。

今日见她一出手，便是杀招辣手，这样一个人，怎会简单？内宅如同一个精致隐忍的竞技场，能最终存活下来的，不是像余嫣然的祖母一样天生好运气，便是有两下子的。

过了好一会儿，明兰才叹息道："幸亏有贺家祖母在。"

盛老太太神色高深，眼神不置可否地闪了闪："两家结亲，讲究的是你情我愿，皆大欢喜，要靠老人家弹压才成的，也不是什么好亲事。再瞧瞧吧，也不知弘文他娘是什么意思……"

此时，贺母正满心惊慌地站在贺老夫人里屋中，屋内只有婆媳二人，门窗都是关紧了的，屋内有些闷热，贺母却依旧觉着背心一阵阵发凉。

"你昏了头了！"贺老夫人一掌拍在茶几上，上头的茶碗跳了跳，"你明明晓得我的意思，还把今日会客之事告知曹家，你安的什么心？！莫非你真想要曹锦绣做媳妇？"

贺母神色慌乱，连忙摇手："不不不，明兰那孩子我是极喜欢的，怎么会……"说着眼眶一热，哽咽道，"可是姐姐她一个劲儿地求我，我就……媳妇娘家只剩下这么个姐姐了。"

"你呀！"贺老夫人恼恨不已，斥道，"就是心软！我今日把话跟你说明白了吧，我们贺家也不是嫌贫爱富之流，倘若当初曹家犯事之前，就让他家闺女和弘哥儿定了亲事，如今便是惹人嘲笑，我也认了这孙媳妇，可你别忘了，当初是他们曹家嫌弃你们孤儿寡母，没有倚仗，那会子曹家架子可大得很，口口声声说要把闺女高嫁！哼！如今可好，他们家败落了，潦倒了，倒想起有你这个妹子了，有弘文这个外甥了！"说到这里，贺老夫人提高了声音，怒道，"尤其可恨的是，他们居然还敢欺瞒我家，明明已非完璧，还想瞒天过海！真真可恨至极！"

贺母抽泣起来，断断续续道："适才姐姐与我说，在凉州时他们家实在是过不下去了，被逼无奈，锦儿才与那武官做妾的，谁知不过几个月就大赦天下了，如今曹家也悔恨极了的。"

"那又如何？"贺老夫人瞪眼道，"他们痴心妄想在前，有心欺瞒在后，你还真想遂了你姐姐的意，讨这么个破落的给你儿子做媳妇？"

自来寡母带大儿子，所寄托的心血远大于普通母亲。贺母望子成龙之心也是有的，但她秉性柔弱，又耳根子软，被姐姐一哭一求便心软了。如今事情掰扯开了，一边是姐妹情深，一边是儿子的前程，她不禁慌了手脚。

最后，贺母抹了抹眼泪，抬头道："母亲，我想好了，我儿媳还是明丫头的好……不过，适才我姐姐离去前又央求我，说，便是叫锦儿做偏房也是好的。母亲，您说呢？"

"想也别想！"贺老夫人又重重一掌拍在桌上，说话间咬牙切齿，但瞧着贺母一脸惊吓，她素来怜惜这个青春守寡的儿媳妇，便放柔声音道，"你好好想想，盛家这亲事是再好不过的。你公爹年纪大了，眼看就要致仕，我们不是回白石潭老家，便是随他大伯赴任上去的，到时你叫弘文靠谁去？得替他寻一门能倚仗的岳家才是！高门大户的嫡女咱们攀不上，低门小户的又不好，寻常人家的庶女上不了台面，你自己也挑过的，还有比明兰更妥帖的吗？父兄俱在朝为官，家底富庶，虽是庶女，那容貌性情却是一等一的，在家也得父兄嫂子疼爱，她又是我那老姐姐一手带大的，将来便是你们一家三口单过，她也能稳当地料理家务，照顾婆母，辅助夫婿。我瞧了这么多年，便是明丫头最合适的，偏曹家这会儿来出幺蛾子！做妾？哼！媳妇还没进门，倒连妾室都备好了，我可没脸去与我那老姐姐说！"

贺母叫婆婆说得心动，慢慢抹干眼泪，怔怔道："母亲说得极是，可……锦儿怎么办？"

贺老夫人冷冷道："她自有爹娘，你不过是姨母，便少操些心吧！寻房子，给家用，找差事，该帮忙的都帮了，难不成还得管曹家一辈子？还有，你给我把手指缝合拢些！我从老大、老二那儿分出的家业是将来给弘哥儿成家立业的，不是叫你去贴补曹家的。儿子和曹家，你分分轻重！曹家有男人，有儿子，有手有脚，难不成一家子都叫贺家养活不成？这世上，只有救急，没有救贫！这会儿我替你掌着产业也还罢了，待我咽气了，照你这么个软性子，若不寻个可靠的孙媳妇，还不定这些都姓了曹呢！我把话都与你说清楚了，到底是你讨儿媳妇，你自个儿想吧！"

这话十分严厉，暗含深意，贺母心里一惊，知道婆母的意思了，再不敢言语。

六

天气渐入暑，眼看离墨兰的婚期没几天了，明兰思忖着好歹姐妹一场，是不是该送份嫁礼顺便提醒一下墨兰，以后将要面对何种对手呢？一边想着，一边就叫丹橘搬出老太太给的那口匣笼搁在床头。反正下午闲来无事，明兰索性叫关了门窗，拿出贴身的双鱼钥匙，一格一格打开，独个儿点起家当来。

因平日里用的首饰细软都另装在一个花梨木螺钿首饰妆奁盒里，所以这套巨气派的乌木海棠匣笼倒有一大半是空的。明兰从最下头一层抽起一格来，触目尽是金光闪闪，这是她从小到大积攒的金子和数年不用的旧金饰。

作为一个不事劳动的古代米虫，明兰的收入主要来自三个方面，一个是逢年过节长辈的赏赐，另一个是老太太时时的贴补，还有就是月钱。

其中长辈的赏赐以盛维夫妇给的最丰厚，年年都有一小袋金锞子，尤其是两次回宥阳老家，明兰更是捞了一大把，可惜玉瓷首饰不好典当，还是盛纭姑姑上道，一口气打了九对小金猪给她，每只都足有二两重。

月钱基本是留不下的，老太太的贴补也没攒下多少，不是打赏了妈妈管事，就是用来改善小丫鬟们的日常生活了。在这种古代大家庭里生活，做主子的很难省钱，容易叫人说成抠门吝啬，明兰虽然心疼，但也只好入乡随俗了。

数了半天金子，明兰最终还是从自己的首饰匣子里挑了一对自己从未戴过的鸳鸯金镯，叫丹橘拿了戥子称了下，有七八两，想想也够意思了，又捉出三对胖嘟嘟的金小猪和一把小鱼金锞子，想着等如兰出阁了，就把这些个小猪小鱼都宰了，送去翠宝斋打成时新的精致首饰，便也差不多了。

第二日，明兰叫丹橘拿织锦绣袋装了金灿灿的镯子，又拿上两幅新料子，便出了暮苍斋，直奔山月居。七月天热，小桃在旁撑着伞也直流汗，明兰赶紧快行几步。

如今的山月居大不同以前，前后两个院门都叫严厉的妈妈看了起来，轻易不能进出，每日海氏都会来瞧墨兰一趟，说些礼仪妇道的话，也不知墨兰能听进去多少。

进了里屋，只见墨兰脸颊瘦削，虽不如往日润泽鲜妍，但别有一番楚楚之姿。她一身青罗纱袄斜倚在藤椅上，露种连忙接过东西，然后细细翻给墨兰看。墨兰只翻了翻眼皮，没什么反应，明兰又开始心疼了。

露种见墨兰不言不语的，生怕明兰心里不舒服，赶紧道："奴婢替我们姑娘谢过六姑娘了，六姑娘快坐，我这就沏茶去。"

明兰原本也没打算多留，放下东西便算尽了姐妹情分，随即挥挥手叫露种别忙了，正打算告辞，懒洋洋靠着的墨兰忽然直起身子来，道："既然来了，就坐会儿吧。"

明兰转过身来，看了看一脸落寞的墨兰，便去一边的圆凳上坐下了。

墨兰转头朝露种道："大嫂子送来的果子还有吧，带她们两个出去吃些，我与六妹妹说说话。"露种知道自己主子想和明兰说两句，便转身去扯小桃和绿枝。谁知她们两个站着不动，只看着明兰等吩咐，待明兰也颔了下首，三个女孩儿才一起出去。

墨兰目光尾随着她们出门，才转过头来，嘴角露出一抹讽刺："六妹妹好手段，把院里的都收拾服帖了，不论你出门多少日子，院门都看得牢牢的。"

明兰垂下长长的睫毛，轻声道："主仆一场，她们待我忠心，我便也护着她们安稳，如此罢了。"

墨兰想起被打得半死后又被卖了的云栽，心里一阵不适，过了半晌，才忽轻笑道："你可还记得大姐姐出嫁时的情形？那会儿，咱们家里里外外张灯结彩，大姐姐的屋子里也堆满了各色喜庆的物件，我那时还小，瞧着好生眼热，只想着将来我出嫁时会是什么样子，可是如今……呵呵，你瞧瞧，我这儿怕连寡妇的屋子都不如。"

明兰抬眼看了一遍，一屋子的冷清，日常没有姐妹兄嫂来关照道喜，晚上也没有生母低低细语出嫁后要注意的事项。明兰沉默了半晌，只道："四姐姐不是太太肚里出来的。"顿了顿，又低声道，"有所得，必有所失。"

墨兰脸色一沉，目光中又露出那种凶色："你打量着我这会儿已和爹爹、太太撕破了脸，便敢出言放肆！我知道，永昌侯夫人瞧上的儿媳妇是你，如今叫我捷足先登，你心里必是不痛快，这会儿便敢来消遣我！"

明兰摇摇头，道："高门不是那么好攀的，四姐姐有胆有识，自是不惧怕的，妹妹胆小，没这个金刚钻，便不揽瓷器活儿。"

墨兰愣了愣，捂着嘴呵呵笑倒在榻上，好容易止住笑声，才一脸傲色道："你索性直说出来吧，永昌侯府有位了得的表姑娘！如兰那丫头早来讥笑过一番了。哼！女子生而在世，哪里不是个'争'字，难不成低嫁便高枕无忧？"

不知为何，明兰心头忽然飘过一个瘦骨支离的身影，眼中阴霾了一下，想了想，心头澄净下来，又摇头道："不一样的。爹爹再喜欢林姨娘，王家老太太可以送陪房过来帮衬，王家舅老爷可以写信过来提点，谁也越不过太太去；便如孙秀才一般混账的，还有个得力的娘家可以助淑兰姐姐脱离苦海，另寻良缘；可是高嫁……那便难了。"

墨兰被堵得脸皮涨红，她知道，按礼数，嫡女就该比庶女嫁得好，可她偏偏咽不下这口气。

明兰瞧着墨兰变幻的脸色，轻轻道："如今为了姐姐的事，前前后后多少人遭了殃，但愿姐姐觉得值。"

墨兰想起林姨娘，心里愈加难受，转了几遍脸色，好容易缓过一口气，一扬脖子，倔强道："自然值得！"

明兰清楚墨兰秉性，心知她必然是在打主意怎样将来翻盘。

瞧着墨兰骄傲的神色，明兰又想起了曹锦绣。

墨兰虽然看着斯文娇弱，但到底是千娇万宠养大的，骨子里那种自认尊贵的傲气是抹不去的，像曹锦绣那样，十岁举家被流放，一个少女最美丽的豆蔻年华都埋在了西凉的风沙里，皮色粗黄，手脚粗糙，瘦骨伶仃，那种深入骨髓的卑微才是真的可怜。

明兰心里无端地烦躁起来，最近也不知怎么的，老是想起这档子烂事，她是思路素来清晰干脆，从不纠缠烦琐，现在不能解决的问题，就不要去想它！

明兰抬头，微笑着看向犹自喋喋"远大抱负"的墨兰，殊不知，这是明兰最后一次看见墨兰这样率性说话。

七月初八，梁、盛结亲。老太太照旧只露了露脸，然后回屋歇息去了，只有王氏僵着一张脸出面张罗，好歹也收拾出一百二十八抬嫁妆，不过，若是林姨娘在的话，只消仔细一查点，就晓得其中三分之一不过是虚抬。

永昌侯府似乎也没什么意思铺张，不过梁夫人的忽悠水平显然比王氏高多了，张口就是一番大道理："国丧甫出，陛下且尚未选秀女，吾等臣子怎好大肆操办婚嫁。"

非但没人说闲话，还赢得不少赞赏，盛老太太忍不住又拿这先进事例教育了王氏一番。

王氏得知梁夫人的态度后，心里乐了好一阵儿，不过婚嫁当日，当她瞧见白马红衣的梁晗，一身帅气英武，嘴角含笑，就立刻又是一番火气上涌。刘昆家的在袖子底下扯了她好几把，王氏抽搐的嘴角才缓过来。

照习俗，新郎官要被拦在门口敲出几个开门红包来才算数，大姐夫袁文绍要求梁晗剑舞一段《将进酒》，长枫要求当场以"夏桃"为题作一首诗，长柏最好说话，因为他根本不说话。

待到墨兰三朝回门，王氏瞧见墨兰身着大红羽遍地石榴花开洒金纱袄，一脸娇羞地坐在那里，旁边的梁晗态度也算和煦，王氏好容易捂下去的火气又上来了，忍不住板起脸来，数落了墨兰几句："……永昌侯府不如盛家，可由不得你使性子乱来，如今嫁了，更要孝顺公婆，友爱弟妹姒娌，不可妄言妄行，丢了盛家的脸。"然后就是一长段训斥。

刘昆家的无语，林姨娘母女最擅长应对的就是这种强攻。果不然，对着王氏一连串的严厉，墨兰一概低头应下，眼中却泛起微微水光，侧眼去望梁晗时，更是弱不禁风得似乎立刻要倒了。梁晗大为心疼，言语行动间，更是维护墨兰。

王氏加倍气愤，想了想之后，转头低声吩咐了彩佩几句，嘴角起了几丝笑容。

盛纮却瞧着梁晗除了多少有些公子哥儿习气之外，其他倒也看得过去。

长枫最是高兴，梁晗算是他的正牌妹夫，便拉着梁晗长说短诉个没完，奈何一个以为王羲之和王献之是兄弟俩，一个不知道斧钺的十一种用法，怎么也说不到一块儿去。

长柏依旧没什么话。

"仓促不查地断定一个人，不若索性不要下断定。"这是长柏常说的一句话，明兰深以为然。

梁晗随着墨兰给老太太磕了头，站起身来时一抬头间，见老太太身边立着两个衣着考究的少女，左边一个也就罢了，右边一个女孩穿着一件浅玫瑰粉的羽纱对襟比甲，里头一身雪荷色绫缎长袄，下边是同色的挑线裙子，头发也就简单地侧绾了一个堕马髻，用一支荷花头红玛瑙簪子簪住了。身旁的乌木花几上摆了一件水玉白瓷花囊，插了几枝新鲜清香的夏荷。

梁晗目光触及，只觉得这女孩眉目如画，清艳难言，虽只低头肃穆而立，但叫她那么轻巧地一站，满屋的衣香鬓影似乎都失了颜色。

恍惚间，听王氏一一指认了："……这是你六妹妹，以后都是一家人了……"

梁晗心里忽然沉了沉，当初盛家来提亲时，他一口应下亲事，一来春舸肚子等不住了，二来他觉着那盛家四姑娘也是个难得的清秀佳人，如今，他终于明白当时母亲眼中的深意了。

"你可莫要后悔。"梁夫人如是道。

墨兰则很恼怒，自来三朝回门，拜的是长辈，识的是兄弟连襟，除了华兰因婆婆有"病"了没来，未嫁的小姨子不一定要出来见姐夫的，可王氏如此行事，分明是……墨兰咬了咬牙，一侧头，朝梁晗嫣然一笑，眼中风情盈盈，唇瓣娇媚点点。

梁晗一愣，心里又舒服些，虽然容貌不如，但这般的风情也补足了。如兰瞧见了，轻蔑地撇了撇嘴。明兰死命低头，她知道王氏的意思，偏又不能不给王氏面子，只好装死人。

拜见过后，男人和女眷便分了开席吃饭，饭后是茶点。墨兰一直想吹嘘两句永昌侯府的富贵排场，可偏偏王氏和两个兰都没有任何问她侯府的意思，便是她自己挑了话头想说几句，刚开了个头就被如兰岔了开去，具体案例如下。

墨兰拿帕子轻轻扇着自己嫣红的脸，似乎很热的样子："……这天儿可真热呀，好在侯府地窖够大，便是天天用冰也……"

"前回连姐儿送来的酥酪可真好吃，我觉着像是羊奶做的，六妹妹，你说呢？"如兰一脸兴趣状望着明兰。

"呃……我吃不出来。"这是真话。

到了后来，如兰索性喧宾夺主，叽叽呱呱地和王氏、明兰不住地说笑，三朝回门的主角却半点搭不上，墨兰气得俏脸煞白。还是海氏瞧不过去，微笑着问了两句墨兰过得好不好，才算把气氛掩了过去。

这种行为于理不合，到了晚上，海氏便去了陶然馆劝说如兰，没想到明兰也在。

"五姐姐想学针线活儿，便叫我来看看。"明兰其实很疲劳，大约是姑娘大了，如兰渐渐对针线活儿有了兴趣，便常叫明兰来指点，"教人做绣活儿可比自己做累多了。"明兰揉着自己的眼睛，不无吐槽，心里再暗暗补上一句——尤其是学生还不怎么聪明。

海氏瞧着明兰有些恹恹的，知道如兰急躁的性子，心里有些不忍，便叫她们先歇歇，然后对着如兰说上了。

"五妹妹，听嫂子一句，到底是自家姐妹，如今她都出嫁了，你们寻常也见不到，何不好好处着呢？叫外头人知道了，还不笑话咱们家？况且，墨丫头嫁进了侯府，姐妹间将来未必没个依着靠着的，你想想呢？"海氏的确是长嫂做派，劝得苦口婆心。

谁知如兰全然不领情，反而振振有词道："外头人怎么会知道我们家里姐妹的事？除非墨兰自己去说的。大嫂子，我与四姐姐的过节不是一天两天了，她厌恶我，我也烦见她，便是我从此刻起好好与她处着，难不成她就不会在外头说我坏话？难不成我有了难处，她就会鼎力相助？别踩我一脚便很好了！算了，我还是靠父亲、母亲和大哥哥、大嫂子吧。"

海氏被生生哽住了，细想之下觉得也没什么错。一旁捧着针线绷子的明兰更是心有戚戚焉，还觉得很痛快。如果她投胎成嫡女，有厉害的老娘和哥哥，说不定她也会这样的。

海氏语塞了半刻，苦笑一声："旁的嫂子也不多嘴了，不过以后在外头，在众人面前，你当做的样子还是得做的，免得落了话柄。"

如兰噘噘嘴，不乐意地点点头。海氏又絮絮叨叨地说了好些，直把如兰也说烦了，索性赌气说要睡觉了，明兰这才逮着机会溜走了。

走出一半后，绿枝忍不住愤愤："五姑娘也真是，想学针线，为何不叫针线上的来教？她大小姐一发起性来，不论白天黑夜，想到了便把姑娘叫过去，也不想想人家是不是已经睡下了，当我们姑娘是什么！"

便是丹橘也有些不高兴："做针线的最怕熬坏了眼睛，便是要学，也挑挑时辰呀。"

明兰沉默了一会儿，轻斥道："不要说了。"

走在庭院里，夏夜星空点点，周围异常静谧，明兰深深吸了一口气，心里舒服多了。人类是喜欢比较的动物，如果动辄和华兰、如兰比，那她一定早早就更年期了，想想那落魄的曹锦绣，她岂不是强上许多？

又过了一会儿，丹橘又轻轻道："瞧着四姑奶奶今日的架势，似乎在侯府过得不错。"丹橘想着，若真是一桩美满的亲事，那这原本当是自己姑娘的。

绿枝不屑地哼了一声，低声毒舌道："今日不算什么，日子得放长了看，新垒的茅坑还有三日热闹呢！"

明兰大窘。

第二十二回 · 争与不争

一

要说女儿是娘的贴身小棉袄，王氏心里想什么华兰清楚得很，为此，华兰积极打听墨兰在永昌侯府的情形，不需要后期加工，过程就精彩得跌宕起伏如同美剧。

墨兰在永昌侯府的日子的确不容易。

新婚当夜，那位春舸姨娘就嚷着肚子疼，叫心腹丫鬟闯进新房找梁晗。这要是碰在如兰身上，估计当场就打了出去，也亏了墨兰好气性，生生忍了下来。她按住了想跑出去的梁晗，还温柔地劝梁晗"以后都是自家姐妹了，女人家的毛病男人不方便瞧的"，然后把新郎留在洞房里，亲自去探望春舸，嘘寒问暖，关切备至，请了大夫，熬了汤药，还亲自守在门口，硬是一整夜没合眼，连梁府最挑剔的大奶奶也说不出话来。

王氏气得脸色铁青，重重一掌拍在藤漆茶几上，茶碗叮咚碰撞了几下——当年林姨娘就常用装病这一招把盛纮从她屋里叫走，显然墨兰是早有防备的。

海氏连忙给婆婆捧上一碗新茶，如兰听得入迷，连连催促华兰接着讲下去。

新婚之夜空度，春舸小姐尚不肯罢休，第二晚居然又肚子疼，又叫人去找梁晗，墨兰动心忍性，愣是瞧不出半点不悦来，还倒过来劝慰梁晗"女人怀孩子到底辛苦，难保不三灾五难的"。她又亲自去探望春舸小姐，照旧体贴照看了一宿，还替春舸求到梁夫人面前，求来了几支上好的老山参，直累得自己一脸憔悴。

新媳妇过门两天，竟被一个姜室阻挠得未能和新郎圆房，这下，永昌侯府上下都纷纷议论那春舸小姐的不是，风言风语都传到了永昌侯爷耳朵里。

永昌侯生了气，把大儿媳妇叫来数落了一顿，梁夫人更是话里话外指摘大奶奶姨妈家没家教，这才养出这么个没礼数的姑娘来，进门还没几天，居然就敢跟正房太太争宠。

一个如花似玉的美人放在嘴边，连着两夜都没能成事，便是梁晗也对春舸有些不满。

第三夜，春舸又肚子疼，再叫丫鬟去找梁晗，这次舆论风向都朝着墨兰，春舸小姐倒了大霉。据可靠消息，愤怒中的梁晗穿着中衣就跑了出来，照着那丫鬟狠踹了十几脚，当场就打发了出去，还把照看春舸的丫鬟婆子狠一顿发落。

"身子不适叫大夫便是，想男人直说便是，整日拘着爷们算怎么回事！咱们爷是瞧女人的大夫吗？这种下作伎俩也做得出来！不嫌丢人现眼。"梁府的管事妈妈故意大声地冷言冷语。

墨兰却一副贤惠状，又替春舸说了不少好话。

这之后，梁晗对墨兰又是歉意又是温存，这才有了三朝回门的情形。

如兰虽然讨厌墨兰，但听了这些也是咋舌不已："这位表姑娘……哦不，春舸姨娘也太过了吧，居然敢如此？永昌侯夫人也不做做规矩。"

华兰呷了一口井水浸过的梅子茶，伸出食指戳了下如兰的脑门，悠然道："傻妹子！我说了这许多你还听不出来？如今永昌侯爷的庶长子得力，还有风言风语说侯爷有意立他为世子，他家大奶奶自也得脸，梁夫人为了避嫌，不好随意动那位表姨娘的。"

如兰似懂非懂。明兰轻轻"哦"了一声，心里明白，若梁夫人出手收拾春舸，难免叫人带上嫡庶之争的闲话，但若是墨兰动手，就只是妻妾之间的内宅之事了。

王氏深深一叹，心情有些复杂，她并不希望墨兰过得风生水起，但站在嫡妻的立场上，她又很赞赏墨兰的手段和心机，当初她要是有这番能耐心计，也轮不到林姨娘风光了。

明兰看了看王氏有些黯然的脸色，转头问道："大姐姐，那四姐姐和梁府其他人可好？公婆、妯娌、叔叔、小姑什么的。"

华兰伸手刮了一下明兰的鼻子，笑道："还是六妹妹机灵，问到点子上了。"

梁夫人对墨兰淡淡的，没有特别亲热，也没有为难。墨兰头天给公婆敬茶，梁夫人也给足了见面礼，不过明眼人都瞧得出梁夫人并不喜欢墨兰，别说嫡媳，便是下头几个庶媳，因几个庶子自小养在梁夫人屋里，便也常把他们媳妇带在身边说话吃茶，对墨兰却少有理会。

王氏陡然精神起来，讥讽而笑道："她以后便靠自己本事吧，反正婆婆那儿是靠不住了。"

华兰撇嘴而笑，面有不屑："四妹妹贤惠着呢，这进门才一个月，已把身边的几个丫头都给妹夫收用了。"

明兰心中暗暗叹息：这才是梁夫人的厉害之处，墨兰无人可倚仗，便要全力扑在丈夫身上。听华兰的描述，那位春舸小姐似乎是个尤三姐式的人物，虽艳若桃李，性子泼辣，但未必敌得过墨兰的阴柔手段。梁夫人忌惮庶长子夫妇已久，怎肯叫自己嫡子身边留着春舸？推波助澜，借着墨兰的手能收拾掉春舸最好，便是拼个两败俱伤，梁夫人也不损失什么。

正是，鹬蚌相争，渔人得利。

明兰心情还是有些低落，送华兰出门时，挽着她的胳膊，轻轻道："大姐姐，袁家姑太太寿山伯夫人和永昌侯交好，你若是有机缘，还是稍微提点四姐姐一二吧。"

华兰脸色一沉，冷哼道："你倒是个好心的，便是忘了她打你的事，也不该忘了卫姨娘是怎么死的！"

明兰正色地摇摇头，对着华兰诚恳道："妹妹是个没用的，叫孔嬷嬷打了一顿板子，至今还记着。四姐姐再不好，却也姓盛，若她真做出什么出格的事来，咱们姐妹又有什么好名声了？"若墨兰的手段太激进狠毒，头一个非议的，就是娘家家教不好。

华兰容色一肃，她何等聪明，只是和林氏母女积怨太深而一时看不清罢了，思忖了下便明白了。她亲热地揽住明兰的肩，微笑道："好妹妹，你是个明白的，姐姐记下了。"

明兰展颜而笑，嘴角两个俏皮的梨窝跑了出来："上回送去的小鞋子，庄姐儿和实哥儿穿着可好？"

"好，都好。"提起自己的一双儿女，华兰神情立刻柔软下来，"你给庄姐儿做的那个布娃娃，她喜欢得什么似的，谁都不许抱一下。小孩儿脚长得快，鞋子最费了，妹妹下回不要做那么精细的绣活了，怪可惜的。你这般惦着姐姐，姐姐定不会忘了你的好，回头你出嫁了，姐姐给你添一份厚厚的嫁妆！"

明兰看着华兰绽放的笑容，知道她最近过得不错，也替她高兴。

八月一到，秋闱将至，划在北直隶区的各处学子陆续进京了。盛府迎来了五位客人，三个盛纮的故旧之子，两个盛纮同年的子侄，他们赴京赶考却无亲属在京，而每三年秋闱、春闱之时，京都的驿站、会馆、客栈什么的，都是价涨得离谱，不但辅费耗大，且也不能安心读书。

盛纮和王氏一合计，索性把盛宅后园边上的一排屋子拨出去，给这些学子读书暂住。王氏这次之所以这么大方，显然是另有打算，因其中有不少家底丰厚的官宦子弟。

至八月中旬，长梧九个月孝期满了，带着妻女再度上京，一道来的还有表弟李郁。这次，不论是李郁赴考还是自己起复，都要仰仗盛纮。刚一安顿好，长梧便直奔盛府。允儿早一步去见了王氏，一通眼泪鼻涕地告罪，口口声声说自己母亲对不起王氏，她是万分羞愧。

王氏心里带气，但经不住允儿哭得天昏地暗，又奉上成箱成箱的厚礼，再想想到底不干她的事，也是自己太轻信康姨妈，自家姐姐什么德行自己还不清楚？也得怪自己。

"罢了，下回把你闺女带来吧，既算我侄女，又算我外甥女的，少不了要拿双份红包的。"最后，王氏淡淡地表示算了。

李郁是初次拜见盛纮夫妇，刚要下跪磕头，盛纮抢先一把扶起了他，忙道："都是自家人，别讲什么虚礼了。"

盛老太太上下打量李郁，只见他生得眉清目秀，一身雨过天青色的右衽薄绸衫子更显得白皙俊俏，便笑道："几年不见，郁哥儿可长高了。"

李郁恭敬地拱一拱手，笑容满面道："老太太倒瞧着愈加松柏精神了，这回我来，母亲叫带了几支云南来的白参，既不上火又滋补，权作孝敬了。"然后微微转过身子，对着王氏道："家母还备了些薄礼，给太太和几位妹妹，万望莫要嫌弃了。"

老太太满意地颔首，王氏也微微而笑。盛纮见李郁言语周到，态度妥帖，也十分喜欢，道："好好！你先好好读书，回头叫柏哥儿带你和你兄弟一道去拜师会友，乡试不比会试，没那么多门道，你们松山书院的几位先生都是当过考官的，你只消把功夫做扎实了便好。"

李郁脸上涌出几分喜色，连连垂首拜谢。

如兰站在一旁，百无聊赖。王氏拉着允儿到老太太身边去说话了。明兰有些惊奇地发觉盛纮似乎很喜欢李郁，细细看后，才明白老太太为什么说李郁和少年时的盛纮有些像了。

长枫虽和盛纮长得像，但到底是锦衣玉食长大的，身上多了几分矜贵的公子哥儿气，反倒是这个李郁，都是商家子走仕途，都朝气蓬勃，都有旺盛的上进心，而且……

明兰眯了眯眼睛。

从适才盛纮和长梧谈起复的事起，李郁就时不时地偷眼看她，有一次他们俩目光恰好对上，他居然还眉目含情地冲自己笑了笑。明兰惊愕，赶紧看了看旁边的如兰，见她目光呆滞地看向窗外，似乎在发呆，明兰这才放心。

好吧，这家伙的确和盛纮很像。

老太太常说盛纮其实并不坏，他与王氏刚成婚时，也是真心想要夫妻美满，也尊重信任妻子，任由王氏发落了两个自小服侍他的通房也没说什么，若不是王氏仗着家世颐指气使，过分掺和例外事务，或者再温柔些、贤惠些，懂些风花雪月，就算盛纮将来会有两个小妾，也出不了林姨娘这档子事儿了。

用现代话来说，盛纮虽有功利心，但也有情感需求，所以他明知会得罪王家，还脑子不清楚地宠爱林姨娘。

便如李郁。

现在的这个情形，明明如兰这个嫡女比自己更有争取价值，以盛纮对他的欣赏喜欢，只消他顺利考取，迎娶如兰的可能性高达八九成呢！可这个没出息的家伙，却微微羞涩地偷看自己，他懂不懂道理呀？

要知道，美色易求，什么扬州瘦马、北地胭脂，功成名就之后讨他十七八个美妾就是了，可是有个得力的岳家比啥都实在！小年轻就是不懂事，明兰十分遗憾。

老太太最近有些忙，常叫长柏过来询问李郁的情况，问他的待人接物、谈吐举止什么的。直到八月二十八秋闱开试那日，长柏才吐了一句话："此人勤勉实在，心思灵敏，年纪虽轻，但处事练达圆滑，将来必有些出息。"

老太太眼神闪了好几下。

明兰知道老太太是心思活泛了，自从见过曹家母女后，虽然什么都没说，但老太太对贺家的热情明显下降了。明兰明白老太太的意思，说一千，道一万，要看贺弘文的态度，若他也跟贺母一般糊涂，那就什么都不用说了。

秋闱要考三场，第二日一早，明兰正在寿安堂做针线活儿时，忽然房妈妈从外头疾步进来，满面笑容道："贺家弘文少爷回来了，刚把几车货交了药行，连自家都还没回呢，便直往咱们府来了，说是替老太太办了些东西，顺路先送了来。"

明兰停下手中的活计，抬眼去看老太太，清楚地从她的目光中看出满意之色。

贺弘文风尘仆仆，一身玄色棉布袍子多有破损，行过礼后，盛老太太叫人看座上茶，明兰则一言不发地立在老太太身旁。

"哥儿这回可壮实多了。"老太太笑眯眯地瞧着贺弘文，"也晒黑了。"

贺弘文抬眼间，见明兰亭亭玉立，秀美更胜往昔，一双澄净的眸子清亮至极，他面上一红，低头回道："这回与祖母家的叔叔伯伯们一道去，识得了好些稀罕的药，也晓得了药行药市的好些规矩，弘文受益匪浅。"

老太太微微点头，言道："好男儿生当自立，你这样很好。听你家祖母说，你已在太医院挂上名号了？"

贺弘文似有羞赧，恭敬道："都是叔叔伯伯们提携，其实……照弘文的意思，还是想在下头历练历练，医者不比寻常行当，越是见识多的越好。"

老太太听得连连点头，微笑越发和煦了："你是个肯吃苦实干的好孩子，明理懂事，不枉你祖母悉心养育你一番。"正说着，老太太话锋一转，又道，"前阵子暑气重，这会儿又凉快了些，你母亲的身子多有不适，我这儿备了些东西，回头你带与你娘吧。"

一旁的房妈妈叫丫鬟们抬着一口小箱子，里面尽是些贵重的药材，还有稀罕的绮罗纱和鲛纹缎。贺弘文见此，心里一沉，这些年来他多有孝敬盛老太太，老太太都欣然笑纳，不多客套些什么，只在年礼时多加些份子罢了，可今日……贺弘文小心地抬眼去瞧老太太，只见她态度和睦如常，老太太只字不提曹家的事，贺弘文也没机会说什么。

他从信中已然得知曹家回京的事，还知道曹家姨妈有意让自己娶锦儿表妹。当初贺母的确有意结这门亲的，可世易时移，如今贺弘文早认定明兰会嫁给自己，这些年来，两家来往间也不言不语地默认了。他秉性纯厚，行事规矩，自然不想变卦。谁知没过几天，家中又来了信，说锦儿表妹愿与自己为妾，旁的却又未说清，他着实糊涂了。

又说了几句，老太太道了声乏，贺弘文便起身告辞，老太太随口道："明兰送送吧。"

贺弘文眼睛一亮，恭敬地道了辞，乖乖低头离去。明兰在老太太跟前福了福，转头微笑着送贺弘文出去。两人后头随着丹橘和小桃，然后顺着寿安堂外头的石子小径一路往外走。

"……明妹妹近来可好？"贺弘文憋了半天，才吐出这么一句话。

明兰微笑道："一切都好，上回弘哥哥送来的清心糯丸老太太吃得极好，我也吃了两粒，甜甜的，蛮好吃的。"

女孩的声音娇娇嫩嫩的，贺弘文立刻松了一口气，朗声笑道："我知你最怕吃苦药的，在里头加了好些甘草脆梅子碎，妹妹若喜欢，明年我给你多送些来。"

明兰捂嘴轻笑，颊上薄染菡萏色："药哪是随便吃的，若是嘴馋，索性吃零嘴好了。"

贺弘文不好意思地挠挠头，淡褐色的面庞笑起来十分俊朗："下回我想去云贵瞧瞧，那儿山高林密，没准能找着更稀罕的东西，就怕母亲不答应。"

明兰听得好生羡慕，她也希望能到处走走，便道："弘文哥哥想得很对，前朝名医甄百方曾言道，'读万卷书，行万里路，搜罗百氏，采访四方，方当得医者之道'。"

贺弘文心里头熨帖。明兰接着道："退一万步说，要是给达官贵人瞧不好病，没准要落埋怨，不若先在下头练好了呢。"

贺弘文知道她的意思，忍不住笑了出来，气氛一时轻松。走到快二门时，贺弘文忽然站住，嘴唇翕翕的，似乎想说什么，欲言又止。明兰知道他的意思，便朝后头跟着的人摆了摆手，丹橘和小桃立刻退了些许开去。

贺弘文这才开口，神色为难了半天，才艰难道："锦儿表妹小我一岁，十岁上便离京流放，我自幼丧父，母亲膝下只我一人，便待她如同亲妹子一般，除此之外绝无他想。"语音坚定，似乎在下保证。

明兰却并未言语，沉默了会儿，方道："弘文哥哥还是回了家后再说吧，有些事……与是不是亲妹子无甚关系。"

贺弘文一时无言，低头离去了。明兰在后头看了他一会儿，低声吩咐小桃去送送。

算算时辰，这会儿老太太定去了佛堂念经，明兰直接回了自己的暮苍斋，一头扑到床上，抱着个藤草编成的凉枕，闷闷不乐地抬头瞧着床顶梁上"喜鹊登枝"的花样。燕草在外屋木炕床上做着针线，只听见里头有"噗噗噗"的轻轻声音，像是往被褥里不断地砸拳头。

明兰把床上的薄棉被团成一团，狠狠地捶了几拳，心里才舒服了些。现在她的感觉就好像吃苹果却咬出半条虫子来，胸口憋屈得要命，却又什么都不能怪。

一个曾经的千金小姐，穷困潦倒，受亲戚接济，清白不再，自家品行端正的表哥自然是最后一根救命稻草；一个疼爱女儿的母亲，自然要为女儿的幸福拼尽一切努力；一个姐妹情深的妹妹，自然想让姐姐一家过得好些。

谁都没有错，谁都有理由，谁都很可怜！

可是她又有什么错？凭什么要她来承担这个后果？又不是她的姐姐需要救助！又不是她在小梁山贪污矿银导致坍塌出了人命！更加不是她威逼曹锦绣做妾的！

明兰恒死了！胸口闷闷的，要是这会儿能去外头大喊几声就好了，可是……明兰再次把脑袋埋在锦被里——不行，呜呜呜，大家闺秀不能这么干。

这天杀的破地方！

正生着闷气，忽然外屋里一阵脚步慌乱，燕草的声音响起："小桃，你慢点儿！慌慌张张做什么！欸……姑娘在里头……"

然后房门的帘子倏地被掀起，小桃满头大汗地闯了进来，拿帕子揩着红扑扑的脸蛋，大口大口地喘着气，不等定下来就伏到床边，凑到明兰的耳边轻声嘀咕了几句。明兰的脸色唰地变了，沉声道："你没看错？"

小桃用力点头，胸膛还在剧烈起伏："绝对没错！"

明兰深深吸一口气，胸口气得一起一伏，若有个沙袋也被她一拳打穿了。

这时，燕草和丹橘进来了，瞧着这主仆俩有些发愣。"姑娘怎么了？"燕草怯生生地问道。

明兰勉强挤出一个笑容来，闻言道："没什么要紧的。燕草，你好好看着屋子，若大嫂子或五姐姐来寻我，便说我在园子里逛逛。丹橘，你和小桃过来替我收拾。"

丹橘服侍明兰多年，知道她素来心中极有主意，便不再言语，替明兰整理衣裳妆容。小桃则踮着脚把明兰的头发抿好梳整齐，扶正了发髻上的钗簪珠花。

明兰又轻声吩咐小桃几句，小桃转身从柜子里拿了一顶薄纱帷帽，并打点了几件出门的物件，一起放进一个精致的小包裹里。

丹橘不放心燕草，拖后几步又吩咐了绿枝几句好好看门，主仆三人这才出了门。走到半道上，明兰对着小桃道："走后园的小门，叫老黄头给我套车，现在！快去！"

小桃应声而去，一路小跑着过去了。

丹橘大吃一惊："姑娘，你……你……"明兰面沉如水，只深深地看了丹橘一眼，转身就走。丹橘不敢多问，连忙跟上。

后园子原有一侧小门，直通外馆的一排屋子，不过，今日正值秋闱第二日开考，院里的小厮丫鬟也都去考场外候着自家主子了，外馆如今人烟稀少，明兰拉着丹橘一路疾走，穿过两扇垂花门，轻悄悄地从小门出去，一路来到门房处。

老黄头已备好了一辆结实的青油呢帐的平顶马车，他原是老太太的陪房，最是老实，旁边是他的两个儿子，都是可靠的，他瞧见明兰面色不豫，也不多问什么，下了车轿脚凳，让三个女孩进车里去了。

"老叔爷，去胡同口的桂花树林！"小桃伸着脑袋，朝老黄头轻声道。老黄头应声，然后扬鞭驱马，两个儿子在旁随着，车轮辘辘而动。

"姑娘！急死我了，咱们倒是去哪儿呀？"一上马车，丹橘终于忍不住问了起来。

明兰半合着眼睛，不想说话。小桃就凑上来答道："适才我送贺家少爷出门，听贺少爷说起外头的风光，我想多听两句便一路送到了门房。刚想走人，谁知瞧见了曹家的马车等在咱们府门口！上回去贺家，咱们回府时我在贺家门口见过那马车，灰扑扑的粗油布帐帘，褐扁木的车架，还有那个车夫，脸上好大一块黑斑，然后里头探出半个脑袋来，就是那曹姑娘！贺少爷好像吃惊不小，不知那曹姑娘说了些什么，他就上了马车！"

丹橘张大了嘴，吧嗒了几下，呆呆地看了看明兰："难不成……咱们要追去？这可不成啊！"

小桃脑门还不断地出汗，扯了下丹橘的袖子，继续道："我当时就多了个心眼儿，叫门房的小顺子跑着过去瞧瞧，谁知没一会儿小顺子就回来了，说他远远瞧见那马车进了胡同口的那片桂花树林，我立刻回来告诉姑娘。"

盛府所在的地段很不错，离不多远处，便有一片小小桂花树林，虽不甚整齐，游人又少，却也颇有野趣。明兰略估计了下情况，想必那曹表妹是单身前来，表哥表妹要单独叙旧情，地点很重要，要诗情画意，要人迹罕至，贺家不行，曹家也不行，那小树林正好。

明兰掰着手指算了算时间，从盛府到树林马车只需七八分钟，小顺子和小桃都是短跑健将，加起来前后不过耽搁了半个小时左右，按照韩剧的套路，这会儿表哥表妹估计才刚刚叙完分别这几年的经历，瞧曹锦绣那样子，约莫掉眼泪也得花去不少时间。

丹橘听完后，期期艾艾道："……便是如此，姑娘赶过去想做什么？"

难道去捉奸？丹橘傻眼了。

"没什么。"

马车停了，车帘微动，一股子桂花香气细细弥漫过来。明兰睁开眼睛，抚平了裙子上的褶皱，扶了扶鬓边的金钗，淡淡道："我不耐烦了。"说完，便扶着小桃的腕子，跨出车门。

——要死要活来个痛快，这么钝刀子磨人太折腾了！在这个平均嫁龄十六岁的古代，她的青春可是异常宝贵的！天涯何处无芳草，要是不行，赶紧换人！

此时正值晌午，八月底的日头尚猛，树林里几乎没什么人，这一片又处于皇城中围，因这几日秋闱戒严，所以治安特别好，闲散人等都不许随便走动。明兰戴着帷帽，随着丹橘、小桃和黄家两个小子，一路往林荫深处走去。

小桃手脚灵便，疾走几步往前，过了会儿匆匆回来，朝明兰低声道："曹家马车在西边，贺家少爷和曹表姑娘在那头。"她手指向前方的一排高大茂密的树荫。

明兰叫黄家两个小子在这里等着，自己领着小桃和丹橘往前去了，走到近前几步，便听见传来低低的哭泣声，还有不断安慰的男声，明兰三个立刻躲到一棵大树后头。

"……表哥，凉州真不是人待的地方，日常连口干净的水也用不上，井里打上来的水都是咸涩的，喝上几口，爹和娘的脸都肿了……"曹锦绣的声音，如泣如诉，"这还不算什么，可是后几年银子都用完了，没的可打点当官的，家里实在过不下去了，就把我……把我……嫁给了他……一个驻守凉州卫所的千户……表哥，我那会儿真想死了算了！可我死不得，我若死了，爹娘怎么办！"

嘤嘤的哭泣声传来，贺弘文低声安慰着。曹锦绣似乎十分激动，一阵窸窸窣窣的声音，似乎是在扯衣裳袖子。

曹锦绣又哭着说道："能再见表哥一面，我便是死也值了！这些年来，我常记着咱们小时候的事儿……我喜欢石榴树上的花，你就爬上那么高给我去摘，后来跌下来，姨妈又气又急，可你死活不说是替我去摘花，只说自己顽皮……还有，每年上元节，你都亲手做一盏小灯笼给我，有时是莲花，有时是小兔子……午夜梦回，我最怕的，就是表哥已忘了我！"

贺弘文语音也有几分激动："表妹莫急，好好坐着说话，莫要哭了，表哥不是在这儿吗？如今你们都回来了，日子会好过起来的！"

又低低哭了几声，曹锦绣似乎渐渐镇定下来了，声音幽幽的："后来大赦令到了，爹娘把所有的银子都拿出来，把我从那千户家里带出来，反正他也不要我，说我整日哭，整日哭，是个丧门星，把他的官运都哭跑了。我原想死了算的，可既怕爹娘伤心，又想着不见表哥一面，便是死也不甘心的！这下可好了，我见着表哥了，死也瞑目了……"

贺弘文又劝道："莫胡说，别什么死呀活的，你日子还长着呢！"

曹锦绣低低地哀声道："……那位盛姑娘，我见过了，又标致又大方，家世也好，老夫人也喜欢她，这真是好极了，好极了，表哥的终身大事算是定了。盛姑娘温柔灵巧，日后定能好好照料姨妈和表哥的……娘说要表哥纳了我，我如何敢奢望，我早不干净了，是个残花败柳了，我给表哥做小丫头吧！给你和盛姑娘端茶递水，做使唤丫头好了，只要能时时见到表哥便心满意足了……"

丹橘气得脸色通红，小桃轻轻地咬着牙齿，恨不得扑上去咬两口。

透过影影绰绰的树枝，明兰三个看见那曹锦绣已把头靠在贺弘文的肩膀上了，小鸟一般瘦弱的身子不断颤抖，好像一个无助的孩子低低哭泣。贺弘文重重地叹着气，一只手轻轻地抚着她的背，不断安慰着，低声说着什么"……明妹妹人是极好的……"。

小桃气得发抖，再也忍耐不住，脚下一个用力，"咔嚓"一声，草丛里一根树枝被踩断了。贺弘文和曹锦绣齐齐惊呼了一声，转头朝明兰这边看来。

"谁在那里？"贺弘文大喊道。

丹橘狠狠瞪了小桃一眼。明兰倒不惊慌，略略整了下衣裳，从容地跨出树丛，盈盈站立在贺、曹二人面前，小桃和丹橘也低着头出来了。

贺弘文看见明兰，脸上一阵青一阵红，半天才呆呆道："明妹妹，你怎么在这儿？"

明兰朝后头挥了挥手，小桃和丹橘退了开去，只留下他们三个在这片树荫下。明兰瞥了一眼贺弘文胸前一片湿湿的泪迹，努力扯出微笑，道："本是有事出门，路过这里，谁知瞧见了曹家姐姐的马车，便想着进来打个招呼，没想到弘文哥哥也在。"

轻描淡写的一句话，贺弘文立时手足无措起来，讪讪道："你……你都听见了？"

明兰依旧微笑："没听见多少，一小半吧。"

夏末的日光透过树叶照射下来，映得明兰的面庞犹如白玉般精致剔透，半透明的肤色几乎碰一碰就破了，绽放着一种不可思议的光彩，一双眼睛异常地漆黑沉默。

贺弘文神志恍惚，他很清楚自己是属意明兰的，他喜欢她温厚的人品，俏皮的性子，他希望能娶她为妻，和和美美地过一辈子。可一侧头间，曹锦绣如同风中凋落的树叶一样微颤，黑黄的、消瘦的、病弱的、枯萎的，印象中那个可人的小表妹竟然变成这副样子，他又于心不忍，一时左右为难。

曹锦绣见贺弘文的脸色，一声悲呼，扑到明兰脚边，成串的泪水从眼眶里淌出来，嘴唇翕翕，声音悲戚："盛姑娘！您切莫怪表哥，是我不知礼数，知道今日表哥要到，便叫人盯着码头，然后一路尾随过来的，表哥一心念着您，他心里只有您！"

明兰点点头，平静道："这是你表哥与我的事，你一个未嫁的姑娘家出言要谨慎，不可妄言，平白给旁人惹出麻烦来。现在你先起来，叫人瞧见了，还当我欺负你呢。"

曹锦绣呆了呆，随即立刻点头，却并不起身，连连赔罪道："姑娘说得是，都是我的不是！我已是残花败柳了，不如姑娘知书达理，姑娘莫恼了我！"

贺弘文连忙上前去扶曹锦绣起身，谁知曹锦绣却只扯着明兰的裙摆，犹自哀求："盛姑娘，您瞧瞧我，哪一处都比不上您的，您就可怜可怜我吧……这些年来，我过得生不如死，不止一次想一死了之，只想着能见表哥才活到今日的，求您了，求您了……"

曹锦绣的声音卑微至极，透着无尽的悲怆和哀伤，望着贺弘文的目光犹如地狱的鬼魂仰望人间。

贺弘文素来心软，也忍不住眼眶一湿，望着明兰的目光中似有隐隐的祈求，嘴上嗫嚅着："……明妹妹，你瞧，表妹她……"

贺弘文说不下去了，因为明兰一双眸子静静地看着他。

明兰胸口一阵气血翻涌，如今这个架势，似乎不答应曹锦绣，她就是多么狠毒的人。

她走开几步，站到一块凉快的树荫下，瞧着犹自伏在地上的曹锦绣，淡淡道："表姑娘，莫要哭了，我想问你几件事……听弘文哥哥说，你尚有两个庶出的姐姐和一个庶出的妹妹，她们如今可好？"

曹锦绣呆呆地抬头，实在不知道明兰的意思，这个问题实在有些难回答，思索了半天才艰难道："她们……都好，她们没回来，留在凉州了。"

贺弘文一愣，追问道："她们怎么留在凉州了？姨妈、姨父都回来了，她们留在那儿做什么？"

曹锦绣声音细若蚊啼："她们……也都许人了。"

贺弘文立刻明白了怎么回事，脸色又是一变。

明兰拼命抑制想要奔涌而出的怒骂，极力镇定道："表姑娘，我知道你委实可怜，可你想来也非最可怜之人。你虽婚嫁不幸，但至少还有为你着想的父母，他们倾尽全力也要带你回来，你如何动不动轻言死活？可你的姐妹们呢？她们是庶女，曹家姨父得意富贵之时，她们未必如你享受过，可一朝家败，她们却得承担一样的苦难，如今更被留在了凉州，为人妾室，甘苦自不必说了，没有一个家人在身旁，有个好歹也无人过问。说实话，我觉着她们更可怜些，更别说小梁山的孤儿寡妇了，表姑娘以为呢？"

曹锦绣被数落得满脸通红，偷眼去看贺弘文，心里惴惴，自己母亲待庶子女并不宽厚，小时候贺弘文可没少看见。果然，贺弘文面色有些不悦。

"家里实在没钱了，爹娘……也好生歉疚惦记，不过……几位姐妹的夫家都是好人。"曹锦绣只能这么嗫嚅了，然后又扑到明兰跟前，嘤嘤哭泣着，身子轻轻颤抖，"盛姑娘，我听贺老夫人和我姨妈常常夸您，说您人好心又善，素日里也常布施行善，您便当我是路边要饭的，可怜可怜我吧！我什么都不会与您争的，我也争不过，只求常常见着表哥……"

"不成。"明兰摇摇头，坚定地，缓慢地。

贺、曹二人都吃了一惊，没想到明兰这般决绝。

明兰定定地看着曹锦绣，声音清冷得像山间的清泉："曹姑娘，你见过把全副身家都布施给乞丐的好心人吗？"她将脸转向贺弘文，一字一句道："对一个女子来说，她的夫婿便是她的所有，哪个女子会把自己的夫婿拿去可怜旁的女子？"除非脑壳敲坏了。

贺弘文唰地一下脸红了，对着明兰坚定的、诚挚的目光，他心中一阵惊喜，又似乎慌乱。

曹锦绣嘴唇颤动："……可，我所求不过是……"

明兰轻轻摇手，打断了她说下去："表姑娘莫要自欺欺人了，你不是寻常丫头，也不是寻常妾室，你是与弘文哥哥青梅竹马的表妹。"

曹锦绣脸色苍白得吓人。

明兰继续道："我是个大大的俗人，也想着花好月圆，也想着一生顺遂，可若在我操持家务、孝顺长辈、教养子女之际，我的夫婿却在和什么人倾诉石榴花、莲花灯还有小兔子灯什么的，那我岂不可笑？我算什么，一件摆设点缀吗？"

贺弘文听了，又是一阵尴尬，微微离开曹锦绣几步距离。

"您绝不会是摆设的！表哥心里只有您呀！"曹锦绣急急求道。

明兰一言打断："有你在，我就是摆设！"

明兰索性一口气都说了出来，直直地望着贺弘文，柔声道："表姑娘着实可怜，可我问弘文哥哥一句，莫非照顾她便只有纳了她一个法子吗？若你不娶她，表姑娘莫非就活不成了？你适才刚与我说过，待表姑娘如亲妹子，我记着了，便请待她真如亲妹子吧！给她找个好人家，给她备份嫁妆，给她在夫家撑腰，这样不成吗？"

贺弘文心里大大地触动了，脑中豁然开朗，适才被曹锦绣一顿哭求搅昏了头，如今一想，何尝不是如此？

曹锦绣急得泪水涟涟，盈盈欲坠，看着贺弘文一阵沉默，又看着明兰一脸坚决，眼睛越睁越大，悲戚得几欲昏厥，身上一阵冷一阵热。

只见明兰走到贺弘文面前，真诚地看着贺弘文的眼睛，语气中肯地劝道："弘文哥哥，不是我逼你，你且好好想想，你若真与曹姑娘有情，我绝不怨你。这些年来，贺老夫人与我家助益颇多，两家的交情也会依旧。统共我只有一句话，若有我，便不能有曹姑娘，偏房、妾室、丫鬟，统统不行。成婚之后，表妹最好见都不要见表哥了，有事只与弘文哥哥的妻子说好了，免得有瓜田李下之嫌！"说完这句话，明兰也觉得精疲力竭，朝着贺弘文福了福，又对着曹锦绣周到地行了个礼，然后再不说一句话，转身就走，头也不回。

一路走，明兰也顾不得礼数，直接拿袖子用力揩着脸上的湿润，在小桃和丹橘看见之前，生生把泪水都吞了回去，揩干面庞，迎着阳光，面带微笑，一切都很好。

盛府西侧，寿安堂正屋里，门窗都紧关，屋里只有两个人。

"啪"的一声，一把戒尺被摔在地上，明兰跪在老太太面前，收回被打得红肿一片的左手，强忍着疼痛，低头不语。

"你竟敢如此大胆！当我不忍罚你不成？"老太太倚在罗汉床上，气得不住喘气。

"孙女不敢。"明兰低声道。

"你……你……"老太太指着明兰说不出话来，喝道，"你就这般怕嫁不出去了，还要上赶着去和人争？你是什么身份，曹家是什么身份？什么曹锦绣，给你提鞋都不配！"

明兰静了一会儿，道："曹姑娘的确是个可怜人。"

"你倒好心！"老太太冷笑。

"不，孙女是个自私之人。"明兰抬头朗声答道，"曹姑娘再可怜，也不能叫孙女让步！她想进门，做梦！"

老太太这才气平了些，慢慢匀了呼吸，道："你怎这般死心眼儿？没有他贺屠户，咱们便要吃带毛猪不成？老婆子我还没死呢！闭眼前，定要给你寻个妥帖的好婆家。"

明兰脸上浮起苦涩的微笑，慢慢抚上老太太的膝盖，道："祖母，世上哪有十全十美的夫婿，哪有真正妥帖的婆家。"

盛老太太心头大震，却倔强地瞪了明兰一眼："你就瞧着贺弘文这般好？"

"不，他并不是最好的。"明兰异常冷静，眼睛直直地看着老太太，"这些年来，祖母为孙女的婚事寻了多少人家，可最终您还是属意贺家，这是为何？因为，您也知道弘文哥哥着实是个品行端方的君子，自立自强，温厚可靠，他自小便发愿不想纳妾，您选来选去，还是觉着弘文哥哥最好，不是吗？"

盛老太太一阵语塞，愤愤地转过头去。

明兰轻轻抚上老太太的膝盖，语声哽咽："那年我搬去暮苍斋，祖母您说，没有人能为孙女遮挡一辈子风雨的，孙女记下了……如今，外头的风雨打进屋子里来了，祖母怕孙女受委屈，又想替孙女关上门窗遮住风雨，可是，这不成呀。凭什么？凭什么要我们退让？！"

明兰的语气忽然激烈起来，声音像是在敲击铁锤般的坚决："人活一辈子，路上总有许多不平坎坷，总不能一瞧见坑洼就绕开了。我要跨跨看，拿泥沙填上，搬石头铺平，兴许走过去便是一条通途。怎能一遇到不如意，就否决了好容易相来的人家！”

盛老太太心头震动得异常厉害，老眼湿润得迷蒙起来，看着自己一手养大的女孩，不知何时竟然这般勇敢果决。她自己缺的就是这么一份坚忍，当初太容易放弃了，这番话说下来，老太太也犹豫了：“你觉着……能行？”

明兰摇摇头，眼神一片清明：“难说。兴许弘文哥哥能不负老太太所愿，但是，也许弘文哥哥心里恋着曹姑娘也不一定。若是如此，我便认命！谋事在人，成事在天，孙女尽过力了，剩下的，瞧老天爷吧。”

老太太颓然倒在罗汉床上，久久无语。

明兰看祖母一脸颓败，心有不忍，撑着床沿慢慢爬起来，双膝刺痛得几乎要岔气。她强忍着疼痛，坐到祖母身边，微笑着劝道：“祖母，其实事情没那么糟。弘文哥哥不必说了，贺伯母其实也是好人，就是耳根子软些。若是嫁给旁人，孙女将来不定要和多少牛鬼蛇神斗呢！若是嫁弘文哥哥，不过一个曹家，他们无权无势，无钱无人。他们若老实的，给一笔银钱打发回老家，叫曹家子弟耕读便是；若不肯罢休，老黏着贺家想打秋风的，孙女也不是没办法。我有慈心眷顾的祖母，有仕途顺遂的父兄，还有嫁进高门的姐姐们，有什么好怕的！贺伯母病弱，不能理事，有贺老夫人在，我嫁进门去便能掌家。耳根子软也不是坏事，到时候，我把贺府上下收拾停当了，不叫曹家人随意进来，再叫服侍伯母的丫鬟婆子日夜劝说，天长日久，积羽沉舟，我不信贺伯母这么死心眼儿！这点子事也怕，就不要做人了！祖母当信，孙女还是有这点本事的。”

劝说了好一阵，老太太的面色才渐渐缓过来，看着神色坚毅的明兰，不胜嗟叹，揉着她的脑袋，叹息道：“一直当你是个娃娃，原来你早就想好了的。接下来呢，只巴巴等着？”

明兰轻轻叹了口气，唇瓣一片无奈：“今日孙女说了大大的狠话，若贺家有意，几日之内便会有消息的，咱们便等上……十日吧，十日之后若没有讯息，祖母便替明兰另寻人家吧，这世上的确不止他一家有儿郎的。”

二

暮苍斋，西厢梢间。

明兰恹恹地躺在床头，丹橘小心翼翼地给她的手掌涂上一层淡香的膏子，嘴里柔声数落着："姑娘，怨不得老太太上火，今日你这遭事着实是不当的，老太太素日把姑娘当心肝肉般，何曾让姑娘蹭掉过一点儿皮？如今姑娘偏……"

丹橘轻叹了一口气："何必呢？姑娘且慢慢等着就是了，贺家总有个交代的。"

明兰这一日劳心劳力，正精疲力竭，懒懒地躺着不想动弹，闻言轻轻嗤笑一声："等？怎么等？等到何时？等到我再长几岁，等我没的挑了，等到贺家来提亲了，老太太去问'你那表姑娘进不进门'？或是等我进门了，曹家再来鼻涕一把，眼泪一把地逼着我纳曹姑娘进门？"明兰嘴角略带讽刺，"再说了，依着老太太的性子，等不了几天，就要给我另寻别的人家了。"

她轻轻叹息，低若无语："正是不甘心就这么算了，我才这样发作了的。"

丹橘神色黯淡，轻轻放下白瓷青鱼尾纹的药瓶子，拿过已裁成细段的纱布慢慢地给明兰的手掌缠上。然后帘子轻响，小桃端着一个托盘进来，上头有几件碗盏，她把东西端到床头，笑盈盈道："我瞧着姑娘晚饭没动几筷子，就求厨房里的连大娘给下了碗三鲜猫耳朵汤，现擀的面片，可筋道了，姑娘趁热赶紧吃吧！"

黑漆木的托盘上摆了一个釉彩青花绿竹盅子，旁边并一副同色的碗勺，碗里头是翠绿的青豆、鲜嫩嫩的笋丁、切薄的鸡肉片，还有掐得小小的猫耳朵面片，高汤香四溢。明兰倒也动了些食欲，伸手去接勺子。小桃笑嘻嘻地端着托盘让明兰舀着吃。

"嗯！"明兰尝了一口，就觉得咸鲜可口，叫人食指大动，抬头对小桃道，"连大娘做的面点果然好吃，回头你抓二三十个钱去谢她。"

小桃用力点头，咧嘴笑道："每回姑娘另外叫吃的，都会给赏钱，怪道今日我一去，连大娘就兴冲冲地捅开炉子呢。"

丹橘正一肚子担忧，见小桃全然不往心里去的样子，忍不住白了她一眼："你这没心没肺的小蹄子！今日若不是姑娘拦着，我定把你告给了房妈妈，叫你也吃一顿板子！什么轻的重的也敢一股脑儿说给姑娘听！"话说得虽狠，手上却不停，找了条帕子围在明兰脖子上。

小桃吐了吐舌头："吃饭皇帝大！"然后转头对着明兰，大大的眼睛兴奋地扑闪了几下，轻声道："姑娘，我去瞧过了，燕草和绿枝她们都睡了，老黄头和门房那里房妈妈会弄好的，今日大奶奶和五姑娘也没来寻过姑娘，咱们出府的事不会有人知晓的。"

明兰点点头，咽下一口鲜浓的面汤。丹橘看了看她，欲言又止。待到明兰堪堪吃了个半饱，小桃端着托盘出去了，她一面往铜盆里投湿帕子，一面迟疑道："姑娘，那贺家便是如今答应了，回头反悔了怎么办？"

明兰淡淡道："自是有法子的。"

这一日累了，丹橘服侍明兰梳洗后，便放了垂帐，往一盏镂金铜熏炉里点了驱蚊虫的熏香锭子，熄了灯火后，她轻手轻脚地退出去。明兰绾着松松的头发扑在枕头里，偏偏越累越睡不着，越烦恼，精神越亢奋。

明兰不怕面对喷火恶龙，全力一搏，输了也无憾，可老天爷这次给她安排了个小白花对手，如果是像林姨娘那样的伪白花真食人草还好，明兰可以打起全部精力来对决，用什么手段都不会有心理负担，可这回遇上的是货真价实的小白花。

卑微、憔悴、家世破落，她望向贺弘文时的目光，充满了绝望的欣喜，好像地府里的鬼魂仰望人间。林姨娘勾上盛老爹明眼人都看得出是为了什么，可曹锦绣不一样，她对贺弘文是真心的。说实话，明兰不是没有恻隐过，可是……

世界上最纠结之事，莫过于此。

明兰仰卧在床上，抱着被子轻轻叹气：她果然是个有良知的人哪。

还有贺弘文，明兰的心情也很复杂，那曹锦绣从容貌、才学，到家世、涵养，一切的一切，什么都比不上自己，如果这样贺弘文还是选了曹锦绣，明兰也许会很郁闷，但会很敬佩他——不论古代还是现代，没几个男子能为了情感和怜悯而放弃现实的利益。

明兰心乱如麻，在床榻上翻来覆去地贴烙饼，这么翻腾了一个多时辰，睡得头也痛了，便爬起来在屋里走了几步，又觉得心情烦闷，索性穿好衣裳走出去，穿过屏风隔架，见丹橘沉沉地睡在外间的填漆床上，睡着了还深深皱着眉头，一脸疲倦。

明兰放轻手脚，尽量慢慢移动脚步，好在现下夜间渐寒凉了，两边抱厦都关着门窗，小丫鬟们都睡得沉，明兰才得以溜出院子。

夏末的夜空，静谧异常，映照得园里一片暗淡，一弯惨白的月牙若隐若现，如同尖尖跷起的兰花指，晶莹剔透中带着一抹欲语还休的暧昧。明兰顺着小径慢慢走着，园中草木幽静，枝头上的桂花和池塘里的荷花争相吐着幽幽的清香，清冷香馥。

明兰心情舒畅了许多，要说这胎投得还不错，盛老太公投资房产的眼光极好，在京城这地面上能有这么一座小小的园子，真是不容易了。

也不知走了多久，明兰一肚皮的闷气都走消了。夜晚地气潮湿，明兰觉得寒意上身，瞧见不远处的山石边上有一簇茂盛娇美的玉簪花，心头一喜，如今玉簪花眼看着渐落季了，便想摘上几朵就回去睡觉，谁知刚走近几步，就听见一阵窸窸窣窣的声音。

明兰见疑，撩起衣裙轻悄悄地挪过去，挨着那一簇玉簪花低低蹲下，凑着往里瞧，一看之下，大惊失色，只见山石下依偎着一高一矮两个身影，正亲热地低声说话！

明兰当即顿在那里，一动也动不了——这是什么黄道吉日，一天之内捉到两次奸！

明兰可以举三根手指对天发誓，她绝对支持自由真诚的恋爱，虽然幽会不可取，但司棋精神可嘉，这年头，不惦记着往老爷少爷床上爬的女孩总是可敬的，回头让大嫂子放一批年纪到了的女孩出去，再把门禁看严些就是了。

于是在愣了三秒钟后，明兰决心撤退，谁晓得，就在这个时候，山石那边传来一声熟悉的女音："……靖哥哥……我……我……"

语音娇柔婉转，情意绵绵，听在明兰耳朵里，不啻打了个晴天霹雳！

如兰居然当了蓉妹妹？！

这么一吃惊，明兰猛地往后退了一步，顿时弄出了些声响。山石那边随即传出惊呼声，那两人似乎说了些什么，然后一个人匆匆离去，另一个朝这边走来。

一阵拨拉草木，如兰一脚跨过树丛，从玉簪花堆里看见了满脸尴尬的明兰，她的裙子被枝叶钩住了。如兰顿时柳眉倒竖，双手叉腰："你在这里做什么？！"

明兰啼笑皆非，你五小姐才是被捉住奸的那个好不好？这句台词应该是她的！

"我……我……晚上吃撑了，走两步消消食。"明兰恨不得扇自己两耳光，她有什么好心虚的，随即抬高音调，眼睛盯着如兰道，"五姐姐又在这儿做什么？"

如兰凶巴巴的脸上居然也飞起两片红云："关你什么事！"

"哦，原来如此，那妹妹继续去走走。"明兰作势要过去，却被如兰一把捉住。比武力明兰从来不是她的对手，当场被拖着往后走去。

"这么晚了小心着凉，咱们赶紧回去吧！"如兰宛如拖死狗一样，生生把明兰拖走了。

"我自己走，我自己走，你先放手呀！"明兰手臂被掐得生疼，嘶嘶地抽冷气，但她到底不想声张，只好就范。

明兰想去寿安堂汇报突发情况，如兰却硬要捉明兰去陶然馆，狭路相逢勇者胜，比较彪悍的如兰获得最终决议权。

到了陶然馆，其余丫鬟也都睡了，只有小喜鹊一个在屋里，守着一盏幽幽的灯苦苦等着。她一见如兰回来，大大松了一口气，谁知后头还跟了个明兰，这一下她脸色苍白，急得几乎要哭出来了。

明兰心有不忍，这种事闹出来，如兰或许没事，小喜鹊却不死也要脱层皮，便安慰道："别怕，别怕，其实我什么也没看见。"

这句话一说，小喜鹊真的哭出来了。如兰正烦着呢，不耐烦地喝道："哭什么？！我还没死呢！轮不着你！"三言两语把小喜鹊打发下去后，就捉着明兰直直地往里屋去了。

进了屋后，把明兰按在床沿上，居高临下地看着她，面色威严，气势汹汹，但略微闪烁的眼睛出卖了她的心情，想了半天，只低吼道："你，不许说出去！"

明兰十分好笑："妹妹什么也没瞧见呀。"

如兰脸上涌起一片暗红，吞了吞口水，狠狠瞪着明兰，明兰也微笑着看回去，两姐妹斗眼鸡一般僵持了半天，如兰才悻悻道："反正你说了我也不认，没这回事！"

这就要起无赖来了？明兰十分意外，好笑道："是没什么事呀，太太本就有这个意思，姐姐何必如此？真要传了出去，岂不好事变坏事？"

自从墨兰出了那件事后，海氏越发严谨门房，能在夜晚进入盛府的，绝对不是外人，明兰略略一思索立刻就想到了。海氏防线唯一的疏漏就是后园外边的那一排学馆，巧了，现下正住着一群青年才俊不是？

秋闱分三日考，不像春闱要被关到考完为止，秋闱每考完一天，是可以回去的。

明兰故意拿目光调弄如兰，只把她看得脸蛋发烧，明兰才笑道："无论是学馆里哪一个，都是家世上乘的官宦子弟，待考取了功名，去向太太提亲就是了。"

明兰拼命回忆那五个学子里头，哪一个名字能和"靖哥哥"对上的。想了半天，明兰懊恼地怨怪自己是猪脑子，完全不记得了。

谁知如兰听了这句话，嫣红的小脸苍白起来，低声道："不，不是他们。"

明兰惊奇，脱口而出："那是谁？"

如兰先是不肯说，只低着头闷闷不乐地也坐到床沿上。明兰也不追问，光看如兰的脸色就知道事情不妙，知道越多，麻烦越多，这会儿还是溜之大吉才好。谁知如兰终于幽幽地说了："他……是文炎敬，现下也住在学馆。"

——原来不是靖哥哥，是敬哥哥。

明兰捂住胸口，呼吸停了一拍，觉得今天受的惊吓实在超标了，心脏有些抗议。她艰难地喘过几口气，才低低地惊呼道："五姐姐，你疯了！他……他……是四姐姐的……"想了半天，说不下去，明兰用力扯如兰的袖子，"太太不会答应的！"

如兰神色忽见忧伤起来，一张光洁的鹅蛋脸黯淡下去，闷闷道："我知道……可我喜欢他，他也喜欢我。"

明兰脑袋一片混乱，怎么也想不出这两个风马牛不相及的人，这会儿居然心心相印了！她指着如兰，手指抖个不停："你、你、你……"最后只哽出一句，"你们是怎么……好上的？"

如兰微抬蛛首，眼睛发亮，端正的面庞上浮起一种难言的妩媚，这是一种恋爱中的女孩子才会有的神情。她断断续续道："……他早见过我的……后来，送了诗笺给我……"

明兰一听就炸毛了，最恨这种哄小女孩的登徒子伎俩，忍不住大声道："这种手段你也信？他莫非是失了四姐姐的姻缘，就来纠缠你？"

如兰大怒，一把推开明兰，还重重地拧了明兰的胳膊一下，嗔怨道："你知道什么？！敬哥哥是实打实的正人君子！况且，他是先瞧见我的！"喘了口气，如兰接着道，"你可还记得那年墨丫头打你叫爹爹禁足的事？"

明兰点点头，好大一场戏，她当然记得。

"那之后，爹爹就定了敬……文公子。"

一提起心上人，如兰就粉面绯红："你和老太太去宥阳没几日，娘就请了文公子上门吃茶，那日恰巧我装病闷得慌了，便偷着跑去园子里玩，文公子路过时，瞧见了我……他当我是小丫头，捡起了我的帕子，还冲我笑了笑。后来，他又来了几次，每回我都在园子里玩，想着可以说上两句，他说……我好看，又精神爽利，叫人瞧了就心头敞亮起来。"

如兰神情娇羞，声音越说越低，眼神却异常甜蜜悠远："后来，他知道了我是谁，也知道爹爹要他娶的是墨兰，就送来一封信，说爹爹和兄长对他有知遇之恩，不敢违逆，从此便无消息了……直到墨丫头出了那事，他第二日便偷偷使人送信给我，说他好生高兴不用娶墨兰了，还说等到春闱开试，他要考个功名回来，到时候堂堂正正地来提亲！"

明兰愣住了，好容易吐出一口浊气，思路混乱道："可你当初不是说，那……什么家境贫寒，什么老母刻薄，还有兄弟混账，哦，对了，对了，还有性子优柔寡断！"

如兰恢复精神，一把扯过明兰，在她小脸上用力捏了两下，瞪圆了双眼教训道："不许胡说！敬哥人不知有多好！"

明兰无语，腹诽：好话坏话都是你自己说的吧。

又过了一会儿，明兰轻轻挨过去，把下巴靠在如兰肩膀上，柔声道："五姐姐，你可想过，兴许……他只是想攀高……"话音未落，如兰一下立起来，怒目圆睁，杀气腾腾地瞪着明兰，几乎要一巴掌拍死她。

明兰吓得缩了缩，干笑两下："呵呵，呵呵，妹妹只是说说。"

如兰赌气似的一下坐在一张圆凳上，那可怜的凳子摇晃了两下。如兰背对着明兰，急急道："我晓得你的意思，你不过是想说，我无才无貌，不过有个得力的家世，是以敬哥哥是瞧上了盛府，不是喜欢我！"

明兰说不出话来，继续腹诽：一会儿娶姐姐，一会儿娶妹妹，是个人都会这么想的。

如兰眼眶里似有泪珠转动，语气苦涩："我晓得，从小到大，我比不上大姐姐气派，比不上墨丫头会巴结，也比不上你讨人喜欢，别说爹爹，就是娘，也不甚看重我……可是，就有那么一个人，他……他看中我，喜欢我……他说，他不喜欢娇娇弱弱的女孩儿，他喜欢健朗明快的，像我这样能跑会跳的，笑起来像夏日的艳阳，叫人心里舒坦……"

如兰的神情像在梦游，宛如呓语般诉说着。

明兰看了，心中很是一动，又忍不住有些难过："便是文公子考上了两榜进士，怕太太也不会答应的。"

墨兰拣剩下不要的，如兰却当个宝，王氏会抓狂的。

如兰神色一变，随即一脸坚决地咬了咬牙，一拳捶在自己掌心，仰起脖子，铿声道："若不让我嫁敬哥哥，我就一头撞死，不然剪了头发当姑子去！"

热恋中的小年轻最无畏无惧。泰坦尼克撞冰山了也吓不跑露丝，还成就了杰克的痴情，何况更加彪悍的如兰，这会儿就是盛纮拿家法来打也未必管用。明兰觉得自己该说的都说了，最后补充两句："可文公子的家世……那个……你愿意？"

如兰明白这话的意思，拿帕子揩了揩眼角，抬头骄傲地哼了声，道："大姐姐倒是高嫁了，也没见她过得多舒坦。母亲自会给我置上厚厚的嫁妆，我有娘家撑腰，看文家人哪个敢和我啰唆！"

明兰叹了口气，觉得自己没什么好说的了，她也不知道文炎敬是不是趋炎附势的小人，不过，要是长柏哥哥也能瞧上他，估计人品没什么问题吧，那么，他这样冒着名声受损的危险，敢来夜里幽会如兰，很可能是真的喜欢上了如兰。

好吧，各花入各眼，也许敬哥哥就好这一口呢。

正想拍拍裙子走人了，谁知如兰一把揪住了明兰，握着拳头威胁道："今夜的事，你不许说出去！不然……不然……"

"不然怎么样？"明兰很好奇。

如兰抿了抿嘴，凶悍地一咬牙，得意地狞笑道："不然我就反过来说是你在与人夜里会面。"

明兰毫不惧怕，反而拍手失笑："那敢情好，索性我就嫁进文家去好了，爹爹的眼光想必不差的。"

如兰大惊失色，一把捉住明兰，呼呼地喘着粗气，恨不得一口吃了明兰，从牙齿缝里蹦出两个字："你敢！"

明兰呵呵笑了几声："自然不敢。所以妹妹也不会去告的，告了于我也没好处呀，我又不想嫁文公子。"

如兰神情一松，绷紧的神经这才松了下来，略略带了些宽慰，不好意思地低头道："六妹妹，你莫怪姐姐，我知道你是个好的，从小就肯让着我，我冲你发脾气你也从不往心里去……"

明兰默默地想：其实往心里去了，有好几次，自己被气狠了，就假想着如兰的脸，痛扁了枕头好几顿。

"你和墨丫头不一样，她是心肠坏，心思毒，为着自己快活，从不管家里如何。敬哥哥等着春闱开考，所以这会儿千万不能叫太太知道了。妹妹，你素来可信，回头姐姐把太太新送来的几样首饰给你挑。"威逼过后，如兰开始利诱了。

明兰挥挥手，轻叹道："首饰就不必了，这事只当妹妹压根儿没瞧见……我说姐姐怎么对针线上起心来了，原来是……"她终于恍然大悟，今日，如兰身上许多疑问也都解开了。

表完了决心，明兰实在累了，想回去睡觉，谁知这时外头淅淅沥沥地下起雨来，如兰多少有几分义气，愿意分一半的床给明兰睡。明兰最怕雨天出门，又不愿半夜打扰丹橘她们，弄得一院子女孩不安宁，想了想，也行。

"要是旁人问起，六姑娘为何会睡这儿，该怎么说？"进来铺床叠被的小喜鹊比较谨慎，决定先对好口径。

明兰一边往被窝里钻，一边随口道："你就说，我和你家姑娘昨夜一起看星星、看月亮、谈诗词歌赋和人生理想，谈累了，就睡下了。"

如兰瞪了她一眼，对小喜鹊道："你便说，我找六妹妹讨教针线，说得晚了，就睡下了，明日一早，你就去暮苍斋找人来就是。"

明兰懒得废话了，她明明好好躺在屋里的，忽然不见了，这种烂借口哪能打发丹橘？算了，明天再想怎么编话吧。

困倦至极的明兰倒头就睡，睡到半夜就后悔了，便是外头下冰雹也该回去的！

如兰睡得千姿百态，一条大腿横着压在明兰的肚子上，几乎把明兰压得背过气去。渐渐呼吸不上来的明兰生生醒过来，用尽吃奶的力气才把如兰的大腿搬开。

坐在床头，看着呼呼睡成"大"字形的如兰，嘴角还流着亮亮的口涎，明兰揉着自己的肚皮，恨恨地想：好你个姓文的，敢学张生跟小姐幽会，活该你以后几十年被崔莺莺的大腿压到死！

三

让友情迅速升温的方法有二，一是有共同的敌人，二是有共同的秘密。

自打那夜明兰被迫倾听了一段"西厢"后，如兰明显对她感情升温，常捉着明兰一道吃饭，一道做活儿，一道写字，还想一道睡觉——这一项明兰坚决不同意。

明兰严正警告如兰，心里喜欢喜欢是可以的，以后来提亲也是正道，但不许再幽会了，不然她立刻去揭发。谁知如兰一口答应："你放心啦，敬哥哥要备考春闱，哪有工夫出来？"

"他若有工夫出来，难不成你就去见？"明兰匪夷所思，敢情如兰是个情圣。

如兰满面红晕，却很是得意："一日不见，如隔三秋嘛。"

爱情果然伟大，连《三字经》也背不全的如兰居然掉起书袋来了。明兰一时眼红，立刻吐槽道："那你最好求神拜佛，指着他此次春闱一举得中，不然你真得再等三个'秋'了。"

这句话的后果就是，如兰不但积极响应王氏的烧香拜佛，还频频光顾老太太的佛堂，弄得老太太想单独礼佛，还得提前预约。

秋闱过后没几日便揭了榜，这次盛家的风水大赞，不但长枫和李郁都中了，学馆里的五个秀才居然也中了三个，儿子和女婿候选人都这么有出息，盛纮大为高兴。

话说，自从林姨娘被送去了庄子后，长枫的日常生活就由不得自己了。王氏坚决主张丫鬟还是漂亮的好，盛纮怀疑王氏有特殊意图，海氏觉得应该先苦后甜，长柏认为一切靠自觉，四人小组民主集中一番之后，决定让长枫按劳取酬，根据他的学业科考来分发福利。

明兰听闻，拍腿叫好，要说书香门第就是比权爵世家有智慧，光打有什么用，要有实际的威胁力。

有压力就有动力，长枫发愤图强，这次如愿地要回了三个温柔娇俏的美婢。据说，若他能在春闱中考取，便能恢复在账房支取一定银钱的权利，为此，长枫哥哥继续努力中。

墨兰也很高兴，又回娘家炫耀了一番，重点是鼓励长枫再接再厉、勇创新高。王氏则开始烦恼了，庶子成器本身不是问题，但和嫡母有过节的庶子太成器可该怎么办？

"国家每三年行论才大典，举人即可授官，但多进士方可为上品，自来每科取进士多则三四百，少则三四十，再从低品官累积资历，缓阶晋级，其中尚需家中出力辅助多少，母亲大可放心。"海氏用强大的数据彻底绕晕了王氏。

王氏被说服了。

明兰冷眼旁观，觉着盛老太太的性子很有趣。她自己做妻子的时候，犟得比犟瓜还犟，半分不肯通融，可轮上明兰的婚事，她就变得十分开通好说话，心思活泛得吓人。

春闱在开年二月，李郁为了备考，索性就在长梧家住下了，时不时地来向长柏求教会试文章。于是，每回李郁来给盛老太太请安，老太太都一脸慈爱可亲，问这问那，嘘寒问暖，李郁也十分配合，很自来熟地拖着老太太的手，低眉顺眼羞羞答答的，像个新媳妇。

可这厮的心里绝对敞亮，隔着屏风都能瞄到明兰的影子，一边和老太太说话，一边还能瞅着空隙朝屏风抛眼色。

“祖母！你瞧，你瞧！他一直偷看我！”李郁一走，明兰就从屏风后跑出来，扯着老太太的袖子告状，“这家伙不是好人！”

老太太慢条斯理地呷了一口茶：“人少，则慕父母；知好色，则慕少艾，人之常情尔。”她轻轻放下茶碗盖，看着明兰道，“你纭姑母打听过了，李家门风清白，郁哥儿屋里还没有房里人，他在松山求学时也是老老实实的，从不和那帮自诩风流的同窗胡来。”

“那又如何？”

“无甚，老人家无聊，问问而已。”

正说这话，贺家来下帖子了，贺老夫人请去品刚下的银芽茶，老夫人挑挑眉，明兰噘了噘嘴。

这回去贺府，天气是凉快了，祖孙俩却都没了兴致，板着脸一左一右坐在马车里，中间隔着个填漆木的小几。

到了贺府，直入内宅正院，贺二太太正伴着贺老夫人坐在上首。盛老太太一进去，贺二太太立刻迎着盛家祖孙俩坐下。盛老太太刚一坐定，就翻着白眼哼哼道：“茶呢？不是叫我来品茶的吗？”

贺老夫人这几日也心里不痛快，跟着翻了个白眼回去：“急什么！新茶要现泡才好，等会儿吧，还给你装了几包带回去。”

两个老年旧友瞪着眼睛斗了半天气，想想自己也觉着好笑，加上贺二太太穿插其间说了几句笑话，气氛便融开了。贺二太太道了个不是，叫给主客双方都端茶上点心后便出去了。两个老人家才说过几句，便问到了贺母。贺老夫人叹气道：“自打……那之后，她就没断过病根，日日躺在病榻上。”盛老太太也叹了口气。

这当口，进来一个丫鬟，禀道，贺母卧床不便见客，也不敢劳烦长辈移动，只颇为想念明兰，想叫明兰过去一叙。盛老太太看了眼贺老夫人，只见老夫人无可奈何地摇摇头，又去看明兰，却见明兰不动声色地点点头。盛老太太思忖了下，便让她去了。

明兰随着丫鬟走出门后，盛老太太立刻沉下脸来，冲着贺老夫人道："你到底是个什么意思？我先告诉你，想委屈了我家明儿，门儿都没有！"

贺老夫人一脸无力，叹息道："都几十年了，你还不清楚我？我最不耐烦这种事。没错，亲戚是要互相帮衬着，可银子也给了，宅子也找了，也允诺日后定会助着曹家哥儿立事，还想怎么样！贺家是贺家，曹家是曹家，难不成把曹家老小吃喝住行都包了，才算尽力？"

老太太有些激动，喘了几口气，顿了顿继续道："话说回来，要是曹家姨老爷是受了牵连，蒙了冤枉，才流放凉州的，我也不说什么了，可他……哼，贪银子时可痛快了！"

她们两人能成闺中密友，也是因为性子相仿，都是直来直去的爽利人。听了这番话，盛老太太心里舒服多了，拉着贺老夫人的手，轻轻道："老姐姐，我知你不是这样的人，只是……唉，我自己吃过的苦头，着实不想叫明丫头吃一遍了。"

贺老夫人想起自己年轻时的艰难，也是伤感："你的意思我如何不知道，我这几十年何尝好过了。不是我自夸，我家弘哥儿，论品貌才能真是没的挑，小小年纪就自个儿走南闯北了，跟着我娘家叔伯兄弟经了不少事，这几年陆续拿回家来的银子也不少；知道心疼人，孝顺体贴，自打那年我和他提了明丫头后，他就一心一意地等着，别说外头的酒宴应酬，就是家里的丫头也不多说话的。明丫头也是没的挑，我常想呀，这两个孩子若能好好过日子，那可真是天赐良缘，别提多美了，可偏偏……罢了，就算当不了我孙媳妇，我也喜欢这孩子，望着她好的。"

贺老夫人长长地叹了一口气。盛老太太也感叹这世上果然是事无周全，何来十全十美之事，总有个缺憾才能成事的，便也跟着长长地叹了口气。

不过若要论叹气，这段日子里贺母叹的气怕是最多了。刚一揭榜，贺老夫人便老实不客气地与她道："你当天下姑娘只有你儿子一个可嫁了？瞧吧，盛家学馆里的哥儿可都是家世、学问样样来得，哪个做不得盛家女婿？"

贺母惴惴不安，生怕丢了一门好亲事，误了儿子的终身。婆婆那里不肯松口，自家姐姐又终日哭哭啼啼个没完，她本不是个能决断的人，这几日被折腾得筋疲力尽，想来想去，还是先找明兰说说。

"好孩子，弘哥儿把你的意思都与我说了，你莫要怨怪他，说来说去，都是我的不是。"贺母半卧在床上，头上缠着块帕子，脸色发黄，两眼浓黑，双颊深深地陷了下去，整个人憔悴得不成样子，"可……锦儿，她也没法子了，我素来知道你是个极好的孩子，你就当可怜可怜，容了她吧！"

明兰来之前就知道会这样了，倒也不惊慌，只转头瞧了眼站在床尾的贺弘文，只见他一双眼睛满是歉意，只望着明兰。明兰再往右转，只见曹姨妈坐在床铺对面，曹锦绣站在身旁，母女俩均是眼眶红肿，面色惨淡。

曹姨妈这回没有施脂粉，更显得面色黑黄粗糙，她见明兰没有反应，也走过去拉住明兰的手，低下身段哀声祈求："好姑娘，我晓得你心里不痛快，可我家锦儿实是没有办法了，她这般情形，如何还能许旁人？只求着弘哥儿瞧在亲戚的情面上，能照拂她一二了。"

说来说去，都是曹锦绣如何可怜，如何会守本分，绝不会与明兰争宠之类的，明兰全都听了，却一句也不说。最后贺母逼急了，明兰只淡淡道："那日明兰胡言乱语一番，回去后祖母已经训斥明兰了，不过是长辈平日说说的玩笑，算不得什么的，贺家哥哥要纳什么人进门，与我有何干？"

贺母和贺弘文同时一惊。贺母陡然想起贺老夫人的话来，心头乱跳了一阵，软软靠在床头。贺弘文也是一阵惊慌，手足无措地看着明兰。

曹姨妈恼了，恨声道："说得也是！男人家三妻四妾是常理，也是我妹子太宽了，纵得旁人不知好歹！待进了门，难道还叫弘哥儿守着一个婆娘不成？"

明兰微笑听着，慢慢道："曹家太太说得十分有理，当真其情可悯，可明兰尚有几处不明，可否求教一二？"

曹姨妈气呼呼地一摆手，明兰便问了下去："其一，若真如曹家太太所言，那以后伯母的儿媳妇，是把你当姨妈呢，还是当小妾的娘呢？若只是小妾的娘，那正房奶奶高兴，便让她进门来见见女儿，赏几块碎银子；若正房奶奶不高兴了，大可以半文不给地撵出去。"

此言一出，曹姨妈脸色一变，贺母也傻眼了，名分这种东西没有一点好差的，这里面的区别可大了。

明兰好整以暇地看着她们，笑吟吟道："其二，所谓妾，上头是个立，下头是个女，合起来，便是站着的女子，是服侍男女主子的半个奴婢，若曹家表妹做了妾，贺家以后的正房奶奶是当她作呼来唤去的婢妾，还是金贵的姨表妹呢？"

曹姨妈看着明兰轻松的表情，恨得牙根猛咬："妾里头也有贵妾的！我就不信了，有我妹子在，有弘哥儿在，谁敢动我闺女一根汗毛！"

明兰轻轻笑了声，可笑意没有达到眼底："曹家太太说得极是，这就到了最要紧的地方了。其三，再贵的妾也是个妾，总越不过正房奶奶去的，贺家哥哥多说两句，少瞧几眼，全凭自己高兴，不会有个姨妈来指指点点是不是冷落了、慢待了、不痛快了，可如今，曹家表妹上有贺伯母护着，下有姨妈保着……呵呵呵，贺家哥哥，你以后的媳妇可难当喽！"

贺弘文脸色难看至极，一双眼睛定定地看着明兰，明兰扭过头去不看他。该说的她都说了，她的激情哪有那么多，一再重复的旧话，上回桂花树林里消耗了她好些冲动，感情和体力都是有限的，还是省着些用好。

明兰对着贺母，一脸正色，语气郑重："伯母，适才曹家太太的话您也听见了，曹家表妹口口声声说要做妾，可……有这样尊贵受护佑的妾吗？您将来终归要讨正经儿媳妇的，您可曾想过，以后婆媳、夫妻乃至嫡子、庶子该如何相处？"

贺母再愚蠢也听懂了。曹姨妈气愤不已，一下跳了起来，指着明兰大骂道："你个死丫头！你干脆说，我家锦儿进门是家乱之源好了！仗着家世好，小贱人，你——"

"姨母！"

贺弘文猛然大吼，打断了曹姨妈的叫骂。他额头上青筋暴起，双目怒视。曹姨妈也被吓了一跳，捂着胸口站在那里。

曹锦绣泪珠盈盈，潸然而下，哽咽着："表哥……你莫要怪我娘，都是我不好……我若死在凉州就好了，我就不该回来，叫你为难，叫姨母为难……"说着，曹锦绣就跪下了，连连磕头，哭得心肝欲断。

曹姨妈也惨呼一声，扑在女儿身上，哭天喊地起来："我可怜的闺女呀！都是爹娘误了你，原想着回了京，你表哥会照看你，没想到世态变了，人家攀高枝去了……哪里还会理你的死活呀！儿呀，还是和为娘一道死了算了，谁叫你有这么个狼心狗肺的姨母和表哥呀！"

母女俩号啕大哭。贺母脸色苍白，瘫软在床上动弹不了。明兰面沉如水，慢慢站开些。

贺弘文气愤地握紧拳头，脸庞酱紫一片。自从回京后，曹家一日三次地来找他，一会儿是曹姨妈不适，一会儿是曹锦绣昏厥，恨不得直接把贺弘文留在曹家才好，动不动哭喊着怨天怨地。若是换了寻常男人，怕是早就动容了，可他自己就是大夫，再清楚不过了，姨妈和表妹不过是心绪郁结，身子虚弱罢了。

他转头看看病弱不堪的母亲，再看看还在那里哭闹的曹姨妈，心中陡然生起一股愤慨。自家为曹家做了多少事，如今曹家强人所难，他一个不愿，便哭哭啼啼指骂自己母子狼心狗肺，这是什么道理？！

正吵闹间，外头丫鬟传报，贺老夫人和盛老太太来了。

贺母挣扎着想起来行礼，盛老太太连忙一把按住了她，连声劝慰着叫她好好歇息。

贺老夫人瞥了眼地上的曹家母女，一脸不悦，对外头的丫鬟喝道："还不进来！你们都是死人哪？快扶姨太太起来，成何体统！要脸不要？"

这话也不知是说丫鬟们没脸，还是指桑骂槐说曹姨妈，曹姨妈脸色一红，捂着脸慢慢爬了起来。曹锦绣也不敢再哭了，只抽抽噎噎的。

盛老太太恍若没有瞧见这一切，只把孙女拉到自己身边，笑道："说什么呢，这么热闹？"

明兰乖巧地过去，口气一派天真："适才曹家太太说要叫表姑娘给贺家哥哥做妾，虽与孙女无关，倒也多少听了一耳朵。"

盛老太太瞪了明兰一下，转头对贺老夫人道："瞧我这孙女，自小常来你家玩儿，都不把自己当外人了，连这种事都听，传出去岂不叫人笑话？"

"不算笑话，我是动过你家明丫头的心思。"贺老夫人满面笑容，"不过，只是说说，连名帖媒聘什么都没有呢。"

盛老太太轻轻拍打了贺老夫人一下，嗔笑道："老姐姐越来越胡闹了，婚嫁大事也是浑说的吗？"随即，转头与曹姨妈笑道："姨太太别见怪，我与老姐姐自小一块儿长大的，胡说惯了，姨太太可别当真哟。"

曹姨妈尴尬地笑了笑，也不知接口什么，瞅见一旁的贺弘文已经失魂落魄，只拿眼睛直愣愣地盯着明兰，心头涌起一股气，正想要说两句恶心话，盛老太太又开口了："说起来，姨太太也是个有福气的，大赦之后能回到京师，还有亲戚照应着。"盛老太太忽然说出这么一句话来，口气悠然，一脸关怀。

曹姨妈却心头猛地一沉，盛老太太这话正是诛心之言。像曹家这样的犯官，一般来说，就算是大赦了，也是要发还原籍的，偷偷回到京城的犯官家眷不是没有，没人去告就没事，若被告了，立刻就要再罚一回，轻则罚银，重则受刑。

贺老夫人凑过去，笑着道："就你废话多，曹家有福气，那是祖宗积了德，以后自然能否极泰来，一帆风顺的。"

盛老太太叹道："是呀，多积些德，老天总是保佑的。"

两个老人家一唱一和，曹姨妈是聪明人，如何听不出意来？也就是说，不论曹锦绣的事成不成，以后贺弘文娶谁，都和盛家姑娘没关系，若她敢出去乱嚷嚷，盛家也有辖制的法子，何况口说无凭，一无信物，二无媒妁，曹家就算出去说了，怕也落不着好。

曹姨妈恨恨地闭上嘴，看来她得积口德了。忽然间，她转念一想，瞧盛老太太这架势，莫非是不想与贺府结亲了？曹姨妈忍不住心头一喜。

"罢了，就这样吧，这茶也品了，大包小包也拿了，也瞧过了你儿媳，咱们这就要走了。"盛老太太瞧着差不多了，便要拉着明兰离开，贺老夫人也笑着起来要送客。

"姨母！"一声大吼响起。

众人齐齐回头，只见贺弘文直直地站在那里，腮畔紧咬，似乎下了很大的决心。他直直地瞧着曹姨妈和曹锦绣，沉着嗓子道："姨母，我绝不纳表妹！我自小当她是我亲妹子，以后也是我亲妹子！"

贺弘文双目赤红，曹姨妈颓然摔倒在地，曹锦绣不敢置信地看着他，脸色灰白得犹如死人，贺老夫人和盛老太太满意地微微笑了笑。

明兰却静静地伫立在门口，这……算是胜利了吗？为什么她一点儿也不高兴？当初司马相如浪子回头，卓文君就举双手欢迎了吗？没有捶他一顿，跪两夜搓衣板啥的？太憋气了！

四

回程途中，明兰一句话都没说，感觉全身如同陷在了泥潭里，左也不是，右也不是，进退得咎，胸膛里热得火烧火燎，手脚却冷得像冰块，脑袋里一片空白，好像脱了力的疲累。想着想着，她怔怔地落下泪来。盛老太太坐在一旁静静瞧着她，目光里流露出一种慈爱的怜悯，伸手轻轻地抚摩女孩的头发。

明兰觉得难以抑制地委屈，哽咽渐渐变成了小声哭泣，小小的肩头依偎在祖母怀里，轻轻抖动着，把哭声都掩埋到老太太充满檀香熏香的袖子里。

"明丫儿，祖母晓得你的心意。"老太太搂着明兰，缓缓道，"可是婚嫁这档子事，求的就是一个两相情愿，强拧的瓜不甜呀！过日子的事，不是说道理就能明白的。"

愿求一人心，白首不相离，多少闺阁女子梦想过这样的日子，描眉弄脂，夫妻和乐，可是又有几个女子能如愿？都是相敬如宾的多，心心相印的少。自己这孙女素日聪明，却在这事上有了执念，叫贺弘文的许诺给迷了心窍，钻了牛角尖，只望着她能自己想明白。

盛老太太不由得暗叹了一口气。

又是一夜风急雨骤，明兰侧躺在床榻上，睁着眼直直地望着悬窗外头绿莹莹的水流，想象着水顺着窗沿慢慢地流向泥土里。渐渐地，雨停了，一轮胖胖的月亮倒轻手轻脚地从泼墨一样黑暗的天空里闪了出来，觑着一张大圆脸，隔着氤氲的水汽，慢慢折射出一种奇特的光泽，像水晶碎末一般。明兰睁着眼，一夜无眠。

第二日，明兰起了一个大早，顶着一对红红的眼圈，直直地跪在老太太面前。

"这些日子来，孙女做了许多糊涂事，叫祖母替孙女操心了不说，还失了脸面，都是孙女的不孝，请祖母责罚。"明兰恭恭敬敬地磕了一个头，素来鲜艳如娇花的面庞却一片苍白，"婚姻大事原本就是长辈思量定夺的，以后明兰全由祖母做主，绝不再多言语半句！"

老太太坐在罗汉床上，头上的银灰色锦缎绣云纹镶翠宝的抹额闪着暗彩，她定定地瞧着明兰，思绪万千，过了好一会儿，才喟然长叹："罢了，起来吧。"

明兰扶着膝盖慢慢爬起来，被老太太拉到身边，轻轻拍着手背，听祖母细细絮叨："姑娘家大都要这么糊涂一次的，昏头过了，拧过了，闹过了，哭过了，也就清醒了。你是个明白的孩子，能有个实诚人真心待你便是万福了，莫要有执念，不然便害了自己。"

明兰含泪点头。

正说着话，翠屏忽然跑进来，轻声传报："贺家少爷来了。"

祖孙俩相对一怔，这么早来做什么？

这次见面，盛老太太完全拿贺弘文当普通的旧交子侄来看待，换好正式的衣裳，叫丫鬟端茶上果，明兰则进了里屋，连面都不露了。

但祖孙俩甫一见贺弘文，屋里屋外两人双双吃了一惊，只见贺弘文的眼睛乌黑两团，左颊上似是被指甲划出一道深深的印子，从眼下一直蔓延到耳畔，右颊则是一片瘀青，嘴唇也破了，一只腕子上缠了厚厚的白纱布。

"哥儿，这是怎么了？"盛老太太惊呼道。

贺弘文低着头，四下转了一圈视线，发现明兰不在，不由得神色一黯，抱拳恭敬地答道："都是弘文愚昧无知，拖累了老太太和明……"

盛老太太重重咳嗽了一声。贺弘文心里难过，连忙改口："都是弘文无德，拖累了老太太。昨夜弘文去了姨父家里，一概说了个清楚，愿意请母亲收表妹为义女，请族人长辈一道见礼，以后便如亲兄妹一般，弘文绝不会乱了礼法！"

盛老太太明白了，贺弘文肯定是连夜去曹家摊牌了，结果却被姨父姨母可能还有表兄弟结结实实地收拾了一顿。想到这里，盛老太太心里一乐，义妹？这倒是个好主意！

盛老太太瞧着贺弘文青肿的面孔，终于心里舒服些，但还有不少疑问："你娘肯吗？"

贺弘文抬起猪头一样的脸，艰难地朝老太太笑了笑，扯到嘴角的伤处，忍不住嘶了一口凉气，答非所问地回了一句："昨夜，母亲瞧见了我，颇为……气愤。"

这句话很玄妙，里屋的明兰了然，这家伙对自己的妈施了苦肉计。盛老太太眼神闪了闪，颇有深意地问了一句："事儿……怕是还没完吧？"

一哭、二闹、三上吊，最关键的第三招还没使出来呢。

贺弘文低低地把头垂了下去，然后坚决地抬了起来，诚恳道："弘文幼时，母亲叫我读书考举，我不愿，且依着自己性子学了医。老太太但请信弘文一遭，弘文并不是那没主见的，由着人拿捏，弘文晓得是非好歹，绝不敢辜负祖母和老太太的一番心意！"

这番话说得盛老太太心头一动，再瞧贺弘文目光恳切郑重，还有那一脸触目惊心的伤痕，老太太沉吟片刻，随即微笑道："心意不心意说不上，不过是老人家想得多些，哥儿也是我瞧了这些年的，品性自然信得过，若能天遂人愿那是最好，便是月难常圆也是天意，总不好一天天扛下去吧，姻缘天注定，哥儿不必强求。"

这话说得很亲切、很友好，也很动人，但其实什么也没答应。明兰暗赞老太太说话就是有艺术，她的意思是：贺少爷，你的出发点是好的，打算也是美妙的，不过前景未卜，所以就好好去努力吧，什么时候把表妹变成了义妹再来说，不过女孩子青春短暂，这段日子咱们还是要给自己打算的，所以你要抓紧时间呀。

贺弘文如何不明白？他也知道，曹家的事的确是很叫人光火，不是三言两语可以遮掩过去的。若没有个确切的说法，盛家是不打算结这门亲了，如今连自家祖母也生了气，再不肯管了。贺弘文神色黯淡之余，又说了许多好话，盛老太太一概四两拨千斤地回掉了，一脸的和蔼可亲，绕着圈子说话，可就是不松口，并且一点儿让明兰出来见面的意思都没有。

又说了几句，贺弘文黯然告辞。

待人走后，明兰才慢慢从里头出来，神色镇定。老太太敛去笑容，疲累地靠到罗汉床的迎枕上去，缓缓道："弘哥儿是有心的。"

明兰缓步走到老太太身边，捡起一旁的美人锤，替祖母轻轻捶着腿，开口道："是个人，就都是有心的。"

"怎么？"老太太看着明兰止水般的面容，颇觉兴味道，"这回你不想再争争了？"

明兰手上的动作停了一下，无奈地摇摇头，答道："该争的孙女都争了，祖母说得是，婚嫁本该两相情愿才好，强逼来的总不好。孙女的婚事还是老太太相看吧，该怎样就怎样！盛家养我一场，即便不能光宗耀祖，也不该羞辱门楣才是。"

盛老太太看着明兰苍白却坚定的面孔，有些心疼，柔声道："好孩子，你明白就好，现下你岁数还小，再慢慢瞧吧。咱们对贺家算是仁至义尽，劝也劝了，说也说了，若弘哥儿真能成，那他也算是有担当的好男儿，便许了这门婚事也不错；若不成……"老太太犹豫了下，随即斩钉截铁道，"眼瞧着春闱开试了，京城里有的是年轻才俊，咱家又不是那攀龙附凤的，到时祖母与你寻一个品性纯厚的好孩子，也未必不成。"

明兰知道老太太如今瞧着李郁好，但这回老太太是再也不敢露出半点口风了，现在想来，真是后悔当初太早让孙女和贺弘文结识。

明兰眼中再无泪水，雪白的脸上弯起淡红的嘴角，笑出两个俏皮动人的梨窝来，甜蜜蜜的，好像渗进了心里："嗯！祖母说得是，只要人实在，踏实自在地过一辈子也是极好的。"

长大是痛苦的过程，成熟是不得已的选择，如果可以，哪个女孩不愿意一辈子骄傲明媚地做公主？人非草木，哪个女子又不希冀幸福的婚姻？没必要矫情地假装淡定和不在乎。

　　可世事如刀，一刀一刀摧折女孩的无邪天真，磨圆了棱角，销毁了志气，成为一个面目模糊的妇人，珠翠环绕，穿锦着缎，安排妾室的生活起居，照管庶子庶女的婚姻嫁娶，里里外外一大家子地忙乎，最后被高高供奉在家族的体面上，成为千篇一律的符号。

　　她不想变成这样的贤惠符号，每个女孩对一生一世一双人都有过梦想，也许，这就是她对贺弘文的执念。该想开些了，田垄、山泉、钓鱼、美食，还有书本，没有男人的天长地久，多存些私房钱，好好地教养孩子，她也能过得很好。

　　九月下旬，明兰行了及笄礼，来客不多，贺老夫人果然打了一支上好的赤金嵌翠宝的珠簪，亲自替明兰上了髻，有这样的关系，以后若有人提及与贺家的来往，也可以没过去了。

　　华兰送来了一对贵重的白玉金凤翘头衔珠钗，墨兰送来了一幅书画，便是许久不来往的平宁郡主也送来了好些锦缎、南珠为贺。如兰特别客气，掏出压箱底的金子，特意去翠宝斋打了一个极足分量的金丝螭头项圈，看得王氏眼睛都绿了。

　　明兰趁人不注意，偷偷扯着如兰的袖子，低声道："五姐姐不必贿赂我，妹妹不会说出去的。"

　　如兰白了她一眼，也低声道："敬哥哥叫我送的，他说我是姐姐，理当关怀弟弟妹妹，我还匀出好些料子给栋哥儿，好多做两身新衣裳。"

　　看如兰一脸恭惠贤淑的姐姐模样，明兰立刻对姓文的刮目相看，张生也能改良？

　　此后的日子云淡风轻，李郁平均每五天上一次盛府"讨教学问"，每回都要吃掉盛老太太半盘子点心才肯走，一双眼睛几乎练成了透视，那屏风几乎被盯出两个洞来。

　　说句良心话，李郁除了每次偷看明兰的时间长了些，还真寻不出什么错处，天天窝在长梧哥哥家里苦读，从不随便出去应酬，便是出去了也很规矩，重要的是——他头上五个表姐全嫁了人，底下两个表妹还没长牙。

王氏忙着考查那些家世丰厚的年轻学子，海氏又被瞧出有了身孕，天天捧着一罐酸梅害喜，全哥儿已学步了，最喜欢绕着明兰笑嘻嘻地玩儿，张着小嘴流口水。

贺府陆续传来些消息，短短二十几天里，曹姨妈寻死一次，贺母昏厥了两次，锦绣表妹重病三次，曹姨父和曹表哥们还曾闹上门去。贺老夫人发了怒，不但叫家丁把人都撵出去，还立时断了曹家的接济银子，再不许曹家人上门。

到了十月底，曹姨妈眼泪一把鼻涕一把地求上贺家，满口道歉，苦苦哀求诉说自家的不是，贺老夫人不好赶尽杀绝，多少给了些银子，却依旧不许曹姨妈见病榻上的贺母。

贺老夫人算是把明兰想做而不能做的付诸行动了。

正值金秋送爽之际，顺天府发出通告，言道北伐大军大胜而归，痛击羯奴几支主力，杀敌无数，踏平敌营，还击毙羯人的三位王子和左谷蠡王，俘获战马军资无数，直杀得羯人落荒而逃，一路上追击又击死击伤敌军数万！

据说，沈从兴国舅爷打定主意要给皇帝姐夫面子，特意连夜兼程，赶在先帝的忌辰之前赶到京城，把羯奴主将的人头和众多俘获献上祭奠！

十月二十七，京城城门大开，京营兵士衣甲一新，手持红缨枪和皮鞭铁链，三步一岗，五步一哨，打开一道宽宽的官道来，皇帝亲率御林军相迎，摆出了十八队仪仗卫士，京城的百姓更是夹道欢迎，京城离北疆本就不远，日夜受着游牧民族的威胁度日，于他们而言，打跑羯奴的将军可比平叛功劳大多了。

到了吉时，远处传来礼炮三响，平羯北伐大军进城，甘老将军领头，沈、顾二将一左一右相随，城中鞭炮轰鸣，几丈高的彩旗密密麻麻插满了一路，迎风招展，百姓争相仰望，满城花彩齐舞，军队走到哪里，哪里都是叫好和鼓掌。

当晚，皇帝于御殿赐宴，为一众凯歌将领加封官爵。

其中，甘老将军提为兵部尚书；沈从兴赐爵威北侯，超一品，世袭罔替，晋位中军都督佥事，顾廷烨晋位左军都督佥事，均为正二品，此二人均御赐宅邸一座，其他赏赐无数；其下军官士卒均各有封赏。

第二十三回·顾二朱亲

一

　　要说盛纮这四品大员不是白当的，照明兰的话来说，具有很高的政治敏感度，他在北伐大军还朝的第三天，就敏锐地感觉到自己快要忙了。

　　大周朝军权原都集中在五军都督府，外加京城留守司和各地卫所，五城兵马司也有一些，新皇即位后，连续经历了"荆谭之乱"和北伐羯奴两场大的战事，大部分能征善战的精锐之师便集中到了沈、顾二人手中。

　　照惯例，大军还朝后领军之将须交还兵符印信，可是眼看都半个月了，吏部上了几回书，稍微提醒了一下，可皇帝那里毫无动静，最后，武英殿大学士裴恕于朝会之时公开上奏，结果叫皇帝狠狠申斥了一番，谓之"僭越"。

　　盛纮觉着事有不妙，又素来信任老太太，一日散衙后来寿安堂请安时便说了几句，随后与长柏详细商量去了。

　　"可别再出事了。"盛老太太双手合十，默默念了几句佛，"祸乱战事，最终苦的是百姓，年前的乱子扰得江淮两岸多少良田歉收，只可怜了那些庄稼人，又得卖儿卖女了。"老太太多年礼佛，秉性良善，自年前就减免了好些佃户的租钱。

　　明兰拈着一枚绣花针小心地戳着一个刺绣绷子，闻言抬头，一脸茫然道："不会吧，古往今来喜欢打仗的皇帝可没几个。"

　　盛老太太到底有些阅历，便沉吟道："莫非皇上……要有些作为？"

　　明兰听了，大大点了点头："祖母说得有理，登徒子捉把杀猪刀是为了强行调戏，小贼捞支狼牙棒是想当劫匪，皇上握着兵权不肯放，怕是要有动静了。"

　　仁宗皇帝待勋贵权爵十分宽厚，是以二三十年来，军权大多为勋爵世家所把持，这些家族世代联姻，势力盘根错节，军纪涣散，新皇登基后自要大换血。

老太太拧了一把明兰滑腻柔脂的小脸，见她一脸顽皮，心里高兴她又恢复了俏皮劲儿，笑骂道："死丫头，胡说八道！朝政也是你浑说的？看不打你的嘴！"

明兰捂着小脸，拼命扭开老太太的魔爪，轻嚷道："不是朝政呀！事关咱家大事。"

"什么大事？"老太太奇道。

明兰放下手，凑过去一脸正色道："赶紧叫太太别急着给五姐姐寻人家了，待这一轮清算过后，再去寻比较牢靠些。"

好歹收了一个金项圈做封口费，多少也帮点儿忙，能对如兰产生正面影响的总不会太差，这年头真心恋爱一场不容易，明兰希望如兰能幸福。

其实明兰多虑了，皇帝的动作比王氏快，还没等王氏挑中女婿，第一轮弹劾就开始了。

于"申辰之变"中附庸废四王爷者，于"荆谭之乱"中与谋逆二王有所结连者，于北伐羯奴中协理军事不力者，皇帝一概着都察院众御史勠力严查，随后会同大理寺严审。

按照不该两面开战的基本军事原理，皇帝此次把火力集中在权爵世家上，一气褫夺了好几个王爵，贬斥了十几家，永昌侯府也因军中协理不力，挨了个严重的擦边球，侯爷被罚俸一年，侯府还被夺了两处御赐的庄子。

文官集团暂时安全，遂不遗余力地为皇帝献计献策，出人出力，盛纮作为都察院的小头目，尤其忙得厉害，连着许多天都半夜才回来，有时还得睡在部里。

这一日，华兰带着大包小包来探望怀有身孕的海氏，顺便领着自己的一儿一女来外祖家玩，全哥儿和实哥儿没差多少日子，这个时候的小孩儿最好玩，爱动爱闹，却又翻不出大花样来，走，走不了，爬，爬不远，最具威力的技术依旧是张嘴大哭。

不久前，明兰替全哥儿设计了一排尺多高的木栅栏，用锦缎棉花包裹了边边角角，像搭积木一般围在炕上，圈出一个四四方方的小地方，里头到处都是软绵绵的，随便小孩子爬起跌倒也没关系。

这个主意很得海氏的赞赏，自从怀了身孕后，她就不便再亲近儿子了，常笑吟吟地坐在一旁，瞧着明兰拿小玩意儿逗栅栏里的全哥儿玩，圆滚滚的小胖墩一会儿跌个四脚朝天，一会儿扶着栅栏歪七扭八地挪几步，常逗得在旁观看的大人们捧腹大笑。

华兰瞧了，觉得有趣儿，索性把实哥儿也放进去，让这小哥儿俩自己玩。两个一般白胖滚圆的小朋友扭在一起，一会儿互相帮助，卖力搀扶着对方站起来，一会儿争夺玩具翻脸，扭缠成绞股麻花糖。庄姐儿拍手加油，众人捧腹大乐，连旁边的丫鬟婆子也忍俊不禁。

最后闹得精疲力竭，小哥儿俩哭了几声，一道倒头睡去，脑袋挨着脑袋，短胖小腿互相叠着，小声地打着鼾，呼呼直响，还流着口水。

庄姐儿也玩得累了，一只手抱着明兰刚给她的机器猫布玩偶，另一只手揉了两下眼睛，王氏赶紧把她安置到隔壁的暖阁里睡觉，还叫丫鬟好生看着。海氏揉了揉后腰，也觉着疲劳，老太太便叫她回去歇息了。

"唉……还是这儿好，瞧全哥儿多结实有劲儿，脾气好不说，还大方不认生。"华兰抚平了适才玩闹出来的衣裳褶皱，远远瞧着睡在里屋炕上的儿子，微微叹气，"不像实哥儿，呆头呆脑的，身子还弱。"

如兰正把玩着一个拨浪鼓，抬头便对华兰道："嫂子常抱着全哥儿在园子里走，也不拘着他蹦蹦跳跳的，都是大姐姐太紧着实哥儿了。"

华兰脸色一沉，似有不悦。王氏看两个女儿又要斗嘴，连忙道："你知道什么，你大姐姐家如何比得了咱家利落，人口多，心思还说不准，你大姐姐不紧着些实哥儿，如何放心？"

华兰面色稍霁，语气苦涩道："你女婿屋里那些个，没一个省心的，我何尝有一刻敢分心？还是弟妹有福气，家里都是实在人，我，唉——"

盛老太太很心疼这个大孙女儿，把华兰拉到身边轻轻搂着："华丫头呀，人生不如意之事十有八九，终归姑爷待你是好的吧。"

华兰看着老太太慈爱关切的眼神，心头一热，觉着到底有个娘家可以依靠，便笑道："实哥儿他爹待孙女很好，那一屋子花花草草他也就点个卯了事，多数的日子都陪在孙女身边，一有工夫就哄着哥儿姐儿玩耍！婆婆有时候拿言语挤对我，他当面不敢顶撞婆婆，回头就禀了公爹，公爹便板起脸来数落婆婆——'你日子过得太舒服了？儿子儿媳和乐美满正是家中之福，你莫要无事生非，做婆婆的整日掺和到儿子房里算怎么回事！闹得家宅不宁，你便去家庙里抄经书吧'，然后婆婆就会老实一阵子。"

华兰粗着嗓子，惟妙惟肖地学忠勤伯爷的口气，如兰一口气撑不住，笑倒在明兰怀里。忠勤伯府的伯夫人也是京中有名的糊涂虫，常惹老伯爷责骂，连大姑子寿山伯夫人也瞧不上她，不少亲朋好友都知道。

王氏这才松了口气，抹了抹眼睛，连声道："这就好，这就好！你爹总算没瞧走眼，姑爷是个好的。"

老太太拉着华兰的手，轻轻拍着，感怀道："华丫头这样很好，身段要放低，道理要拿住了，也不必过于惧她，你公爹和夫婿都是明白人，不会由着你婆婆胡来的。"

如兰听了，知道华兰日子过得也不轻松，心下不好意思，便慢慢站起来，期期艾艾地赔了个不是，还道："大姐姐，你不必忧心实哥儿，大姐夫能干练达，小外甥定然也是不一般的，将来没准就是虎虎生威的小将军呢。"

华兰抹了抹眼睛，故意打趣道："可是，都说儿子像母亲，你大姐夫的好处实哥儿也捞不着呀。"

如兰缺乏机变，立刻卡壳了，她顺手拧了明兰一把。明兰替如兰救火已经不是一次两次了，她肚里叹气，嘴里立刻接上："……那便是外甥肖舅，实哥儿若是像大哥哥呀，唉——"

"那便如何？"华兰笑着追问道。

明兰故意长长地叹了一口气，摊着两只小胖手，一脸为难道："那就是想读不好书，考不取试，也是千难万难的！"

如兰拍手笑道："这好极了！不是小将军，就是小状元！"

屋里众人都是大乐，王氏听着心里熨帖极了。华兰走到明兰身边，用力捏了好几把。如兰来帮忙，姐妹三个又拍又拧的，咯咯直笑。

王氏看女儿还算过得不错，想起另一个出嫁的来，忍不住问道："华儿，你……最近可曾听说了永昌侯府的事？要紧吗？"

盛老太太不悦地看了她一眼，王氏语气里的幸灾乐祸大大多于关心，太沉不住气了。

华兰摇了摇头，叹道："唉！也是梁家太圆滑了，前头两位王爷争位的事着实吓人，要是最后荆王成了事，那帮着抗敌的岂非要遭殃？这才在军中多有敷衍，如今圣上不豫，也是无话可说。梁家的庶长子倒是随了大军北上，虽立了些功劳，可他是甘老将军一手提拔的，可甘老将军……升了兵部尚书，腾出军中的空位来，皇上还不往里放自己的人手？"

皇帝未即位时过得并不好，别说藩地的权贵世家没给他什么面子，每回来京中，还常瞧见那些权爵之家巴结三王爷、四王爷的架势，他心里估计是不爽很久了。

王氏听得出神，结合自己最近听到的八卦，赶紧道："如今京里头最风光的怕就是沈家了，出了个皇后不说，还有个能打仗的国舅爷。啧啧，沈家恁好的运气！"

言下之意，颇为羡慕沈家的选婿眼光。

华兰如何不知道亲娘的意思，掩袖哧哧而笑，顽皮道："我那婆婆如今正悔着呢，半年前我那小姑子文缨正式过了定，谁晓得，堪堪一个月后那沈国舅的原配夫人竟没了，如今往沈家提亲的怕是把门槛都踏破了！"想起自家婆婆捶胸顿足的懊恼模样，华兰只觉得好笑。

盛老太太轻轻摇头叹气："烈火烹油，鲜花着锦，进了如此高门，也不见得日子会好过。我瞧着你夫家姑姑为人很是实在，又疼自己侄女，寿山伯府人口也不多，亲家姑娘能嫁进去才是真福气！"

华兰素来敬佩老太太的见识，连连点头道："祖母说得是！便瞧着袁家吧，因素来门庭冷落，如今也牵连不上什么，这回皇上着力收拾有爵之家，袁家反而无事。"

明兰心下一动，插嘴道："大姐姐，你适才说，皇上怕是要在军中替换自己的人手，似大姐夫这般无门无派的，说不准还能重用呢。"

这一处袁文绍早就想到了，只是华兰不好意思在娘家夸口，见明兰替自己点破，心里高兴，得意地抿了抿嘴，谦虚道："可不见得，要瞧圣上的意思了。"

老太太大为欢喜，道："你姑爷得力，你在袁家的日子便会更好过些！"

王氏索性直言："什么时候能分家，离了你那位婆婆才能真正好过！"

老太太心里叹气，这次连和王氏生气的劲儿都没了，这的确是盛家人的共同心声，可这话能当着婆婆的面说吗？

华兰何等机灵，一瞧老太太的神色，就知道王氏说话不当，她赶紧带开话题："祖母，娘，两位妹妹，你们可知道现下京里最有趣的事是什么？"见大家一脸不知，华兰轻笑着继续道，"和沈国舅一道大军北伐的顾廷烨，大家可知道？"

明兰心头一惊，立刻镇定下来，老实坐好。

王氏一听就笑了："怎么不知？宁远侯府的浪荡子、不肖儿，如今翻身飞黄腾达了！一样和四王爷有牵连，锦乡侯、令国公，还有另三四家都夺爵毁券，抄家受审，宁远侯府却只摘了敕造的牌匾，都说是皇上瞧在顾二郎的面子呢。他又怎么了？"

华兰拿过茶碗，呷了口茶，慢条斯理道："年前的时候，宁远侯府给顾廷烨说过一门亲事，是富安侯的远房亲戚彭家，那会儿顾廷烨只身在外，并不知情，待他知道后，宁远侯府已经着媒人去说了。谁知彭家那时见顾廷烨潦倒，不肯允婚，那就罢了，还叫族里旁支的庶女顶替，顾二郎气得半死，便找了几位军中的兄弟陪着，直接上彭家回绝此事。"

王氏听得眉飞色舞，惊笑道："原来如此！这事我原只知道一半，这彭家有眼不识金镶玉，这会儿可把肠子都悔青了吧！"

"可不是？"华兰冲着老太太笑道，"如今顾廷烨今非昔比，彭家竟又想结这门亲了，拉上当初去宁远侯府提亲的那媒人到处嚷嚷，说什么'早有婚约'。"

王氏鄙夷道："这彭家也太不要脸了。"

盛老太太也听得连连摇头，沉声道："即便如此，也不好把事情闹僵了，再怎么说，那头还连着富安侯的面子呢。"

华兰润白的手指轻轻点在自己嘴唇上，掩饰不住的笑意："那顾二郎哪是肯吃亏的主？他叫人送了幅画去彭家，彭家人十分高兴，便当着许多人的面打开，画里头是一垄贫瘠的田地，一旁的农夫拖着犁头走开了。"

明兰一听，乐得几乎喷茶，王氏和如兰面面相觑，老太太倒似有所觉，微微含笑，如兰不敢去问别人，照旧去捉明兰的胳膊，低声问道："什么意思？"

明兰把嘴里的茶水先咽下，才缓过气来，道："瘦田无人耕，耕开有人争！"

如兰明白了，笑得直拍手。

王氏面带讽刺："说得好！这会子那彭家可没脸了吧？"

华兰笑道："顾廷烨借着这幅画，把彭家理亏在前给点了出来，彭家也不好装傻了，找了个台阶就下了。我觉着顾廷烨似有些过了，谁知你女婿却说，如今的顾二郎可收敛许多了，若照着以前的脾气，没准会直接骂上门去。"

明兰想起了嫣然事件和被射成刺猬的水贼，暗暗点头，这厮的确脾气不好。

华兰抹了抹笑出来的眼泪，又道："彭家这般行径是徒惹人嗤笑，连富安侯府也不肯帮的，现下想招顾廷烨做女婿的大家子多了去了。顾廷烨这阵子一直在都督府里忙，连将军府都不曾回过，说媒的人就一窝蜂地跑去了宁远侯府，谁还记得那彭家！"

明兰默默喝茶，一句话也不说，只暗暗想着，这事也不能全怪彭家，一个漂泊不定的浪荡子和一个圣眷正隆的新贵，怎么可能有一样的待遇，如今可好了，一窝蜂的说亲人，二表叔他老人家定能寻个合心意的嫡女，温婉贤淑，柔顺体贴，善哉！善哉！

二

入了十一月，寒风似刀，呵出一口气都是白的，明兰又开始犯懒，贴着暖和的炕头不愿挪动。谁知翠屏却来叫她去寿安堂，明兰痛苦地呜呜两声。丹橘哄她下炕穿上厚实的大毛皮褙子，明兰才止住了哆嗦。到了寿安堂，只见老太太端坐在炕上，膝盖上盖着厚厚的蟒线金钱厚毛毯，手上拿着一张纸，神色有些怔愣。

明兰立刻收拾起懒散的情绪，走上前去，从一旁的翠梅手里接过一盏温热的参茶，慢慢放在炕几上，轻声道："祖母，怎么了？"

老太太这才醒过神来，眼中似有惑然，将手中的那张纸递过去："一大清早，贺家送来了这个，你自己瞧吧。"

明兰尽量把自己挨在热炕边上，展开信纸，细细读了起来——

信是贺老夫人写的，似乎很匆忙，先是说曹家在京城待不下去了，很快就要离京回原籍。再是曹锦绣寻了死，被救活后，吐露了真话，原来她在凉州为妾的时候，被那家的正房太太灌了红花汤，已然不能生育了，因怕家人伤心，她谁都没说。

现下贺老夫人要赶过去查个究竟，下午便过来说明。

明兰慢慢撂下信纸，心里飞快地思索起来。盛老太太慢慢地靠倒在炕头的迎枕上，手中捧着一个青瓷寿桃双凤暖炉："明丫儿，你瞧着……这事怎么说？"

明兰坐到老太太身旁，斟酌着字句："旁的都不要紧，只里头两条，一是曹家要离京了，二是曹家表妹怕是不能生了。"

老太太闭着眼睛，缓缓地点头："正是，如此一来，事便又有变化了。"

曹锦绣不能生育，这就意味着她很难寻到适当的人家可嫁，只有拖儿带女的鳏夫还差不多，如果是家世殷实的大家子，无子回娘家守寡的女儿也是有再嫁的。可曹家如今光景，哪有品性好、家世好的鳏夫可嫁，这样一来，只有贺家能照顾她了。

可是，如果是一个不能生育的妾室，那于正房还能有什么威胁呢？再加上曹家又得回原籍了，这样一个妾基本等于摆设了。

祖孙俩想到这一点，都忍不住心头一动。

老太太放下暖炉，轻轻捧过参茶，慢慢拿碗盖拨动着参片："这回……咱们不能轻易松口，不论贺家说什么，咱们都先放放。"

明兰缓缓地点了点头。

用过午饭，祖孙俩稍微歇息了会儿。

未时二刻初，贺老夫人便匆匆赶来，似乎是赶得急了些，端着暖茶喝个不停。

盛老太太心里着急，脸上却不动声色。明兰照旧躲到里屋去了，隔着帘子细细听着。

几句寒暄过后，盛老太太才道："你好好歇口气再说，哪个在后头赶着你了不成？"

贺老夫人瞪眼道："哪个？还不是我家那个小冤家！这回他为了你的心肝小丫头，亲娘、姨妈、亲戚，统统得罪了，下足了狠手。"

"你别说一句藏一句的，赶紧呀。"盛老太太刚说不催的，这会儿就催上了。

贺老夫人放下茶碗，顺了顺气，正对着盛老太太，缓缓道："我素来怜惜我那儿媳青春守寡，这些年来我极少对她严厉，便是这次曹家闹得不成样子，我也没怎么逼迫她，只想着慢慢打消念头就是。谁知，这回倒是我那孝顺的孙儿豁出去了！他从你家回去后，竟私下去书房寻了他祖父，我那老头子只喜欢舞文弄墨，内宅的事从来懒得理。这次，弘哥儿将事情的来龙去脉全说了，还央求他祖父向有司衙门去本子，将曹家逐出京城。"

饶是盛老太太见识不少了，也大吃一惊，愣了半天才定定神："这怎么……弘哥儿多孝顺的孩子呀！怎会瞒着他娘……"

贺老夫人说得口干，又喝了一大口茶，才道："不只如此！前些日子，有司衙门发通帖，勒令曹家下月就回原籍，否则罪加一等！曹家姨太太哭着求来了，可衙门的公文都发了，我家有什么法子。儿媳妇茶饭不思了几天，还是去求了老头子，老头子碍着我和弘文才忍到现在，如今见儿媳妇还不知悔改，指着她的鼻子就是一通大骂，直接道'你是我贺家人，不姓曹！曹家贪赃枉法，罪有应得，念着亲戚的情分帮一把就是了，他们还蹬鼻子上脸了，整日闹得贺家不得安宁，这种不知好歹的东西便早该逐出去！你若实在惦记曹家，就与你休书一封，去曹家过吧'，儿媳妇当时就昏厥过去了，醒来后再不敢说半句了。"

明兰在里屋低头看自己的双手。好吧，她应该担心贺母的身体才对，可她还是觉得很痛快，每次看着贺母一副哭哭啼啼、优柔寡断的圣母面孔，她都一阵不爽。

盛老太太心里其实也很舒服，可也不能大声叫好，便轻声劝了几句，还表示了一下对贺母健康问题的关切。

贺老夫人放下茶碗，叹着气道："幸亏儿媳妇不知情，要是她晓得曹家被赶出去就是弘哥儿的主意，怕是真要出个好歹。接着几天，曹家一阵乱糟糟地收拾，还动不动来哭穷，我打量着能送走瘟神，就给了些银子好让他们置些田地，谁知，昨日又出了岔子！"

贺老夫人想起这件事来，就烦得头皮发麻，可是她着实心疼自家孙子，索性一股脑儿都说了："曹家要走了，便日日死求活求地要让表姑娘进门，弘哥儿不肯，我瞧着儿媳妇病得半死不活，就出了个主意，叫他们母子俩到城外庄子上休养几日再回来，曹家寻不到人，也无可奈何……昨日，曹家忽然来叫门，说她家姑娘寻死了，从梁上被救下来后吐了真情，说她已不能生育了，若弘哥儿不能怜悯她，她便只有死路一条了。我吓了一跳，一边给弘哥儿报信，一边去了曹家，亲自给曹家姑娘把脉……"

"怎样？"盛老太太听得紧张，嗓子眼儿发紧。

贺老夫人摇了摇头，神色中似有怜悯，口气却很肯定："我细细查了，的确是生不了了。据说是她做妾那一年里，那家太太三天两头给她灌红花汤，药性霸道狠毒不说，其间还落过一次胎，这么着，生生把身子弄坏了！"

明兰对贺老夫人的医术和人品还是信任的，随着一阵心情放松，又油然生出一股难言的酸涩感觉，有些难过，有些叹息，到现在，明兰才明白曹锦绣眼中那抹深刻的绝望。

盛老太太也是久久沉默，没有言语。

贺老夫人叹了口气，继续道："曹家姨太太这才知道自家闺女的底细，哭得昏死过去。后来弘哥儿赶到了，知道这件事后，在我身边呆呆站着，想了许久许久，答应了让曹家姑娘进门。"

盛老太太这次没有生气，如同受了潮的火药，口气绵软无奈："……这也是没法子的，难为弘哥儿了。"

贺老夫人却一句打断道："事儿还没完！"

盛老太太不解。

贺老夫人拿起已经冷却的茶水想喝，立刻叫盛老太太夺了去，叫丫鬟换上温茶。贺老夫人端起茶碗润润唇，道："弘哥儿说，他愿意照料表姑娘，有生之年必叫她吃喝不愁，但有个条件……便是从此以后，帮忙救急行，却不算正经亲戚了，曹家姨妈气极了，当时就扇了弘哥儿一巴掌！"

盛老太太眼色一亮，立刻直起腰杆来，舒展开眉头："弘哥儿可真敢说！"

贺弘文的意思，大约只是不想让自己妻子头上顶着难弄的姨母，到时候不论妻妾之间，还是掌握家计，都不好处理了，不过听在贺老夫人耳里，却有另一番含意。

贺老夫人沉声道："这话说得无情，我倒觉着好。一个不能生的妾室，定是一颗心朝着娘家的，到时候曹家再来摆亲戚的谱，日日打秋风要银子，贺家还能有宁日？不计弘哥儿以后娶谁为妻，这事儿都得说明白了，不能一时怜悯弄个祸根到家里来埋着。我立刻叫弘哥儿白纸黑字地把事情前后都写下来，曹家什么时候签字押印，表姑娘什么时候进贺府！"

长长的一番话说完了，屋里屋外的祖孙俩齐齐沉吟起来。这张字据一立，便基本没了后顾之忧，曹家这种麻烦，其实并不难解决。

贺老夫人见盛老太太明显松动了态度，也不急着逼要答复，又聊了一会儿后，便起身告辞。明兰打起帘子，慢吞吞地从里屋出来，挨到祖母的炕边，祖孙俩一时相对无言。过了许久，老太太才叹道："弘哥儿……"说不下去了，然后对着明兰道，"明丫儿，你怎么说？"

"孙女不知道，祖母说呢？"明兰抱着老太太的胳膊。

老太太看着明兰明艳的面庞，只觉得哪家的小子都配不上自家女孩，思量了再三，她才谨慎道："这已是最好的情形了。"

明兰的脑海里霎时转过许多画面，华兰隐忍忧愁的眼角，墨兰强作欢笑的伪装，海氏看着羊毫每次侍寝后喝下汤药的如释重负，王氏这么多年来的折腾，以至于他们兄弟姐妹之间的明争暗斗……然后，她慢慢地点了点头。

贺家的好处不在于多么显赫富贵，而是综合起来条件十分平衡和谐。再显赫富贵的人家，如果上有挑剔的婆婆，左右是难缠的妯娌，外加一个未必铁杆相助的夫婿，那就是玉皇大帝的天宫也过不了好日子，而贺家……

这些年看下来，贺母脾气温和好说话，且病弱得基本没有行动能力，新媳妇一嫁进去立刻可以当家。贺家的大房、二房自家条件更好，不会来找麻烦，贺弘文有丰厚的家产，还能自力更生挣大把的银子，不花心，有担当，会疼人，摆明了向着明兰。等到贺老太爷致仕离京，差不多就算单过了，到时候把院门一关，小日子一过，新媳妇自己就可以做主了。

不用看婆婆脸色，不用应付四面八方的复杂亲戚，经济独立，生活自主，这种好事，哪里去找？且接纳了这个不能生育的曹锦绣，贺母以后在明兰面前估计都不好意思说什么了。

在这种种的"优点"之下，曹锦绣的存在似乎就没有什么了。也许……以后贺弘文出门挣钱时她可以拉上那位愁眉苦脸的曹锦绣一道打打叶子牌，没准赢上两把能帮助她忘记以前的不幸，阿门！

有好几次，明兰都怀疑自己和如兰八字相反，每次她高兴的时候，如兰总要倒霉。

这一日，明兰想着再过几日天气越发冷了，水面便要结上厚冰的，便在给老太太和王氏请过安后，拿着钓竿、鱼篓，带着孔武有力的小桃去了小池塘钓鱼。大约是天冷了，水里的鱼都呆呆的，明兰轻而易举地捉了七八条肥鱼，离开池边前，还笑眯眯地对着水面道："好好过寒假吧，开春再来寻你们玩儿。"

把鱼儿交到厨房，指定其中三条特别大的做成瓦罐豆瓣鱼，两条特别精神的做成茄汁鱼片，剩下几条统统片开来，烤成葱香椒盐鱼鲞，鱼头则熬成姜汁鱼汤。小桃笑嘻嘻地塞了三十个大钱给安大娘，连声道辛苦了。大娘满脸堆笑地推辞了半天，然后拍胸脯保证烹饪质量。

正在这个时候，如兰屋里的小喜鹊忽然跑着进来了，这般大冷的天，她居然跑得满头大汗，一见到明兰，便急慌慌地请明兰去陶然馆。

这时安大娘正要杀鱼，明兰想凑着看看这回的鱼肚子里头有没有鱼脂和鱼子，闻言便皱眉道："你怎么跑这儿来了？五姐姐又想刺绣了？你回去说，我正与她炖鱼汤呢，鱼能明目，吃了鱼再刺绣更妙。"

小喜鹊几乎要急出眼泪来，连连说不是，却又说不出个所以然来。明兰瞧着不对，便跟着出去了。饶是如此，明兰还是先回自己屋子，拿香胰子洗去了身上的鱼腥味，换过一身干净衣裳才去陶然馆。

掀开厚厚的锦棉帘子，只见屋内一个丫鬟都没有，只如兰一人伏在桌上哭，本来她已没什么哭声了，捏着一方帕子抽泣，但一见明兰来了，立刻扑上来，一把抱住明兰高声哭了起来。

明兰吓了一跳，先把如兰按到炕桌旁，然后忙问："五姐姐这是怎么了？有什么了不得的哭成这样？你慢慢与妹妹说……小喜鹊，快与你家姑娘打盆热水来洗脸！"

小喜鹊略放了些心，应声出去。如兰揩了揩哭红的鼻头，这才抽抽搭搭地说起来。原来，适才华兰忽然来盛府，找老太太和王氏说话，还把她也叫上，开口便是要把她许配给顾廷烨！

那位立志娶嫡女的表叔很可能会变成自家姐夫？

明兰张大了嘴，不看不知道，古代真奇妙，她的想象力再丰富也赶不上这个世界的变化。

三

"这……从何说起？"足足愣了三秒钟，明兰才回过神来。

如兰狠狠地把帕子摔在炕上，咬着嘴唇道："说是那顾……向大姐夫提的亲。"

明兰被如兰的语法逗乐了："他向大姐夫提亲，庄姐儿还小，那就叫大姐夫自己嫁给他好了呀，哈哈，哈哈……啊！"

笑声戛然而止，明兰吹着被拍疼的手背，连连甩手："好啦，我不笑了，五姐姐你说。"

谁知如兰竟没下文了，红着眼眶，泫然欲泣道："你是知道的，我与敬哥哥……如今，我如何是好？大姐姐一说这事，我就道不愿意，娘狠狠责骂了我，我就哭着跑出来了。"

明兰大是惋惜，遇到自己的终身大事，怎么可以意气用事，好歹先听明白了前因后果再哭不迟，但瞧如兰一脸委屈，便劝道："五姐姐也别太难过了，大姐姐和太太难道会害你不成？敬……咯，文公子再好也比不过那顾廷烨，没准是桩极好的亲事呢。"

如兰更是窝火，又是跺脚又是拍炕几地闹起脾气来。小喜鹊端着一个热气腾腾的铜盆进来，瞧见这光景，很明智地保持沉默。明兰挽起袖子，亲手为如兰绞了把帕子递过去："五姐姐，事已至此，你叫我来有什么用？我也没法子呀。"

"谁叫你想法子了?"如兰接过热帕子,按在眼睛上敷了敷,抬头盯着明兰道,"你赶紧去寿安堂,去听听她们都说了什么。关于顾……"如兰微微脸红,不肯说下去了。

明兰瞪大眼睛,连连摆手:"别别别,姐姐的婚事我去听算怎么回事?姐姐想知道什么,直接去问就是了。"

如兰嘴唇咬得煞白,直愣愣地瞪着明兰。小喜鹊瞧不下去了,走到明兰身边轻轻劝道:"姑娘,您好歹走一趟吧,适才我们姑娘气急了,和大姑奶奶拌了几句嘴,把太太和大姑奶奶气得够呛,这会儿如何好意思再去。原本问太太也是一样的,可太太如何知道姑娘的心事,不见得能说到点子上,何况我们姑娘如今火急火燎的,也等不得了。六姑娘,这些年来,我们姑娘可拿你当第一等的知心人呢!"

明兰很想大呼"哪有",如兰已经狰狞着一张面孔扑上来了,关节发白的手指几乎掐进她的胳膊。明兰被缠得没法子,何况自己也有些好奇,便应了去。

好在女孩们的小院离寿安堂不远,明兰三步并作两步,小桃还不时地拖她一把,待来到寿安堂,只见翠屏和翠梅都立在门口。

明兰略略缓口气,整整衣裳,才慢慢踏进去。见正堂空荡无人,明兰便绕过屏风,直拐进次间去,只见老太太、王氏和华兰三个老中青女人围坐在炕边说话。她们一见明兰来,立刻停下来瞧着她。

明兰给众人行过礼后,硬着头皮面对大家的目光,呵呵傻笑几声:"我不知道的,是五姐姐叫我来听听的,我晓得我不该来的,要不……我还是回去算了。"

看她捏着衣角,说话语无伦次,神色尴尬,华兰扑哧一笑,转头去瞧老太太,询问意见。

老太太横了明兰一眼,反倒是王氏开了口:"也好,六丫头也听着些吧,如儿素来与你好,也肯听你的劝……老太太,您说呢?"

老太太当然不在乎,但还是装模作样地沉思了下,才点点头。明兰小心翼翼地端了把小杌子,坐到边上,闭上嘴,竖起耳朵,做个合格的旁听者。

华兰回过头来,笑了笑:"适才孙女说到哪儿了?哦,对了……他们说了足有一个时辰。说起来,那顾二郎与文绍算是半个发小,顾二郎说了,锦上添花易,雪中送炭难,他当初落魄离家,文绍也不曾另眼相看,他瞧不上那些来攀附的,却信得过文绍的为人,是以托他寻门亲事,我统共那么一个小姑子,早已定了亲的，文绍便想到了咱家，昨夜与顾二郎提了我娘家妹子，二郎也是愿意的。"

王氏的神情很奇特，似乎狂喜，似乎忧虑，好像被一块从天而降的猪头肉砸中了脑门，很想吃这块肥肉，却怕猪头肉下面压着一个收紧了弹簧的老鼠夹子。

老太太瞧出了王氏的迟疑，斟酌了一下用词，便问道："要说这门亲事是我们高攀了，可这顾将军的名声……别的不说，我早年听闻他外头置着个外室，还有儿有女的，想是受宠的，你妹妹嫁过去岂不吃苦？还有，自古结亲都是父母之言，他怎么自己提了？总得叫宁远侯府的太夫人出个面吧。"

老太太最近天天头痛明兰的婚事，如今考虑起婚嫁问题来思路十分清晰。王氏听了连连点头，她就是这个意思。老太太神色复杂地看了掩饰不住兴奋的王氏一眼，其实还有好些不堪的传闻，她都不好意思说。

华兰瞧了瞧老太太，犹豫了下，把手指紧紧贴在手炉上，弓着背凑过去，低声道："这事儿得从头说起，这话可长了，我也是昨夜听您孙女婿说了才知道的……原来呀，那宁远侯府的太夫人不是顾二郎的亲娘！"

众人齐齐一惊，老太太忙问道："顾将军是庶出的？"这个问题很关键，直接决定了顾二郎的身价，虽然内容都一样，版本却有精装与简装的区别。

"这倒不是，他的确是嫡出的。"

华兰急急补上："说来我也不信，这宁远侯府瞒得也太紧了。原来老侯爷共娶过三位夫人，第一位是东昌侯秦家的姑娘，婚后老侯爷带着家人去了川滇镇守，没过几年，秦夫人生子后过世了，老侯爷就续弦了一位白家小姐，生的就是顾二郎，这位夫人没多久也亡故了。再接着，老侯爷又续弦了，这回是头一位秦夫人的亲妹子，便是如今的顾太夫人。又过了好些年，老侯爷奉旨调回京城，天长日久，也没人提起这事，反正都姓秦，外头还以为老侯爷统共这么一个秦夫人，东昌侯府自己也不说，只有几家要好的才晓得底细，直到最近，因不少人打量着想攀顾家的亲事，一阵细细打听后，这事才慢慢揭开来。"

明兰微微张嘴，她有些疑惑，顾廷烨这么说是什么意思。

华兰的一番唇舌白费了一半。王氏想知道的是顾廷烨为人是否可靠，华兰却说了这么一大堆陈年往事，而老太太倒听出了里面的门道，从炕上直起身子，兴味地问道："这么说来，顾将军与宁远侯府不睦的消息果是真的？只不过，不是因着当年的父子嫌隙，而是顾将军与这继母不睦？"

华兰眼睛一亮，觉得还是自家祖母明白，她侧着身子朝着老太太笑道："八九不离十了。祖母倒是想想，若是母慈子孝的，顾二郎为何会闹到离家数年不归？为何开了将军府后只回过宁远侯府一趟？哪家老子打儿子不是做娘的在一旁劝着，瞧瞧韩国公府的老五，真正的五毒俱全，包娼庇赌，闹得可比顾二郎当年离谱多了，有国公夫人护着瞒着，这不还好好的嘛。现在我晓得了，到底不是亲妈，一份过错十分吆喝，再吹吹枕头风，老侯爷还不往死了教训？"

王氏大脑回路是直线型的，最关心的依旧是外室问题，张口就是："那……那些传闻都是假的？外头的那个女子呢？还有儿女呢？"

华兰神色僵硬了一下，讪讪道："他外头的确有女人，还有儿女，他和文绍都交代了，不过……"华兰见王氏脸色似有怒气，赶紧"不过"道，"顾二郎说了，那女子心术不好，早被他送进庄子里看起来了，他是再不见的，至于那庶子，入不入族谱还两说。"

王氏脸色又阴转多云。

老太太却依旧皱着眉头，缓缓道："便是如此，毕竟有个疙瘩在，到底那是庶长子。"

她转头与王氏道："这门婚事你要好好想想，宁远侯府门第本就高，况如今顾将军这般声势，端的是显赫富贵。如丫头是你身上掉下来的，过日子可不能光瞧着外边，里子才要紧，弄不好，咱们家要落个'不恤女儿，贪慕富贵'的名声，选女婿还是人品要紧。"

明兰低头不语，她上辈子听过一句话，好像是"无所谓忠贞，不过是受到的诱惑不够"。老太太似乎是这句话的忠实拥护者，她并不认为贺弘文好得天上有，地上无，只不过一个埋头在药材医典里的大夫总比一个动不动就要觥筹交错的高官显贵牢靠些。

王氏神情纠结，揪着一块帕子使劲儿扭扯着，显是又犹豫起来。

华兰见老太太似是不愿意，王氏又有动摇的迹象，心里有些着急，忙嗔笑道："哎哟，你们不相信旁人，难道还不相信自家姑爷吗？我那婆婆听闻这消息时，又捶胸顿足地悔了一番，不过我小姑子是没法子变动了，是以她就叫文绍把秀梅表妹提给顾二郎，叫我公公知道了，好一顿痛骂，呵呵呵，亏她想得出！别说章姨父已故去，就是尚健在，也不过五品清职。文绍思量了许久，说顾二郎虽荒唐过一阵子，却到底浪子回头，其人品还堪配。不信到时候娘自己瞧瞧，人家真是一番诚意，话说得也是斩钉截铁。再说了，若他好端端的，哪还轮得上咱家，那些顾惜名声的权贵大家不愿冒险，而上赶着要结亲的，都是些攀附势利的小人，顾二郎又不愿那后娘去说亲事，这才托到你女婿那儿去的。"

华兰口才极好，语音抑扬顿挫，一句句说得入情入理，正当她口沫横飞之时，冷不防瞥见一旁的明兰一脸不解，就随口问了句怎么了。

明兰瞧了瞧老太太的脸色，小声道："不是说鳏夫再娶都得将就吗？怎么顾……将军这般抢手？做人后妈可不容易，还有，继室在原配的牌位前执的不是妾礼吗？"

看看贾珍的续弦尤夫人，贾赦的续弦邢夫人，那可过得都不怎么样，连有资历的体面下人都似乎不把她们放在眼里。

华兰好不容易把王氏说动了，见明兰又来捣乱，便没好气地白了她一眼，道："小丫头知道什么，鳏夫也分三六九等，那种七老八十、已有嫡子的鳏夫自娶不到什么好的，可像顾二郎这般，年轻英武，又无嫡子，如妹妹嫁过去只消生下儿子，那便与原配一般无二，还有谁来说什么不成？"

说着，华兰还伸手指去戳明兰的脑门。明兰缩脖子不说话，她好歹算是替如兰争取过了。

华兰又劝了好些话，越到后来，王氏越发倾向于结这门亲，只道要和盛纮商量一下。又说了会子话，华兰便要告辞。王氏起身要送女儿出门，母女俩肩并肩挨着，一路走一路说话。明兰被留在了寿安堂门口，直瞧着王氏和华兰的人影不见了，才掉头回老太太处。

说了这许久的话，老太太早乏了，靠在炕头微合着眼睛歇息。明兰轻手轻脚地过去，拿了条轻软的绒被给老太太捂上，谁知老太太忽然睁开眼睛，明兰被吓了一跳。

"你……如丫头那里，你还是多劝着些吧。"老太太缓缓道。

明兰微惊，歪着脑袋坐到老太太身边："这婚事已定了吗？不是说要等到春闱开榜，从那些年轻才俊中给如姐姐挑个女婿吗？"

老太太把手中的暖炉塞到明兰手中，拿自己的手捂着明兰的小手，嘴角似有一丝讥讽："高门嫁女是她一辈子的想头，若没有墨丫头那档子事还好说，如今天降一位门第更高更有前程的姑爷，太太如何肯放过。"

明兰仔细一思量，果然如此，王氏和林姨娘斗了半辈子，临了临了，却叫个庶女嫁进了比自己嫡女夫家爵位更高的门第，这口气她如何咽得下。若是没机会也罢了，现在是顾廷烨自己来提亲，王氏估计会越想越得意的。

可怜的敬哥哥呀，你可真衰，连着两次被截和，恐怕又要失望了。

"也不知爹爹会怎么说……"明兰望着屋顶，悠悠地出神。

老太太从鼻子里冷笑出来，脸上带着一种无奈："那就更不用说了，男人瞧事本就和女人不同，况你爹爹……"想着不好在小辈面前说她父亲的不是，老太太不言语了。

其实下面的话，老太太不说明兰也可以补齐。对盛纮来说，顾廷烨也没什么大不了的过错，不过是年少轻狂过一阵子，虽然修身齐家做得不咋样，但架不住人家起点高呀，一下跳过前两个步骤，直接治国平天下了。

在整个家族利益面前，如兰的反对恐怕没什么力量，何况她也说不出什么有力的反驳理由来。在多数男人眼里，顾廷烨的过去毕竟已经过去了，一个鳏夫有个庶长子也是正常的。至于妾室问题，哪个达官贵族的夫人太太不是这么过来的？想着要"白首一人心"的老太太和明兰才是少数的异类吧。

老太太累得眼睛迷蒙了，她侧了个身，似乎想睡了。明兰替她压平了枕垫，掖实绒被，好叫她舒服些。只听老太太临睡前，含糊了半句："……他们自己的闺女，旁人也操不上心……没见过世面的……那么个浪荡儿，不过发迹了几日，全当宝了……我便瞧不上……"

明兰站在炕边呆了半晌，她觉得自己很应该替救命恩人说两句公道话。其实顾廷烨也没那么糟糕，至少人家很见义勇为，很拔刀相助，箭射得很准，揍人很给力，一脸络腮大胡子的时候也很有型有款的。

好吧，换她，她也未必乐意。这种高官显贵，挑战性太大，屋里就算没有一打美艳十二钗，怕也有四季鲜花。

唉，爹妈太有上进心，子女压力很大的，古今都一样啊。

四

盛纮一回府，王氏就急着把他拉进屋里叽叽咕咕说了半天。盛纮为官素来耳聪目明，于朝局最是有心，他对顾廷烨的价值恐怕比内宅妇人有更直观的认识。他稍微思索了一下利弊，第二日便出去打听顾廷烨的为人，考查项目一切按照当年打听袁文绍的标准。

如此这般几日后，盛纮与王氏说，他同意这门婚事了。

如兰在心惊胆战了几日后，终被宣告了判决，她摔了半屋子的东西，尖叫声足可以吓醒打算冬眠的河鱼，披头散发地发脾气，把一屋子丫鬟吓得半死。王氏来教训了两句，如兰赤红着一双眼睛，反口一句："你要嫁自己去嫁好了！"

　　王氏气得浑身发抖，只问为何不愿嫁入顾门，可偏偏如兰说不出个所以然来。她到底没有气昏头，要是说出了真情，估计敬哥哥得先填了炮灰。如兰搜索枯肠，尖声吼过去："……母亲糊涂了吗？女儿与那顾廷烨差着辈分呢！我可喊过人家'二表叔'的！"

　　蹲在地上默默收拾碎瓷片的小喜鹊暗暗苦笑，这几日自己主子死活逼着六姑娘给想辙，六姑娘哪敢在老爷、太太兴头上横插一杠子，最后逼急了，只吐出这么个烂点子。

　　王氏果然勃然大怒，指着如兰大声骂道："什么辈分？！不过是那会儿随着旁人胡叫的，京城里多少通家之好的世族里头转折亲多了去了，你再胡说，我告诉你父亲去，叫他来收拾你！"她恨死平宁郡主了，真是没吃到羊肉徒惹了一身膻，差点女婿成平辈。

　　王氏也许曾经空头恐吓过女儿许多次，但这次她说到做到，当夜盛纮回府就把如兰叫过去狠狠训斥了一顿。

　　几个女儿里头，盛纮原就最不喜骄横任性的如兰，从小到大没少责罚，如兰又不肯嘴甜奉承，因此素来也最畏惧父亲，盛纮冷着面孔斥责了几句，就把如兰骂哭了。

　　"这些年的书读到狗肚子里去了？何为孝顺，何为贞娴，全然不知了？自来婚姻大事都是父母之命，什么时候轮到你一个姑娘家开口闭口地问婚事？你可知道'廉耻'二字？我替你臊也臊死了！"这话委实厉害了。如兰掩着面大哭而去，王氏生生忍住了心疼。

　　盛家家长对婚事的赞成很快通过王氏—华兰—袁文绍这条曲折的途径传到了顾廷烨那里。顾廷烨效率很高，没过几日就由袁文绍陪着亲自登门拜访。老太太称病不愿出面，王氏索性独个儿相看。

　　此次丈母娘和女婿的具体会面过程明兰并不清楚，但就事后的反应来看，王氏应该很满意。她站在如兰面前，居高临下地把顾廷烨的气度、人品、容貌、德行来回夸了个遍，直把他夸得跟朵花似的，听得明兰起了一身鸡皮疙瘩。

　　如兰低着头一言不发，继续保持神情呆滞，好像什么也没听见。一旁的明兰听得十分讶异。王氏的滔滔不绝让明兰听着不像在夸活人，倒像英雄追悼会上的热情致辞。她偷偷走开几步，到华兰身边轻声道："太太好眼力，才见了一回就瞧出这么多好处了？"

华兰努力压平自己嘴角的抽抽和微微的心虚："你姐夫做的媒能错了？顾将军本就是佳配。"其实，顾廷烨虽尽力表示谦逊，但行伍之人所特有的杀伐威势却显露无遗，王氏讪讪之下根本没说几句。袁文绍表示，岳母已算颇有胆量的了。

华兰看着如兰一脸的倔强，实有些不解，便轻声问明兰道："就不知这丫头到底是怎么了，无端端地闹腾起亲事来了，好似和顾二郎有天大的过节般。"

明兰心头一阵发慌，赶紧岔开道："五姐姐不过是气性大了些，前头又叫爹爹狠狠责骂了一顿，大约这会儿还没转过弯来，不若大姐姐和太太再多劝劝吧。"

谁知华兰摇了摇头，转头低声与明兰耳语："也劝不了多久了，顾将军与你大姐夫说，他大哥眼瞧着身子不成了，做弟弟的总不好兄长尸骨未寒就娶亲，是以最好早些能成婚。你也帮着劝劝，好歹叫五妹快些明白过来。"

听着华兰热诚的语气，再瞧瞧正在卖力劝说如兰的王氏嘴角边的唾沫，她深深地为敬哥哥感到难过，不过……话说回来，也许初恋就是用来破灭和怀念的也说不定。

没几日，顾廷烨将和盛家结亲的消息渐渐透了出去，也不知是从盛、顾、袁哪家出去的。幸亏老太太谨慎提醒了盛纮和王氏，在没有下聘定亲之前，绝对不要先露了口风。王氏一开始不以为然，但很快就认识到了老太太果是高瞻远瞩。

第一个对顾、盛结亲的传言做出反应的是顾家太夫人。她立刻张罗着要为顾廷烨挑儿媳妇，不论顾廷烨是不是秦太夫人生的，从礼数上来说，继子的婚事她是可以做些主的，尤其是在顾老侯爷已故的情况下。盛家的婚事如果她不认可，那就算是"未禀父母"，属不合礼法。

王氏急得团团转。

华兰安慰道："母亲放心，顾二郎早预备了后招。"最近华兰称呼顾廷烨的口气越来越亲近，好像人家已经是她妹夫了。

十一月十二，圣安皇太后小疾初愈，皇帝欣喜之下便设了个简单的家宴庆贺。席间，太后指着刚定了亲的国舅沈从兴笑道："你姐姐可为你操了不少心，可算给你寻了门好亲事。"一旁的沈皇后顺着嘴笑道："我这弟弟好打发，只不知顾大人的婚事议得如何了？"

下座的顾廷烨笑而不语。一旁同座的沈从兴起身，朝在座的拱手笑答："诸位怕是不知吧，我这兄弟一辈子没正经读几天书，也不知认得几个大字，如今却想娶个读书人的闺女！"

宴饮间气氛松快，皇帝似乎来了询问的兴致，顾廷烨这才答是左金都御史盛纮大人的掌珠。皇帝微笑道："这亲事寻得不错，盛纮此人素有清名，克慎勤勉，其女正堪与你为配。"

沈皇后新上任的妹夫，御林军左副统领小郑将军最是年少不羁，几杯酒下肚，便闹着打趣道："皇上，人家书香门第的，一家子都是读书人，也不知要不要这兵头！"

筵席上众人一片哄堂而笑。

消息传出宫外，宁远侯府再无动静。

王氏大大嘘了一口气。老太太知道后默了半晌，只道一句："赶紧叫如兰回心转意吧。"

明兰明白她的意思，如果这件事是顾廷烨处心谋划的结果，那么此人心机缜密，可惊可叹；若此事是皇帝和其余几人有意为之，那么此人定是甚得天心，圣上如此意思，将必有重用。无论哪种情况，都更加坚定了盛纮结亲的心思。

盛纮不是韩剧里的那种纸老虎父亲，吼得青筋暴起、声嘶力竭，但最后总会原谅没良心的女儿，他是典型的古代封建士大夫，讲的是道德文章，想的是仕途经济，虽待孩子们比一本正经的老学究宽些，但依旧是遵从君臣父子的宗族礼法规矩，他在家里拥有绝对的权威。

从这个角度来说，古代士大夫很少有无条件宠爱子女的父亲，况且他们往往不止一个子女，女儿只要不坏了妇德贞名，乖乖待嫁就可以。

当年，以华兰之受宠重视，也不敢置喙婚事。墨兰曾是盛纮最心爱的女儿，但自从她不顾家人而自私谋算差点断送了盛府的名声后，盛纮对她再不假辞色，明兰可以清楚地从他的目光中看到失望和厌弃。

在现实面前，很多东西都不堪一击，如兰没有足够的勇气反抗家族和礼法。自从墨兰出事之后，海氏的警惕性成倍增高，她一瞧如兰于婚事不愿，立刻把盛府内外看得跟关塔那摩一样严实，"西厢记"只好暂停播映。

如兰空自流了几天眼泪，渐渐缓和了举止，只是情绪有些低落。王氏和华兰犹如车轮战般地述说顾廷烨的种种好处，还要求明兰一起出力，以表示对家庭决议的支持。

明兰倒是知道顾廷烨一个大大的好处，但不敢说，憋半天憋得脸通红，终于想出一句："五姐姐，你想想，要是你只嫁了个寻常夫婿，那岂不叫四姐姐高你一等？"

如兰闻言，一直无神的眼睛微弱一亮。自打出了娘胎，她就和墨兰结下了深深的纠葛，若是能让墨兰吃瘪，那她自带干粮上前线都是肯的。

王氏和华兰受到了启发，立刻改变策略，每夸顾廷烨三句后，就卖力渲染一下如兰嫁了顾廷烨后能在墨兰面前多么风光的情形，效果很好。如兰也渐渐认命了，又不是推她进火坑，不过是叫她嫁个二手高档货而已，何况敬哥哥也未必是原装的。

明兰由于在劝说如兰的工作中表现优异，受到了上级的表扬，获准假释回寿安堂陪伴老太太，老太太则奖励她去送一送贺弘文。

自那次贺老夫人来过后，贺弘文又来过两次，明兰都没出面。他只如犯人一般低头歉意地对着盛老太太。老太太瞧他认错态度良好，渐渐有些心软，虽还未松嘴，但态度已经和气亲切多了。

明兰走在寿安堂直通往二门的一条小路上，碎碎的石子铺了这条偏路，也没什么人来往，旁边紧紧跟着贺弘文。每当这个时候，明兰都会觉得老太太的心思很可爱。

她出身勇毅侯府，因此瞧厌了有爵之家男人的贪花好色，并深恶痛绝，于是选了个探花郎，谁知文官也没好到哪里去，新婚没多久，盛老太爷就领了个美姜回来，还羞羞答答地解释说是上峰所赐，不好推辞，还希望妻子很贤惠地帮他照顾姜室。婚姻失败之后，老太太对文官的操守也失了望，又转而倾向非主流从职人员，例如，贺弘文。

"明妹妹……"

明兰这才回过神来，只见贺弘文正羞涩地瞧着自己，一连声轻轻叫着。明兰定了定神，微笑道："何事？请说。"

贺弘文陡然黯淡了眼神，低下头去，过了一会儿才缓缓道："明妹妹定是气了我，不然不会这般说话的。"

废话！该说的我早说完了！不过明兰嘴上却道："弘文哥哥，哪里的话，没这回事。"

贺弘文忽然停住了脚步，一双眼睛热切地瞧着明兰，喉头滚动几下，似乎激动万分，却又久久说不出来，好容易才道："明妹妹，我知你是生我的气了，但请听我一言！"

明兰也住了脚步，静静等着。贺弘文吸了口气，鼓足力气道："我不敢说我自己有多明白，但至少也清楚自己想娶的是谁！我诚然将表妹当作亲妹子的，绝无半点男女私情，可事已至此，我不能瞧着她去死，便只能委屈了你。可是，请明妹妹一定相信，贺家于表妹而言，不过是个安身之所，她能衣食无忧，但也……仅止于此！"

贺弘文情绪激动，语无伦次地说了许多接纳曹锦绣的无奈，也含蓄地说了许多将来会对妻子一心一意的保证。明兰始终静静听着，既没有感动的意思，也没有嗤之以鼻的讽刺。贺弘文看着明兰的样子，渐渐有些沮丧："明妹妹始终是不肯信我了。"

明兰轻笑了下，摇头道："信不信的，不是听你怎么说，而是看你怎么做的。"

"我自然说到做到！"贺弘文面色泛红，鼻尖微微沁出汗来。

"比如说……"明兰没去理他，转过身子，再次缓缓走了起来，自顾自道，"你与妻子在下棋之时，表姑娘忽然头疼脚疼肚子疼，要你过去瞧瞧。"

贺弘文笑了，松了一口气，跟在后头走着："小生才疏学浅，自当另请大夫，有药吃药，有病看病便是。"

"若是表姑娘三天两头犯病，也不好天天请大夫，只消你去瞧瞧便好了。"

"既是宿疾，家中必常备药材，熬上一碗送去便是。"

"若表姑娘吹箫弹琴念怨诗，声声入耳，<u>丝丝出音</u>，哭得煞是可怜，非要你去安慰。"

"调丝弄竹本是雅事，但得节制，不可扰了旁人清静才是，不然便是存心闹事。至于可怜之说，表妹自姨父流放之日起便可怜了，那几年我不在她身边，她不也活过来了？"

明兰倏然停住脚，定定地瞧着贺弘文，冷声道："你别装傻了，你知道我在说什么。"

贺弘文也站住脚步，正面站在明兰面前，淡褐色的面庞全是不安："明妹妹，我知道你在怨什么。那日我去见表妹，她瘦得剩下一副骨头了，只吊着一口气等我，连话也说不出来，只用眼睛求着我，我是个软弱无用的，没法子硬下心肠，便答应了。可那时，我也明明白白告诉她了，我给她一条活路，但也仅止于一条活路，进门之后，什么男女之情，嘘寒问暖，她是不要想了，若再有寻死觅活，我便再无半点愧疚。"

明兰听了，默默无语。

贺弘文深吸一口气，宽宽的胸膛剧烈起伏着："明妹妹，她若就这么死了，就会变成一块疙瘩，一辈子梗在我心头，叫我永远记着她……我……我不想老记着她，我的心里只应放着我的妻子！"

明兰慢慢抬起头来，背着阳光，贺弘文年轻俊朗的面庞一片真诚和紧张，她心里的某一处小小的一块柔软了些："到底住在一个屋檐下，你怕是做不到视若无睹吧。"

贺弘文认真地沉声道："明妹妹，我晓得你在忧心什么。可我有眼睛，不会叫人哄了去的，张家的四叔公如今云游在外，当初他替令国公府瞧了十几年的病，从老公爷的十几个妾室到下头子孙的一摊子烂事，什么没见过，内宅妇人的鬼蜮伎俩，做大夫的还能不清楚？"

明兰不置可否地挑了挑眉："原来你都知道？还当你一味怜惜曹姑娘的柔弱呢。"

贺弘文不好意思地笑了笑，无奈道："男人也不全是瞎子、傻子，除非是心长偏了，不然有什么瞧不明白的？何况，我信你的为人，你会照顾好锦儿表妹的。"

明兰看了他好一会儿，缓缓地展开微笑："你说得对……也许吧。"无论怎样，他们之间终归是插着一个曹锦绣，她终究存在。

贺弘文的话可信吗？她不知道。他能做到今日的保证吗？她也不知道。

她只知道，贺弘文能做到这个地步已是尽他自己的全力了，说到底，他也只是个平凡的古代男子而已。婚姻只是一个开始，而这个开头不好不坏，接下来的路怎么走才是最要紧的。

冬日的旭阳暖暖的，好像软软的棉絮捂在皮肤上，头顶秃秃的枝头随着微风轻轻抖动。明兰和贺弘文顺着石子小路缓缓地走着，天光明媚，日头平好，山石静妍，一切景致都那么淡然从容。曹家已经离京了，如兰已经屈服了，老太太也基本定了主意，似乎一切都会照既定的轨迹缓缓前进。

可是很久以后，明兰想起这一天，忽然发觉，原来，这是她最后一次见贺弘文。

五

那一日与平常并没有什么不同。

湖面上结起了厚薄不一的冰层，午饭后，明兰穿着胖嘟嘟的冬衣蹲在池边，隔着半透明的冰看着悠游自在的肥鱼，好生羡慕了一番后，提着个空鱼篓回了寿安堂，叫老太太嘲笑了一番。明兰也不生气，手脚并用地爬上炕，挨着老太太贴在炕头取暖。

"大冬天钓什么鱼，找挨冻呢！"老太太眯着眼训道。

明兰也眯着眼，懒洋洋道："大嫂子没胃口，说想吃我上回做的葱焗酸辣鱼鳌……可后来我想想，冬鱼性寒，尤其是池鱼，草阴水冰，别反吃坏了。"

老太太拿自己的手焐着明兰冰冷的小手，悠悠然道："酸儿辣女，也不知柏哥儿媳妇这胎生个哥儿还是姐儿。"

明兰攥着小拳头揉了揉眼睛，好像有些困了，含糊道："大哥哥说想要个闺女，能凑成一个'好'字，大嫂子没说话，但我晓得她还想要儿子。"一个嫡子是不够的，两个才算保险。

老太太轻轻地笑着："你大嫂子是个有福气的，男女都无妨。"

祖孙俩有一句没一句地说着，在一老一小都被暖洋洋的炕头烤得昏昏欲睡之时，忽然外头传来一声尖厉的叫声，明兰陡然被惊醒了，老太太也睁开眼睛瞧着门口的锦帘处。一个丫鬟打扮的女孩跌跌撞撞地冲了进来，一下扑在炕前，大声哭号起来："老太太，救命啊！"

"喜鹊，怎么了？"明兰奇道，这女孩是如兰身边的三等丫头。

小喜鹊披散着头发，脸上的脂粉都糊了，满脸都是惧色："老太太，六姑娘，快去救救喜鹊姐姐吧，太太要把她活活打死！还有我们姑娘，老爷要找白绫来勒死她！大奶奶也不敢劝，只偷偷把我放出来找您！"一边哭着诉说，一边连连磕头。

"这是怎么回事？"老太太一下坐直了身子，厉声质问，"太太她们不是去进香了吗？"

明兰怕老太太起身太快会头晕，连忙伸手轻轻抚着她的后背顺气。

今日一早，大宏寺给一尊新佛像开光，因王氏平日里捐香油钱十分丰厚，老方丈便也送了份帖子来，王氏便带着如兰前去进香祈福，顺便求支姻缘签。

老太太连连追问发生了何事，偏小喜鹊没有跟着去，并不知道发生了什么事，哭着求了好久却也说不出个所以然来。老太太想着要去看看，明兰赶紧叫翠屏来打点衣裳。

明兰本想跟着去，却被老太太留下了。房妈妈好言安慰道："你五姐犯了错，老爷、太太要责罚，老太太这一去定要有些言语冲突，你做闺女的听了不好。"

明兰心里沉了沉，事情恐怕有些严重，涉及闺阁丑闻她便不好参与了，朝房妈妈点点头后，便安安稳稳地坐回到炕上，又觉得心痒难耐，便招手叫小桃去探探风声，自己捧着个青花玉瓷小手炉，拿了副细铜筷子慢慢拨动里头的炭火，耐着性子等着。

眼看着炉里的炭火被拨得几乎要烧起来了，小桃终于气喘吁吁地奔了回来。明兰弹簧一般跳起来，放下手炉，一下抓住小桃的胳膊，连声问道："到底怎么了？你快说呀。"

小桃拿帕子揩着头上的细汗，一副惊魂未定的样子："太太的正院被围得死死的，我根本进不去，便只在外头打听了下，只知道……"她艰难地咽了咽口水，颤着嘴唇道，"老爷这回真气急了，老太太去的时候，老爷已经拿白绫套上五姑娘的脖子了！"

明兰大吃一惊。小桃收了收冷汗，继续道："我偷着等了好一会儿，才见到里头的妈妈们把喜鹊姐姐抬了出来。我的妈呀，一身的血，衣裳都浸透了，不知道还有没有气。里头的动静我听不见，刘妈妈又带着婆子们来赶人，我就回来了。"

明兰心头一跳一跳的，好像一根弦在那里拨动。她忽然抓住小桃的腕子，沉声道："你去找丹橘，带上些银钱，再翻翻咱们屋里有没有什么棒疮膏药，然后你们俩赶紧去找小喜鹊，要塞钱的塞些钱，要敷药的敷些，但求尽些力救她一场。"

小桃知道事情严重，立刻应声而去。

明兰压抑着不安的心绪，又缓缓坐了回去，然后端起炕几上的茶碗慢慢呷了一口。小喜鹊是个好姑娘，明兰颇喜欢她的为人，对如兰忠心诚挚，不以她蛮狠为恼，反而当亲妹子般劝着哄着，待下宽和，常帮着瞒下小丫头们的错处，明兰并不希望她就这样死了或残了。

又过了好一会儿，明兰手里的茶都冷了，冰冷的瓷器握在手里像个冰坨子，她才放下了茶碗，瞧瞧外面的日头渐渐西斜，却依然没有动静。明兰渐渐有些泄气，足足等到天色渐黑，才听见外头一阵杂乱的脚步声。

听见正堂帘子的掀动声，明兰赶紧跑出去，只见海氏扶着老太太进来，房妈妈撑着老太太的身体，小心地把她放到暖榻上去，安托好让她侧侧靠着绒垫子歇息。明兰一瞧老太太的面色，顿时慌了，只见她脸色铁青，气息不匀，胸膛剧烈地一起一伏，似乎是生了很大的气。一旁的海氏神情歉疚尴尬。

"祖母，您怎么了？"明兰一下扑在老太太的膝盖上，颤颤地去握她的手，只觉得触手尚温，反握回来的手指也很有力，她才多少放下些心。

老太太微微睁开眼睛，眼神还带着愤恨，见是明兰才放柔软些："我没事，不过是走快了几步路，气急了些。"说话间，转眼瞧见海氏，只见她小腹微微鼓起，一只手在后腰轻轻揉着，却低头站着不敢说一句，老太太心头一软，便道，"扶你大嫂子去隔间炕上歇歇，她也站了半天了。"明兰点点头，轻轻扶着海氏朝次间走去。

一进了次间，明兰就把海氏扶上炕，拿老太太的枕垫给她靠着，从炕几上的厚棉包裹的暖笼里拿出茶壶来倒了一杯，塞进海氏手里。海氏谢过，然后喝了口热茶，暖气直融进身体里，才觉着舒服了些。

明兰见她气色好些了，便急急地问道："大嫂子，五姐姐到底怎么了？爹爹不是在都察院吗？怎么忽然回家了？你说呀！"

海氏犹豫了下，但想起适才盛纮和老太太的争执，想着也没什么好瞒明兰的了，咬了咬牙便一口气说了。

王氏和如兰一路上山，本来进香好好的，王氏瞧着如兰这阵子乖巧多了，便放她在庭院里走走，王氏自去与方丈说话，谁知一眨眼工夫，叫陪着的几个婆子就被如兰打发回来了，说如兰只叫小喜鹊陪着散步去了。王氏觉着不对，立刻叫人去把如兰找回来，可是大宏寺不比广济寺清静，那里香火鼎盛，寺大人多，一时间也寻不到。

正发急的当口，如兰自己回来了，说只在后园的林子里走了走。

"这不是没事吗？"明兰基本猜到如兰干什么去了，吊得老高的心又慢慢放了下来。

谁知海氏苦笑了下，摇头道："真没事便好了。太太见五妹妹安然回来，也觉着自己多心了，带着妹妹用过素斋才下山回府。谁知一回府，就发觉老爷竟早早下衙了，正坐在屋里等着，他一见了太太和五妹妹，不由分说就上前打了五妹妹一耳光。"

"这是为何？"明兰一颗心又提了起来。

海氏放下茶碗，唉声叹气道："原来五妹妹她……她……她早与那位举人文炎敬相公有了……情愫，他们在大宏寺里相约会面，本来只说了几句话，谁知真真老天不作美，顾将军今日恰巧也去为亡母做法事……"

明兰眼珠子都快瞪出来了："他……他……看见五姐姐了？"

海氏心里堵得慌，摇头道："倒霉就在这里！那顾将军公务繁忙并未亲去，再说他从未见过五妹妹，便是瞧见了也不会知道。是顾将军府的一位妈妈，她奉命去为法事添福禄，出来给小沙弥赠僧衣僧帽时远远瞧见了，偏偏她是在来送礼时见过我们几个的！"

明兰僵在炕上，一点儿都不想动弹，也不知道说什么。海氏叹了口气，继续道："想必那妈妈回去就禀了顾将军，午间时分，一个小厮去都察院求见公爹，公爹就立即回了府……责问再三，五妹妹只说，她本已想从命了，这是去见文相公最后一面的。"

明兰听了全部过程，几乎背过气去，好容易才吐出一句："……五姐姐也太不小心了！"

海氏幽幽地叹着气，没有说话。她其实很赞成明兰，这种事既然如兰也决定断了，那只要捂严实了也没什么，可偏偏挥泪告别时叫未来夫家的人瞧见了，这运气也太背了！

"那现在怎么办？"过了半晌，明兰才有气无力地问道。

忽然，她发现海氏的眼神竟躲躲闪闪起来，似乎不敢正视明兰的眼睛。明兰觉得奇怪，连着追问了几次，海氏才支支吾吾道："适才，顾将军送来了一封信……"

话还没说完，外头正堂就响起一阵慌乱的脚步声，翠屏在外头传道："老爷、太太来了。"

明兰看了眼心神不宁的海氏，便竖着耳朵去听，只听盛纮似乎低声说了什么，然后是王氏的抽泣声，接着，老太太勃然大怒，厉声大骂道："你休想！亏你也是为人父的，这种主意也想得出来？！"

声音愤怒尖锐，明兰从未听老太太这般生气过，她慢慢走下炕，挨着厚厚的金褐色云纹锦缎门帘站着，听外头声响。

盛纮急急道："母亲听儿子一言，只有此一途了！这些日子来，府中上下都不曾露过口风，人前人后也从未说清到底是哪个要许入顾门，大姑爷也只说是华儿的妹子。我和太太迄今未和顾二郎好好说过一次话，更不曾说起到底许配哪个姑娘，估计那顾廷烨心里也没数。那来传话的也说得甚为隐晦，不像兴师问罪的，倒像来提醒的，既然如此，索性将错就错，反正明兰早记成嫡女了。如若不然，这结亲便成结仇了，儿子当时是急昏了头，才去了封信，言道，如儿本就要许配与文炎敬，明兰才是要嫁去顾家的……"

"啪"的一声脆响，想必是一个茶碗遭了殃，老太太气得发抖："你倒想得美！你们夫妻俩自己不会教女儿，左一个右一个的伤风败俗，最后都要旁人来收拾！前一回我豁出这张老脸，这一回你们竟算计起明丫头来了！我告诉你们，做梦！"

老太太粗粗地喘着气，继续道："你的这个好太太，平日里什么好的香的从来想不起明丫头，有了高门显贵来打听，什么都不问清楚就想也不想应定了如兰！如今出了事，倒想起明丫头来了！一个私心用甚，只顾着自己闺女；一个利欲熏心，只想着功名利禄，好一对狼豺虎豹的黑心夫妻！你们当我死了不成？"

一声闷响，盛纮似乎是重重地跪下了。王氏低着头哀声地哭道："老太太，您这么说可冤枉了媳妇。虽说明丫头不是我身上掉下来的，这十几年却也跟如兰一般无二，何尝有过慢待。如丫头犯了这般的错，我也是悔恨当初不叫她养到您跟前好好学学规矩！老太太，您千不看，万不看，也要看在华儿的面子上啊。她在婆家日子不好过，全亏姑爷还体恤，今日这事若无法善了，顾将军怨恨起姑爷来，那叫华儿怎么办呀！她可是您养大的，您不能光疼明丫头一个呀！"

老太太似乎顿了一下，然后又厉声骂道："华丫头到底生了儿子，又是明媒正娶的，难道还能叫休回来不成？难道叫妹妹赔上一辈子，让她日子好过些？那顾廷烨，你们夫妇俩瞧得有趣，我可瞧不上！"

只听盛纮大声叫道："老太太，那您说如今怎么办？儿子实在是没有法子了！本想勒死那孽障，好歹正了门风，大不了此事作罢，叫人笑话一场也算了。都怪儿子教女无方，自作自受谁也怪不得，可那顾将军……"他似乎哽咽了一下，"前几日传来消息，顾二郎已请了薄老将军和忠勤伯为媒，眼看就要来换庚帖了，如今若是作罢，顾家如何肯罢休！"

后面的话明兰统统听不清了，她只觉着自己耳朵一片轰鸣，好像什么东西笼罩了她的听觉，震惊过后是麻木的恍惚。她慢慢走到海氏面前，轻声问道："顾廷烨真愿娶我？"

海氏艰难地点了点头：“是的。信上写道，他顾廷烨愿与盛家结两姓之好，后头还补了一句，好似是老太太跟前养的姑娘总是不错的话。”

在她看来，这句话有些刺耳，似乎在暗示什么，相信盛纮也看出来了。

老太太早年妒名在外，风评并不好，但后来急转直上，盛老太爷过世后，她宁愿和娘家闹翻也要撑起夫婿的门户，青春守寡，拿嫁妆为庶子铺路打点，娶媳持家，终又有了今日盛家的兴旺局面。几十年过去了，反倒夸赞老太太品性高洁刚直的多了起来。

海氏也觉着对不住明兰和老太太，她知道与贺家的亲事最近已说得差不多了，只等着如兰过定贺家便会来要庚帖了，谁知……海氏不由得暗叹一声，却见明兰犹自一副不敢置信的样子，正仰着脖子呆呆地出神。过了一会儿，她忍不住问了一遍：“大嫂子，那顾廷烨真是说愿意娶我？”语气中没什么委屈，倒有几分匪夷所思的意味。

海氏便又肯定了一遍：“实是真的。”

明兰脑子木木的，咬着嘴唇歪头想了半天，想起顾廷烨冷峭讥讽的面容，想起他追根究底的脾气，再想起他烈火冰河般的性子……明兰觉得自己想多了，来了古代一场，居然学会自作多情了？可过了一会儿，又觉得自己的猜测实在很有道理。

外头传来老太太的怒骂声，盛纮和王氏不断的哀求声，明兰慢慢地坐倒在小杌子上，叹着气，张着嘴，混乱着脑子，捧着脸蛋发起愣来。

祖母、老爷、太太，还有倒霉的如兰小童鞋，我想，搞不好，我们是被阴了。

六

家庭内部战争大多有以下两个特点：一是不宣而战，直接爆发；二是旷日持久，拖拖拉拉——事情到了这个地步，她居然还有心情想这些乱七八糟的东西，明兰觉得自己离精神错乱已经不远了。

这几天，明兰始终没机会表达意见，她刚想开口，就被老太太一下打断：“明丫儿别怕！你老祖宗还没死呢，他们休想摆弄你！”一副杀气腾腾的样子，很吓人。

老太太被惹毛了，拿出当年和盛老太爷闹婚变的架势大发雷霆，破口大骂的唾沫星子几乎喷了盛纮一头一脸，而盛纮逆来顺受，牛皮糖一般苦苦哀求，一会儿下跪，一会儿流泪，亲情、道理、家族名誉，口若悬河，滔滔不绝，直把老太太绕晕倒在床上。

明兰觉得吧，和儿子斗气，装下病是无所谓的，但不要真的生病了，那就没有后续战斗力了，老太太深以为然，饭量倒加了一倍，显是打算长期抗战了。

王氏见局势胶着，异想天开地出了一个好主意，索性叫明兰自己去向老太太表态，说愿意嫁入顾门不就完了吗？正主都同意了，老太太还能闹什么。

盛纮听得目瞪口呆，随后长长叹气。他们读书人喜欢简单复杂化，好显得自己学问很高深，可他这位太太喜欢复杂简单化，能用威逼的，绝不用利诱。

"你就别添乱了！"盛纮喝止了王氏，皱着眉头不悦道，"哪有姑娘家自己去讨婚事的？且她自小养在老太太跟前，她什么性子老太太还不清楚？只消明兰一张口，老太太就知道是你在后头逼的，到时候便是火上浇油！"

盛纮越说心头越火，忍不住指着王氏的鼻子吼起来："女不教，母之过！就是你这般行事没有规矩，不敬婆母，胡作非为，才纵得如丫头这般丢人现眼！你还有脸去说旁人！"

王氏被骂得满脸通红，却也无话可说，只能悻悻沉默。

前头母子战火正炽，明兰在后头发呆充愣，常常半天也没一句话，因为她的确没想好说什么，只需摆出一副郁郁寡欢的模样，再适时地迎风叹两口气，形象就很完美了。

这几日，她唯一做过的，就是向海氏打报告，要求见如兰。

"小喜鹊怎样了？"这是如兰看见明兰的第一句话。

明兰盯着她粉白脖子看了一会儿，那上面还留着一条紫红色的勒痕，缓缓道："还没死。大嫂子请大夫给瞧了伤势，昨天刚醒过来，能喝两口粥了，但愿不会落残。"

如兰好像瘪了的气球，呆呆地坐在那里："她……可有说什么？"

明兰嘴角挑起一抹讽刺："她说，能为盛家五姑娘卖命，真是三生有幸，别说叫打得身上没块整肉，便是被活活打死了，也是死得其所。"

如兰低着头，手指紧紧攥住帕子，只攥得指节发白。明兰盯着她的眼睛，继续道："妹妹每回劝姐姐，姐姐总不在乎，说什么'一人做事一人当'，可如今呢？小喜鹊好歹服侍了你十年，待你比待她自己家人还亲，你也好意思牵连她！"

现在明兰最烦听见有人说什么"不会连累家人"的鬼话。在古代，连坐是经常发生的事。

如兰瘦削的脸颊上，露出一种深切的内疚。一旁的小喜鹊忍着泪水，轻声道："六姑娘，你就别怪我们姑娘了，她心里也不好受。太太要打死喜鹊姐姐时，是姑娘冲上去扑在她身上，生生挨了好几下，这会儿我们姑娘身上还带着伤呢！"

明兰看着如兰眼下两圈黑晕，憔悴得似乎变了个人，心里略略一默，才道："我今日来，是替小喜鹊带句话与你，太太要撵她出去配人，大嫂子叫她伤好再走，怕是见不上你了。她说，她外头有老子娘可依靠，叫你不必替她操心了，说她不能在你身边服侍，望你以后行事一定要三思三思再三思，遇事缓一缓再做，莫要冲动，她……以后不能再提醒你了。"

如兰听得发怔，一颗一颗豆大的眼泪坠了下来，把头埋进胳膊里，呜呜地哭了起来。明兰只静静地看着她。如兰忽然直起来，叫小喜鹊进里屋去拿东西。不一会儿，小喜鹊就捧着一个匣子和一个包袱出来了。

如兰抹了抹眼泪，把小匣子和包袱推到明兰面前，正色恳求道："这里头是些首饰金珠，这个包袱里是五十两银子和一些上好的料子，她好歹服侍我一场，我不能叫她空手嫁人。好妹妹，求你带去给她吧！我……我……对不住她了！"

明兰接过东西，静静地看了她一会儿，心道，就凭这一点，如兰到底比墨兰有良心些，云栽被卖掉时，墨兰连问都没问一句。

想到这里，明兰稍微放柔声音，低声道："五姐姐放心，她说这些年来，她已得了不少赏赐，她自己平日攒的体己钱，院里的姐妹早替她收拾好送出去了，喜鹊说能服侍你一场，是她的福气，她没有怪你，她只是担心你。"

明兰把东西给一旁的小桃拿着。如兰朝小喜鹊使了个眼色，小喜鹊便拉着小桃出去了。如兰定定地瞧着明兰，目光直视过去，直言道："我，也对不住你！"然后深深地福了一福。

明兰忍了许久的话，终于吐了出来："你到底做什么去见他呀？难不成……你想……"她想到一种可能性，语气陡然上扬了两个音阶。

如兰脸色涨得通红，愤声道："你当我是什么人！我虽不如你读的书多，却也知道廉耻！我……我……真是去见最后一面的！"说着，声音渐悲伤起来，眼泪簌簌而下，"原本说得好好的，忽然就要另嫁，怎么也得当面说一声呀，谁知却把你扯进去了！"哭声嘤嘤。

明兰一肚子火蓦地泄了，叹气道："罢了，你也不是有意的。不过……"她想起来就抑郁，忍不住道："你总算遂心愿了！大哥哥知道这事后，出去揍了文公子一顿……"

如兰一颗心提起来，神色慌乱。明兰继续道："不过你放心，大哥哥不敢张扬，读书人挥拳头想来力气也有限，瞧着太太和老爷的意思，这个女婿大约算认下了。"

如兰心里又是高兴，又有些惘然。明兰说完后，就耷拉着脑袋出去了。

最近明兰的情绪十分低落，具体表现为一种呆滞状态的淡然，她诚恳总结了自己两辈子的遭遇，陡然生出一股无力感来。

上辈子，她辛辛苦苦支边一年后，眼看可以升职加薪，外带即将相亲一只金龟，却被一阵泥石流淹回了古代；这辈子，她心心念念打算嫁个古代经济适用男，婚后好好调教，一路屡遭坎坷不说，好容易看见曙光了，事情又泡汤了。

明兰深深觉着，自己的奋斗方向总是偏离老天爷对自己的发展计划，不过老天以后能不能稍微给点提示呢？她姚依依从小就是顺民，是绝对不会和老天作对的！

"战火"持续期间，作为婚事首倡者的华兰女士十分明智地缩着脑袋，暂避风头，坚决不参与劝说，反请明兰去做客，老太太想也不用想就知道华兰想劝说明兰，便都一口拒绝了。华兰苦思三天未果，老天爷帮她想了一个好理由：她又有身孕了，想见母亲和妹妹。

老太太沉默了半晌，神色稍霁，便允许明兰去了。

这日一早，王氏带上明兰直奔忠勤伯府。忠勤伯夫人有事回了娘家，得住上一夜才回，王氏乐得不用敷衍这个不讨喜的亲家母，便直去了西侧院。

华兰身着一件玫瑰紫百子缂丝银鼠褙子，头戴一挂累丝嵌珠宝蜘蛛华胜，斜斜倚在软榻上，怀里抱着个石榴连枝粉彩瓷手炉，言笑晏晏，面带红晕。

王氏见华兰气色极好，抑郁了几天的心情才好些，拉着她的手问了好些身子好不好的话，华兰都笑着一一答了："好，都好，都第三胎了，女儿还有什么不清楚的，母亲放心吧！明妹妹，吃果子呀，这小胡桃是进上的，又香又脆。"

明兰笑着点头，凑到如意小圆桌旁，拿过一把小巧的紫铜夹子，剥起胡桃来。王氏放开华兰的手，端过茶碗来呷了一口，笑道："今儿真好，趁着你婆婆不在，咱们母女俩多聊一会儿。"

华兰笑吟吟的："何止多聊一会儿，反正连嫂嫂也跟着一道去了，你们索性吃了饭再回去吧，就在我屋里摆饭，你女婿昨日去英国公府的后山会射，打来几只獐子，虽不如口外的肉鲜，也是不错的。"

"那敢情好！"王氏笑了，伸手拿过一个橘子来慢慢剥着，"对了，近日听你爹爹说，女婿怕是能升一级了？"

华兰美目倩笑，齿颊盈盈："还没准信儿呢，不过……也八九不离十了，这回能在五城兵马司里升个分指挥使当当。"

王氏放下剥了一半的橘子，双手合十地拜了拜，还念了句佛："好好好，瞧着你们小夫妻这般，我就放心了，袁家这下也乐了吧，看你婆婆还老啰唆你！"

华兰撇撇嘴，哼了一声："公爹倒是真高兴，婆婆就会扫兴。不过，刚有了个升迁消息，她就紧着叫文绍想法子，给她娘家的子侄也谋份差事，叫公爹一口骂掉了。"

"是以你婆婆生了气，带着大儿媳妇回娘家去了？"王氏失笑。

"也不是。"华兰捂着嘴轻笑起来，"她娘家近来越发不成样子，老一辈的胡乱挥霍，卖田置妾，小一辈的不求上进，书也不好好读，就想着托关系钻营，公爹早厌烦了。这回她娘家侄子娶媳妇，公爹不愿去，她们只好自己去了。"

明兰剥好了一小碟胡桃肉，盛在小碟子里端着过去，王氏接过来递到华兰面前，笑道："怪道你婆婆老也看你不顺眼，原来是犯了眼红病呢！别拿来了，你自己也吃。"

明兰乖巧地应了一声，坐回去拣了个胖胖的小胡桃，便又要夹起胡桃肉来。华兰和王氏对视一眼，目中各有深意。华兰转头笑道："明妹妹，庄姐儿近来想你得紧，现下她在后头园子呢，你们姨甥俩最是投缘，你去寻她玩吧。"说着便叫身边的大丫鬟过去，服侍明兰洗手整衣。

明兰心里微微一笑，大冬天的，华兰怎么会叫小女儿去外头乱跑？宴无好宴，她就知道里头有花样！华兰行事素来很有分寸，管御下人甚有本事，相信不会太离谱，何况是在她自己的院子里，去也无妨，不过……

明兰笑得很乖巧，迟疑道："外头天儿冷，还是叫庄姐儿进屋来吧。"

华兰神情一僵。王氏轻轻咳了一声，沉声道："庄姐儿淘气，到时候要闹哭的，你去把她哄进来吧。"

明兰"哦"了一声，心里发笑，倒想看看有什么花头，便老实地跟着丫鬟出去了。

王氏目送着明兰离去，这才转过头来，对着女儿狐疑道："这法子真能行？这……不大好吧，叫你爹爹知道又要生气了。他老说，若明兰自己去求老太太，反是要火上浇油的。"

华兰直起身子来，朝着王氏坐好，正色低声道："母亲只知其一，不知其二。老太太是眼里不揉沙子的，她们祖孙俩十年朝夕相处，明妹妹说话是不是发自真心，老太太还能不清楚？若我们逼着明妹妹去求，老太太自是更生气，可明丫头若真的愿意呢？"

王氏目光中犹有不信："明丫头只听老太太的，她能有什么主见。"

华兰高深地摇了摇头，面带微笑："母亲，您瞧走眼了，六妹虽自小乖巧听话，实则极有主见，小时候还瞧不出，可自你们进京后，我冷眼瞧了几回，有时连老太太的意思她都能绕回来。待她见了真人后，知道那也不是个妖魔鬼怪，为着家里好也罢，为着自己的前程也罢，她会愿意的……"

王氏久久无语，叹了口气："真能如此便好了。唉，只是可惜了你妹子，明丫头能嫁入这般显贵的门第，她却只能屈居寒门。"

"母亲快别说了！"

提起如兰，华兰脸上浮起黑云，不悦道："都是母亲平日太宠溺了，一个姑娘家的，居然与人私相授受，长辈给寻了门好亲事，她不思感恩还闹腾，最后还叫顾将军知道了，这不害人嘛！好在你女婿没过分殷勤，前后也就提了两次我妹子，从未说清要许的是哪个，如此才有回旋余地，不然……哼！"

王氏知道女儿难处，也不敢替如兰说话，只幽幽叹气。

华兰又道："当初也是母亲执意才定如兰的，其实照我的意思呀，明妹妹比如兰更合适，你瞧瞧她哄老太太高兴时那小模样，我瞧着心都酥了，何况男人。哪似如兰那么生硬任性，一言不合就发脾气。明兰又有自己的主意，我瞧能拿住，倒是如兰，还是挑个门第低些的吧，回头闹起来，娘家也能说两句。"

王氏想了想，很无奈地认同了，过了会儿又高兴起来："倒也是，明丫头又没同胞兄弟，不和我们好还能和谁好？她若能混好，咱家也有光；若上不了台面，顾家这样的门第咱家可说不上话，若真是如丫头在里头受了气，我还真舍不得！"

华兰险些叫口水呛着，瞪着自己的亲妈，半天无语，索性不去理她，心里只想着，不知明兰到了没有。

七

明兰拢了拢身上的葱绿盘金银双色缠枝花的灰鼠褙子，坐在一间四面敞开门窗的半亭厅内，屋里正中放着个錾福字的紫铜暖炉，炭火烧得很旺，一侧的桶节炉上搁着一把小巧的长嘴錾蝙蝠纹的铜壶，咕嘟咕嘟烧着水。

明兰啃着一颗胖胖的瓜子，不得不承认华兰女士真是用心良苦，这块地方早就被清空了，除了引自己进来的那个丫鬟，明兰没看见其他人影，那引路的丫鬟也一溜烟不见了。

明兰带着一种"风萧萧兮易水寒"的心态，等待着即将到来的状况。待到明兰嗑到第十四颗瓜子的时候，远处走来一个高大的身影。明兰眼皮跳了几跳，继续嗑瓜子。

好极了，她也有话想问他。

不一会儿，男子顶着一身风霜寒气逆光入厅，昂首阔步，距离明兰七八步处，空手一抱拳，嘴角含笑："好久不见了。"

明兰微微眯起眼。今日，顾廷烨穿了一身雨过天青色的锦棉长袍，领口、袖口皆围有白狐腋子毛，织锦遍地的袍身上满布锦绣暗纹，腰系暗银嵌玉厚锦带，外头披着一件玄色毛皮飞滚大氅。这种毛皮厚重的大氅非得身材高大魁伟的男人穿起来才好看，如盛纮这等文官便撑不起这气势来，反被衣裳给压下去了。

明兰站起来，恭敬地敛衽回礼，皮笑肉不笑的样子："二表叔，好久不见。"

然后，明兰很愉快地看见顾廷烨嘴角抽动了一下。顾廷烨不再说话，伸手扯开大氅，随手搭在一旁，转身走到明兰对面的一把太师椅上坐下。两人相距五六步，相对而坐。

顾廷烨看了看明兰，再看看自己跟前小几上的空茶碗，见明兰似乎没给自己倒茶的意思，就自己拎过茶壶泻了一杯滚水，才沉声开口道："你我即将成婚，以后不要乱叫了。"

明兰攥紧了拳头，强自忍下怒火。眼前这个男人虽面带微笑，但说话间缓慢低沉，秀长的眼睑下眸光隐约有血色暗动，那种尸山血海里拼斗出来的杀气却是难遮掩的。

明兰忍了半天，才慢条斯理道："二表叔的话明兰完全听不懂。明兰自小养在老太太跟前，婚嫁之事老太太并未提到半分。"

顾廷烨眉头一皱，道："婚姻大事乃父母之命。"

明兰道："那明兰就等爹娘发话了。"

厅内一阵安静，顾廷烨瞪着明兰，明兰扭头看外头风景。顾廷烨扬起一边的眉。侧光之下，衣料映得他的眉梢也氤氲淡蓝，他静静道："你在生气。"

明兰打起了哈哈："还好，还好。"

顾廷烨放沉了口气："淮阴江面上之时，我与你说过，我不愿听人敷衍假话。"

明兰立刻把嘴闭成河蚌。

看明兰紧绷的小脸，顾廷烨颇觉头痛，只得略略缓下口气："我知你心里有气，但凡事都得敞开了说才好，闷着赌气不是办法，以诚相待才是道理。"

顾廷烨谆谆诱导，口气宛如哄小孩子的大人。看威严解决不了问题就用哄的，明兰听得几乎要大笑三声，便转头过去，微笑道："与说实话的人说实话，叫以诚相待；与不说实话的人说实话，叫脑子敲伤。顾都督以为明兰可瞧着有些傻？"

顾廷烨听明兰改变了称呼，面上便微微一笑，听她语气调侃，又觉得心里痒痒的，便道："你自然不傻。"看了眼明兰放在桌上的手指，光亮的黑漆木上摆着白胖柔嫩的小手指，肉肉的指甲透明粉红，他忍不住轻咳一声，正色道，"你指我不实，这从何说起？"

明兰瞪眼："就从顾都督的提亲说起。"

顾廷烨郑重了神色，定定地看着明兰，眸子幽深漆黑，直看得明兰心头发毛，但她也能顶住这种慑人的目光。看了好一会儿，顾廷烨才缓缓开口："你猜出来了？"

他声音平静，但到底掩饰不住发号施令的口气。

明兰点点头，道："你不是那种没鱼虾也好的人。"

一开始，明兰以为顾廷烨是奔着如兰这个嫡女去的，可是谁知枪口一转，变成了自己。盛纮的说辞明兰一个字也不信，虽没见过几面，但每次都能碰上顾廷烨的婚嫁纠纷，她直觉地知道，顾廷烨不会随便盛家许个闺女过来，他定是知道自己要娶哪个的。

顾廷烨沉吟半刻，看着明兰的目光中颇为复杂，隔了半晌才缓缓道："从你扔泥巴开始。"

"啊？"明兰听得云里雾里，"你在说什么？"

"你不是想知道我从何时起打你主意的吗？"顾廷烨眼中带了几分笑意，又重复一遍，"我告诉你，便是从你往你姐姐身上扔泥巴开始。"

明兰满面通红，拍案而起，额头青筋暴起几根，几乎吼出来："哪个问你这个了！"

"哦，你不是想知道这个呀。"顾廷烨侧身靠在椅子上，反手背掩着嘴，轻轻笑了起来。只有这个时候，他才脱去些杀将的悍气，流露出几分侯门公子的贵气。

明兰努力调匀气息，让脸上的红晕慢慢退下去。两军对阵最忌讳动气，淡定，淡定……好容易才定下来，明兰才盯着顾廷烨，静静地开口道："你一开始便是想娶我？"

顾廷烨很缓慢、很确定地点点头。

明兰忍不住叫起来："那你去提亲就好了呀！闹这么多事出来做什么？"差点赔上小喜鹊和如兰的一条半人命。

顾廷烨反问："你能愿意？"

明兰语气一窒，顿了顿，迅速又道："婚姻大事哪轮到我说话，父母同意即可。"

顾廷烨再次反问："你家老太太愿意？"

明兰又被堵了一口气，脸上有些尴尬，一时说不出话来。

顾廷烨悠悠地端起茶碗喝了一口，三根修长的手指稳稳托住茶托，放在几上，才道："要结一门亲不容易，但推掉一门亲还不太难。齐大非偶，辈分有差……什么借口都成，何况我又素行不端，你家老太太脾气拗，硬是不肯，你父亲也没法子吧。"

明兰忍不住带上三分微嘲，淡笑道："你倒蛮清楚自己的。"

谁知顾廷烨的脸皮颇厚，一点儿也听不出明兰的嘲讽，还很认真道："人贵有自知之明，这点好处我还是有的。"

讽刺不到他，明兰暗暗抑郁，又哼哼道："可花了不少功夫吧？"

"还好，还好。"顾廷烨学着明兰的口气，也打上哈哈了。

明兰想起贺弘文，觉得还是今日一次说明的好，否则后患无穷，犹豫了半响，终于咬牙道："那你……那你知不知道……知不知道贺家的事？我祖母已经——"

"知道。"顾廷烨迅速打断明兰的话，脸色淡淡的，但语气颇有几分不悦。

"你知道？！"明兰匪夷所思，瞠目道，"那你还……还……还来提亲？"

顾廷烨理直气壮道："这又如何？闺女许给谁是你家的事，提不提亲是我家的事。至于贺家……"他冷峭的面容上似有几分不屑，斩钉截铁道，"你们没缘分。"

明兰怒极反笑，终于直起小身板，冷笑三声："哈，哈，哈！月老的红线店是你家开的呀，你说没缘分就没缘分？"

顾廷烨朗声大笑，笑声渐止后，深深地看着明兰的眼睛，缓缓道："缘分这东西，一半是老天给的，一半是自己的福气，你是个聪明人，很清楚我说得对，你们的确是没缘分。"

明兰不笑了，心里沉了一半。

她和贺弘文很早就认识了，老太太也很早就有结亲的意思，第一次从宥阳回京城后，盛老太太一边查看贺弘文的人品才学，一边在旁处也瞧了几个少年，细细比较下来，还是觉着贺弘文最好，贺家那边也同意。盛老太太见双方都很满意，便打算先给明兰定下这门亲事，谁知那年秋末，出了"申辰之变"，随即一通京城变乱，多少人头落地，婚事耽搁。

然后，大老太太病危，盛老太太去了宥阳探望，这亲事又耽搁下来了。接着，明兰也去了宥阳，本打算大老太太出殡后就回京的，谁知"荆谭之乱"爆发了，兵乱绵延几千里，好几个督府，直到崇德二年五月才能回京。

然而一回京，便遇上了曹家表妹的破事，老太太被气得半死，婚事再度耽搁，再然后，一波三折，拖拉了小半年至今，再再然后，顾廷烨接过程咬金的板斧，一路拼杀进来。

要说遗憾嘛，明兰觉得很多时候都是天意；要说不遗憾吧，贺弘文要是干脆利落一些，早一步定下礼数，顾廷烨也蹦跶不起来了。在她和贺弘文不断争吵置气计算中，也许他们之间的缘分已被耗尽了。

想到这里，明兰微觉黯然——等一下，她忽然心头一动，猛然抬头，看着眼前的男人，狐疑道："你怎么这么清楚？你……难道……贺家你也动了手脚？那曹家……啊！"

有一件事，明兰早就想过了，却没有深想，凉州地处西北，便是飞马传赦报，也得四五个月才能到凉州，像曹家这样拖家带口的，又无甚银钱，起码得走上两倍的时间才能回京城，但是曹家几乎不到一年就回京了，除非……

顾廷烨也不否认，冷静道："漕帮水运沿江河而下，石氏兄弟以船运将他们送回京城的。"

这次明兰连生气都没力了，只张口结舌地看着他。顾廷烨皱眉反问："难道你希望与贺家定亲之后，甚或结亲之后，曹家再上门来寻事？"他居然大言不惭道，"脓包是越早挑破越好，这事还得谢我。"

明兰颓然坐倒，脑子混乱一片，看看窗外，再看看顾廷烨，木木道："谢谢你。"

顾廷烨含笑回答："不必客气。"

女孩的皮肤本就很白，她又不喜脂粉，只薄薄抹了些香膏，冬日的阳光照进厅堂，更显得她的皮肤有一种白宣纸般的脆弱，似乎碰一碰就破了；鸦羽般的漆黑头发柔柔地散了几丝在鬓边，如同一丛堪堪长出的花苞般秀丽明媚。

而那双眼睛，那双眼睛……顾廷烨静静地看着她。似乎很久很久以前，他就喜欢上这双眼睛了，幽暗幽暗的，如一潭清泉般幽静，却冒着一簇奇异的火焰，似乎是愤怒，似乎是失望，明暗交替，变幻莫测得让他惊心动魄，心都惊动了，遑论其他？

明兰心思百转千回，想了好半晌，前事已矣，后面才是重要的。她重新端正了态度，转头朝顾廷烨微微一笑："多谢都督一番美意，但……还是早些说了吧，我怕成不了一个好妻子，既不贤惠，也不温顺，杂七杂八的坏毛病数不胜数，还请都督慎重思量。"

顾廷烨挑唇一笑："事已至此，顾、盛结亲早已人尽皆知，你姐姐还有姓文的可以嫁，你呢？别说你宁愿将就贺家！"

明兰怒气翻涌，种种委屈再也难以忍耐，一下站起来，冷笑道："敢情嫁给你，我便是跌进了蜜糖缸里，千好万好再无半点不好的？"

顾廷烨也倏地站起来，高大长挑的身材上前几步，俯下来的阴影把明兰整个人都笼罩进去了。明兰生生忍住不后退半步。顾廷烨傲然一笑，朗声道："我不敢说嫁给我千好万好，但我敢指天说一句，嫁给我后，必不叫你再有委屈憋闷就是！"

明兰更怒，连连冷笑："顾将军莫要想太多了，明兰自小锦衣玉食长大，何曾委屈憋闷，也轮不到旁人来充英雄救我于水火！"

顾廷烨也不生气，只一双深邃的眸子静静地盯着明兰，一字一句道："不，你说谎。你一直都很憋闷，你活到今日都在委屈。你瞧不上那些嫡庶的臭规矩，可不得不遵行；你明明事事出色，可偏偏得处处低就，丝毫不敢有冒头！是以才挑了个不上不下的贺家！"

明兰大怒，她全然不知自己双目已赤，只大声冷笑："冒头？这世上人人都得认命，不认命？哼！先帝的四王爷倒是不认命了，结果呢？一杯鸩酒！六王爷倒是不认命了，便被贬为寻常宗室！荆王、谭王倒是不认命了，如今都身首异处了！你们大男人都如此，何况我一个小小女子？我有什么法子！不想明白些，怎能活下去？！"

她不喜欢刺绣，手指上都是细细的伤，不喜欢王氏、林姨娘和墨兰，不喜欢在不高兴的时候还得笑，不喜欢在讨厌的人面前装可爱乖巧，不喜欢什么新衣服好东西都要让别人先挑，不喜欢什么委屈都得装傻过去……好多好多不喜欢，可她都得装得喜欢！

有什么办法，她得活下去！

顾廷烨上前一步，丝毫不让，步步进逼："没错，你就是太明白了！你聪明，你通透，你把什么都瞧清楚了，所以你才不敢越雷池一步，可你心里气不能平；你气愤，你不甘，偏偏又无可奈何；你委屈，你憋闷，却只能装傻充愣，处处敷衍，时时赔小心，逼着自己当一个无可挑剔的盛家六姑娘！"

明兰浑身发抖，不知是气的，还是怕的，背心一片冷汗，手指深深掐进掌心，便如已经结了疤的陈年旧伤，再次被揭开来，血淋淋的伤口，原来从未痊愈。她想厉声尖叫，她想痛哭，所有一切却统统堵在嗓子眼儿里，站在当地，进退维谷，任由眼眶湿热一片。

十年古代闺阁，半生梦里前世，扮得太久，演得太入戏，她已经忘记了怎样真正地哭一场，忘记了怎样任情肆意地破口大骂，忘记了她并不是盛明兰，她原来是——姚依依。

顾廷烨看明兰满脸泪痕，心中也莫名酸涩。他再上前一步，长身而鞠，深深抱拳拱手，抬起头来，清朗的声音中带着些沙哑，却字字清楚："吾倾慕汝已久，愿聘汝为妇，托付中馈，衍嗣绵延，终老一生！"

泪眼迷蒙中，明兰只看见顾廷烨认真诚挚的面容，她一时手足无措。

顾廷烨满含期待的目光，灼热而璀璨，直视着明兰："我不敢说叫你过神仙般的日子，但有我在一日，绝不叫你受委屈！我在男人堆里是老几，你在女人堆里就能是老几！"字字铿锵，掷地有声。

明兰发了怔，不知觉间，脸上一片冰凉。她伸手一摸，触手尽是泪水。

因为清醒，所以痛苦；因为明白，所以惨淡，希望尽头总有绝望，她不敢希望，不敢期待，众人皆醒我独醉，不过是戴着镣铐，踩着刀尖，傻笑着蹚过去罢了。

八

送走母妹后，华兰换过一身半旧的桃花色掐牙丝棉软袄，坐到临窗的炕上，靠着迎枕做起针线来。过不多久，一阵帘声响动，袁文绍抬步进屋，快步走到炕前，见妻子笑道："你怎又起来了？还不躺下歇着！"

"都躺了大半天了，再躺成什么了。"华兰娇嗔地白了他一眼，随后放下针线篮笼，下炕替丈夫松衣解带，将外头的袍服和氅衣递给一旁的丫鬟。袁文绍换了常服，才扶着华兰又坐回到炕上。

袁文绍从炕几上端起一杯新茶，缓缓啜了一口。他刚过而立之年，蓄了短短的髭须，本就脸形方正，这般瞧着更加稳重威严，活脱脱快四十岁的大叔模样。华兰看了丈夫两眼，心里颇怀念新婚时的白面郎君。

"岳母和妹子都走了？"

"顾二郎走了吗？"

待丫鬟出去后，夫妻俩竟同时开口。闷了一刻，袁文绍和华兰互视一眼，一齐笑了出来。笑了半晌，华兰故意轻叹着笑道："都说贼夫妻，贼夫妻，我今日才知是个什么滋味！"

袁文绍也笑道："谁说不是！有个老婆做同伙，滋味着实不错！"

"哪个与你做同伙！"华兰双颊妊红，娇笑着去捶打丈夫。袁文绍笑呵呵地接过粉拳，夫妻俩笑闹了一阵才正坐起来说话。

"你瞧着今日事如何？"袁文绍搂着妻子轻道。

华兰想起丫鬟的回报——远远望过去，虽听不见他们在说什么，但瞧着样子也能猜个大概，一开始两个人还客客气气地说话，但后来不知顾廷烨说了什么，明兰被气得哭着跑掉了。华兰沉思片刻，道："这婚事跑不了了。"

"哦？你肯定？"袁文绍追问了一句。

华兰点点头，干脆道："事已至此，这婚事不成，我们谁都面上无光。"

袁文绍素来知道华兰能耐，便长长嘘了口气。

华兰见状，神色一沉，颇有愧色道："都是我娘家不好，好好的一桩亲事，偏叫弄成这样，倒叫你担上干系。"

袁文绍大笑着摆摆手，安慰妻子道："这与你有什么相干的，不过是几位长辈一时没说停当罢了。"

华兰把一双白嫩纤细的手摆在丈夫胸前，故意把眼睛睁得大大的，一副无奈可怜的模样，低低道："我爹爹是个读书人，他们最是认死理，自打我那四妹妹嫁入梁家后，爹爹老觉着对不住文家相公，就惦着要把五妹妹许过去，也算略略弥补。可我娘觉着大姑爷你来提亲事才好，偏我那六妹妹自小是祖母身边养大的，她的婚事素来是祖母说了算的。这下可好，三下一凑，人人都各有主张，这才把事情弄拧巴了！"

真相当然不是这样，但华兰只能这样轻轻遮过。

袁文绍握着华兰的手，神色温和，笑道："岳父是读书人，重信守诺是自然的；岳母是做母亲的，舐犊情深也是常理；老太太更是一片慈心，心里一时转不过弯来，也情有可原。人人都有道理，你有什么好过意不去的。"

华兰依旧蹙着眉，忧心道："就怕恼了顾将军，到时亲家没做成，倒结了仇。"

"估计不会。"袁文绍放开华兰，端过茶碗来再呷了一口，眉头舒展，微笑着，"本来我也有些担忧，不过……呵呵，今日看来，此事无虞。顾二郎离去时，我瞧着他心绪极好，连连嘱托我尽快行事，最好年内就能过文定之礼，开年便办亲事。"

华兰略觉吃惊："真的？"

袁文绍嘴里含着茶水，缓缓点头。

华兰松开愁绪，轻捶了丈夫一下，笑道："我说什么来着？我那六妹颜色极好，是一等一的人才模样，顾二郎若见了，定会满意这婚事！你那会儿还顾虑呢！"

袁文绍笑道："是是是，都是娘子算无遗策。"

华兰也跟着笑了几声，但心里还是没什么底，也不知盛老太太到底能不能答应。

这天晚上，盛老太太听到了一段匪夷所思的故事。

她呆呆地坐在炕上，明兰在下头跪着，小声抽泣着。老太太听得脑门发涨："你说……我们初到京城，你就识得他了？"想到这里，她忍不住骂道，"你怎么不早说？"

明兰小脸哭得通红："我……我怕祖母又责骂……也怕祖母为明兰担心……"

那时，她刚刚因为替嫣然出气的事被老太太严厉地罚了一顿，好说歹说之下，那件事算揭过去了，结果顾廷烨又跳出来寻事，她哪敢告知老太太，就怕又一顿数落，何况她那时怎么知道后来会一次又一次地牵扯上顾廷烨呀！

就好像一个做错事的小孩子，大人好不容易原谅她了，结果她犯的错又出新后果了，她自然不敢提出来，然后隐瞒像滚雪球一样越滚越大。

老太太如何不明白明兰的小孩子心事，不由得叹气道："你怎么这么糊涂呀！"

其实明兰也不糊涂，她掩饰得很好，从未有人发现她和顾廷烨的关系。

老太太思绪万千，又心疼明兰，忍不住把女孩从地上拉起来，搂到身边轻轻拍着，叹道："也不能怪你，谁知那姓顾的心机这般深沉！"

明兰哭红了鼻头，连连点头，不是我方太无能，而是对手太狡猾了，居然搞偷袭！

老太太缓缓向后靠去，微微合上眼睛，屋里只听见明兰有一声没一声地抽泣着，地上福寿纹路的紫铜火炉里，发出轻微的哔剥炭火燃烧声。

明兰慢慢地揩干脸上的泪水，见老太太久久不说话，便上去轻轻扯着她的袖子摇了摇："祖母……现在我们怎么办？"

老太太睁开眼睛，扫了扫明兰的面庞，轻声问道："明丫儿，顾廷烨与你将一切说开时，你是怎么想的？"

明兰脸上微露尴尬，这次她决心尽数说实话，便微红着脸道："一开始，有些暗暗得意，居然有人这么用心打我的主意，后来，越想越觉着气愤，恨不能抽他一嘴巴……再后来，我又觉着发愁，这人这么……厉害，可该怎么办呀！"

说句大实话，找个厉害老公，往往是利弊各半的。当他枪口对外时，天下太平；当他枪口对内时，怕是要血流成河。

这番话说得老太太连连点头，这些心思很真实，但点完头后，她似乎又想合眼歇息。明兰急忙去摇她的胳膊，连声问道："祖母，您倒是说话呀，您心里怎么想的？"

老太太倏然睁眼，目光如电，冷声道："去把你老子叫来，告诉他我答应婚事了！"

明兰吃了一惊，惊疑不定："就……这样？"好干脆的投降！

"不然还能怎样？"老太太神色凌厉，嘴角却带着一抹自嘲，冷笑了几声，"人家都算计多少日子了，心机深重，步步为营，一路逼到门口了，如今还能有什么法子？说出去，都道是盛家占了多大的便宜呢！罢了，就如他们的愿吧。"

明兰心里歉疚，手指绞着衣角不敢说话。老太太顿了顿，又轻轻讽笑了下："也好！有人用尽心机地打你的主意，总比得了便宜还卖乖的强！"

明兰有些吃惊地抬头，她明白老太太指的是谁，不安地试探道："那……孙女要不要去与贺……说说？"

"有什么好说的！"老太太一眼瞪过来，斥道，"这事我去说，你不用出面！贺家的人，除了我那老妹妹，其余人你最好见都不要再见了！哼，如今好叫他们放开手脚去接济亲戚吧，这会儿可没人拦着他做好人了。难不成你还非他贺家不成了？如今便叫众人都知道，盛家的姑娘不愁嫁，有的是人惦记！"

明兰咽下口水，看着老太太骄傲凌厉的神气，微微惊讶后便了然：老太太骨子里其实是十分骄傲的人，也许……她早就不耐烦贺家的一连串状况了，不过也是强自忍耐罢了。

老太太略略收了气愤，顺了气息，靠在垫子上，平静道："先把如兰和文家的事定了，然后就让姓顾的来下定，叫太太可以紧着打点婚事了，这回，祖母给你要一份厚厚的嫁妆，谁也别想废话！哼！不就是过日子嘛，你把脑子放明白些，委屈了谁也别委屈自己，让自己舒服才是真的！"

明兰默然，吩咐翠屏去请盛纮后，自己静静走回暮苍斋，在书案前呆呆坐了一会儿，然后忽然起身，叫丹橘开砚磨墨。明兰展开一张雪白的大宣纸，提过一支斗笔，饱蘸墨汁，屏气凝神，唰唰几下，奋力挥毫，墨汁淋漓，笔走龙蛇，书就四个狂草大字——难得糊涂！

"好！"小桃在旁很卖力地拍手，"姑娘写得真好！呃，姑娘，什么意思呀？"

明兰搁下斗笔，淡定道："就是说，你偷吃了丹橘藏的杏仁糖，姑娘我会装作没看见的。"

然后，明兰很自在地挥袖进屋，留下小桃和丹橘，一个傻了眼，拔腿想跑，一个正撸袖子，磨刀霍霍。

番外

顾二自白：关于想娶一个骗子的心路历程报告

　　她可能自己不知道，她身上有多少奇怪的地方。

　　襄阳侯府的宴饮上，她一派温良谦恭，和顺斯文地与一众小姐说话，一只蜂儿顺着探进厅来的枝头嗡嗡叫着飞来，女孩们皆惊叫失声，挥舞着帕子缩作一团。她颇兴味的模样，然后忽瞧见了旁边女孩的惊慌，也连忙一脸惊慌状，扑到女孩堆里去，轻呼着，惊怕着，拍着胸口很害怕的样子。

　　我眯起眼睛——她在装。

　　其实，也有不怕蜂儿的女孩，镇定地立在一旁，或静静躲到旁人背后，只有她，装模作样。她似乎很怕与众不同，总极力想做到与众人一样。

　　戏台开锣后，我暗中跟着她，想寻个隐秘地方问她两句话，谁知跟着跟着，却瞧着了一出好戏。我那族姐的宝贝儿子，齐国公府的荣耀，京城多少闺秀的梦中情郎——齐二公子，正死死拉着她苦诉相思。

　　绮年公子，玉样容貌，一脸的倾慕爱恋，满口的甜言蜜语，十个女孩中怕有九个抵挡不住，粉面绯红地互诉衷肠一番，剩下一个可能会板脸佯怒。

　　不过她两样都没有，她的第一个反应，也是唯一的反应，就是唯恐齐衡会连累自己，又威胁又恳求，反复严令齐衡不得有任何泄露，衡哥儿失魂落魄地离去了。

　　她似乎始终有很大的顾忌，似一只警觉的小松鼠，时刻提防着周遭可能出现的威胁。

　　后来我才知道，她是个庶女。

　　我忽然出现，问及曼娘之事，她惊了一惊，然后照实答来。

　　应该说，她的举止十分得体，言语清楚，问答明确，一点儿也没有一般闺阁女子的羞怯畏缩，与适才见齐衡时的怯懦自私截然不同，既替余家大小姐圆了场面，又缓了我的怒气。

似乎……是个有胆识的女子。

那也是我第一次，隐隐觉着曼娘似有不妥之处。

再次见她，在广济寺后园，她丢了块泥巴在她姐姐身上，又狠又准，双手叉腰，气势万千。我在墙后闷声，又惊又笑，因嫣红和曼娘之争而郁结的连日愁云也一扫而空。可惜，还没等我笑足一刻钟，我就被她气得翻脸而去。

这小丫头是个乌鸦嘴，后来，她所说的话都被一一印证了。

没过多少日子，我远走他乡，然后，老父亡故，嫣红猝死，我再也不愿听曼娘的哭求辩解，独自一人漂泊南北。我识得了许多人，有贩夫走卒，有江湖豪客，也有倒霉受冷落的贵胄王爷，被欺侮，被轻蔑，知道什么叫人情冷暖，什么叫世态炎凉，被狠狠摔落到地上，还得撑着脊骨站起来。

亲手挣来的第一份银子，我送去了京城的曼娘处，我自己犯的过错，我自己来填。

我会养活他们，不叫他们母子挨饿受冻，但我绝不再见她，看清了她的为人和步步算计，我只觉得后背发凉，她领着孩子到处寻我并哀求，我更觉得一阵惊惧警惕。

少年子弟江湖老，午夜梦回，倒常常想起那个扔泥巴的小丫头。

一场京都变乱，天翻地覆，我替八王爷提前进京探查消息，不意遇上袁文绍，他为人不错，不但不以我一身落拓打扮而轻看我，还邀我去喝他儿子的满月酒。

我心头一动，袁文绍的妻子不也是盛家女儿吗？

我特意在去筵厅路口的庭院里等了半晌，一转头便瞧见了她。忽忽几次花开花落，扔泥巴的小丫头竟变成了个清丽女子，满庭春色，海棠树下，一春的明媚仿佛都被她盖了下去，我看了足有半晌才说话。

我暗暗点头，齐衡那小子颇有眼光，早早就看出苗头了。

她显然并不想与我多说什么，所以无论我说什么，她都一概配合。

我提起亡父，她就一脸哀伤状，很真诚地劝我节哀顺变；我说起对余阁老的歉意，并愿补偿，她就做十分理解的钦佩状；我表示她若有急难之处愿相助一二，她一双大大的眼睛明明盛满了不信，却摆出一副很感谢的样子，就差拍手鼓掌叫好了。

我不悦。

最后，我装出一副长辈的模样训了她几句，在她惊讶不已的神色中，威严稳重地离去。

——齐衡说得没错，她是个巧言令色的小骗子！我很干脆地下了结论……然后，我忍不住回头，悄悄多看了她一眼。这年头，骗子大都生得很好看吧。

后来，这骗子遇上了水贼。

我从水里捞起了她，她冻得浑身哆嗦，大口大口地喘着气，转着小脑袋慌张地四下张望。然后，一船人中，她一眼就认出了我，笑靥如花，我忽觉着心头一片柔软。

湖光水声，夜黑风冷，只有她的一双眸子明亮若星辰，我想，我这一辈子都不会再见到这样好看的眼睛了吧。

……然后，她请我救她的丫鬟们，我叹气着闭了闭眼睛。

我就知道，这小骗子不会平白对人好，叫得这么热乎必有所求。我狠狠瞪了她一眼，可也止不住地弯起唇角。我觉着自己有病，叫人使唤了还这么高兴。

好容易救起了她的一干丫鬟仆妇，还没等我去报功，就隔门听见她在说我坏话，我叫彭家涮了，她居然还说"情有可原"。随后，她还提议叫我娶了曼娘得了！我坚决表示曼娘已经不可娶了，她竟然还暗暗丢了两个嘲讽的白眼给我。

这还没完，接着，她又得意扬扬地给我下定论，什么"骨子里却是个最规矩不过的"！我本来就很规矩，到现在我连她一根头发都没碰过！何况经过曼娘之事后，我不会随意和女子亲近了。

我真想一把掐死她算了！

不过她的脖子真好看，像小时候吃过的江南糖渍水藕，又水润又甜美，我忽觉着嘴唇有些发干……别掐了吧。

我一个恍神，居然叫这骗子猜出了嫣红死得不简单，好吧，这年头，骗子大多还很聪明，她猜得虽不中却不远矣。

很好，顾廷烨，你越活越回去了。我撂下两句狠话，再次拂袖而去。

然后，她南下金陵，我北上京城。

京城南郊，一处田园民宅，我洗去一身尘埃，卸下半年疲惫，躺到床榻上。年迈的常嬷嬷捧着汤婆子为我烫热被褥，我倒在炕上听她絮絮唠叨，软软的苏南腔子，啰啰唆唆的关心，我好像回到了小时候，母亲还没有去世时。

　　"……哥儿呀，瞧你这累的，外头买卖不好做，你也莫要乱跑了，嬷嬷这儿有些银子，回头你置些地，安稳地过日子吧。"常嬷嬷一脸心疼，她始终以为我在外面跑生意。

　　我道："等这趟买卖过了，我便能定下来了。"如果我没死在战场上的话。

　　常嬷嬷干枯的面容露出愤愤："都是那群黑心肝害的！海宁白家的外孙子，居然要出去挣这份辛苦钱！当年咱们白家的银子多得堆山填海，如今却……"

　　常嬷嬷每回都要唠叨一遍海宁白家的好光景，我早木然了，只淡淡道："无妨，银子我自己能赚回来，该我的我都会拿回来。"

　　常嬷嬷怔怔地瞧着我，叹道："你和大姑娘一个脾气，又烈又倔，什么苦都往心里放，打落牙齿和血吞，当年她若肯忍一忍，也未必会——"

　　"嬷嬷，别说了。"我肃然打断了她。

　　常嬷嬷微微叹着气，然后又轻轻道："待哥儿定下来，就赶紧娶媳妇吧，然后多生几个娃娃，我好给大姑娘上香报喜。"

　　我笑道："娃娃我不是已有了两个吗？"

　　常嬷嬷立刻板起脸来："那算什么！你总得正经娶个媳妇才是，那女人算不得数的。"

　　我忽然起来，不解地问道："嬷嬷，你打一开始就不喜欢曼娘，这是为何？"

　　那时的曼娘从头到脚都是楚楚可怜，一无错处，对常嬷嬷也恭敬有礼，常常未语泪先流，谁知常嬷嬷却怎么看她都不顺眼。我离家后，她为了躲开曼娘纠缠追问，居然还搬了家。

　　常嬷嬷端着脸，只道："那女人是个祸害，蜘蛛精投的胎！叫她缠上了，一辈子就完了，好在哥儿现下终于明白了，总不算太晚！"

　　我追问："总得有个说法吧。"

　　常嬷嬷气呼呼了半天，才道："老婆子不懂什么大道理，嘴也笨，说不明白，可有一双眼睛。她若是个好的，就不会撺掇你胡来，你瞧瞧你，自打被她缠上，有过什么好事没有？如今还离了侯府，漂泊在外，都是她害的！"

　　我默然，常嬷嬷虽没读过什么书，却辨人甚明。

　　常嬷嬷又道："哥儿呀，待你这回娶了媳妇，可不能由着那女人胡来了，她是戏子出身，惯会唱念做打的，回头别叫你新媳妇落了心结才好！那女人心机可深着呢，当初一见你走了，立刻把蓉姐儿丢进了侯府，却把昌哥儿留在身边，绕世界地去寻你！能狠下心，又能放下身段，寻常女子可不是她的对手。”

我森然道："岂容她再妄行？！"

常嬷嬷喜滋滋地起身，帮我把衣裳在桌上堆折好，过了一会儿，她才想出些味道来，回过身来，轻轻试探道："哥儿，莫非……你心头有人了？"

我扭过头去，装作呼呼大睡过去了。常嬷嬷无奈，只得出去了。

床帐内，我静静躺着，身体疲惫，脑袋却活泛得厉害，决心细数一下她的坏处来：

首先，她是个骗子，口是心非，表里不一，最会装模作样；

其次，她在大江上敢和水贼别苗头，实实在在的有勇无谋；

还有，她是个庶女，我是要娶嫡女的；

最最要紧的，她还有眼无珠，居然敢看我不上……

唉——不过，怎样才能娶到她呢？这得好好计算一下。

我精神抖擞地思量起来，不意自己的思路已经偏了方向。

【未完待续】